페이스
쇼퍼

페이스 쇼퍼

정수현 장편소설

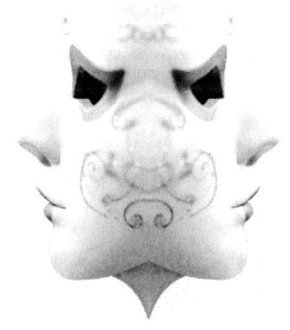

자음과모음

차례

Prologue. 어느 성형외과 여의사의 '핫'한 인터뷰 _7

Chapter 1
쁘띠 성형의 여왕 필러 :
티 나지 않게, 빠르게, 하지만 강력하게! _15

Chapter 2
젊음을 불러들이는 피주사 :
질투라는 욕망이 만들어낸 '새~빨간 거짓말' _65

Chapter 3
실리콘 삽입과 지방 흡입의 달콤 살벌한 유혹 :
몸매처럼 과거도 예쁘게 고칠 수 있을까요? _99

Chapter 4
성형수술은 결코 마술이 아니다 :
목숨을 잃을 수도 있는 성형 부작용의 공포!_157

Chapter 5
달콤한 독, 보톡스 :
아름다움의 유통기한을 늘릴 수 있나요?_243

Chapter 6
시크릿 성형 :
쉿! 아름다워지고 싶기 이전, 행복해지고 싶은 욕망!_303

Epilogue. 어느 성형외과 여의사의 '솔직 담백한' 인터뷰_367

작가의 말_372

Prologue
어느 성형외과 여의사의 '핫'한 인터뷰

◆ 초콜릿 복근 성형

남성미와 섹시미의 상징으로 철저한 근력 강화 운동과 체계적인 식단으로 만들어지는 게 기본. 하지만 복근 형태에 맞춰 표층과 심층의 지방을 선택적으로 흡입해 초콜릿 복근을 만드는 것도 가능하다. 아무리 오랜 시간을 들여 운동을 열심히 해도 복근이 잘 만들어지지 않거나, 시간적 여유가 충분치 않은 사람들이 이용할 수 있다. 수면마취를 한 후 특수 기구를 이용해 지방층과 피하조직의 상하좌우 근육 라인을 도드라져 보이도록 한다. 복직근 윤곽을 중심으로 가로세로 함몰 부위를 조각하고, 옆구리 쪽 사근 부위를 추가로 다듬거나 복부 전체에 지방흡입술을 병행해서 만들기도 한다.

애교살 ◆

눈꺼풀 아래 속눈썹 바로 밑에 가로로 도톰하게 올라온 띠를 눈 밑 애교살이라고 한다. 이 애교살이 있을 경우 웃을 때 눈이 강조되어서 매력적인 미소를 선사함과 동시에 더 동안으로 보이게 만들어준다. 또한 순하고 귀여우면서도 생기 있는 인상을 만들어주기 때문에 많은 사람들이 이를 갖고 싶어 한다.

◆ 동안의 절대 조건
   1. 솜털이 보일 것 같은 보송보송한 아기 피부와 맑은 피부 톤
2. 부드럽고 모나지 않은 페이스 라인
3. 동그란 눈에 큰 눈동자

네? 간단한 제 소개요? 뭐, 기자님께서 병원까지 찾아와주시는 성의를 보여주셨으니……, 휴우. 아, 저는 아메리카노! 당연히 따뜻한 걸로! 기자님은요? 네? 캐러멜 라테요?

음, 일단 제 직업은 이미 잘 알고 계시는 것처럼 압구정, 청담동에서 꽤 유명한 미용 성형외과 의사예요. 뭐, 성별은 보시다시피 여자고요. 나이는…… 나이는 비밀이에요. 왜냐고요? 제 고객분들, 아니 환자분들께서 제 나이를 듣는 순간 '꽤 어리네! 수술 경험이 적을 텐데 소중한 내 얼굴과 몸을 믿고 맡길 수 있을까?'라는 의심의 눈초리를 보낼 수도 있을 테니까요.
왜 그렇게 보세요? 혹시…… 알아요? 기자님께서 언젠가는 저를 찾아와서, 음…… **초콜릿 복근 성형**을 할지? 복근 만드는 수술이 가능하냐고요? 어머! 당연히 가능하죠. 쫀득쫀득한 복근이 제 손안에서 한 시간이면 만들어져요. 피하지방 정도에 따라, 개개인에 따라 조절해서 예쁘게 윤곽을 잡아주죠. 이 주 후면 수영도 가능하고요. 그리고 이렇게 만들어진 복근은 쉽게 없어지지 않아요. 아, 물론 체중의 변화에 따라 약간(?)의 변화는 있을 수 있지만요. 복근 좀 살짝 보여주실 수 있으세요? 아, 농담이에요. 하지만 원하신다면, 이십 퍼센트 할인해줄게요. 저는 원래 연예인 할인도 잘 안 해주거든요. 어떤 연예인들은 매니저와 함께 병원에 들러 "저, 연예인인데 연예인 할인 안 해주나요?" 하고 할인에 대해 당당히 물어보는데, 그럴 때마다 저는 이렇게 대답해요. "실례지만 제가 티브이를 잘 안 봐서 당신을 모르겠네요"라고.

…………

네? 제 병원을 다니는 연예인이요? 하하, 그건 당연히 비밀이죠.

…………

성형에 부작용은 없냐고요? 부작용이라…… 당연히 있죠! 성형의 제일 큰 부작용은 중독, 이에요.

…………

성형외과 의사를 하면서 가장 많이 듣는 말이요? 그거야 뭐, '저…… 견적이 얼마나 나올까요?'죠. 솔직히 그럴 때마다 말문이 턱, 막히고 쓴웃음이 나요.

차에 빗대어볼까요? 만약 자동차 사고가 나서 견적을 물어본다면 그 금액을 정확히 말할 수 있겠죠. 원 상태로 돌려놓으면 되니까요. 범퍼가 심하게 손상되었으니 몇백, 헤드라이트가 깨졌으니 몇십, 옆 유리에 금이 갔으니 몇십, 합이 총 얼마. 정확하죠.

하지만 무턱대고 자신의 얼굴 견적을 묻는다는 건, 글쎄요. 그러니까 이런 질문이나 마찬가지예요.

"제 차를 람보르기니로 바꾸는 데 얼마가 드나요?"

막막하겠죠? 막상 지금 앞에 있는 차가 아반떼인지, 소나타인지, 티코인지도 아직 감이 안 잡혔는데 말이에요. 혹시 모르죠. 차가 아닐지도.

양심이 제로로 보여도 차라리 이렇게 대놓고 말해주는 게 나아요. "고소영의 눈, 한가인의 코, 김희선의 얼굴형, 김혜수의 가슴, 이효리의 잘록한 허리, 를 갖고 싶어요"라고. "뭔가 크고 시원하면서도 섹시한 고양이 같은 매력이 느껴지고 절대 질리지 않는 눈으로 부탁드려요"라고 하는 것보다는. 휴, 뭐 이러나저러나 막막하긴 마찬가지지만요.

…………

아! 당연히 수술비용을 할인해달라는 환자분들도 많죠. "강남역에 있는 모 성형외과는 이 가격인데, 왜 이 병원은 가격이 두 배나 비싼 거죠?" 그럼 저는 그곳에 가시라고 말해요. 그뿐인가요? 친절히 그곳 위치까지 알려줘요. 이유요? 글쎄요……. 또 쉽게 설명해드리죠. 동대문에서 파는 보세 백들과, 백화점에서 파는 샤넬, 그러니까 명품 백을 비교해봐요. 둘 다 겉보기에는 비슷하지만 미세한 부분에서는 확연히 차이가 나죠. 가죽의 재질부터, 로고가 박힌 위치, 바느질의 땀 수까지. 아! 가죽은 코에 넣는 보형물에 해당하고 섬세함을 필요로 하는 바느질은 제 손에 비교할 수 있죠.

…… 당신의 소중한 코에 넣는 보형물이 출처도 불분명한 싸구려 시장 제품이라면 기분이 좋겠어요?

음…… 그러니까, 여자들이 자신의 행복과 만족을 위해 비싼 가격을 지불하고 메이드 인 이탈리아 고급 샤넬 백을 사는 것과 제 병원에서 성형수술을 받고 싶어 하는 건 비슷한 거라고 생각해요.

…………

제일 자주 하는 수술이요? 수술보다는 시술을 많이 하는 편이죠. 간단하잖아요. 뭐라고요? 수술과 시술의 차이를 모른다고요? …… 'operation'과 'procedure'의 차이인데요, 보는 관점에 따라 같은 행위라도 다를 수 있어요.

아, 미안해요. 쉽게 설명할게요. 시술은 진료실에서 국소마취를 한 후 이루어지는 소규모의 행위나 수술을 말하는 거고, 수술은 수술실에서 마취를 한 후 이루어지는 큰 규모의 행위라고 보면 되요. 예를 들면 쌍꺼풀이나 광대뼈 부위를 만지는 건 수술에 속하고, 보톡스나 필러, 칵테일주사는 시술에 속해요.
 지금 우리 대각선 방향의 테이블에 웨이브 머리를 하고 화이트 블라우스를 입은 여자 보여요? 네. 그 여자 눈 밑을 자세히 봐요. 분명, 눈 밑에 필러로 애교살 넣은 지 며칠 되지 않았어요. 저렇게 진하게 파운데이션으로 커버한 것도 주삿바늘 자국과 퍼렇게 든 멍을 감추기 위해서일 거예요.

....

 사람의 생명을 다루는 게 아니라서 책임감이나 자부심 같은 건 덜하겠다고요? 그래서 오히려 편하겠다고요? 왜 그렇게 생각하죠? 자신의 못생긴 외모를 비관해 자살한 여자들의 이야기는 못 들어보셨나요? 피부가 깨끗하지 못하다는 이유로 고백도 하기 전에 차여 평생 거울을 보지 않고 사람도 만나지 않고 은둔한 채 사는 여자 이야기는요? 못생긴 건 죽는다고 해서 고쳐지는 게 아닌데. 살아야 고칠 수 있는데 말이에요.
 여자에게 외모는 곧, 생명이에요.

....

 이 정도면 기사 쓰시기에 충분하지 않나요? 한 시간 후에 수술 스케줄이 있거든요. 일요일인데도 수술을 하냐고요? 그럼요. 환자분이 평일에는 좀처럼 시간을 낼 수 없으시거든요. 그럴 때에는 제가 맞춰

드려야죠.

…………

네?

…… 저, 그 질문은 제외하기로 약속하고 인터뷰를 하기로 한 것 아니었나요? 조금 불쾌해지려고 하네요.

"아니, 왜 하필 같은 층에 저따위 성형외과가 있는 거냐고! 왜 진즉에 말 안 했어? 내가 성형외과 싫어하는 거 몰라?"

어머, 제가 방금 잘못 들은 건가요? 저, 따, 위, 성, 형, 외, 과? 이층에 소아과가 새로 들어온다고 하던데. 저런 성격으로 어떻게 소아과를 하겠다는 거죠? 좀 골치 아픈 이웃이 이사 온 것 같네요. 뭐, 별로 신경은 안 써요. 저렇게 성형외과를 무시하는 사람, 아니 의사들이 어디 한둘이었겠어요? '미용 시술사'라고 폄하하기도 하는 걸요?

아, 명함 드릴 테니 복근 성형 하고 싶으시면 나중에 한번 병원에 들러주세요. 그럼 저 먼저 일어날게요. 수고하세요.

아, 오늘 인터뷰요? …… 재미있지는 않았지만 나쁘지도 않았어요. 그 질문만 제외하면요.

쁘띠 성형의 여왕 필러:

티 나지 않게, 빠르게,
하지만 강력하게!

◆ 쁘띠 성형
메스를 대지 않고 필러나 보톡스 등의 주사제를 통해 하는, 수술이라기보다는 '시술'. 주름을 없애주거나, 코를 높여주거나, 눈 밑 애교살을 도톰하게 넣어주는 것. 마치 마법처럼 단시간에 간단하고 가볍게 이뤄진다. 주로 시간 내기 어려운 사람들이 점심시간에 짬을 내 밥 대신 주사로 남들이 눈치채지 못하게 예뻐지는 방법!

피주사(혈청주사) ◆
자신의 피를 뽑아서 원심분리기에 넣고 돌려서 혈소판이 제일 풍부하게 함유된 혈장 성분을 가지고 피부에 주입하는 시술을 말한다. 피부 자체의 자생력을 한껏 높여 피부 스스로가 운동을 하게 만듦으로써 조금 더 젊은 피부 상태로 되돌릴 수 있고, 자신의 피로 필러를 만들어 턱이나 볼 등에 집어넣을 수도 있다. '피주사' 하면 왠지 모르게 영화 〈죽어야 사는 여자〉가 슬쩍 떠오르기도 한다.

◆ 칵테일주사
마치 칵테일을 만들 듯 이것저것 섞어서 환자의 증상에 따라 시술할 때마다 다른 용량과 종류를 조절해서 만드는 주사.

'보톡스나 필러 주입을 잘하는 숙련된 전문의'를 만나는 건 대체로 힘든 일이다. 숙련된 전문의라는 것은 ◆
이름만 들어도 알 만한 좋은 학교를 나온 의사도, 멋들어지게 상담을 잘하는 의사도 아니다. 사실 학교에서 필러나 보톡스 시술론 등을 따로 알려주지는 않는다. 각종 필러 학회, 보톡스 학회, 레이저 학회 같은 곳에서 기본적인 트레이닝을 받은 후, 연습과 실습 등의 경험을 통해 자신의 것으로 습득하는 것이다. 그렇게 기술을 연습할 때마다 주위에 있는 친인척이나 간호사들의 미모와 호감도는 점점 업그레이드된다.

◆ 페이스 리프트 업
피부를 피부 밑의 근육층까지 절개한 후 당겨서 꿰매주는 시술법. 늘어진 피부가 확 올라가면서 젊어 보인다. 더 이상 주사로 리프팅이 불가능할 때, 이 페이스 리프트 업을 통해 리프팅할 수 있다.

"웬일이에요? 원래 원장님 인터뷰 같은 거 잘 안 하시잖아요."

어깨 위에서 찰랑거리는 머리칼을 질끈 묶으며 곧 도착할 VIP 환자를 맞을 준비를 하고 있는데, 윤 간호사가 전화 상담 받은 내용을 기록한 차트를 건네며 의아하다는 표정으로 물었다.

"윤 간호사, '발 빠른 튼튼한 말을 만들려면 제주도로, 내 아이를 내신 일등급으로 키우려면 8학군 대치동으로, 성형수술을 하려면 압구정이나 청담동으로!'라는 말 들어봤어?"

"뭐, 하긴 성형수술 하면 이 동네 따라갈 곳이 없죠. 근데, 그게 왜요? 손님도 많이 몰려들고 좋잖아요. 수입도 늘어나고."

"그럼, 당연히 좋지. 문제는! 그만큼 성형외과들이 줄줄이 생겨난다는 거야. 오 개월 만에 우리 병원 전방 오십 미터에 성형외과가 열

군데나 더 생겼어. 이 추세라면 지금까지 윤 간호사에게 주던 월급을 그대로 줄 수 있을지 모르겠네."

차트를 보던 고개를 슬쩍 들어 윤 간호사의 표정을 살펴봤다. 자신의 감정을 숨기지 못하는 게 장점이자 단점인 그녀의 얼굴이 불그스름해지며 홍조를 띠었다. 나는 피식 웃으며 다시 차트를 들여다봤다. 사실, 윤 간호사에게 설명한 이유는 내가 인터뷰를 응한 이유의 약 10퍼센트도 되지 않는다. 단지, 끈덕진 인터뷰 요청이 귀찮아서였다. 귀찮은 건 딱 질색이다. 그래서 다시는 찾지 않도록, 일부러 싸가지 없게 응했다.

나이: 19세
계기: 어머니의 입학 선물
원하는 쌍꺼풀 유형: 손예진의 초롱초롱한 눈

뭐, 여기까진 별다른 문제가 없다. 하지만 그다음 기록.

성별: 남

아니, 성별이 남자라고 해서 그렇게 큰 문제가 되는 건 아니다. 잠시의 휴식기를 거치고 난 후 갑자기 눈이 부리부리해진 남자 연예인들을 보면 알겠지만, 요즘은 남자도 쌍꺼풀 수술을 많이 하는 추세다. 하지만 손예진 눈의 최고 장점은 서클렌즈를 낀 듯한 크고 동그란 눈동자인데……. 뭐, 실물을 봐야 알겠지만 이 정도로 정확히 자신의 의견을 어필한 고객은 대부분 자신의 고집을 절대 꺾지 않는다. 일단 패스.

나는 차트를 덮고 모니터 옆에 장식으로 놓아둔 인간의 두개골 모형을 쳐다보았다. 그리고 그 모형에 끼워놓았던 검정색 머리띠로 자잘하게 삐져나온 이마의 잔머리들을 깔끔하게 밀어 올렸다. 순간 쿵, 하고 커다랗고 둔탁한 물건이 낙하하는 소리와 함께 미세한 진동이 느껴졌다. 그와 동시에 인터뷰를 마치던 시각 들려왔던 재수 없는 목소리가 불현듯 떠올랐다.

"맞아! 옆에 새로 들어온 인간 대체 뭐야? 아까 저따위 성형외과 유운하던."

"아! 맞은편에 소아과가 이사 왔나 봐요. 아까 그 소아과 원장님인 듯한 사람을 봤는데, 완전 시크하게 잘생겼어요."

내가 말한 '저따위 성형외과'라는 대사는 그녀의 머릿속에서 자체 제거된 걸까?

"알아봐."

"네?"

"멀쩡한 말 다 두고 '저따위' 성형외과라고 말한, 유치하고 개념 없는 그 소아과 의사!"

"왜……요?"

"마음에 안 들어. 윤 간호사, 성형외과 옆에 소아과가 어울린다고 생각해?"

"…… 그런가요? 시크한 소아과 남자 의사와 미모의 성형외과 여의사, 아니 여간호사. 좀 낭만적이지 않아요?"

"전혀. 아예, 하나도 안 어울려!"

나는 그녀의 말을 사정없이 뚝 자른 채 벽에 걸린 디지털시계를 바라봤다. 그녀가 도착할 시간이었다. 윤 간호사가 이해할 수 없다는 얼굴로 쭈뼛거리며, 다시 한 번 입을 열려고 할 때 문에서 '똑똑' 소리가 들렸다. 곧, 연예인 패션의 필수 아이템인 선글라스의 큼지막한 샤넬 로고가 광대뼈 라인을 가려 안 그래도 갸름한 얼굴이 더욱 작게 보이는 그녀가 모습을 드러냈다.

"안 나가고 뭐 해?"

윤 간호사는 입을 샐쭉거리며 성의 없이 고개를 끄덕인 후, 몸을 홱 돌려 그녀를 스쳐 지나갔다. 하지만 윤 간호사의 시선은 문을 열고 자신의 자취를 감추는 마지막 순간까지도 그녀의 스타일리시한 뒷모습을 향해 있었다.

드디어 문이 닫히고, 그녀가 내 맞은편 안락한 의자에 사뿐히 엉덩이를 내려놓았다. 그와 동시에 선글라스를 벗고 나를 향해 씨익 미소를 흘렸다.

"이탈리아로 화보 촬영 갔다 왔다고 했나요? 잘 끝냈어요?"

나는 형식적으로 물으며 그녀의 얼굴을 찬찬히 바라보았다. 유럽의 자외선에 노출되어 그녀의 뽀얀 피부에 불필요한 기미나 주근깨가 생기지는 않았는지, 몇 개월 전에 주입한 필러의 효력이 사그라지진 않았는지, 도톰한 입술이 얇게 변하지는 않았는지 등을 말이다.

사실, 반영구적 필러라고 소개되지만 그 '반영구적'이라는 말은 각자의 입장에서 다르게 해석된다. 이 약을 만들고 판매하는 제약회사는 시술 이후 유지 기간이 이삼 년이라고 하지만 이는 실제와 다르다. 약이 피부조직에 존재하는 게 그 정도의 기간인 것이지 그것이 결코 시술을 받은 환자가 만족할 수 있는 기간이 이삼 년이라는 얘기는 아니다. 개개인에 따라 천차만별이고, 지금 내 앞에 앉아 있는 여자의 경우는 삼 개월이 한계인 듯 보였다.

"네, 선생님 덕분에 섹시한 느낌을 마음껏 살릴 수 있었어요."

"다행이네요. 주근깨가 올라온 것 같지는 않고. 입술도 여전히 안젤리나 졸리처럼 섹시한데. 오늘은…… 뭐?"

"제가 이번에 새로운 드라마에 들어가거든요."

"아……, 축하해요. 드라마는 거의 이 년 만이죠?"

"네. 근데 문제는 그 드라마에서 맡은 역이 평소의 제 이미지와는 좀 달라요."

"어떻게요?"

나는 그녀의 얼굴에서 시선을 거두고 노트를 펼쳤다. 그리고 끄적거리기 시작했다.

VIP 고객 주예나 → 새 드라마 → 이미지 전환 → 어떻게?

"그동안은 섹시하거나 도발적인 이미지였잖아요. 그런데 이번 드라마에서는 확 바뀌거든요. 한마디로 말하자면 청순한 이미지를 가진 비련의 여가수? 대본을 보니 머리를 길게 늘어뜨리거나, 올백을 하고 무대에서 애절한 발라드를 부르는 신들이 많은 것 같아요."

청순한 여가수 역 → 머리 길게 늘어뜨리거나 올백? → 옆통수가 넓어 약간 외계인 상이니…… 조금 줄이고, 이마의 주름을 펴야 할 듯 → 코끝을 진주 같은 모양으로 살짝 바꾸기? → 피주사로 턱 부분을 갸름하면서도 부드럽게 만들기!

"선생님이 그 이미지에 맞게 조금만 손봐주세요."

그녀는 자신의 가느다란 손가락을 이용해 '조금'이라는 표시를 하며 고개를 빼꼼히 내민 채 내가 끄적이는 노트를 곁눈질로 바라보았다. 나는 "네, 그럴게요"라고 말하며 재빠르게 노트를 덮었다.

그녀를 원장실과 연결되어 있는 VIP룸으로 먼저 보낸 후, 윤 간호사를 불러 시술에 필요한 것들을 준비시켰다.

"이십팔 시시(cc) 정도 피 뽑을 거니까, 혈청주사 준비하고 톡신 준비해. 비타민 넣어 칵테일주사도 만들고. 아, 그리고 옆에 이사하는 거 너무 시끄러워서 시술에 방해되니까 좀 조용히 해달라고 전해줘, 꼭!"

이사를 어찌나 요란하게 하는지 계속해서 쿵쾅대는 소리에 머리가 다 지끈거릴 지경이었다. 게다가 미세한 먼지들이 내 예민한 기관지를 자극해 나를 신경질적으로 만들었다. 소아과. 분명 날마다 아이들이 뛰고, 소리 지르고, 정신없이 굴어서 나를 귀찮게 할 것이다. 그리고 섬세함을 필요로 하며 미를 추구하는 내 일을 방해할 것이 분명했다.

잠시 후, 나는 자리에서 일어나 VIP룸으로 발걸음을 옮겼다.

"예나 씨, 피부터 뽑을게요. 아, 수면마취는 안 할 거죠?"

"네."

"윤 간호사, 순수 혈청 삼 시시 뽑고, 비타민주사 준비해줘."

윤 간호사가 시술용 베드에 누운 그녀의 혈관을 찾아 주삿바늘을 찔러 넣자 튜브를 타고 올라간 새빨간 그녀의 선혈이 원심분리기 안으로 들어가 회전하기 시작했다. 그녀의 피가 원심분리기 안에서 도는 동안 나는 빨간색 수성사인펜을 들고 미리 예상해놓았던 시나리오대로 그녀의 얼굴을 디자인하기 시작했다.

스윽스윽. 내 손이 지나칠 때마다 그녀의 자그마한 얼굴, 코끝, 턱, 그리고 이마에 마치 잠든 누군가의 얼굴에 어린아이가 펜으로 이래저래 장난친 듯한 새빨간 낙서들이 생겨났다. 지금처럼 환자 얼굴에 디자인을 하다 보면 가끔씩 피식, 웃음이 새어나올 것만 같을 때가 있다. 물론 환자의 면전에서 그런 실례를 범하지는 않는다.

"상대 배우는요? 정해졌어요?"

나는 웃음 대신 그녀에게 질문을 던졌다.

"두어 명 정도 물망에 올라 있긴 한데요, 아직 확정되진 않았어요. 근데 상대 배우보다 극 중 라이벌로 출연하는 여배우가 더 문제예요."

그녀가 간지러운 듯 몸을 살짝 꼬며 가까스로 말했다.

"왜요?"

나는 그녀의 코끝에 진주알 크기만 한 동그라미를 그리며 물었다.

"제가 올해 스물다섯이잖아요. 상대 여배우 역할이 서른 대여섯 되는 역인데, 아마 그 역을 고보경이 할 듯해요."

"…… 고보경 씨요?"

"왜 우리나라 최강 동안 여배우 있잖아요. 서른여덟로 절대 보이지 않는. 설마, 그 여자 피부와 제 피부가 비교되진 않겠죠? 솔직히 비교되는 것 자체만으로도 굴욕이란 말이에요."

"비타민주사 놓을 거니까, 색소침착도 사그라질 거고 넓어진 모공도 줄어들 거예요. 걱정 말아요."

디자인을 마친 나는, 혈청필러가 만들어지는 동안 원심분리기에서 뽑아낸 혈청에 비타민 등을 섞은 그녀만을 위한 오리지널 칵테일주사로 살짝 붉은 기가 보이는 그녀의 얼굴 곳곳을 살짝살짝 찔렀다.

얼음팩을 대서 비타민주사로 얼얼해진 그녀의 얼굴 통증을 가라앉히는 동안 나는 손거울을 들어 그녀에게 얼굴을 보여주며 차근히, 조곤조곤 설명했다.

"올백 한다고 했으니까 보톡스로 주름을 없애고 이마를 살짝 넓혀준 후, 혈청필러를 넣어 볼륨감을 만들어줄게요. 아, 이마 옆부분은 약간 줄일 거예요. 음, 그리고 코끝은…… 필러를 넣어서 진주알을 넣은 듯한 청순한 모양으로 만들 거고요. 턱은 부드럽게 만들면서도 살짝 각도를 십오 도 앞으로 빼서 자칫하면 멍해 보일 수 있는 인상을 교정할게요."

"네, 선생님 마음대로 예! 쁘! 게! 만 해주세요."

그녀의 대답에 피식 웃음을 흘리며 고개를 끄덕인 나는 윤 간호사가 준비해놓은 통을 꺼내어 주사 안에 넣을 내용물들을 조제했다. 그 통 안에는 마치 정갈하게 밥상을 차려놓은 듯, 여러 개의 크고 작은 주사기, 주삿바늘, 각종 약과 필러 들이 들어 있다. 나는 이것들을 가지고 칵테일주사를 만든다. 물론 그 주사는 환자의 시술 부위에 따라 주입되는 약의 종류와 양을 다르게 만든다.

"그럼 주사 놓을게요."

필러가 든 주삿바늘을 그녀의 코끝에 살짝 찔러 넣었다. 살짝 신음 소리를 내던 그녀가 바늘이 빠지자마자 다시 입을 열었다.

"선생님 혹시 〈카운테스〉라는 영화 봤어요?"

"〈카운테스〉? 아니요."

"최근에 개봉한 영화인데요. 거기 나오는 여주인공이 젊은 여자들의 피를 이용해 자신의 젊음을 유지했대요. 끔찍하죠? 그 영화를 보면서 문득 피주사가 떠올랐어요. 둘 다 피로 인해 젊음을 유지시키잖아요."

"젊은 여자들의 피로 자신의 젊음을 유지한다……. 엘리자베스 바토리 이야기와 비슷하네요."

나는 그녀의 피로 만들어진 혈청필러가 든 주사로 그녀의 이마를 찌르며 중얼거렸고, 그녀는 볼록해지는 이마로부터 오는 통증을 참는지 입술을 꼬옥 깨물었다.

"으음, 엘리자베스 바토리요?"

"네. 16세기 헝가리에 실존했던 인물로 엽기적인 연쇄살인으로 악명 높았어요."

"그러고 보니 영화 속 주인공 이름이 그랬던 것 같아요. 아앗……으응. 선생님 거……의 끝……나가……나요?"

"네. 이마랑 코끝은 끝났고. 이제 턱만 마무리하면 돼요."

나는 그녀의 턱에 다시 한 번 그녀의 피로 만들어진 혈청필러를 주입한 후, 오른손 검지와 엄지를 이용해 그녀의 뾰족한 턱 모양을 따뜻한 느낌이 나도록 부드럽게 만들었다. 그 느낌은 마치 초등학생 시절 하얀색 지점토를 손으로 조물거릴 때와 흡사하다. 물론 그 순간보다 약 백배는 더 신중을 기울이며 세심하게 움직이지만.

"봐요, 어때요?"

나는 손거울을 들어 그녀에게 건넸고, 그녀는 눈을 뜨고 미묘하게 바뀐 자신의 얼굴을 요리조리 여러 각도에서 바라보았다.

"음…… 괜찮은 것 같아요. 코끝에 꼭 진주알이 쏙 박힌 듯한 느낌이네요? 근데 턱은 너무 둥그스름하지 않아요? 살짝만 더 갸름해 보이면 좋겠는데."

"그래요? 그럼 조금만 손볼게요."

나는 "조금만 참아요"라고 나지막하게 말한 후 그녀의 턱을 힘 있게 만지며 모양을 손봤다. 으윽, 하는 가냘픈 신음 소리와 함께 그녀의 눈가에 눈물이 맺혔고, 그 눈물은 뺨을 타고 재빠르게 흘러내렸다. 눈물이 베드 위로 똑, 하고 떨어지는 순간 그녀가 거울로 자신의 얼굴을 바라보며 흡족하다는 듯 씨익 미소를 지었다.

주예나처럼 수면마취를 하지 않고 시술을 하는 경우의 세 가지 장점 중 하나가 바로 이것이다. 환자와 함께 거울을 보며 원활한 의사소통을 통해 환자가 원하는 이미지를 찬찬히, 정확히 만들어나갈 수 있다는 것. 나머지는 환자가 시술 전 금식을 하지 않아도 된다는 것과 의사가, 그러니까 내가 환자의 술주정 비슷한 투정을 듣지 않아도 된다는 거다.

수면마취 후, 대부분의 환자들은 술이 만땅으로 취해 있는 듯한 행동을 보이며 혀 풀린 목소리로 이런 말들을 내뱉는다.

"우리 이차는 따뜻한 국물 먹으러 가요."

"한잔 더 하면 안 돼요?"

"제가 사실은 비밀이 있는데요……."

그중 가장 눈살이 찌푸려지는 행위는 눈물을 질질 흘리며 "핸드폰 좀 줘봐요. 전화할 데가 있어"라며 헤어진 누군가에게 전화해 하소연을 하는 거다.

이런 코미디 같은 상황에 웃음보다 안타까운 마음이 드는 건, 대개 처음에는 시술이나 수술 때문에 수면마취를 접하게 된 사람들이 어느 순간 심리적으로 안정감과 편안함을 주는 수면마취의 효과 때문에 이것에 중독되는 경우가 적지 않다는 것이다. 이렇게 중독되고 나면 수술이나 시술이 아니어도 이 병원 저 병원에서 마취만 하고 다니는 것을 어렵지 않게 볼 수 있다. 또한 불면증에 시달리거나 우울증을 겪던 사람이 우연히 이 마취를 접하면 무섭게 중독되어버리는 경우도 많다. 그리고 이러한 점을 악용해 억대의 수익을 올리는 병원들도 종종 있다.

그렇게 중독의 늪으로 빠져드는 걸 보는 것보다는 지금 내 앞에 있는 그녀처럼 신음 소리를 내거나 울음을 터뜨리는 걸 보는 게 훨씬 마음이 편하다.

"〈카운테스〉, 보면서 어땠어요?"

"잔인해서 무섭긴 했지만, 이해가 가더라고요. 예뻐지고 싶고 더 젊어지고 싶은 여자의 마음……."

그녀는 영화의 한 장면이 떠올랐는지 미간을 살짝 찌푸리며 작게 몸을 떨었다. 하긴, 아름다움을 향한 집착과 동경, 피의 효과에 대한 호기심과 용기, 그런 것들은 엘리자베스 바토리가 살았던 그때나 지금이나 다르지 않을 거라는 생각이 들었다.

"근데, 옆에 뭐 생기나 봐요?"

그녀가 오른손으로 자신의 코와 턱을 조심스레 만지작거리며 물었다.

"네, 소아과가 들어설 것 같아요."

"으, 시끄럽겠어요. 그래도 뭐 산부인과보단 나으려나? 산모들이 비명 지르는 소리보다는."

"전 애들이 울고 떠드는 소리가 더 거슬려요. 예나 씨, 레이저 쏠 시간 얼마나 있어요?"

"다섯시 반에 매니저가 오기로 했으니까 한 삼사십 분은 가능할 것 같아요."

나는 윤 간호사가 준비해놓은 레이저 기계를 끌어 그녀의 머리맡에 놓은 후, 타이머를 맞추었다.

"아, 근데 무슨 소리 들리지 않아요?"

"네?"

"밖에서 노크 소리가 들리는 것 같은데······."

"신경 쓰지 마세요. 윤 간호사가 알아서 하겠죠, 뭐."

나는 어깨를 살짝 으쓱하고는 항상 하듯, 그녀에게 주의사항을 일러주었다. 자리 잡을 때까지 시술 부위를 세게 문지르지 말고, 술과 담배를 금하고, 사우나와 찜질방처럼 더운 곳을 피하며, 멍이 생겨도 진통제나 해열제 같은 약물 복용은 가능한 피하는 게 좋다, 등등.

"그럼 전 이만 나가볼게요. 타이머 끝나면 바로 가셔도 돼요. 다음 주쯤 한 번 더 손봐야 할 텐데 예약은 전화로 주실 거죠?"

그녀가 조심스럽게 고개를 끄덕였다. 나는 그녀를 향해 가볍게 웃음을 보인 후, 극도의 집중력을 발휘하고 나면 밀려오는 두통 때문에 양 검지로 관자놀이를 꾹꾹 누르며 문을 향해 걸어갔다. 손잡이를 향해 손을 뻗는데, '똑똑' 문을 두드리는 소리가 들리더니 미처 '누구세요?'라고 묻기도 전에 덜커덕 문이 열렸다. 문틈 사이로 낯선 남자의 얼굴이 드러났다.

태닝을 한 듯 살짝 그은 피부에, 쌍꺼풀은 없지만 눈매가 깊고 선이 깔끔한 느낌을 주는 눈, 마치 필러를 주입한 듯 고집스럽게 오뚝한 콧날. 혹시 아까 윤 간호사가 말했던 시크하다는 그 소아과 의사인가? 그렇다면 저따위 성형외과라는 막말을 내뱉은? 그런데 여기는 왜? 머릿속에 이런저런 생각들이 솟구쳤지만 지금 가장 당황한 건 나보다, 시술 후 레이저를 쐬고 있을 연예인인, 주예나 그녀였다.

"뭐예요, 당신."

나는 일단 재빠르게 문 앞으로 다가가 있는 힘껏 문을 밀어버렸다. 문 맞은편에서 와당탕하는 소리와 함께 그 남자의 단말마적 신음 소리도 들렸다. 나는 고개를 돌려 그녀가 누워 있는 곳을 바라보았다. 그녀는 이미 이불을 뒤집어쓴 채 완벽히 자신의 존재를 감추고 있었다.

"아, 미안해요. 어떻게 들어온 거지? 제가 나가볼게요."

황당함과 분노로 인해 미세하게 목소리가 떨려왔다. 나는 문을 열어 VIP룸과 연결되어 있는, 원장실인 내 방으로 몸을 옮긴 후 최대한 조심스레 문을 닫았다. 그 남자는 예상대로 바닥에 엉덩방아를

쪓은 자세로 앉아 인상을 잔뜩 찌푸리고 있었다.

"뭐예요, 당신?"

나는 다짜고짜 남자에게 차갑게 쏘아붙였다.

"아, 옆에 이사 온 사람. 소아과 의사."

"제가 언제 당신 직업이 뭔지, 그따위가 궁금하대요?"

그의 말을 보기 좋게 싹둑 잘라버린 나는 주위를 두리번거리며 신경질적으로 윤 간호사를 불러댔다. 하지만 어찌된 영문인지 그녀는 코빼기도 보이지 않았다.

"아, 거참. 되게 까칠하시네."

남자가 자리에서 엉거주춤 일어나며 머리를 긁적이더니 천천히 말했다.

"네?"

"네. 까칠하잖아요. 양면테이프가 필요해서 잠시 들렀는데 아무도 없고, 이 방문은 활짝 열려 있고, 그쪽 방에서만 사람 소리가 들리기에 살짝 열어봤어요."

"그래서 지금 그게 잘했다는 거예요? 아, 됐고요, 여기엔 양면테이프 같은 것 없으니까 어서 나가세요."

"뭐, 그럼 할 수 없지만. 그럼 우리 이웃끼리 인사라도 합시다."

능청스럽게 씨익 미소를 짓던 남자가 저벅거리며 가까이 다가오더니 나를 향해 자신의 오른손을 쑥 내밀었다.

"제가 지금 그쪽이랑 악수를 할 기분이 아니거든요?"

나는 그에게 일말의 시선도 주지 않은 채 무시하듯 책상 쪽으로 걸어갔다.

"뭐, 그럼 말고요. 근데 사람 얼굴 뜯어고치는 곳에서 어떻게 된 게 양면테이프도 없지?"

'내가 잘못 들은 걸까?'라는 생각에 고개를 돌려 남자의 눈을 쳐다보았지만, 그는 아무렇지 않은 표정으로 내 방을 찬찬히 둘러보았다.

저따위 성형외과. 사람 얼굴 뜯어고치는 곳.

지금까지 직접적으로는 들어보지 못했던, 하지만 간접적으로는 수도 없이 듣고 느끼며 한편으로 신경 써왔던 말을 하루에 그것도 짧은 시간 안에 모조리 들어버렸다. 대체 어디서 이런 개념 없고, 내 뱉는 말마다 말초신경까지 긁어대는 놈이 나타난 거지? 그 남자를 향해 욕지거리가 목구멍까지 올라오는 것을 애써 꾹꾹 눌러 참은 후 눈을 내리깔았다.

그는 공중에 붕 떠 있던 손을 멋쩍게 내리고는 뒤돌아서 저벅저벅 걷기 시작했고, 신경이 곤두설 대로 곤두선 나는 신경질적으로 책상 위에 놓여 있던 핸드폰을 들어 윤 간호사에게 전화를 걸었다. 그리고 그녀가 전화를 받기도 전에 다짜고짜 짜증을 퍼부었다.

"대체 어디야? 왜, 저따위 소아과 의사가 내 병원에 멋대로 들락날락하게 두는 거야?"

당연히 그 말은 내가 의도한 대로 그에게 들릴 정도의 크기였고, 뒤돌아 밖으로 향하던 그가 쓰윽 고개를 돌려 얼빠진 표정으로 나를 바라보았다. 나는 그를 향해 뭐가 문제냐는 듯 어깨를 한 번 으쓱 한 후, 얼른 나가라고 오른손을 휘휘 저으며 괜스레 차트를 뒤적거렸다.

"저, 지금 저따위 소아과라고 하셨어요?"

그의 차가운 목소리가 바닥에 묵직하게 깔렸다.
"네. 저, 따, 위, 소아과요."
나는 그를 바라보지도 않은 채 여전히 눈에 들어오지도 않는 차트를 바라보며 건성으로, 하지만 똑똑하게 답했다. 눈에는 눈, 이에는 이, 직업적인 공격에는 직업 공격. 덕분에 속은 후련해졌지만 괜스레 귀찮은 일을 만든 건 아닌지 후회가 밀려왔다. '소아과'라는 한 단어만으로도 민감한 나다. 만약 여기서 저치가 두어 번 더 펀치를 날린다면 나는 또다시 통제 불능의 상태가 될지 모른다. 예전 그때처럼.
나는 그의 반응을 살피기 위해 차트에서 눈을 뗀 후 그를 바라보았다. 허공에서 그와 내 눈빛이 짧은 순간 빠르게 마주치며 이상기류를 만들어냈다. 잠시 어색한 침묵이 흘렀고 먼저 침묵을 깬 건 그였다.
"아, 뭘 잘못 보셨나 본데요. 제 소아과 이름은 '저따위' 소아과가 아니라 '늘파란' 소아과거든요? 그리고 사실 성형외과랑 소아과가 붙어 있는 건 좀 안 맞는 것 같지 않아요? 아이들이 얼굴을 붕대로 칭칭 감은 사람들을 보면 얼마나 놀라겠어요? 그들이 자신을 미라라며 재미나게 소개하지는 않을 거 아녜요."
생뚱맞을 정도로 능청스러운 말투와 해맑은 표정에 멍해 있는데 드르륵 진동 소리가 들렸다. 나는 반사적으로 핸드폰을 집어 들었지만 내 핸드폰은 조용했다. 그가 주머니에 손을 넣더니 핸드폰을 들어 폴더를 연 후 귀에 가져다 댔다.
"네, 이한재입니다. 아, 네."
그는 통화에 집중하며 발걸음을 돌려 저벅저벅 밖으로 나갔다. 등 뒤로 손을 올려 휘휘 젓는 얄미운 제스처도 잊지 않았다. 손에 들고 있던 차트를 던져 저 인간 뒤통수에 명중시키고 싶은 마음이 굴뚝같았으나 냉정함을 유지하려 애쓰며 다시 자리에 앉았다. 그러고는 두통에 일조하고 있는 머리띠를 풀어 원위치인 두개골 모형 해골에 짜증스럽게 씌어주었다.

내가 제일 싫어하는 게 자신들만이 인간의 생명을 다루는 정의로운 의사라고 착각하며 자만심과 과도한 자부심에 빠져 상대를 무시하는 마인드를 소유한 의사들이다.

어느 보수적인 내과 교수는 레지던트 과정을 마친 아들이 미용외과 개업에 뛰어들려는 것을 극구 반대했다. 이유인즉, 자신의 아들이 사람의 생명을 구하고 학술 연구를 하는 의사가 아닌 상업적인 의사로 전락하는 것이 용납되지 않았기 때문이다.

하지만 그 보수적인 교수나 '저따위' 소아과 의사가 간과하고 있는 사실이, 아니 모르는 사실이 하나 있다.

여자들에게 있어 미(美)란 목숨과도 같다는 것.

물론 그들이 모르는 걸 굳이 친절하게 알려줄 의무 따위는 내게 없다. 어차피 나를 비롯한 인간은 본인의 기억과 경험, 사고를 기준으로 살아가는 불완전한 존재다. 그래서 타인을 완벽히 이해한다는 건 불가능하다.

나는 '그래, 저런 인간 따윈 무시하면 돼'라고 생각하며 여유롭게 가운을 벗었다.

집으로 돌아와 습관처럼 아로마를 푼 뜨거운 물에 몸을 담그고 느굿하게 시술 중 생긴 긴장을 풀었다. 그리고 소파에 기대 앉아 노트북을 무릎에 올려놓고선 즐겨찾기 해놓은 시크릿 성형 카페에 들어갔다.
"올바른, 알맞은, 그래서 행복한 성형"을 슬로건으로 내세운 이 카페는 생긴 지 다섯 달 만에 회원 수가 십만 명을 육박했다. 물론 그 중 하나가 나다.
'시크릿'이라는 닉네임처럼 그 어떤 프로필도 노출되어 있지 않은 카페의 주인은 '성형, 미용외과'나 '성형을 하는 연예인'에 대한 자신의 생각이 담긴 짤막한 칼럼을 쓰며 성형을 원하는 회원들에게 알맞은 성형외과를 소개시켜주기도 한다. 문제는 그가 곳곳의 성형외과에서 일어나는 일들을 신기하리만치 사실적으로, 자극적으로 파헤친다는 데 있었다. 물론 비판의 대상이 되는 성형외과의 이름이 적나라하게 드러나 있지는 않지만, 십만이 넘는 네티즌들이 파헤치지 못할 리 없었다. 이 사이트 때문에 몸을 사리는 성형외과들이 속속 늘어나고 있었고, 그럴수록 카페의 회원 수는 증가했다.
한마디로, 이 카페는 일반 네티즌은 물론, 성형외과 관계자들에게 있어 '뜨거운 감자'였다. 나는 카페 주인이 오늘 올린 새로운 글을 클릭했다. 오늘 주예나가 언급했던 영화 〈카운테스〉 이야기로 시작되었다.

〈카운테스〉의 주인공 엘리자베스 바토리는 어느 날 자신의 머리를 빗겨주던 하녀가 실수를 저지르자, 순간적으로 하녀의 따귀를 때렸다. 그 바람에 하녀의 얼굴이 긁히며 새빨간 피가 났고, 그 피는 엘리자베스 바토리의 손으로 똑, 떨어졌다. 그 순간 그녀는 자신의 피부에 생기가 돌며 탄력이 살아나는 것을 느낀다. 그 이후부터 그녀는 자신의 매혹적인 젊음을 되찾을 수 있는 비결이자 비밀은 처녀들의 피로 목욕을 하는 것이라고 생각하며 각종 잔인한 도구를 이용해 처녀들을 살해하고, 그 피로 자신의 젊음을 유지한다. 실제로 엘리자베스 바토리의 피부는 나이에 걸맞지 않게 환상적인 우윳빛이었다고 알려져 있다. 그 영화를 보면서 한 여배우가 떠올랐다.

만약 누군가가 나에게 '실제로 피 성분이 피부 개선에 도움이 되나요?'라고 묻는다면 그에 대한 답은 'Yes'다.

간단히 말해 혈액은 적혈구와 백혈구, 혈장, 혈소판으로 구성되어 있는데 이 중 혈소판에 들어 있는 여러 가지 성장인자들이 상처 치유, 세포 재생, 혈액응고 등의 중요한 역할을 한다. 엘리자베스 바토리는 아마 이러한 혈액의 혈소판 성분으로 피부 개선에 덕을 본 듯하다. 사실 엄밀히 말하자면, 피주사도 그런 혈소판의 효능을 과학적으로 이용한 시술이다.

마흔을 바라보는 나이에도 우윳빛 피부와 매혹적인 미모를 유지하는 여배우 K. 그녀의 피부 유지 비결은 태반주사와 피주사로 알려져 있다. 하지만 최근, K가 다니던 압구정 H 성형외과와 그녀와의 불화설이 돌았다. 웬만한 사람들은 다 알아챌 수 있을 만큼 그녀의 얼굴에 지각변동이 일어나고 있지만 아직까지는 화장술로 감추며 쉬쉬하고 있는 상태다. 하지만 얼마나 더 오래갈 수 있을까?

〈카운테스〉에서도 그렇듯, 아름다움을 유지하는 대가는 잔혹하다. 타인의 피로, 혹은 자신의 피로 아름다움을 유지하는 그녀들의 내면은 과연 어떠할까?

 망가진 그녀의 얼굴. 아름다움에 대한 욕망으로 똘똘 뭉친 그녀의 잘못인가? 끊임없이 그녀를 유혹하는 H 성형외과의 잘못인가?

 (……)

 K? K가 누구지? 마흔을 바라보는 나이에 우윳빛 피부와 매혹적인 미모를 유지하고 있는 몇몇 여배우들을 떠올리는데, 문득 주예나의 말이 떠올랐다.

 '왜 우리나라 최강 동안 여배우 있잖아요. 피부가 예술인, 서른여덟로 절대 보이지 않는.'

 고보경. 혹시, 그녀인가? 나는 재빠르게 커서를 내려 그 글에 달린 무수한 댓글들을 훑어보았다. 대부분의 댓글들은 그녀를 고보경이라 추측했다. '성형 중독'이라는 아이디를 가진 어떤 이는, 고보경이 압구정 헬레스 성형외과에서 나오는 것을 목격했다며 모자를 푹 눌러쓰고 있었지만 자신은 그녀라고 확신할 수 있었다고 했다.

 헬레스 성형외과라. 우리 병원과 그다지 멀지 않은 곳에 위치한 성형외과다. '그곳 원장, 지금쯤 꽤나 황망한 얼굴을 하고 있겠군'이라고 생각하며 나머지 글을 찬찬히 읽어내려갔다.

*

 카페 안 모든 사람의 시선을 끌 정도로 요란스럽게 카페 문이 열리더니 한 남자가 들어왔다. 그는 주위를 두리번거리다 나를 발견하고는 반가운 듯 씨익 웃더니 고갯짓으로 인사를 했다. 나는 그런 그의 행동에 전혀 반응하지 않은 채, 아니 오히려 무시한 채 읽고 있던 책에 다시 시선을 주며 아메리카노를 홀짝댔다.

오삼준. 그는 압구정, 청담동, 강남역 일대의 성형·미용외과 각 병원에서 홍보실장이라는 직함을 달고 병원에 환자를 소개해줄 때마다 수술비나 시술비에서 적게는 10퍼센트, 많게는 50퍼센트까지 커미션을 챙겨 먹는 일종의 브로커다.

그의 옛 직업은 다양했다. 방송국 FD, 매니저, 연예기획사 대표, 드라마 제작사 대표. 뭐, 마지막 작품이 3퍼센트, 즉 애국가 시청률을 기록하고 설상가상으로 사기까지 당해 쫄딱 망해버렸지만.

그 후 그는 그동안 쌓아온 인맥들을 이용해 브로커가 되었다. 삼 년간의 브로커 행위로 도곡동 일대에 32평의 신형 아파트를 구입했다 하니, 그의 인맥이나 사람을 다루는 전략이 대단한 건 나도 인정한다. 하지만 '시크릿 성형' 카페와는 달리 오로지 영리를 목적으로 성형외과나 여자들을 이용하는 것 같은 그가 영 마음에 들지 않는다. 그가 연예기획사 대표로 있을 때 데리고 있던 어린 여가수는 그가 브로커로 전업한 후 이 병원 저 병원으로 끌고 다니며 과도한 보톡스와 필러를 주입시킨 탓에 턱과 볼이 마비돼서 웃으면 경련이 일어날 지경에 이르렀다.

저벅저벅 들리던 발걸음 소리가 내 앞에서 뚝 멈췄다. 뭐지? 나에게 볼일이 있는 걸까? 귀찮아, 라는 말이 나도 모르게 입 밖으로 툭 튀어나올 뻔했다.

"하하, 아직 안 늦은 거죠?"

그가 안타깝게도 비어 있는 내 맞은편 의자에 털썩 앉으며 카키색 목도리를 빠르게 풀었다.

"우리가 언제 약속했나요?"

그는 내 딱딱한 말투에도 아랑곳하지 않고 지갑을 꺼내 명함을 쓰윽 내밀었다. 여태껏 내가 그에게 받은 명함만 해도 얼추 스무 장이 넘는다. 물론 내 수중에는 단 한 장도 남아 있지 않다.

"에이, 그래도 사람이 왔는데 시선이라도 한 번 주시죠."

그가 능글맞게 웃으며 허락도 없이 내가 보던 책을 슬쩍 들어 올려 제목을 중얼거렸다.

"『찬란한 유혹』? 어라, 이런 책도 읽으세요? 항상 의료 서적, 자기개발서 등, 뭐 이런 딱딱한 것만 읽을 것 같은 분위긴데."

귀찮음과 짜증이 한숨으로 변해 휴우, 큰 소리를 내며 흘러나왔다. '여주인공이 전신성형 후, 자신을 버렸던 연인에게 복수하는 내용이거든요. 전신성형의 과정을 어찌나 황당하게 그려놓았는지 보고 싶어서 읽고 있거든요?'라고 쏘아붙이고 싶었지만, 그와 대화를 이끌어 나갈 수 있는 일말의 여지도 만들고 싶지 않아 관둬버렸다. 그 대신 책을 덮고 시큰둥하게 그를 바라보았다.

"제가 여기 있는 건 어떻게 아셨어요?"

"병원으로 전화했어요. 간호사분이 친절히 알려주시던데요. 점심시간이 끝날 때까지 이 카페에서 커피 한 잔을 하며 휴식을 취하신다고."

윤 간호사다. 점심식사 후 스타벅스에서 사온 달달한 라테를 마시며 패션 잡지를 뒤적거리다 받은 전화에 별생각 없이 대꾸했을 게 뻔하다. 처음 병원에 들어왔을 때에는 그렇게 나쁜 머리는 아니었는데……. 혹시, 환자에게 놓다 남은 보톡스를 몰래 자기 머리에 주입한 건 아닐까?

"볼일은요? 제 점심시간이 정확히 삼 분 남았으니 그 안에 말씀하셨으면 좋겠어요."

나는 윤 간호사에게 읊을 잔소리들을 떠올리며 재빠르게 말했다.

"삼 분이라……. 뭐 짧다면 짧고 길다면 긴 시간이네요, 하하."

그가 능글맞게 웃으며 쑥스러운 듯 머리를 긁적거렸다.

전체적으로 넓적한 얼굴에 미세하게 각이 진 사각턱, 노르스름한 얼굴색, 연신 눈동자를 굴리며 눈치를 보는 눈. 마음에 드는 구석이라고는 단 하나도 없었다. 특히, 그가 입술을 샐쭉 올리며 웃을 때는 나도 모르게 미간이 찌푸려졌다. 단순히 그의 외모 탓은 아니었다. 머릿속으로는 자신의 이득을 챙기기 위해 계산기를 두드리고 있으면서 머쓱한 척, 하는 그의 접근 방식에 생리적인 거부감이 치밀 뿐이다.

"바야흐로 이런 시대가 왔죠. 성형수술을 했어도 자연스러우면 자연 미인! 성형의 유무보다는 어떻게 했느냐가 더 중요한 시대. 그런 시대에 한 듯 안 한 듯 자연스럽게 해주시기로 이 바닥에 알 만한 사람들은 다 아는 분이, 지금 제 앞에 계신 정지은 원장님이지 않습니까?"

나는 대꾸하지 않은 채 슬쩍 시계를 보며 테이블 위에 놓여 있는 내 물건들을 벗어두었던 코트 주머니에 있는 대로 쑤셔 넣었다.

"선생님, 미인의 첫번째 기준이 뭔지 아시죠?"

"…… 글쎄요."

"바로, 피부라고 하네요."

"아, 삼십오 초 남았네요."

나는 코트를 입으며 자리에서 일어날 준비를 했다.

"우리나라 최고의 피부 미인 고보경 씨가 선생님을 뵙고 싶어 합니다. 은, 밀, 히."

고보경……? 순간, 옷깃을 여미던 손이 멈추었다.

"최근에 보경 씨가 그동안 다니던 병원과 사소한 의견 차이로 사이가 틀어졌어요."

정말, 시크릿 성형 카페에서 지칭한 K가 고보경인가?

"…… 그래서요?"

"그래서죠. 고보경 씨가 선생님을 만나고 싶어 하는 이유. 자신의 피부를 맡기려고요."

"삼 분이 다 지났네요. 그럼 전 이만 가볼게요."

나는 엉거주춤하던 자세를 똑바로 일으켜 세운 후, 아직 반쯤 남은 아메리카노를 손에 쥐었다. 그리고 그에게서 휙 등을 돌려 걸음을 옮기려던 찰나, 등 뒤로부터 다시 그의 목소리가 들려왔다.

"어? 승차 거부, 아니 환자 거부인가요?"

순간 발걸음이 우뚝 멈춰졌다. 나는 다시 그를 바라보며 차갑게 쏘아붙였다.

"어쩌죠? 전, 당신에게 커미션을 챙겨주고 싶은 마음이 전혀 없는데?"

"에, 저도 받을 생각 없는데요?"

그는 두 눈을 끔벅거리며 진정 결백하다는 듯이 나를 바라봤다. 아마도 나의 '어째서'라는 질문은 말 대신 표정에서 여실히 드러났을 것이다.

"뭐랄까, 첫 거래부터 커미션을 둔다는 건 좀 그렇지 않나요? 하하, 농담이고요. 제가 고보경 씨한테 살짝 빚이 있거든요. 보경 씨가 자신의 피부를 예전처럼 만들어줄 병원을 찾고 있는데, 톱스타인 그녀가 다른 사람들처럼 이곳저곳 알아보고 둘러보고 성형외과에 상담이나 시술 받으러 다니기는 뭣하잖아요? 도움이 필요한 사람이 있고 그걸 확실하게 도와줄 수 있는 사람을 제가 아는데 어떻게 모른 척할 수 있을까요? 커미션은 제가 보경 씨한테 진 빚이라 해두죠."

답해야 할 말이 선뜻 떠오르지 않았다. 진실함, 솔직담백함 같은 것과는 거리가 멀어 보이는 인간이지만, 그래도 지금 그의 말에 딱히 거짓이나 허튼수작이 있는 것처럼 보이지는 않았기 때문이다. 그가 지금 말하고 있는 그 '빚'이라는 게 뭔지 알 수는 없지만, 아니 알고 싶지도 않지만, 어쨌거나 그가 그것을 갚고 싶어 하는 건 분명했다. 벼랑 끝에 몰렸을 때 졌던 빚이건 사소하고 별 볼 일 없었을 때 진 빚이건 간에 '빚'은 귀찮고 불필요한, 떼어내지 않으면 갑갑한, 피부 표면에 덕지덕지 붙어 있는 각질 같은 존재다. 하지만 내가 그의 각질 제거를 맡아줄 필링 같은 존재가 될 의무 또한 없지 않은가. 게다가 주예나는 분명, 고보경의 존재를 달갑게 여기지 않을 것이다.

"자, 언제로 잡을까요?"

고민하는 내 표정에 그가 비식거리는 웃음을 지으며 말했다. 나는 그런 그를 보며 한참을 뜸을 들이다 어쩔 수 없이 지갑에서 명함을 꺼내 건넸다. 그러고는 "직, 접, 연락해서 상담 예약을 잡으라고 하세요"라고 딱딱한 말투로 말한 후 자리를 떠났다.

"윤 간호사, 앞으로 쓸데없는 소리 지껄이지 마."
 나는 병원에 들어서자마자 역시나 예상대로 접수창구에 서서 잡지를 뒤적이고 있는 윤 간호사에게 따끔한 주의를 줬다.
 "…… 네?"
 "앞으로 어떤 전화가 오든 내 사적인 얘기는 하지 말란 말이야. 예를 들어, 내가 식사 후 근처 카페에서 커피 한잔한다든가 하는 그런 거."
 "아…… 꼭 만나서 전해야 하는 급한 일이라고 해서."
 "어쨌거나. 앞으론 주의해줘. 점심시간 지나서 잡지 보는 것도 조심해주고."
 "…… 네."
 그녀가 잡지를 접어 어딘가로 집어넣으며 입을 샐쭉거렸다. 나는 병원 안을 흘긋 돌아보며 다른 간호사와 관리사의 행방을 물은 후, 윤 간호사가 건넨 타임리스트 메모지와 예약 차트를 가지고 내 방으로 들어갔다. 윤 간호사에게 너무 쌀쌀맞게 군 건 아닐까 약간 후회가 됐지만, 과도하게 긍정적인 성격의 소유자인 그녀라면 분명 퇴근시간 무렵엔 내가 했던 모진 말들은 잊은 채 생글거리며 애교 섞인 목소리로 '선생님, 오늘은 보톡스 남는 거 없을까요?'라며 자신의 얼굴 중 약효가 빠진 부위를 들이밀 게 분명했다. 식을 대로 식은 아메리카노 뚜껑을 열며, 차트와 타임리스트를 훑어봤다.

3:00 정소진

준(準)재벌가 둘째 며느리다. 첫 상담 때 "신생아는 몇 개월 후부터 시술이 가능한가요?"라고 두 눈을 동그랗게 뜨고 물었던. 이유는 당연히 그녀가 눈, 코, 입, 이마, 가슴, 심지어 치아 교정까지 모두 풀세팅으로 성형한 것을 남편과 시댁이 모른다는 데 있었다. 어느 날, 수면마취에서 깬 그녀가 혀 풀린 목소리로 이렇게 중얼거렸다.
"남편 외모가 꽤 출중하거든요. 근데 만약 태어날 아이가 돌연변이처럼 못나게 나와 제 성형 사실마저 들킬까 봐 요즘 자다가도 벌떡벌떡 잠이 깨요."

4:00 가수 유하나

슬픈 발라드일 때는 청순하게, 댄스곡일 때는 섹시하게. 그녀는 앨범이 나올 때마다 곡 분위기에 맞는 얼굴로 고친다. 마치 가면을 바꿔 쓰듯. 때문에 그녀의 새 앨범이 나온다는 소식을 들을 때마다 제발 난해하고 어렵지 않은 곡이었으면 하고 슬며시 바라게 된다.
타임리스트를 체크하던 중, 12일 세시 칸에 기재돼 있는 주예나의 이름을 보자마자 머리가 지끈거렸다. 주예나가 고보경을 언급할 때, 그녀는 노골적으로 거부감을 드러냈다. 분명 주예나는 스물다섯인 자신이 서른여덟의 그녀와 비교된다는 것 자체를 두려워한다. 내게도 넌지시 알리지 않았던가. 가끔씩 이런 갑갑한 상황이 닥칠 때가 있다. 남편의 불륜을 하소연하던 어떤 환자가 병원 문을 열고 들어오는 바로 그 불륜 상대와 마주친다든가, 고등학교 때 라이벌이었던 두 여자가 우연히 병원에서 만나 얼굴을 붉힌다든가. 그와 같은 경우에 그녀들이 앞다투어 내게 건네는 말은 단 하나다.

"선생님, 앞으로 저 여자 주사 놔주지 마세요!"

과연 주예나는 고보경이 자신과 같은 병원에 다닐 수도 있다는 사실을 알게 되면 어떤 반응을 보일까. 복잡한 일, 귀찮은 일은 절대 사절이다. 휴, 깊은 곳에서부터 한숨이 흘러나왔다. 더군다나 병원에 들어오는 길, 소아과 문에 떡하니 붙어 있는 손 글씨 벽보는 내 스트레스 지수를 한층 더 높여줬다.

"♡♥☆★☆1월 11일부터 아이들 진료 시작합니당~♡♥☆★☆"

유치찬란한 하트와 별 다발, 게다가 '시작합니다'도 아니고 '시작합니당~'이라니. 그렇게 천상천하 유아독존, 싸가지 제로로 굴더니 안 어울리게 귀여운 척은 뭐지? 게다가 11일은 바로 내일이었다. 바로 내일부터 잔잔한 클래식과 어울리던 이곳이, 〈방귀대장 뿡뿡이〉 같은 방정맞은 음악이 어울리는 곳으로 변해버리는 게 아닐까 하는 끔찍한 생각이 들었다.

시댁 행사 후, 계속된 가식적인 웃음으로 갑작스레 깊게 팬 주름과 스트레스로 난 여드름의 흉터 때문에 왔다는 정소진에게는 여드름으로 푹 팬 곳에 칵테일주사로 살을 채웠고, 톡신으로 주름을 폈다.

유하나는 듀엣으로 노래를 부르게 되었다며 불쑥 남자 파트너의 사진을 내밀었다. 그러고는 '이 남자와 어울리게끔 살짝 수정해주세요'라는, 내가 그토록 걱정했던 애매하고도 난해한 요구를 던졌다.

여섯시. 언제나처럼, 아니 오늘은 더욱 진이 빠졌다. 간호사들에게 뒷정리를 부탁한다는 말과 함께 병원을 빠져나왔다. 집에 가자마자 목욕물에 들어가야지, 라고 생각하며 힘없이 엘리베이터 버튼을 누르는데 등 뒤에서 불청객의 목소리가 들려왔다.

"어라? 오늘 장사 끝났나 봐요?"

순간 엘리베이터 문이 열렸다. 자신은 진료 끝이고, 나는 영업 종료라는 식으로 대놓고 나를 장사꾼 취급한 그는 저벅거리며 엘리베이터 안으로 들어가더니 태연히 "안 들어와요?"라고 물었다. 울컥 화가 치밀어 올랐지만, 나는 그를 무시하기로 하지 않았던가. 아무런 대꾸 없이 엘리베이터에 올라탄 나는 가방 안주머니에서 아이팟을 꺼내 전원을 켰다. 하지만 가방 안에 있던 내내 재생되고 있었는지 배터리 로(low) 표시가 껌벅거렸다. 아무렴 어때. 내가 지금 아이팟을 꺼낸 이유는 음악을 들으려는 게 아니라 이 남자를 무시하기 위해서인데. 나는 이어폰을 귀에 꽂은 후, 아직 멈춰 서 있는 엘리베이터의 닫힘 버튼을 힘껏 눌렀다.

"저, 내일부터 진료 시작하는데. 야밤에 병원을 옮기실 기특한 의향은 아직 없죠?"

나는 그의 말을 전혀 듣지 못하는 척, 손가락을 허벅지에 대고 박자를 맞추듯 틱틱거리며 엘리베이터 문만 뚫어져라 바라보았다.

"도대체 뭘 듣기에 그렇게 집중해요?"

여전히 그의 말을 못 들은 척, 능청을 피우고 있는데 그 남자의 손이 불쑥 내 귀에 와서는 이어폰을 빼앗아 자신의 귀로 향하고 있었다. 순간 당황한 나는, 그의 손에서 이어폰을 잽싸게 빼앗은 채 소리를 질렀다.

"당신, 미친 거 아니에요?"

"어? 말할 줄 아네요. 난 또 하루 사이에 실어증이라도 걸렸나 걱정이 돼서. 뭐, 당연히 의사로서 말이죠."

몸 구석구석에서 불쾌감, 짜증 등 온갖 종류의 화가 치밀어 올랐지만 나는 최대한 침착하게 행동하려고 노력했다. 이 남자는 '저따위 성형외과' 의사인 나를 열 받게 할 목적으로 일, 부, 러, 이러는 거다. 그러니 만약 여기에 넘어간다면, 나는 어제 인터넷에서 본 단어대로 '루저'인 것이다. 그 순간 엘리베이터 문이 열렸고, 내 주머니에서 진동이 느껴졌다.

"관두죠."

나는 최대한 빠른 속도로 엘리베이터를 나가며 주머니에서 핸드폰을 꺼냈다. 수신된 번호는 낯설었다. 받을까 말까 고민하다, 내 뒤로 들리는 그 인간의 발소리 때문에 폴더를 열었다.

"네, 정지은입니다."

핸드폰 너머에서 약 몇 초간의 침묵이 이어지더니, 낯설지만 낯설지 않은, 도도하지만 부드러운 목소리가 들렸다.

"안녕하세요. 고보경이에요."

순간 우뚝 발걸음이 멈춰졌지만, 서둘러 걸음을 재촉했다. 하지만 그는 이미 내 앞을 지나쳐 가며 오른손을 어깨 위로 든 채 휘휘 흔들고 있었다. 미친 게 분명했다. 의사로서, 아는 선배의 정신병원 번호라도 손에 쥐여줘야 하는 게 옳은 건가?

"선생님, 혹시 지금 시간 괜찮으세요?"

"…… 네?"

"청담동이시죠? 가까운 곳에 있는데, 가능하다면 잠시 뵐 수 있을까 해서요."

머릿속은 집에 가서 휴식을 취할 생각으로 그득한 내 입에서 "…… 네, 어디신데요?"라는 답이 흘러나온 건, 전화 너머에서도 여배우의 포스를 강력하게 뿜으며 마치 이해정을 연상케 하는 고보경 그녀에게 아주 약간의 호기심이 생겨서이다. 문득, 곧 이해정의 생일이라는 사실이 떠올랐다. 내키지는 않지만 집에 가는 길에 갤러리아 백화점에 들러 형식적인 선물이라도 사야겠다고 생각하며 내비게이션의 지시대로 핸들을 꺾었다.

갤러리아 뒷골목에 위치한 레스토랑 오층, 프라이빗 룸에서 느긋한 포즈로 앉아 있던 고보경이 매니저의 안내를 받으며 들어오는 나를 보고 싱긋 웃었다.

그녀의 피부 상태나 탄력 있는 굵은 머릿결은 곧 마흔을 바라보는 나이라는 것이 믿기지 않을 정도로 성형외과 의사인 내가 봐도 훌륭했다. 문제는, 과도한 필러와 보톡스의 주입 때문에 살짝 웃을 때도 얼굴 전체에 미세한 경련이 인다는 것이었다. 저 정도의 상황이라면 크게 웃는 건 분명 무리였다. 당연히, 자연스러운 표정 연기는 불가능해 보였다. 내가 맞은편에 앉자마자 그녀는 내게 식사 의향을 물었고, 나는 커피 한 잔이면 된다고 답했다.

"하하, 잘됐네요. 저도 여섯시 이후로는 그 어떤 것도 입에 집어넣지 않거든요."

고상한 얼굴과 어울리지 않는 털털한 말투였다. 그녀가 매니저를 불러 하우스 커피 한 잔을 주문하며 "여기 하우스 커피 꽤 괜찮아요"라고 나를 향해 말했다.

곧, 뽀얀 김이 모락모락 올라오는 커피 한 잔이 큼직한 테이블 위에 덩그러니 놓였다.

"단도직입적으로 물을게요."

"네, 그럼 저도 단도직입적으로 답할게요."

그녀가 내 대답이 썩 마음에 든다는 듯 입꼬리를 올리며 피식 웃었다. 원두의 원산지가 궁금할 정도로 좋은 커피 향 때문인지, 그녀의 그런 태도에 기분이 나쁘지는 않았다.

"선생님께서, 제 얼굴을 맡아주세요."

그녀가 정말 단도직입적으로 말했다.

"…… 얼굴이라면?"

"일단 피부요. 그 외에 필러, 보톡스, 피주사 이런 것들도 알아서 주기적으로 주입해주셨으면 해요."

"근데, 그 이야기가 과연 이런 은밀한 곳에 와서 조심스럽게 할 이야기인지 전 좀 궁금하네요."

"그러게요. 물론 저도 선생님 병원에 전화해서 예약하고 상담하고 진료받고 그러고 싶어요."

"그런데요?"

"제가 그 유, 명, 한, 고보경이잖아요."

아무렇지 않은 말투로 스스로 유명하다고 말하는 그녀의 당당함과 뻔뻔스러움에 피식 웃음이 흘러나왔다. 그녀도 호탕하게 하하하, 웃더니 계속해서 말을 이었다.

"안 그래도 요즘 성형 문제로 세간에 말이 많거든요. 동안으로 보이기 위해 행하는 몇 가지 노력 중 하나가 의학을 힘을 빌리는 것이라고, 모 프로그램에서 솔직하게 밝힌 게 화근이 됐죠, 뭐. 시크릿…… 성형 카페였던가? 거기선 벌써, 다니던 헬레스 성형외과와 제 사이가 틀어졌다는 이야기가 인기를 끌고 있더라고요."

이로써 시크릿 성형 카페에서 말한 K는 고보경, H 병원은 헬레스 성형외과라는 게 기정사실화되었다. 새삼 네티즌들의 놀라운 정보력에 놀라고 있는데 고보경이 불쑥 곤란한 질문을 던졌다.

"선생님, 사실 지금 제 얼굴 상태 별로죠? 아니, 엉망이죠?"

나는 다시 한 번, 그녀의 얼굴을 찬찬히 바라보았다. 한참 후, 대답을 강요하는 듯한 고보경의 눈빛과 마주쳤다. 나는 천천히 고개를 끄덕인 후, 조심스럽게 입을 열었다.

"피부는 좋지만, 잦은 필링으로 예민해져 있는 상태고, 필러와 보톡스는 필요 이상으로 과다 주입되어 있어요. 아, 입술이 제일 심하고요. 또, 다크서클이 살짝 내려와 있네요. 그건 혈청주사로 쉽게 완화시킬 수 있을 것 같은데……."

마치 상담을 하는 듯한 내용이 술술 흘러나왔다.

"하하, 솔직하셔서 좋네요. 아실지 모르겠는데, 제가 곧 드라마 촬영에 들어가요."

"네……."

주예나에게 들어 이미 알고 있는 사실이었다.

"사실 출연 확정을 짓는 계약서에 도장 찍기 전까진 얼굴 상태가 이 정도는 아니었거든요. 그런데 자꾸 욕심을 부리다 보니…… 브레이크 걸기가 쉽지 않네요."

그렇다. 성형의 가장 큰 부작용은 중독이고, 성형 중독은 브레이크가 고장 난 차를 타는 것처럼 위험천만한 일이다. 나는 이해한다는 의사 표시로 고개를 끄덕였다.

"그래서 지금은 웃는 것도 우는 것도 영 어색해요. 그러다 보니 연기를 해야 하는데 덜컥 겁부터 나고요. 선생님께서 도와주셨으면 좋겠어요. 아, 게다가 드라마에서 라이벌로 나오는 여배우가 저보다 열 살 넘게 젊거든요. 싸가지도 좀 없는 것 같고. 뭐, 그때야 다 그렇겠죠? 세상 모든 것이 반짝거리고, 원한다면 별 노력 없이도 자신이 다 가질 수 있다고 생각할 테니까……."

지금 고보경이 불만 가득한 어투로 이야기한 여배우는 아마도 주예나일 것이다. 하지만 고보경의 생각은 틀렸다.

주예나는 반짝반짝한 세상 안에서 그 반짝임을 잃지 않기 위해, 더 앞으로 나아가기 위해 그녀가 할 수 있는 선에서 최대한 노력하며 끔찍이 애쓴다. 마취도 하지 않은 채 얼굴 여기저기 주삿바늘을 찔러대는 공포, 고통, 외로움을 감내하는 것이 그 하나의 예이다. 고보경의 당당함이 오만에서 비롯된 것임을 알게 되자 더 이상 그녀와 대화를 이끌어 나가고 싶은 마음이 사라져버렸다. 때마침 향이 좋던 커피도 슬슬 바닥을 드러냈다. 나는 그만 자리에서 일어날 심산으로 조용히 입을 열었다.

"그런데 그땐 그게 맞아요."

하지만 허공으로 흘러나온 씁쓸한 목소리는 내 것이 아니었다.

"…… 그 나이 땐 그게 매력이잖아요? 어느 정도는 돈으로 살 수 있지만 완벽히 소유할 수 없는 젊음. 가진 사람이 여유로운 건 맞는 거예요. 괜히 겸손만 빼는 후배 여배우들보다 나은 것 같기도 하고. 사실, 내 젊은 시절을 보는 것 같아, 괜한 질투가 나는 거 있죠?"

고백하듯 말하며 멋쩍게 웃던 그녀가 손을 뻗어 물 잔을 들었다 바로 다시 내려놓았다. 문득, 그녀의 얼굴이 무척이나 슬퍼 보였던 것은 내 착각일까?

어쨌거나, 그녀는 자신이 당면한 상황을 너무나도 잘 인식하고 있었다. 한때, 연기력은 다소 부족했지만 넘치는 매력으로 대중에게 어필해 사랑을 얻었던 그녀. 하지만 이제는 그녀도 모든 여자들이 그러하듯 흐르는 세월 앞에 무릎 꿇을 수밖에 없었을 것이다. 게다가 자신보다 어리고 예쁜 데다 연기까지 잘하는 후배들이 바싹 쫓아오고 있었다. 그녀는 점점 상실감과 불안함에 헐떡이며 계속해서 자신의 얼굴에 갖가지 실험과 시도들을 해봤을 것이다.

여자에게 미모의 상실이 주는 위력은 실로 대단하다. 그 상실은 불안이라는 감정을 만들어낸다. 불안은 단순히 불안만으로 끝나지 않은 채 질투, 짜증, 무기력함 등 여러 가지 불필요한 감정을 제조해내며 여자를 나락으로 밀어뜨리기도 한다. 그건, 이미 간접적으로나마 경험한 바 있다.

하지만 고보경은 지금 자신의 불안감만은 철저히 숨기고 있다. 그 불안감을 인정해버리면 자신에게 남아 있는 게 아무것도 없을지도 모른다고 생각할 수도 있다. 그래서 마지막 자존심을 꼿꼿이 세운 채, 변해가는 세태와 자신의 변화를 나름 합리화해보려고 애쓰는 게 아닐까. 아마도 그래서일 거다. 내 눈에 비치는 그녀가, 슬퍼 보이는 이유.

"연예인 할인, 이런 요구는 하지 않아요. 다른 곳보다 비싼 이유를 묻는 바보 같은 질문도 마찬가지고요. 싼 게 비지떡이라는 말, 일리 있거든요. 사실 보톡스나 필러 주입을 잘하는 숙련된 전문의를 만나는 건 힘들잖아요? 게다가 선생님을 만나보니, 나름 미적 감각이 있는 분이라는 걸 확신했어요. 자신의 얼굴을 미적 감각 제로인 의사 선생님한테 맡기는 건, 영화나 드라마를 찍는 데 패션 감각 없는 코디를 고용하는 것보다 더 위험하고 멍청한 행위잖아요. 하하. 선생님, 부탁드릴게요."

그녀의 말 중, 나에게 미적 감각이 있다는 말만 제외하고는 내 생각과 일치하는 부분이 많았다. 솔직함 속, 불안감을 꽁꽁 숨겨둔 그녀의 위태로운 모습에 한풀 꺾인 나는 웃을 때 어색해지는 그녀의 얼굴을 고쳐주고 싶어졌다. 여전히 주예나가 마음에 걸렸지만, 오삼준이 말한 대로 '승차 거부'든 '환자 거부'든 잘못된 건 마찬가지다. 환자를 거부할 권리 따위는 내게 없었다. …… 혹시 자기 합리화 중인 건 고보경이 아니라 나인 걸까?

"예약은 지금 잡으실 거예요?"

"네. 12일, 그러니까 모레 다섯시. 가능할까요?"

나는 재빠르게 머릿속으로 12일에 예약된 환자들을 체크했다. 세 시에 주예나가 잡혀 있기는 했지만 두 시간이라는 긴 텀이 있었다.

나는 가볍게 고개를 끄덕였다. 그렇게 조금 더 이야기를 나누다가 우리는 레스토랑에서 나왔다. 고보경은 대기시켜놓은 밴(van)에 올라탔고, 나는 내 차에 올라타 갤러리아로 향했다.

이해정에게 어울릴 만한 재킷을 고르다 조금 전 고보경이 입고 있던 원피스가 눈에 띄었다. 그녀가 말한 대로 성형외과 의사는 예쁜 것에 대한 자신만의 감각이 있어야 한다. 그리고 그 감각은 대중과 맞아떨어져야 한다. 만약 성형외과 의사와 환자가 이런 식으로 상담한다고 생각해보자.

    환자 : 전 김태희나 한가인처럼 고치고 싶어요.
    의사 : 전 김태희나 한가인 같은 분들이 예쁜 걸 전혀 모르겠어요.
    환자 : 네? 그럼 누가 예쁘죠?
    의사 : 왜, WW 있잖아요. 걸 그룹 중에서 톡톡 개성 넘치는 여자 멤버!

과연 이 의사에게 성형수술을 맡기고 싶은 환자가 있을까? 문득 시크릿 성형 카페에서 어떤 남녀의 황당한 대화라며 누군가 올린 글이 떠올랐다.

    여자 : 난 실력 있고 개성 있게 생긴 WW가 좋아.
    남자 : 어? 그러고 보니 너 WW 닮았다!
    여자 : 야! 너 죽을래?

여자 : 난 정말 소녀시대의 윤아가 예쁜지 모르겠어.

남자 : 그래? 난 널 볼 때마다 윤아 닮았다고 생각했는데.

여자 :(좋아라 펄쩍펄쩍 뛰며) 정말? 정말? 진짜지? 넌 역시 보는 눈이 있어!

세상이 변하면서 예전에는 별로 쓰지 않았던 '개성이 넘친다', '독특하다'라는 표현이 늘어났지만 대부분 여자들은 자신의 얼굴이 개성 넘치고 독특한 것보다는 예쁘기를 원한다.

나는 점원에게 방금 눈에 띈, 코발트블루색 실크 블라우스의 가격을 물었다.

"아, 칠십팔만 원이에요. 메이드 인 이탈리아이고, 원단은 최고급 실크예요."

그녀는 자랑스럽게 말하며 "입어보실래요?"라고 물었다.

이탈리아에, 최고급 실크라. 성형 또한 히알루론산의 함유량이 어느 정도인지, 수입한 장소가 어디인지, 누가 시술하는지에 따라 많은 차이가 난다. 한마디로 '약=원단', '의사=디자이너'인 샘이다.

나는 그녀에게 "됐어요. 선물용이니까 포장해주세요"라고 말하며 크레디트카드를 건넸다.

그녀에게 어울리든 안 어울리든 상관없었다. 대한민국 대표 여배우인 그녀에게 옷은 무수히 많다. 이것은 단지, 수입이 있는 딸이 엄마에게 주는 의무적인 생일 선물이다.

이해정. 여자에게 있어 미모에 대한 상실감이 얼마나 위험한 상황을 야기할 수 있는지 철저하게 경험시켜준 여자. 의대에 입학한 내게 이왕이면 자신의 얼굴을 책임질 수 있는 성형외과나 피부과 의사가 되라고 강요했던 여자. 오 년 전 그 사건으로 세상의 모든 것을 잃었다고 생각했을 때, 나는 너를 낳아 미모와 젊음을 잃었을 때 이미 모든 걸 잃었었다고, 하지만 또다시 어떻게든 살아가게 되더라는 도무지 해석할 수 없는 위로를 해줬던 여자.

자신의 엄마가 거울을 보면서 늙어가는 자신의 얼굴을 도려내고 싶다고 소리를 지르며 칼로 온몸을 자해하는 광경을 본 십대의 소녀가 미치지 않을 가능성은 얼마나 될까? 그리고 불과 며칠 전 그 난리를 쳤던 여자가 티브이에 나와 따뜻하고 여유로운 미소를 지으며 '나는 늙는 게 두렵지 않아요'라고 태연히 말하는 걸 이해할 수 있는 딸은 얼마나 될까?

그녀는 지금도 자신의 얼굴이 내 손을 필요로 할 때만 나를 찾는다. 그런 그녀를 나는 미워하지도 사랑하지도 않는다. 세상에는 여러 종류의 모녀 관계가 있다. 자신의 분신인 듯 아끼고 사랑하는 엄마와 딸. 아빠의 사랑을 양분하는 적대 관계의 엄마와 딸. 서로를 이해하며 함께 늙어가는, 같은 여자로서의 엄마와 딸. 하지만 우리는 단지 엄마와 딸이라는 의무적인 관계에 놓여 있을 뿐, 그 이상 아무것도 없다.

적어도 내 생각에는 그렇다.

*

내 예상은 정확히 맞아떨어졌다.

피부 관리나 시술받는 환자들을 위해 틀어놓은 고요한 클래식이나 점잖은 분위기의 재즈 중간 중간에 아이들의 고함 소리와 울음소리가 섞여 그 음악에 어울리지 않는 악기인 심벌즈와 같은 역할을 했다. 쨍, 쨍, 쨍.

'휴, 성형외과 옆 소아과는 정말 최악이군!'

나는 윤 간호사를 불러 당장 방음 전문 업체에 연락해 최상 효과의 방음기를 설치하라며 짜증스럽게 말했다.

하지만 지금 나를 더 초초하게 만드는 건, 바로 주예나였다. 항상 제 시간에 오던 그녀는 한 시간이 지나도 모습을 드러내지 않은 채 연락 두절 상태였다. '무슨 일이 생겨 못 오나 보다'라고 결론을 내린 후 화장실에 가기 위해 원장실을 나오는데, 마침 병원 문을 열고 들어오는 주예나와 마주쳤다. 그녀는 나를 보자마자 헉헉거리며 "비행기 연착 때문에 늦었는데, 핸드폰 배터리가 없었어요"라고 말했다. 그러고는 선글라스를 슬쩍 내리며 서둘러 미안함을 표시했다.

그때, 본능적으로 내 눈은 시계를 찾았다. 다섯시 삼십 분 전. 곧, 고보경이 도착할 시간이었다. 절대 그녀들을 마주치게 하고 싶지 않았다. 귀찮은 일이 벌어지는 건 딱 질색이다. 일단 그녀를 에스테틱 룸으로 안내하기 위해 서둘러 윤 간호사를 부르는데, 딸깍 소리가 들리며 병원 문이 다시 한 번 열렸다. 윤 간호사인가? 하고 빼꼼히 고개를 내밀었다. 하지만 내 시야에 들어온 건 윤 간호사가 아니었다.

선글라스와 모자로 얼굴 전체의 반이 넘는 면적을 가리고 있는 고보경. 하지만 주예나는 단 일 초 만에 그녀의 정체를 알아차렸다. 잠시간의 정적 후, 고보경에게 고개를 꾸벅 숙인 채 "아, 안녕하세요,

선배님"이라고 당황스러운 말투로 말하는 주예나의 얼굴은 새파랗게 질려 있었다. 고보경은 이 어색한 상황을 눈치챈 듯 일이 있었는데 깜빡했다며 다시 병원 문을 나섰다.

나와 함께 원장실로 들어온 주예나는 자리에 앉기도 전에 따지듯 물었다.

"하, 말도 안 돼. 어떻게 고보경을 드라마 촬영 현장이 아닌 이곳에서 마주칠 수 있죠? …… 제가 저번에 분명 말했잖아요. 같은 드라마에 출연하게 됐다고. 그래서 걱정이라고! …… 선생님! 전 아무래도 이해가 되지 않아요. 선생님은 저와 친구 같은 사이잖아요! 어떻게 친구의 적과 내통할 수 있어요? …… 전 도무지 이 상황을 납득할 수 없어요! 배신이야, 이건."

배신, 내통이라. 썩 내키는 표현은 아니었다. 하지만 나는 시뻘겋게 상기된 얼굴로 언성을 높이는 그녀에게 일일이 대꾸하지 않았다. 어차피 이런 상황이 올지도 모른다고 예상했었고, 현재 주예나의 기분이 어떨지 이해되기도 했다.

"돈 때문이에요? 그럼, 이건 어때요? 고보경이 시술받는 금액, 제가 다 부담할게요. 그럼 되나요?"

휴우, 포기의 한숨이 흘러나왔다. 흥분한 그녀의 입이 잠시 휴식을 취하는 동안 나는 차분히, 똑똑히, 그리고 나름대로 조리 있게 내 생각을 그녀에게 전했다.

"환자에게는 의사를 선택할 권리가 있어요. 하지만 의사에게 환자를 거부할 권리는 없죠."

멀뚱한 얼굴로 나를 바라보던 주예나에게 나는 마지막 말로 쐐기를 박았다.
"…… 물론, 환자분이 원하는 가격과 기, 분, 을, 맞춰줄 의무도 없고요."
이해는 되지만 동의하기는 힘들다는 애매한 표정으로 한참을 씩씩거리던 주예나는 "얼른 시술이나 해주세요"라고 퉁명스럽게 말했다. 그리고 시술 후, 그녀는 차갑게 사라졌다.
사실 그녀가 내 상황을 이해해줬으면 하는 바람도 있었다. 하지만 그녀에게 내 입장을 열심히 피력하며 붙잡는 노력 따위는 하기 싫었다. 진심을 보인다고 해서 타인이 내 감정을 알아주고, 이해해주지는 않는다. 아니, 내게는 진심을 보여줄 수 있는 능력이 없다. 그래서 애당초 기대하지도 않는다.
나는 그녀에게 느끼는 미안한 감정을, 최선을 다해 시술해주는 것으로 대신했다. 내가 그녀에게 해줄 수 있는 건 그것뿐이니까. 그것을 그녀가 모른다고 해도 전혀 상관없다. 그러니까, 이번 일로 그녀가 나를 다시 찾지 않는다 해서 실망하거나 상처받지 않을 것이다. 그녀와 나 사이가 단지, 여기까지인 것뿐이다.
곧 모습을 드러낸 고보경은 묵묵히 시술을 받은 후, "저녁 같이 하고 싶은데, 스케줄 때문에요. 아! 어차피 음식을 먹진 않지만요, 하하"라고 털털하게 웃으며 고맙게도 끝까지 주예나에 대해 아무것도 묻지 않은 채 유유히 떠났다.
그녀가 사라지자마자 어딘가 숨어 있던 긴장이 풀리며 어깻죽지가 굳고, 머리가 지끈거리기 시작했다. 다행히 고보경이 마지막 예약 환자였다. 서둘러 가운을 벗고, 코트를 걸쳤다. 잡아채듯 백을 들고는 걸음을 옮겼다. "나 먼저 가. 알아서 퇴근들 해"라는 말을 빠르게 허공에 흘린 후 문을 열었다.

그 순간, 아마도 병원에 들어가기 싫다는 이유로 울고 있을 한 아이와 그런 아이 앞에 무릎을 꿇고 앉아 어르고 달래는 옆집 소아과 의사가 내 시야에 들어왔다. 그가 가운 주머니에서 알록달록한 막대 사탕을 꺼내더니 아이에게 쓱 내밀었다. 잠시 눈물을 멈추고 똘망똘망한 눈빛으로 사탕을 바라보던 아이는 그것을 집어 들고서는 멜빵바지 뒷주머니에 조심스레 넣더니, 금세 다시 울었다. 더욱 서럽게. 갑작스레 오슬오슬 한기가 돋았다. 얼른 울고 있는 아이에게서 시선을 돌려 엘리베이터 버튼을 눌렀다.

곧 엘리베이터 문이 열렸다. 그와 동시에 삼십대 초반으로 보이는 여자가 "죄송해요, 선생님!"이라며 엘리베이터에서 뛰어나왔고, 나는 그 안으로 들어갔다. 그녀는 우는 아이를 번쩍 들어 안고서 소아과 안으로 들어갔다. 일층 버튼을 누르는데, 해방된 얼굴로 주머니에서 사탕을 하나 더 꺼내 열심히 껍질을 까고 있는 그와 눈이 마주쳤다. 서둘러 시선을 피하며 힘껏 닫힘 버튼을 눌렀다. 순간 바쁜 발걸음 소리가 들리더니 커다란 손이 불쑥 들어와 거의 닫히려고 하는 양쪽 문을 가까스로 막았다. 스르르, 다시 문이 열리며 입에 막대 사탕을 달랑달랑 물고 있는 그가 보였다.

"…… 뭐죠?"

신경질 가득한 목소리가 흘러나왔다. 그가 뭔가 말을 하려다, 문을 잡고 있던 손으로 입안의 사탕을 빼냈다.

"아, 미안. 뭐 하나만 물읍시다."

나는 대답 대신, 짜증스러운 눈빛을 보냈다.

"아까 그 여자…… 고보경인가요?"

생각지도 못한 질문을 하는 그의 눈빛은 사뭇 진지했다.

"내게 그 질문에 답을 해야 할 이유가 있나요?"

그의 입에서 "아……" 하는 한숨 비슷한 소리가 흘러나왔고, 그의 양손이 각각 사탕과 주머니로 가 있는 사이 나는 재빠르게 닫힘 버튼을 눌렀다. 문이 닫히며 그가 내 시야에서 드디어 사라졌다.

고보경을 본 건가? 혹시 저 남자도 고보경의 팬이었나? 하는 생각이 들며 성형외과를 인조인간 만드는 곳인 것마냥 표현했던 그의 말이 떠올라 피식, 쓴웃음이 새어나왔다.

집에 도착해 현관문을 열자마자 내 취향과 거리가 먼 구두 한 켤레가 눈에 들어왔다.

언제 온 거지? 하고 생각하며 거실로 가자, 보라색 드레스에 그와 어울리는 촬영용 메이크업을 한 이해정이 소파에 비스듬히 기대 누워 와인을 홀짝거리고 있었다.

언제나 그렇듯, 그녀의 저런 모습은 내가 지금 서 있는 곳이 영화 속 한 장면인지 현실인지 헷갈리게 만든다.

"언제 왔어요?"

"좀 전에. 근데 넌, 데이트도 없고 모임도 없니? 이런 이른 시간에 집엘 다 들어오고."

나는 별 대꾸 없이, 생일 선물이 든 쇼핑백을 찾아 무심히 그녀에게 건넸다.

"오, 마이 벌쓰데이 프레젠―트?"

그녀는 쇼핑백을 열어 블라우스를 꺼내 만지작거리더니 한쪽 입꼬리를 올리며 자못 흡족한 미소를 지었다.

"아! 나 내일 촬영 때문에 홍콩 가. 한 일주일? 가기 전에 시술받을 부위 없을까?"

그녀가 에르메스 백 안에서 자신의 얼굴만 한 거울을 꺼내 찬찬히 살펴보며 물었다.

"없어요. 두 달 전에 레이저 시술도 했고, 필러나 보톡스도 보충할 거 없어요."

"필링은? 할 때 되지 않았나? 더, 강한 걸로."

"지금 한 것보다 더 강한 필링을 주입하면 피부가 녹아버릴걸요?"

나는 그녀의 얼굴을 흘깃 바라보며 건성으로 답했다.

"그래? 얼굴이 확 녹더라도 새살이 돋아 예뻐질 수만 있다면 황산이라도 뒤집어쓰는 게 여배우야. 아― 젊음의 광채와 생기, 윤기는 어째서 사라져버리는 걸까."

그녀가 마지막으로 중얼거린 말은, 꽤 오래전부터 거울을 볼 때마다 반복적으로, 무의식적으로 내뱉는 말이었다. 그 말을 들을 때마다 나는 그녀가 그렇게 된 이유 중 하나가 '나'라는 생각 때문에 불편한 기분이 되고는 한다.

피곤하다는 이유로 그녀를 홀로 거실에 둔 채, 침대 방으로 들어갔다. 잠시 책을 뒤적거리는데 이해정이 "자기 이제야 온 거야? 나 금방 나가"라고 간드러지는 목소리로 누군가와 통화하는 소리가 문

틈을 타고 미세하게 흘러들어왔다. 그러고는 "딸, 나 간다. 홍콩 갔다 와서 병원에 들를게"라는 말과 함께 현관문이 쾅, 하고 닫혔다. 자기라니, 새 애인이 생긴 건가? 특별히 관심은 없지만, 나보다는 단 한 살이라도 연상이면 좋겠다는 생각이 슬쩍 들었다. 그녀에게 젊은 연하의 연인은 마음에 생기를 불어넣는 기특한 존재임과 동시에, 자신이 아직 건재하다는 것을 느끼게 해주는 하나의 상징일 것이다.

문득 주예나와 고보경, 그리고 날 낳은 이해정, 이 세 여자들이 연속으로 떠올랐다. 주예나의 십몇 년 후의 모습은 고보경과 닮아 있을까? 그렇다면 고보경의 십몇 년 후의 모습은 이해정과 흡사할까? 불현듯 쓸쓸한 감정이 밀려왔다.

불을 끄고 잠을 청했지만 좀처럼 잠이 오지 않았다. 수면제라도 먹을까 하다 마음을 고쳐먹고, 노트북을 들고 거실로 나갔다. 그녀의 체온이 남아 있어 아직 따뜻한 소파에 양 무릎을 구부리고 앉아 그 위에 노트북을 올렸다. 인터넷을 켠 후, 시크릿 성형 카페에 들어가 새로 업데이트된 글을 읽었다. 강남역의 모 성형외과에서 필러, 보톡스 시술을 받은 한 모델이 다음 날 아침, 입이 돌아가는 사태가 발생해 당일 광고 촬영을 취소한 채 울면서 병원에 들렀다는 황당한 내용의 글이었다.

물론 네티즌들은 이 웃지 못할 사건의 당사자인 모델과 병원 이름 찾기 놀이에 한창이었다. 이미 몇몇으로 압축된 용의자(?)들의 원본 사진과 그 사진을 포토샵을 이용해 입이 돌아간 모습으로 재구성한 사진들이 비교 컷으로 올라와 있었다. 누군가 페이스 리프트 업 수술이 잘못된 것 같다는 의견을 냈지만, 내 생각으로는 보톡스의 양과 주사 위치의 문제인 듯했다.
 네티즌들과 달리 내가 궁금한 건, 그 모델과 병원의 정체가 아니라 이 카페 주인의 정체와 이런 고급 정보를 얻는 루트였다. 나는 지끈거리는 관자놀이를 문지르며 노트북을 덮고 티브이를 켰다. 그리고 목적 없이 채널을 돌려댔다. 어느 채널에서는, 스타일리시하게 꾸민 주예나가 진행하는 패션 프로그램이, 또 다른 채널에서는 솔직 담백한 콘셉트의 고보경 인터뷰가, 영화 전문 채널에서는 지금보다 젊었던 시절 이해정이 출연한 영화가 방영되고 있었다. 마치 장난처럼.
 어느 한 곳도 편하게 오래 시선을 둘 수 없었다.

Chapter 2
젊음을 불러들이는 피주사 :

질투라는 욕망이 만들어낸
'새~빨간 거짓말'

◆ 다한증 치료

이제는 수술 없이 보톡스로 다한증의 주원인인 아세틸콜린의 분비를 억제해 다한증을 치료할 수 있다. 1회 치료로 5, 6개월 정도 효과가 지속된다. 지속 기간이 짧지만 간편하기 때문에 이 시술을 하는 사람들이 많고 특히 여배우들이 시상식이나 긴 촬영 때, 겨드랑이의 땀을 억제하기 위해 시술하는 경우가 많다.

피세탁 ◆

말 그대로 자신의 피를 세탁하는 것. 자신의 피를 자신보다 젊은 사람의 피로 바꾸는 시술. 한때 강남 부유층 사이에서 암암리에 성행했다. 아예 중국으로 가서 수혈을 받고 오는 사람도 많다는 소문도 돌았다.

◆ 제스너 필링

여드름 피부에 가장 많이 적용되는 시술로, 손상받은 피부 표면을 살짝 벗겨내주어 색소침착, 기미 등을 완화시키는 데 효과가 뛰어난 필링이다. 다른 필링에 비해 안정적이고 쉽게 시술할 수 있기 때문에 일상생활에 지장을 많이 주지 않아 회사원, 학생들이 주로 이용한다. 제스너 필링을 하면 전체적인 피부 톤이 밝아지고 맑아진다.

가슴 성형에 쓰이는 보형물 ◆

실리콘젤 백, 식염수 백, 하이드로젤 백, 더블루멘 백 등이 있다. 각각의 장단점이 있지만 안전성과 촉감, 가격 등을 고려해봤을 때 2009년 5월 FDA 승인을 받은 코젤(=코헤시브젤)을 추천하고 싶다. 자연스러운 모양을 만들 수 있고, 안정적으로 유지되며, 촉감이 부드럽고 자연스럽다. 우리나라에 승인된 가슴 성형에 쓰는 코젤은 미국산뿐이다.

◆ 처진 가슴 성형

젊었을 때의 탄력 있고 풍만한 가슴이 임신과 출산 등을 거쳐 노화로 인해 처지고 유두도 아래로 향하게 된다. 처진 정도가 심하지 않고 가슴이 작은 편일 경우, 가슴 확대 수술을 이용해 처진 가슴을 교정할 수 있다. 처진 정도가 심하면 유륜절개법으로 아래로 늘어진 피부를 절제하고 유선 조직을 모아주면서 위쪽의 흉벽에 고정해주어 적당하게 풍만한 가슴과 살짝 치켜 올라간 유두로 만들 수 있으며, 필요에 따라 가슴 확대 수술도 함께할 수 있다.

가슴 성형의 팁 ◆

무조건 크게, 혹은 적당히 좋게 잘, 이라는 말만큼 당황스러운 말도 없다. 가슴보형물은 말랐으니 작게, 덩치가 좀 있으니 크게, 이렇게 단순하게 정하지 않는다. 보형물 사이즈는 키, 몸무게, 가슴둘레, 흉곽, 밑선과의 거리, 정중앙과의 거리, 피부 상태 등의 모든 조건을 다 조합해서 결정한다. 무조건 큰 보형물을 고집하거나 남의 시선만을 생각할 것이 아니라 보기에도 자연스럽고 촉감까지 좋은, 자신의 가슴을 만드는 게 중요하다.

방음장치 덕에 소아과에서 들리던 소음은 다소 사그라들었다. 하지만 그 재수 없는 옆집 소아과 의사의 시비를 피해 다니는 건 여전히 귀찮은 일이었다.

어쨌거나 주예나, 고보경 주연의 미니시리즈는 무사히 방영되기 시작했다. 탄탄한 스토리와 감각적인 영상, 빼어난 외모를 가진 두 여배우의 열연 등으로 화제가 된 드라마는 방송 첫 회에 시청률 20퍼센트를 넘겼다.

나도 내가 시술한 고보경의 얼굴 상태를 모니터링하기 위해 틈틈이 드라마를 시청했다. 다행히 브라운관 안 고보경의 얼굴 상태는 호전되어 있었다. 미세하게 보이던 다크서클도 사라졌고, 과도한 보톡스와 필러로 어색했던 표정도 나만의 시술 방법으로 자연스럽게 교정되어 한결 부드러워졌다.

　단 한 가지 문제는 곳곳에서 고보경과 주예나의 나이, 외모, 연기력, 성격 등을 비교하는 사진과 글들이 속속 떠다니기 시작했다는 것이다. 주예나가 염려했던 상황이 그대로 벌어지고 말았다.

　주예나는 그날을 마지막으로 발길을 뚝 끊었다. 피곤하거나 눈에 다래끼가 돋기만 해도 앓는 소리를 해가며 병원에 들렀던 그녀이기에 문득문득 브라운관 속의 그녀가 아닌 실제 그녀의 소식이 궁금해지기도 했다. 하지만 용기를 내 그녀에게 전화한다 한들 '잘 지내요? 아, 혹시 코가 비뚤어지거나 보톡스의 효험이 사라졌다거나 그런 일은…… 없죠?'라는 것 외에는 딱히 할 말이 떠오르지 않았다.

　나는 한 포털사이트의 뉴스 홈으로 간 후, 일이 위를 앞다투는 기사 중 하나인 "주예나 vs 고보경"을 클릭했다.

　　나이: 주예나 win!
　　머릿결: 고보경 win!
　　피부: 고보경 win!
　　성격: 고보경 win!
　　연기력: 막상막하!
　　전투력: 주예나 win!

　그 외에도 성형 경력, 경제력, 친화력, 요리 실력, 스캔들 횟수 등등 전혀 예상치 못한 곳까지 그 둘을 비교, 분석 한 자료들이 적나라하게 올라와 있었다. 그녀들을 비교한 대부분의 기사나 네티즌들의 평가는 미모나 피부 면에서 고보경의 손을 들어주었다.

하지만 내 생각에 그 둘의 비교는 나이에 비해서라는 전제 조건을 깐 후에 성립되는 것이다. 문제는 기자나 블로거, 네티즌 들이 그 '나이에 비해서'라는 문구는 쏙 빼놓은 채 기사를 쓰고, 글을 쓰고, 댓글을 단다는 것이다. "고보경 피부, 아주 탱탱하다 못해 터질 것 같다. 무조건 고보경 위너~. 무조건 주예나 루저~"라는 댓글이 눈에 띄었다.

주예나의 성격이라면 분명 오프라인, 온라인 기사뿐 아니라 그에 딸린 댓글들도 꼼꼼히 챙겨볼 텐데.

나는 그 댓글에 '주예나 씨 피부도 절대 뒤지지 않는걸요? 그러는 당신의 피부 상태는 어떤가요?'라는, 얼핏 보면 마치 성형외과 홍보 문구를 연상케 하는 옹호 댓글을 달다가 예약 환자가 도착했다는 내선 전화에 멋쩍은 듯 지워버렸다.

회가 거듭될수록 드라마의 시청률과 체감 인기도는 상승세를 탔다. 그와 비례해 두 여주인공의 비교 기사들은 점차 본격화, 심각화 되었다. 고보경은 틈날 때마다 병원에 들러 피부 재생과 원래 얼굴 찾기에 열을 올렸고, 주예나는 여전히 소식이 없었다. 가끔 고보경에게 '예나 씨는 요즘 어때요?'라고 묻고 싶은 충동이 일기도 했지만, 차마 입 밖에 흘리지는 못했다. 이유는 인터넷에 "드라마 직찍 사진"이라는 제목으로 종종 올라오는 게시물들이 그녀들의 적대적인 사이를 과감하게 보여줬기 때문이다.

특히 대본 리딩 당시, 대사 외에는 단 한 마디의 말도 섞지 않았을 정도로 기 싸움이 살벌했던 고보경과 주예나에게 한 스태프가 분위기 전환 겸, "두 분 닮으셨어요"라고 무심히 내뱉자 순간 냉기가 돌았다는 등의 게시물처럼 단순히 웃고 넘기지 못할 내용의 글들이 많았다. 이상한 건 이런 종류의 기사를 접할 때마다 나 자신이 막연한 불안감에 휩싸인다는 사실이다.

모니터에서 시선을 돌려 시계를 보자 벌써 점심시간이었다. 컴퓨터 전원을 끄고 나갈 준비를 하려는데 경박한 노크 소리가 들리더니, 대답도 하기 전 문이 벌컥 열렸다. 윤 간호사의 호들갑스러운 목소리가 방 안을 가득 메웠다.

"선생님! 선생님! 큰일 났어요! 환자가…… 환자가 사라졌어요!"

"…… 뭐?"

"왜, 방금 시술한 환자 있잖아요."

방금 시술한 환자? 신혼여행을 열대지방으로 가는데 다한증 때문에 걱정이 된다고 해서 병원을 찾아온, 주사공포증 때문에 수면마취를 한 후 겨드랑이에 보톡스를 주입한 차주연 환자를 말하는 건가?

"…… 레이저 쐬고 있지 않아?"

"네, 분명 그랬죠. 근데 온데간데없이 사라졌어요……."

"그게 무슨 소리야?"

나는 자리에서 벌떡 일어나 환자가 누워 레이저를 쐬고 있어야 할 방으로 들어갔다. 하지만 윤 간호사의 말대로 그녀의 모습은 보이지 않았다.

"가방이랑 구두, 외투는 그대로 있어요. 막 수면마취에서 깨서 정신없을 텐데. 아이참, 어디 간 거죠?"

윤 간호사는 발을 동동 구르고 있었다.

"화장실은 가봤어?"

"네, 없었어요."

"그럼 얼른 나가서 계단이랑 엘리베이터 샅샅이 찾아봐. 아, 아니. 내가 찾을게."

걱정 반, 짜증 반 섞인 목소리로 윤 간호사에게 말한 나는 빠른 걸음으로 움직였다. 병원 문을 열고 밖으로 나가는 순간 쿵, 내 몸이 누군가에게 부딪쳐 중심을 잃은 채 비틀거렸다. 아야, 약간의 신음소리를 흘린 후 서둘러 "죄송해요"라고 말하며 고개를 드는데, 내 눈에 들어온 건 얼굴을 살짝 찡그린 채 부딪친 가슴팍을 쓱쓱 문지르는 옆집 소아과 의사였다.

"뭐, 뭐예요? 남의 병원 문 앞에서?"

"아야야, 힘 되게 세네."

무시할 심산으로 그를 피해 왼쪽으로 슬쩍 발걸음을 옮기는데 그 역시 같은 방향으로 발걸음을 옮겼다. 그리고 그러한 상황이 두어 번 반복되었다. 나는 최대한 절제된 음성으로 차갑게 쏘아붙였다.

"저 지금 그쪽이랑 장난할 시간이 없거든요?"

"아, 저도 제 병원에 그쪽 환자분 자리를 내어줄 공간은 없는데……."

"…… 네? 그게 무슨?"

"비틀거리며 들어와서는 '여기 뭐 추가'라느니, 애들보고 '니들은 너무 어려. 크면 다시 와' 어쩌고저쩌고. 아니, 소아과에서 안주 추가라고 하면 대체 뭘 줘야 하는지. 혹시 그쪽에서는 안주 추가라고 하면 뭐 특별한 걸 주나? 여튼 별별 주정을 다 부리더니 주사실 침대 위로 픽식 쓰러지던데. 그분 수면마취로 인한 주정…… 맞죠?"

그가 툴툴 말을 쏟아내며 마지막에는 한껏 미간을 찌푸렸다.

"어…… 어디 있죠?"

그를 따라간 곳, 그가 귀찮다는 듯 턱 끝으로 가리킨 방향에 묘연히 행방을 감추었던 차주연 환자가 보였다. 그녀는 소아용 자그마한 침대 위에 쪼그리고 누워 색색거리며 수면을 취하고 있었다. 억지로 그녀를 흔들어 깨운 나는 여전히 정신을 못 차린 채 헬렐레거리는 그녀의 팔짱을 낀 후, 무거운 발걸음을 옮겼다. 문 앞에서 거만하게 팔짱을 끼고 있던 그가 어서 나가라는 듯 과장되게 문을 활짝 열어 주었다. 얼굴이 화끈 달아올랐다. 꾸벅 고갯짓을 한 후, 서둘러 그곳을 빠져나가는데 등 뒤로 중얼거리듯 말하는 그의 목소리가 들렸다.

"여자들은 정말 대단해. 이런 고생을 해가면서까지 외모의 업그레이드를 원하니! 시간 낭비, 돈 낭비!"

역시나 녹록히 보내줄 그가 아니었다. 나는 그의 도발에 걸려들고 싶지 않은 마음과 아이들이 시끄럽게 우당탕탕 뛰어다니는 이곳에 단 한 순간도 머물고 싶지 않은 생각에 '모르시나 본데, 성형은 행복한 낭비거든요?'라는 말을 애써 집어삼켰다. 하지만 "아, 물론 그런 일로 돈을 버는 성형외과 의사들이 더 대단하지만—"이라는 마지막 말은 도무지 참을 수 없어, 휙 고개를 돌렸다. 그런데 오히려 그런 말을 내뱉은 당사자의 눈빛 속에 슬픔과 분노가 어렴풋이 서려 있었다. 그 표정에 당황하여 머뭇거리고 있던 나는 내게 기대 있는 차주연 환자의 다시 시작된 주정에 재빨리 그곳을 빠져나왔다.

'상처 주는 말을 내뱉은 본인이 상처받은 얼굴을 하는 건 또 뭐야.'

다음 날 아침, 엘리베이터를 기다리는데 또다시 마주친 옆집 소아과 의사가 마침 잘 만났다는 듯 재빠르게 인사를 하며 내 옆으로 바싹 다가왔다.
"봤어요?"
나는 슬쩍 옮기려던 걸음을 멈춘 채, 그를 돌아보며 눈을 치켜떴다.
"오늘 신문 봤냐고요!"
"…… 왜요? 신문에 성형외과 폐지, 성형 미인 활보 금지, 라는 법안이 통과되기라도 했나요?"
비꼬듯이 내뱉는 내 말에 그는 "아쉽게도 그건 아니지만……"이라고 말한 후, 옆에 선 사람을 의식하며 속삭이듯 말했다.
"당신 손에 얼굴이 왔다 갔다 하는 여배우 기사가 큼지막하게 났어요."
내 손을 거쳐 갔던 수많은 배우들이 떠올랐지만, 곧 한 명으로 압축되었다.
"아…… 근데 그거 설마 사실인가요?"
불안감을 조성하는 뉘앙스로 말하는 그의 얼굴을 멀뚱히 바라보던 나는, 여전히 오층에서 멈춰 있는 엘리베이터를 뒤로한 채 계단을 향해 빠르게 발걸음을 옮겼다.
다급하게 병원 문을 열고 들어간 나는 "선생님, 오늘 신문에……"라고 말하는 윤 간호사를 무시한 채 방 안으로 뛰어 들어갔다.
책상 위에는 커피 한 잔, 당일 예약 차트, 신문이 언제나처럼 가지

런히 놓여 있었다. 서둘러 신문을 집어 들자 일면에 큼지막하게 실려 있는 고보경의 사진과 메인 글귀가 눈에 들어왔다.

"고보경의 동안 유지 비결은 젊은 사람의 피? 과연 루머일까, 사실일까?"

저절로 동그랗게 떠진 눈에 한껏 힘을 준 후, 찬찬히 기사를 읽어 내려갔다. 기사의 전반적인 내용은 고보경이 베이비 페이스, 즉 동안의 절대 조건인 마치 아기처럼 희고 탱탱한 피부를 유지하기 위해 어린 여자들의 피만 골라서 구입한 후, 그 피로 세수뿐 아니라 전신 목욕을 한다는, '허, 말도 안 돼!'란 말이 무심코 흘러나올 정도로 황당한 것이었다.

이 기사는 일파만파로 퍼져 인터넷을 뜨겁게 달구기 시작했다. 나는 시술을 마칠 때마다 새로 뜬 인터넷 기사나 댓글들을 착잡한 심정으로 바라봤다.

어떤 네티즌은 고보경이 건강하고 예쁜 여자아이들 몇몇을 선정해 정기적으로 그 아이들의 피만 산다는 소문을 들었다며, 고보경을 '21세기 마녀'라고 불렀다.

퇴근시간이 다 되어서는, 한때 강남 부유층에서 유행했던 '피세탁' 이야기도 다시 불거져 나왔다. 네티즌들은 구약시대나 로마시대 때 나이 든 지도자가 젊은 검투사의 피를 마시며 기를 회생시켰다는 이야기부터, 예전부터 돈 많은 할아버지들은 젊은 사람의 피를 수혈해 혈기와 젊음을 되찾았다는 이야기까지 속속 올리면서 역시 권력과 경제력으로 젊음까지 살 수 있는 '더러운 세상'이라고 비난했다.
 간호사라고 자신의 직업을 밝힌 누군가가 자신이 근무하던 병원에서 고보경이 몰래 피를 사는 장면을 목격했다며 올린 글을 발견했다. 그럴 리 없잖아, 라고 중얼거리며 고개를 절레절레 세차게 흔들었다. 분명, 그녀가 피주사를 맞는다는 게 와전되며 퍼진 해괴망측한 소문일 것이다. 하지만 만약…… 사실이라면? 우리는 위급할 때 피를 사고팔 수 있는 자본주의 세상에 살고 있지 않은가.
 다소 비약이 심하기는 하지만, 급박하게 수혈이 필요한 누군가의 간절함과 외모로 먹고사는 고보경이 점차 사그라져가는 미모로 인해 느끼는 좌절이 똑같다면? 하지만 어떤 상황이든 미적인 용도를 위해 피를 산다는 건 도의적, 상식적으로 사회적인 비판을 받을 수밖에 없다. 물론, 항상 느끼는 거지만, 아름다워지고자 하는 사람을 돕는 것을 업으로 삼고 있으면서 도의적이고 상식적인 선을 지킨다는 건 어려운 일이다.
 순간, 가방 안에 방치해두었던 핸드폰에서 문자 알림음이 들렸다. 혹시 예약 변경을 알리는 고보경의 문자일까 싶어 급하게 손을 뻗어 핸드폰을 집어 들었다. 하지만 '혹시 오늘 저녁에 시간 괜찮으신가요?'라는 문자의 주인공은 고보경을 소개시켜준 바로 그, 오삼준이었다.

 커피숍에 들어가자마자, 다리를 꼰 채 와플을 우적우적 씹고 있는 오삼준이 눈에 들어왔다. 가까이 다가가자 그가 눈썹을 씰룩거리며 테이블 위에 놓여 있는 무가지를 보고 있다는 걸 알았다. 분명 저 무가지 일면에도 고보경 기사가 실렸겠지. 한숨을 푹 쉰 나는 일부러 큰 소리를 내며 자리에 앉았다. 그제야 나를 발견한 오삼준은 무가지를 덮은 후, 과장돼 보이는 행동으로 테이블을 정리하며 말했다.

"아! 선생님, 잘 지내셨어요?"

서성거리던 웨이터가 메뉴판을 들고 테이블로 다가왔다.

"전 됐어요. 금방 일어날 거니까······. 고보경 씨 일로 보자고 한 건가요?"

나는 고보경 이름 한 자 한 자를 강조하며 물었다. 그러자 그가 당연하다는 듯 고개를 끄덕이며 무가지 일면을 다시 펴고는 내 앞으로 들이밀었다.

"설마, 제가 이걸 못 봤다고 생각해서 친절히 알려주려고 오셨나요?"

"고보경 씨 연락 두절이래요. 매니저와도. 혹시······."

오삼준이 의미심장한 표정으로 말꼬리를 흐렸다.

"······ 혹시요?"

"그러니까, 이게 사실이라면, 그리고 만약 선생님께서 고보경 씨에게 그 비법을 알려주신 거라면······."

예상치도 못한 황당한 그의 질문에, 나는 잠시 말을 잃었다.

"만약에요. 왜 무심결에 했을 수 있잖아요. 젊은 사람의 피로 목욕을 하면 젊어질 수 있다느니, 뭐 그런 이야기를······."

그러고 보니 고보경과 함께 영화 〈카운테스〉 이야기를 잠시 나눈 적은 있다. 하지만 그 이상도 이하도 아니었다. 불현듯, 피주사를 맞은 후 한결 생기발랄해진 자신의 피부를 거울에 비춰보며 "피의 위력이 대단하네요"라고 감탄조로 말하던 고보경의 얼굴이 떠올랐다. 설마, 라는 생각과 함께 옷핀에 찔린 것처럼 손끝이 저릿해오며 얼굴이 화끈 달아올랐다. 하지만 지금 내 감정을 오삼준 앞에서 드러낼 필요는 없었다. 나는 길게 숨을 토해낸 후, 차분히 말했다.

"이제 기자로 전업하시게요? 그래서 기자라는 타이틀을 달고 소설을 쓰시게요? 뭐, 그건 당신 마음이겠지만, 제가 여기서 그런 이야기를 당신이랑 하고 있을 이유도 시간도 전혀 없는 것 같네요. 그럼 이만."

나는 자리에서 일어났지만, 그는 여전히 나를 향해 너스레를 떨며 말했다.

"아, 아니라면 다행이고요. 만약 고보경 씨 루머가 사실로 밝혀진다면 '청담동에서 가장 잘나가는 성형외과 의사가 고보경에게 사람의 피로 젊음을 사는 법을 알려줬다' 뭐 이렇게 떠들어대서 선생님도 피해를 입을까 걱정이 돼서 여쭤본 거예요. 두 분을 연결시킨 건 저니까. 어쨌거나 실례가 됐다면 죄송합니다."

사과의 멘트였지만, 나의 미묘한 반응을 살피고 있는 듯한 그의 능글거리는 눈은 여전히 불편하고 불쾌했다. 나는 건성으로 고개를 끄덕인 후, 빠르게 커피숍을 빠져나왔다.

지끈거리는 머리 탓인지, 믿고 싶지 않은 기사를 수도 없이 읽어서인지, 운전 내내 몇 번이나 접촉 사고를 낼 뻔했다.

입맛이 없어 우유로 끼니를 해결한 후, 계속해서 맴도는 오삼준의 말을 잊기 위해 일부러 일거리들을 찾아 집중하려 애써봤지만 소용없었다.

"새로 다니는 병원에서 피주사를 맞은 후, 한층 젊은 피부를 얻은 그녀"라는 문장으로 시작해 피와 피부의 상관관계에 대한 과학적 견해를 나열하다가 "과연 고보경은 자신의 미모를 위해 타인의 피를 사는 행위를 했을까?"라는 의문형의 문장으로 끝을 맺은 시크릿 성형 카페의 새 게시글과 그에 달린 댓글들은 나를 더욱 그로기 상태로 만들었다.

　욕조에 물을 받아 아로마를 푼 후 들어가려는데 불현듯, 붉은 피가 찰랑거리는 대리석 욕조에 새하얀 발부터 조심스레 담그는 엘리자베스 바토리의 모습이 고보경과 겹쳐졌다. 마치 전기에 감전된 듯 물이 닿은 몸에 소름이 끼쳤다.

　"미쳤어? 잘 알잖아. 소문이란 것이 얼마나 어이없게 퍼져 나가는지"라고 일부러 입 밖으로 소리 내 말하며 목욕을 포기한 나는 얼마 전 이해정이 남기고 간 와인을 찾았다. 텁텁하면서도 달콤한 액체가 목구멍을 통해 흘러내려가며 약간의 안정감을 주었지만 그건 정말 잠시였다.

*

　밤잠을 설친 이유로, 손에 든 에스프레소 더블 샷의 진한 향을 풍기며 병원으로 들어갔다. 흥미로운 표정으로 컴퓨터를 바라보던 윤 간호사가 나를 발견하더니 "어? 일찍 오셨네요?"라며 준비해놓은 신문과 예약 차트 등을 주섬주섬 챙겨 들었다.

　"아, 커피는 필요 없어. 나머진 내가 들고 들어갈게."

나는 테이크아웃 잔을 들어 보여주며, 그녀의 손에 들린 것들을 받아 들었다.

"네. 고보경 씨 예약이 오늘 세시던데……. 아무래도 안 오겠죠?"

"…… 글쎄."

"음…… 블러드 쇼퍼래요, 사람들이."

"블러드 쇼퍼?"

"아, 말 그대로 피를 사는 사람이요. 근데 그 기사들 정말 사실일까요?"

조심스레 묻는 윤 간호사의 눈빛은 호기심으로 그득했고, 내 머리는 다시 지끈거리기 시작했다.

"알게 뭐야. 쓸데없이 인터넷 뒤적거리지 말고 일이나 해."

짐짓 아무렇지 않은 듯 마음과는 반대의 말을 내뱉은 나는 원장실로 향하며 눈으로는 예약 리스트를 훑었다. 순간 '아홉시 반. 주예나'라는 글씨가 눈에 들어왔다. 내 기억이 맞는다면 우리 병원에 주예나라는 이름을 가지고 있는 환자는 단 하나다. 멈칫한 내 뒤에서 윤 간호사의 중얼거리는 듯한 목소리가 들리며 확인 사살을 했다.

"그나저나, 주예나 씨 정말 오랜만이죠? 그동안은 고보경 씨 때문에 안 온 건가?"

"선생님, 잘 지내셨어요?"라는 인사말과 함께 모습을 드러낸 주예나는 평소와 변함없는 걸음걸이로 걸어와 상담용 의자에 앉아 편한 자세를 취했다. 나 또한 평소와 같은 미소를 보이며 드라마를 잘 보고 있다는 멘트를 던졌다.

"감사해요. 다 선생님 덕분이죠, 뭐. 근데 요즘 체력에 한계가 온 것 같아요. 오른쪽 뺨 밑에 여드름도 났고요. 그 주사 놔주세요. 순식간에 여드름이 마법처럼 사라지는."

인상을 찡그리며 손가락으로 보기 싫게 여드름이 불거진 곳을 가리키는 그녀를 지그시 바라보던 나는 차분히 설명했다.

"그렇게 여드름 날 때마다 주사 맞는 거 좋지 않아요. 염증을 일시적으로 가라앉힐 수는 있지만 근본적인 치료는 전혀 안 되니까요. 스테로이드 양 조절을 잘못하면 흉터로 남을 수도 있고요. 약간의 시간이 걸리더라도 제대로 된 치료를 하는 게 좋아요. 비타민주사를 맞고, 여드름이 난 부위만 제스너 필링을 할게요. 피부 톤이 한결 좋아질 거예요."

그녀가 고개를 끄덕였고, 난 윤 간호사에게 시술 준비를 부탁했다.

프라이빗 룸에서의 시술이 끝나갈 무렵 주예나가 필링으로 인해 따끔거리는 통증을 참으며, 아니 내 눈치를 살피며 조심스럽게 입을 열었다.

"선생님! 선생님도 혹시 그 기사 보셨어요?"

아마도 주예나가 묻고자 한 것은 '기사를 봤느냐'는 문자 그대로의 의미가 아니라 '그 기사에 대한 당신의 생각은 어떻나요?'라는 의도가 감춰진, 의역해서 해석해야 하는 질문일 것이다. 사람들은 때때로 그런 유의 질문을 던진다.

"…… 기사요?"

나는 모르는 척 되물었고 "어머, 다들 그 기사로 떠들썩한데 못 보셨어요?"라고 다시 묻는 주예나 역시 내가 이미 알고 있으면서 애써 모른 척하고 있다는 걸 알고 있는 표정이었다.

"하루에 쏟아져 나오는 기사들이 워낙 많잖아요. 그중 반이 사실이 아닌 루머이거나 추측성 기사고. 그런 걸 일일이 신경 써서 볼 만큼 한가하지 않아서요."

나는 주예나의 시선을 살짝 피한 채, 시술실 정리를 하며 둘러댔다.

"루머? 추측성? 그런가? 하지만 전 들었는걸요?"

주예나가 의뭉스러운 표정을 지으며 고개를 갸웃거렸다. 그녀가 대놓고 쳐놓은, 뻔히 보이는 덫에 걸려들고 싶지는 않았지만 더 이상 모르는 척하기도 쉽지 않았다. 나는 하던 일을 멈추고 나지막이 한숨을 내쉬며 그녀에게 물었다.

"…… 뭘 들었다는 거죠?"

"고보경이 매니저와 대화하는 내용이요. 뭐랬더라. 정확히 기억나진 않지만 '피 가격이 또 올랐어? 얼만데?' 뭐 그런 유의 내용이었던 것 같아요."

미처 의식하기도 전에 "사실인가요?"라는, 놀라움과 당혹스러움이 뒤섞인 의문형의 반응이 입 밖으로 새어나와버렸다. 주예나는 내 반응에 만족스러운 듯한 표정을 짓더니 몸을 반쯤 일으켜 양손을 머리 위로 뻗고는 스트레칭을 하며 천천히 고개를 끄덕였다.

"진짜 무서운 여자예요. 생글생글 웃으며 사람의 피로 세수를 하고, 목욕을 하고. 그렇게까지 해서 젊음을 유지하고 싶을까요? 윽, 전 절대 이해가 안 가요."

주예나는 내게 자신의 생각에 대한 동의를 구하는 눈빛을 보냈지만 나는 "글쎄요"라는 아리송한 대답만 했다. 순간 그녀의 눈빛이 미세하게 흔들렸지만 개의치 않았다. 다시 누운 주예나의 머리맡에 적외선 레이저를 놓은 후 타이머를 맞췄다. 그러고는 "최대한 오래 쐬고 가도록 해요"라는 말을 남긴 채 발걸음을 옮겼다. 손이 문고리로 향하는 순간 낮게 깔린 주예나의 목소리가 등 뒤로 들렸다.

"…… 근데요, 만약 이런 소문이 나면 어쩌죠? 선생님 병원에 타인의 피로 아름다움을 유지하는 고보경이 다닌다. 피해가 크지 않을까요? 네티즌의 힘, 아시잖아요."

주예나는 '타인의 피'와 '피해'라는 단어에 힘을 주었다.

"글쎄요. 예나 씨는 그렇게까지 노골적으로 일이 커질 거라고 생각해요?"

복잡한 내면은 감춘 채 담담하게 물었다. 내 질문에 레이저의 각도를 슬쩍 손보며 "음, 드라마에 피해만 주지 않는다면 뭐 아무래도 상관없지만……. 그래도, 그 일이 정말 사실이라면 사회적으로 지탄받을 행위를 한 그런 여자와 함께 드라마를 할 수는 없죠!"라고 입술을 비죽거리며 말하는 주예나의 단호한 말투 안에는 고보경에 대한 적대감과 고소함이 적지 않게 녹아 있었다.

원장실로 돌아오자마자 두통의 강도는 점점 심해졌다. 벌레 한 마리가 머릿속, 아니 온몸을 휘젓고 다니는 기분까지 들었다. 자그마한 사건에도 이런 알 수 없는 기분에 옴짝달싹 못하게 되는 건 아마도, 그 사건 이후 생긴 사소한 습관 중 하나일 것이다.

예약 환자 확인을 위해 흘깃 시선을 돌린 차트에서도 세시 고보경, 이라는 글자가 제일 먼저 눈에 띄었다. 그녀는 지금껏 단 한 번도 약속 시간을 넘어 모습을 드러낸 적이 없었다. 오후 세시까지, 런

치타임과 두 명의 필러 시술 환자가 있었다.
 여느 때와 같이 병원과 가까운 커피숍에서 샌드위치와 커피로 끼니를 해결하며 다음 주에 있을 '필러' 세미나에 관한 자료들을 애써 뒤적이고 있는데 핸드폰이 드르륵거리며 커피 잔에 미세한 일렁임을 만들었다. 액정을 바라보니 저장되어 있지 않은 번호였다. 불현듯, 고보경일까? 하는 생각이 들었다.
 "…… 여보세요?"
 핸드폰 너머에서 들려오는 목소리의 주인공은 예상대로 고보경이었다. 그녀는 오늘 예약된 진료를 취소해도 괜찮겠느냐는 양해를 구하며, 내일 저녁에 시간이 괜찮은지 물었다. 나는 그녀의 제의에 응했고 우리는 내일 저녁 여덟시 처음 만났던 레스토랑에서 만나기로 했다.
 그녀를 만난다면 명쾌하지는 않아도 어느 정도의 진실은 들을 수 있지 않을까, 하는 기대감에 불편했던 마음이 다소 수그러들었다. 하지만 병원에 들어서자마자 예상치 못했던 또 다른 문제에 직면했다. 물론 그 사건을 호들갑스럽게 전한 건 윤 간호사였다.
 "고보경, 사람의 피로 세수하는 것을 성형외과 의사에게 권유받음"이라는 제목의 글이 '톡'이라는 사이트에 올라왔는데, 접속자와 조회 수는 몇만이 넘었으며 리플은 이미 몇십 페이지를 넘어가고 있다고 윤 간호사는 숨도 쉬지 않은 채 조잘거리며 말했다.
 "저, 최근이라면 우리 병원이고, 이 의사라는 건…… 선생님 말하는 거 맞……죠? 참나."
 나는 남들은 쉽게 알지 못하는 엄청난 비밀을 알아낸 것처럼 수선을 떠는 그녀를 뒤로하고 원장실로 들어왔다. 또다시 지끈거리기 시작한 머리를 꾹꾹 누르며 외투도 벗지 않은 채 의자에 앉아 마우스를 움직였다.

잠시 절전 모드에 들어가 있던 모니터와 본체가 약한 진동음을 내며 켜졌고, 나는 인터넷 익스플로러 창을 켰다. 윤 간호사의 말 그대로였다. 금세 그 글의 내용을 근거로 한 사실무근의 추측성 기사들이 우후죽순 늘어나고 있었다.

시크릿 성형 카페에 들어갔다. 블로거의 의견이 담긴 글이 아직 올라오지는 않았지만, 네티즌들의 수사는 이미 시작되어 있었다.

실시간으로 늘어나는 댓글에는 곧 우리 병원의 이름과 내 이름 석 자가 속속들이 언급되었다.

"정지은, 과연 그녀는 누구인가?"
"그럼 란 성형외과 의사 정지은이 블러드 셀러?"

그들은 진실로 위장된 글을 썼고, 당사자들의 의견은 무시한 채 자신들만의 공방전을 펼쳤다. 몇몇 지인들의 문자가 들어오기 시작했다.

기억의 발작이 시작될 것만 같았다. 오 년 전 그 사건. 내 잘못은 아니었지만 내 책임일 수밖에 없었던, 절대적으로 지우고 싶은, 잊고 싶은 하지만 그럴 수 없는 기억.

그때도 그랬다. 누군가의 시작으로 그 일과 내 이름 석 자가 인터넷 이곳저곳에서 회자되었다.

도의적인 책임, 사회적 지탄, 책임 공방.

정치, 경제적으로 이렇다 할 뉴스가 없던 차에 멋대로 씹기 편한 그 사건은 이런저런 추측성 기사의 소재로 적절했다. 며칠을 고민한 후, 겨우 용기를 내 한 잡지사 인터뷰에 응했지만, 그다음 달에 나온 기사는 나의 심경이나 사건의 진실은 그들의 소설에 방해가 될 뿐이라는 것을 더욱 확실히 알려주었다.

등줄기가 서늘해지며 순식간에 피부에 땀이 배었다. 으슬으슬 추운 기운이 몸을 휘감았고 두통은 눈을 뜨기가 괴로울 정도로 심해졌다. 나는 컴퓨터를 끄고, 원장실을 나와 밖으로 향했다.

윤 간호사가 "선생님! 어디 가세요? 곧, 예약 환자 올 텐데요?"라고 다급하게 물었다.

"미안한데, 남은 예약 모두 캔슬시켜줘. 죄송하다는 말과 함께 에스테틱 쿠폰 드리고. 꼭!"

나는 그 말만을 흘린 채, 서둘러 병원 문을 열고 나와 신경질적으로 엘리베이터 버튼을 반복해서 눌러댔다. 순간, 등 뒤에서 반갑지 않은 중저음의 목소리가 들렸다.

"거참, 기다리면 어련히 안 올까. 꼬마야, 저런 행동은 절대 배우면 안 돼요!"

"네, 선생님!"

옆집 소아과 의사 곁에는 쪽쪽 사탕을 빨고 있는 일곱 살 정도의 꼬마가 서 있었다. '당사자 앞에서 험담하는 건 배워도 되고?'라고 대꾸하고 싶었지만, 그럴 만한 에너지가 없었다. 어서 빨리 집으로 가 수면제의 힘을 빌려서라도 잠들어야만 했다. 악몽을 꾼다 해도 차라리 현실이 아닌 꿈속이 더 편하다. 소리를 지르건 악을 쓰건 아무도 신경 쓰지 않는다. 아무도 신경 쓰지 않는다는 것. 그건 불행하지만, 편안하다. 외롭지만, 홀가분하다.

겨우 뜨거운 숨을 삼켜내며 오늘따라 느릿느릿한 엘리베이터를 원망스럽게 쳐다보고 있을 때였다.

"어라? 열나는 것 같은데?"

갑자기 내 이마 위에 차가운 감촉의 묵직한 무언가가 느껴졌다. 그의 손이었다.

"뭐 하는 거예요?"

나는 반사적으로 그의 손을 뿌리치며, 신경질적으로 소리쳤다. 내 행동에 놀란 아이의 눈과 입이 동그랗게 커지며 하마터면 사탕을 떨어뜨리는 불상사를 일으킬 뻔했다.

그때 미적거렸던 엘리베이터가 도착했다. 나는 아이와 함께 엘리베이터 안에 올라탔다. 하지만 불쑥 그가 내 손목을 감싸 잡아당겼고, 황당한 그의 행동에 놀란 나는 눈이 빠져라 그를 노려보며 힘껏 버텼다. 그러자 그 가운데 위치한 아이가 어찌할 바를 몰라 눈망울을 또록또록 굴리며 우리를 번갈아 쳐다봤다. 그가 안경을 슬쩍 올려 쓰더니 한심한 투로 "일주일 치료받고 이제 겨우 나아서 가는 애한테 병균 옮길 생각은 아니겠죠?"라고 말한 후 시선을 아이에게로 돌렸다.

"장군! 엘리베이터 혼자 탈 수 있지? 엄마가 밑에서 기다린다고 했으니까, 내리자마자 차에 쏙 들어가면 될 거야. 약 잘 챙겨 먹고, 응?"

그의 말에 아이는 힘차게 고개를 끄덕였고, 둘은 약속이라도 한 듯 하이파이브를 했다. 잠시 아이를 바라보다 어쩔 수 없이 엘리베이터에서 내린 나는 매몰차게 그의 손을 뿌리쳤다.

"다음 엘리베이터 타고 갈 테니까 신경 끄고 들어가시죠."

"어? 당연히 들어가려고 했는데. 내가 계속 옆에 있어줬으면 했나 보네."

빈정대듯 말한 그가 하얀 가운 주머니 속에 손을 집어넣고 뒤적거리는 동안 나는 맥없는 손으로 다시 엘리베이터 버튼을 눌렀다.

"어? 없네. 잠시만 기다려봐요."

그는 짐짓 당황한 표정으로 말하더니, 소아과 안으로 빠르게 들어갔다.

"뭐야, 나한테 사탕이라도 쥐여주려는 거야? 어이없어"라고 힘없게 중얼거리는 사이 엘리베이터가 도착했다. 그 안으로 쏙 들어가 서둘러 닫힘 버튼을 눌렀다. 서서히 닫히는 엘리베이터 문 사이로 손에 무언가를 쥐고 병원 문을 여는 그의 모습이 보였지만 신경 쓰지 않았다.

집에 가자마자 재스민 아로마를 푼 욕조 물에 들어가 그 향과 온기를 온몸으로 느끼며 지그시 눈을 감았다. 하지만 주예나의 의기양양했던 표정이 수증기와 함께 어른거렸다. 오삼준의 그 말도.

만약, 정말 만약, 그녀가 그런 행위를 했고, 그 빌미를 내가 제공했다면……. 나는 물기 어린 머리를 절레절레 흔들며 맥없이 중얼거렸다.

"단순한 루머일 거야. 그리고 루머라는 건 결국 그 당시에만 힘을 가질 뿐, 얼마 가지 않아 바람 빠진 풍선처럼 이리저리 떠돌다가 쭈글쭈글하게 버려지잖아? 이십일 세기에 블러드 쇼퍼와 블러드 셀러라니, 말도 안 돼. 그건…… 나 때문에 그 아이…… 윤호가 죽었다는 것보다 더, 허무맹랑한 이야기야."

  매니저의 안내를 받아 프라이빗 룸으로 들어가자 느긋한 자세로 책을 읽고 있는 고보경의 모습이 눈에 들어왔다. 짧게 인사를 나눈 후 자리에 앉자마자 매니저는 준비해놨다는 듯 내 앞에 놓여 있는 커피 잔에 커피를 따랐다.
"저번과 같은 커피, 괜찮죠?"
  고보경이 책을 덮으며 옅은 미소를 띤 얼굴로 말했다. "네……"라는 내 말을 마지막으로 잠시간 침묵이 흘렀다. 그 침묵을 깨고 어서 빨리 본론으로 들어가고 싶었지만 그건 성형 견적을 내는 것보다 더 어려운 일이었다.
"선생님도 제가 피를 샀다는 이야기가 진실이라고 생각하시나요?"
  다행히 고보경이 먼저 이야기를 꺼냈다. 문제는 너무 직설적이고 단도직입적인 질문이라는 것이었다. 그에 답할 수 있는 '네', '아니요', '글쎄요' 중 과연 뭐가 내 진심일까, 빠르게 고민하는데 그녀가 미간을 살짝 찡그리며 다시 입을 열었다.
"절 블러드 쇼퍼라고 하더군요. 피를 사는 사람? 어린 여자아이들의 피를 정기적으로 사서 세수를 하고, 심지어는 목욕까지 하고. 누군가는 몸의 피를 다 갈았다고도 하고."
"진실이 뭔데요? 전 그걸 알아야 할 의무가 있어요."

순간적으로 세 가지 답안 중 하나가 아닌, 질문이 흘러나왔다.

"어째서요?"

호기심 그득한 얼굴로 묻는 그녀에게 나도 모르게 눈살을 찌푸리며 "네?"라고 반문했다.

"아, 기분 나쁘셨다면 죄송해요. 사실 선생님은 남의 일에 그다지 관심 없는 분 같아 보여서. 아무래도 영업 방해, 뭐 이런 거겠죠?"

"뭐, 그렇다고 해두죠. 아니, 그래요. 그게 가장 큰 이유예요. 고보경 씨에게 피를 판 병원이라고 다들 오길 꺼린다면 전 하루아침에 꽤 괜찮은 일자리를 잃는 거니까. 전 하얀 가운과 주삿바늘을 나름 마음에 들어 하거든요."

언제나처럼 마음과는 사뭇 다른, 생각지도 않았던 말이 술술 흘러나왔다. 고보경은 그런 나를 보며 이해한다는 듯 피식 웃었다.

"대답이 마음에 들었다면, 이제 고보경 씨가 절 보자고 한 이유를 설명해줄 차례인 것 같은데요? 아니, 그것보다 진실을 말해주세요."

고보경이 턱을 괴고 느긋한 자세로 잠시 나를 지그시 바라보더니 한숨을 내쉬었다. 그리고 천천히 입을 열었다. 나는 꼭 사형선고를 기다리는 사람처럼 조바심이 나서 커피 잔을 꼭 쥐었다.

"진실이라……. 진실은 그 루머를 퍼뜨린 사람이 잘 알지 않을까요?"

예상치 못한 답변에 순간적으로 머리가 지끈거렸다.

"네? 루머를 퍼뜨린 사람이요?"

"네. 회사 측에선 이미 그 루머의 최초 유포자가 누군지에 대해 수사를 맡겼었거든요."

"…… 그럼, 사실이 아니라는 거죠?"

그녀가 설마 그걸 믿었냐는 한심한 눈빛으로 나를 바라보더니 푸핫, 웃음을 터뜨렸다.

"아, 죄송해요. 선생님께서 생각보다 순진한 분이신 것 같아서. 사실…… 선생님께서 걱정하고 계실까 봐 안심시켜드리기 위해 뵙자고 했어요. 전화로 할 이야기는 아닌 것 같아서."

나를 배려한 걸까? 한순간 고보경을 향해 움트리던 일종의 불쾌감이 가라앉는 대신, 모든 게 루머였다는 사실에 안도감이 느껴졌다. 하지만 그 감정을 들키고 싶지 않았기에 커피 잔을 들어 살짝 입술을 축였다.

"그리고 한 가지 이유가 더 있어요."

나는 대답 대신 그녀를 응시했다.

"…… 루머의 최초 유포자가 선생님과도 관련된 인물이에요."

"…… 네?"

"그게……."

평소답지 않게 뜸을 들이던 고보경이 가는 손가락으로 머리칼을 쓸어 넘기며 어쩔 수 없다는 표정으로 입을 뗐다. 나는 커피 향이 나는 마른침을 꿀꺽 삼켰다.

"주예나."

"네? 주, 예, 나, 요?"

그녀가 자신도 의외라는 듯 어깨를 으쓱거리며 "네"라고 답했다. 그리고 곧 모든 상황이 정리가 될 거라며 본의 아니게 피해를 줘서 미안하게 생각한다는 사과의 말을 건넸다.

하지만 그녀의 말이 정확히 뇌로 전달되기까지는 꽤 시간이 걸렸다. '대체 주예나가 왜?'라는 질문을 스스로 던지기가 무섭게, 고보경과 비교당하는 것을 두려워하던 주예나의 모습이 불현듯 떠올랐기 때문이다. 그런 상대와 같은 성형외과에 다니게 됐다는 사실에 극도로 분노한 주예나. 그 후 발걸음을 끊었다가 '피' 사건이 터진 후, 고보경이 매니저와 이야기하는 걸 엿들었다고 야릇한 표정으로 은밀히 말하던 주예나.

만약 정말 주예나가 루머의 최초 유포자라면 나에게도 의도치 않은 잘못은 존재한다.

"어떻게 하실 거죠?"라는 나의 질문에 씁쓸한 얼굴로 "글쎄요"라고 답한 고보경은 촬영 때문에 일어나야 한다며 내게 양해를 구했다.

*

이틀 후, 인터넷에는 '피'와 관련된 고보경의 기사와 루머들이 모두 거짓된 정보였음을 알리는 기사들로 가득했다. 고보경을 비난했던 기자나 네티즌들은 자신에게는 아무런 잘못이 없는 것처럼, 당시에는 어쩔 수 없었던 것처럼 순식간에 입장을 바꾸었다. 고보경에 대한 여론이 비난에서 동정으로 바뀜에 따라 최초 유포자를 밝히라는 글들이 속속 등장했고, 이제 네티즌들의 마녀사냥은 최초 유포자로 고스란히 옮겨갔다. 최초 유포자로 의심되는 몇몇이 등장했고 당연히 그중 주예나도 계속해서 언급되었다.

하지만 고보경은 곧 "일반인이었던 최초 유포자가 '피주사'의 의미를 착각해 터무니없는 소문을 퍼뜨렸다며 내게 사과했다. 그리고 난 그를 용서했다. 본의 아니게 물의를 끼쳐 죄송하다. 이제 이 일은 묻어두고 드라마에 전념하고 싶다"는 정중한 내용의 공식 입장을 밝혔다.

고보경은 순식간에 블러드 쇼퍼에서 마음까지 착한 넘사벽(넘을 수 없는 사차원의 벽) 경지의 여신으로 등극했다. 모든 포털사이트의 검색어 순위가 "여신 고보경"과 "피주사"로 도배되는 사이, 최초 유포자나 주예나의 이야기는 사라져버렸다. 그리고 나는 이 일이 다른 방향으로 흘러가지 않아 다행이라는 생각이 들며 한결 마음이 편안해졌다.

다음 날 오전 진료시간에 나타난 고보경은, 추위 때문인지 오돌토돌하게 돋아난 좁쌀 여드름을 없애달라고 했다. 나는 그녀의 팔에서 25시시 정도의 혈액을 뽑은 후, 채혈한 혈액을 소독된 튜브에 넣고 원심분리를 했다.

"왜 묻지 않죠?"

지루한 듯 누워 있던 고보경이 허공을 향해 질문을 툭, 내던졌다.

"…… 뭘요?"

"음, 최초 유포자의 정체를 밝히지 않은 이유라고 해야 하나?"

"글쎄요. 용서했기 때문이라고 기사에 나지 않았나요?"

원심분리기에서 완료를 알리는 기계음이 났다. 나는 그녀의 피로 만들어진 액체를 넣은 주사기로 그녀의 이마, 코, 턱, 입술, 볼 등을 찔러댔다. 주삿바늘이 주는 통증을 느낄 때마다 그녀는 미간을 옅게 찌푸렸지만 역시 잘 참아냈다.

"정확히 말하면, 용서라기보다는 이해죠. 생각해보니, 타인의 피로 세안을 하는 것과 나 자신의 피로 만들어진 주사를 맞는 것은 수위만 다를 뿐 욕망을 채우기 위한 잔인하고 징그러운 행위인 건 마찬가지더라고요. 상대보다 더 아름다워지고, 사랑받고, 관심받고 싶은 마음이 가끔 무서운 욕망으로 변하기도 하죠. 여자라면 그런 욕망을 조금씩은 지니고 있지 않을까요? 여배우들은 그런 욕망이 더욱 강하죠. 그럴수록 주체하기가 힘들어지고. 아마 주예나는 그 욕망을 주체하지 못했을 거예요. 그리고 저 또한 그녀와 비슷한 종류의 욕망으로 힘들어해봤기에 그걸 이해한 거죠."

시술이 끝난 후, 고보경이 반짝이는 레이저를 바라보며 슬픈 듯 중얼거렸다.

욕망은 그것을 선천적인 것이라 생각할 때 본능이라고도 한다. 그러니까 타인의 사랑과 관심을 받고 싶은 마음, 그래서 아름다워지고 싶은 마음은 정도의 차이만 있을 뿐 어찌 보면 당연한 것이다. 그럼…… 나는? 여자들의 아름다워지고 싶은 욕망을 채워주는 직업을 가지고 있는 나는…….

어느 순간부터 그런 욕망들을 잊고 산 것 같은 묘한 기분에 젖었다.

"어쨌거나, 앞으로도 잘 부탁드려요, 페이스 셀러님."

거울을 통해 자신의 혈청이 스며들어간 얼굴에서 피어오르는 생기를 만족스럽게 바라보던 고보경이 장난스럽게 말했다.

"네? 페이스 셀러요?"

"왜, 저한테 잠시 블러드 쇼퍼란 별명이 생겼었잖아요. 생각해보니까 블러드 쇼퍼가 아니라 페이스 쇼퍼인 거 있죠? 그러니까, 선생님은 페이스 셀러죠!"
"네?"
그녀가 먼저 웃었고 나 역시 그녀를 따라 가볍게 미소 지었다.

그날 밤, 인간의 가장 기본적인 욕구 중 하나인 수면욕을 억지로라도 채우기 위해 침대로 향한 나는 시크릿 성형 카페에 들어가 오늘 날짜로 업데이트된 글을 읽었다.

고보경의 '피 사건'으로 인해 '피주사(PRP)'가 새로운 이슈로 떠올랐다. 고보경은 루머에서처럼 타인의 피로 세안을 한 것이 아니라, 새로운 기술을 이용해 자신의 피로 피부 상태를 향상시킨 것이다. 그러니까 그 루머는 '새빨간 거짓말'이었다.

그 새로운 기술인 피주사는 자가 혈소판을 이용하므로 생체에 적합하고, 자신의 혈액을 사용하므로 거부반응이 없다. 통증도 적은 편이고, 시술 후 일상생활에 지장 또한 없다.

효과는 일주일 후부터 안색이 뚜렷하게 좋아지고 화장이 잘 받는다. 또한 모공의 크기가 눈에 띄게 줄어들어 매끄러운 피부를 느낄 수 있으며 여드름을 유발하는 피지의 원활한 활동을 도와 여드름 발생을 감소시키고 흉터 또한 재생시킨다. 또한 다크서클, 튼살 및 탈모 치료에도 유용하다.

많은 사람들이 피를 뽑아서 그대로 다시 주입하는 것으로 착각해 일단 혐오감을 갖고 겁을 내지만, 실제는 그렇지 않다. 환자의 팔에서 피를 25시시 정도 채혈하고 그 채혈한 피를 원심분리기에 돌린다. 완료된 튜브를 살펴보면 맨 윗부분에 노란색(혈장), 진한 노란색(혈소판), 빨간색(적혈구) 순으로 층이 생기는데, 이 중 혈소판이 풍부한 진한 노란색 층만을 분리해 시술에 사용하는 것이다. 하지만 혈청에 칵테일처럼 영양분을 섞기도 하는 등 병원(의사)마다 시술 방식이 다르고, 그래서 효과도 천차만별이다.

한마디로 같은 원재료를 가지고 누가, 어떻게 요리하느냐에 따라 맛이 다른 것과 같다고 볼 수도 있다.

어쨌거나 이번 사건은 웃지 못할 사건이었다. 고보경은 아니라고 밝혔지만 필자는 루머의 최초 유포 용의자가 갑작스럽게 고보경과 비교를 당하며 피해의식에 사로잡힌 고보경 주위의 누군가가 아닐까, 하는 생각도 들었다. 물론 이건 지극히 개인적인 생각이다.

이번 이슈를 향한 시선 또한 제각기 다르다. 굳이 두 분류로 나누자면 자신의 피를 이용하면서까지 아름다워지기 위해 애쓰는 고보경을 혐오스런 시선으로 보는 사람과 자신도 같은 방법으로 아름다워지기 바라는 사람이다.

아마도 이 카페를 들르는 사람들은 후자 쪽에 가까울 것이므로 피주사로 유명한 병원 몇 군데를 소개해보겠다. (……)

소개된 몇 군데의 병원 중에는 우리 병원 이름도 존재했다. '아마도 카페 주인은 주예나가 루머의 최초 유포자라는 사실을 알고 있는 게 아닐까?' 하는 생각이 들며, 단순한 성형외과 관련 인터넷 카페 주인이라고 하기에는 너무 많은 정보들을 알고 있는 그의 정체가 다시 한 번 궁금해졌다. 그와 동시에 텅 빈 냉장고 덕분에 저녁을 거른 위가 조용히 불만을 터뜨렸다. 수면욕은 채우려 하면서 식욕은 무시하다니.

나는 침대에서 기어 나와 지갑을 든 채 이십사 시간 대형 마트로 향했다. 밤이라 한적했지만 군데군데 목표물로 삼을 만한 사람들은 존재했다. 바로 옆에서 카트를 끄는 엄마 뒤를 졸졸 쫓아가는 자매가 카트 안에 놓인 물건들을 두고 서로 자기 것이라며 신경전을 벌이고 있었다. 그러다 한 명이 마음대로 되지 않자 앙, 울음을 터뜨렸다. 그리고 엄마가 돌아보자 언니가 때렸다는 거짓말을 내뱉었다.

문득 주예나가 악의적인 루머를 퍼뜨린 이유 또한 이 아이처럼 단순하지 않았을까, 라는 생각이 들었다. 그녀는 지금 어떤 심정일까…….

그들의 뒤로 주예나와 비슷한 또래의 여자 한 명이 지나쳐 갔다. 내 경험상 그 나이 또래의 여자들은 경제적으로 장을 보는 데 서툴다. 아이스크림이나 김, 오이, 치즈볼, 초콜릿으로 대체 뭘 만들 수 있을까? 패스. 카트에 아이를 태운 사십대 아줌마. 아이 위주의 장을 볼 것이다. 패스. 솔로로 보이는 삼십대 후반 남자. 술이나 안주로 배를 채울 수는 없다. 패스.

한참을 멍하니 두리번거린 후, 내 또래의 미혼으로 보이는 여자를 발견했다. 나는 그녀의 뒤를 바짝 따라잡았다. 그리고 그녀가 집는 물건들을 그대로 따라 집어 카트에 담았다. 흰 우유, 치즈, 계란, 시리얼, 두부, 카레, 감자 등등.

적당히 카트가 채워질 무렵, 나는 그녀를 떠나 계산대로 향했다.

계산대에 서서 앞사람의 물품과 경계를 가른 후 카트 안 물건을 하나둘씩 올려놓는데 등 뒤에서 나지막한 목소리가 들려왔다.

"어라, 이런 데서도 다 보네? 근데 영화 〈니키타〉의 한 장면 따라 한 거 맞나?"

무심결에 고개를 돌려보니 얄미운 그 소아과 의사가 내 바로 뒤에 서서 물음표 가득한 얼굴로 카트와 나를 번갈아 바라보고 있었다.

〈니키타〉, 사랑이란 새빨간 거짓말이라는 것을 일깨워준 선배와 마지막으로 본 영화다. 우리는 그 영화의 엔딩 크레디트가 올라감과 동시에 장을 보러 나섰다. 낯선 사람의 장바구니를 보고 그대로 따리 장을 보는, 묘하게 끌리는 그 장면을 따라 하기 위해서.

나는 대답 대신 간단히 목례를 한 후 마지막 물건을 올려놓았나. 이제 그가 자신의 물건들을 올리기 시작했다. 그런데 어찌된 영문인지 그의 카트에서 나오는 물건들은 내 것과 완벽히 똑같았다. "혹시, 나 따라다녔어요?"라고 차갑게 쏘아붙이자 그는 어깨를 으쓱하며 피식 웃었다. 그리고 계속해서 물건을 올리며 물었다.

"그날 왜 갔어요? 잠시 기다리라고 했는데."

"제가 그쪽을 기다릴 이유가 없잖아요."

"하긴, 그런가? 어린이 해열제를 주려고 했는데 아쉽네요. 새로 나온 맛인데 굉장히 달달하거든요."

"어린이 해열제가 성인한테 맞을 거라고 생각해요?"

나는 물건들의 바코드가 찍히며 계산되어가는 것을 지켜보며 무시하듯 말했다.

"아니, 행동하는 것이 하도 어린아이 같아서."

"뭐라고요?"

나는 지갑을 꺼내다 말고 발끈하며 그를 향해 쏘아붙였다.

"농담, 농담. 근데 지금도 금세 발끈하는 게 꼭 초딩 같잖아. 아, 이것도 농담! 하하!"

뭐, 저런 게 다 있지? 나는 더 이상 대꾸하지 않을 생각으로 서둘러 봉투에 물건들을 주워 담았다. 제일 마지막에 미인 얼굴형의 모티브인 계란을 조심스럽게 올려놓은 후 떠나려는 찰나, 다시 한 번 등 뒤로 그의 목소리가 들렸다.

"나도 〈니키타〉 재미있게 봤는데. 그래서 몇 번 이렇게 따라 장도 보고. 의왼데? 당신 같은 사람이 영화의 한 장면도 따라 하고. 아, 덕분에 장 잘 봤어요, 하하."

나는 당연히 그의 말을 무시한 채 빠르게 걸음을 옮겼다.

요즘 들어 내 신경을 거슬리게 하는 몇 가지가 있다면 단연 고보경과 주예나, 시크릿 성형 카페, 그리고 저 인간이다.

주예나와 고보경 사건은 일단락 지어졌지만, 시크릿 성형 카페는 여전히 묘한 불안감을 야기하고, 저 개념 없는 소아과 의사는 마주칠 때마다 야릇한 불쾌감을 준다.

헌데 이상한 건 그 두 가지가 내 삶에 끼어들 것 같은 불길한 예감이 드는 것이다. 나는 그 예감이 고보경의 루머처럼 새빨간 거짓말이기를 바라며, 그 누구도 타지 않은 지 몇 년이나 된 내 차 옆좌석에 아무렇게나 물건을 실어 넣었다.

Chapter 3

실리콘 삽입과 지방 흡입의 달콤 살벌한 유혹:

몸매처럼 과거도 예쁘게 고칠 수 있을까요?

◆ 배꼽내시경 가슴 성형수술

의사가 내시경으로 직접 보면서 하는 가슴 성형수술. 이 경우 통증이 적고 회복이 빠르다. 그 이유는 팔을 움직이는 데 많이 이용되는 가슴근육의 윗부분이 영향을 받지 않고 수술이 진행되기 때문에 수술 후 팔을 마음대로 사용할 수 있고, 출혈이 배꼽 통로를 따라 흘러내려와서 유방 주변에는 피가 고이지 않아 출혈이 적기 때문이다. 하지만 이 수술이 가능한 가슴을 가진 환자는 제한적이다.

◆ 함몰 유두

유두가 젖가슴 속으로 밀려들어가 있는 경우를 말한다. 원인은 유방 조직 안의 덜 자란 섬유조직들이 유두를 당기고 있기 때문이다. 대부분 자극을 주면 나오지만, 그렇지 않은 경우도 있다. 전체 인구 중 3퍼센트가 이런 함몰 유두를 가지고 있다. 요즘은 15분이면 함몰된 유두를 나오게 하는 수술이 가능하다.

◆ 악센트 PPC

지방세포의 결합을 분리한 후 세포벽을 제거해 녹인 다음 림프관을 통해 체외로 배출해 국소 부위 지방 파괴에 탁월한 효과가 있는 시술법이다. 체내 성분과 동일한 콩의 레시틴 효소에 기초한 약물을 사용하기 때문에 부작용에 대한 고민 없이 시술받을 수 있다. 이 시술은 PPC주사와 보디 전용 고주파 기기의 효과를 동시에 볼 수 있는 신개념 체형 교정 시술이다.

◆ 여성형 유방증

남성의 가슴이 지방 축적이나 유선 조직의 발달로 마치 여성의 유방처럼 커지게 되는 질환을 말한다. 남성과 여성은 모두 같은 모양의 가슴을 가지고 태어나지만, 여성은 나이가 들면서 여성호르몬의 영향으로 가슴 안에 유선과 유관 등이 발달하고 이로 인해 가슴의 모양이 만들어진다. 남성의 경우에도 호르몬에 문제가 생길 경우 여성처럼 유방이 발달하게 된다. 해외 자료에 따르면 인구 1만 명당 1명꼴로 발병한다고 알려져 있다. 청소년기에 일시적으로 이런 증상이 일어나기도 하는데, 대부분 성인이 되는 과정에서 정상으로 돌아오므로 3, 4년 정도는 결과를 지켜보는 것이 좋다. 성인이 된 이후에도 차도가 없고 건강상의 문제나 특별한 원인이 없다면 수술을 통해 치료하는 것이 가장 효과적이다.

◆ 후천성 여성형 유방증

12~18세 사이에 호르몬의 불규칙으로 인해 생기는 여성형 유방증이 아니라, 18세 이후에 나타나는 여유증. 원인으로는 크게 세 가지가 있다. 첫째, 노년기에 접어들면서 테스토스테론(남성호르몬)이 감소하는 반면 에스트로겐(여성호르몬)이 늘어나는 것이 그 원인이다. 둘째, 호르몬제 복용에 따른 부작용으로 가장 대표적인 것이 단백동화스테로이드(anabolic steroid)로 인한 부작용이다. 셋째, 약물 복용에 의한 부작용이다. 대부분 남성호르몬 억제제에서 발생되는데, 대표적인 약물로는 전립선 치료제인 프로스카와 탈모 치료제인 프로페시아가 있다.

'피 루머' 사건 이후 더욱 이슈가 된 고보경과 주예나 주연의 드라마는 마지막 회에 자체 최고 시청률인 35퍼센트를 돌파하며 성공리에 막을 내렸다. 인터넷에 뜬 종방연 사진에서 비춰지는 그녀들의 모습은 서로가 서로를 완벽히 이해할 수는 없어도 이해하는 척 넘어가는 게 편하다고 일종의 암묵적인 협의를 한 듯 보였다.

주예나는 본인이 고보경 루머의 최초 유포자인 것을 내가 안다고 생각해서일까, 아니면 단순히 껄끄러워서일까, 그날 이후 다시 발길을 끊었다.

"...... 네? 라생......라사요?"

잠시 딴생각에 빠져 있던 사이 내 앞에 앉아 판매원마냥 쉴 새 없이 재잘거리고 있던 윤주희란 이름의 환자가 생소한 단어를 입 밖으로 흘렸다.

"네, 라생라사요."

나는 진료 노트에 신종 사자성어라고 추측되는 네 글자를 끼적이며 그 의미를 추측해보았다. 라면에 살고 라면에 죽는다? 설마……. 내가 고개를 갸웃거리자 그녀는 한심한 눈빛으로 나를 바라보고는 어깨에 힘을 주며 설명했다.

"라, 생, 라, 사. 라인에 살고 라인에 죽는다!"

"아…… 네."

"그러니까, 이 보기 싫은 허벅지와 엉덩이 지방을 모두 가, 슴, 으, 로, 옮겨주세요."

불만스러운 듯 입술을 삐죽거리며 말하는 그녀는 자신의 허벅다리 살을 세게 꼬집었다.

"스타킹을 벗고 치마 좀 들어 올려봐줄래요?"

살짝 당황한 얼굴로 나를 바라보며 "네?"라고 묻는 그녀에게 나는 "그래야 허벅지와 엉덩이를 보죠"라고 덤덤히 말했다. 그녀는 처음과 달리 쭈뼛거리며 일어나 주섬주섬 옷을 내리더니 자신의 엉덩이와 허벅지를 보여줬다. 팬티 라인 아래로 불청객처럼 삐죽 튀어나온 처진 살덩이들이 그녀의 다리 길이를 짧아 보이게 하는 데 한몫하고 있었다. 한마디로, 스키니진을 입기에는 적절치 않은 허벅지와 엉덩이였다.

"가슴도 볼 수 있을까요?"

자리에 다시 앉은 그녀가 티셔츠와 함께 여러 겹의 뽕이 장착된 기능성 브래지어를 조심스럽게 들어 올렸다.

"정말 지방의 균등 분배, 몸매의 재구성이 필요한 몸이죠? 휴, 왜 전 엄마 가슴을 닮지 않고 아빠의 가슴을 닮은 걸까요?"

한층 목소리가 다운된 그녀는 심각한 약점을 들킨 사람마냥 푹 풀이 죽었다.

"네, 수술이 필요할 만큼 작긴 하네요. 하지만 주희 씨보다 더 작은 가슴도 많아요. 원하는 가슴 크기는요?"

"지금 가슴의 곱곱곱곱곱곱배기요!"

"중국집에서도 그런 주문은 없는데요?"

나는 진지하게 답한 건데, 그녀는 웃옷을 잡고 있던 손을 놓으면서 킥킥 웃었다.

"어쨌든, 크게 해주세요. 아—주. 제 지방을 다 흡입해서라도요!"

"음. 저희 병원에서는 과도하게 지방을 뽑아내는 수술은 하지 않아요. 옥의 티들만 뽑아내죠."

"옥의 티?"

"여자들의 고민은 여자가 제일 잘 알죠. 옷을 입었을 때 어떤 부위가 신경 쓰이는지 말이에요. 가령, 브라 끈 사이로 보기 싫게 튀어나온 살들. 팬티 라인 아래로, 겨드랑이 사이로 비죽 불거져 나온 살들. 턱 밑에 펠리컨이나 개구리가 울 때처럼 볼록 튀어나온 보기 싫은 살들. 뭐, 그런 거요."

"아, 그렇구나. 라생라사족들에게 딱인 거네요!"

그녀가 자신의 입을 벌리고는 턱 아래를 손으로 만지작거리며 중얼거렸다.

"그리고 지방을 가슴에 넣는 건 권하고 싶지 않네요."

"어째서요?"

"일단, 금세 체내에 흡수돼요. 아, 그러니까 효과가 금방 사라진다는 이야기예요. 또 석회화되면 암세포와 구분이 안 가서 나중에 유방암 검사할 때 헷갈릴 수도 있고요."

"아…… 그럼 어떻게 하죠? 사실 가장 시급한 건 가슴이거든요! 가슴 성형을 할까요?"

나는 그녀와 상담을 하며 끼적거린 진료 노트를 훑어봤다.

25세. 여자. 귀여운 외모. 압구정 근처 회사원. 애교살 필요? 지방흡입. 갑작스럽게 큰 가슴을 원함. 현재 애인은 없는 듯?

경험상 그녀와 같은 경우에는 자신보다 못한 몸매를 지녔던 가까운 친구가 성형의 힘을 빌려 멋진 몸매로 변신했거나, 애인이 작은 가슴을 타박, 혹은 가슴 큰 여자와 바람이 났거나, 자신의 가슴 사정을 모르는 애인과의 첫 관계를 앞두고 있거나 등의 사정이 있다. 그렇지 않고서야 하루아침에 작아진 가슴도 아닌데 이렇게 급하게 굴 이유는 없다.

"네?"

그녀가 재촉하듯 물었다.

"가슴 성형은 단순한 수술이 아니에요. 그래서 가슴 성형수술에 대한 전반적인 이해와 수술 후 애프터케어에 대한 인식이 환자 자신에게도 꼭 필요하죠."

나는 가슴 성형을 원하는 여자들에게 하는 이야기를 그녀에게도 늘어놓았다.

가슴 성형은 수술 후 부작용이나 그 외에 일반적으로 생길 수 있는 일에 대해 두어 시간 상담을 거친 후 수술을 결정한다. 경험상, 사전에 의사와 환자 간의 충분한 이해와 신뢰가 형성되었을 때 문제점들을 원활히 해결할 수 있고, 좋은 수술 결과를 얻을 수도 있다.

하지만 대부분의 가슴 성형 환자들은 건성으로 상담에 임한 후, 본인 멋대로의 상상과 판단만으로 수술을 감행한다. 그래 놓고는 수술 후 이렇게 될지 몰랐다고 따지는 경우가 많아, 지장을 찍은 각서를 쓴 후에야 수술을 하는 경우도 더러 있다.

다행히 그녀는 중간 중간 질문도 넌시며 심각한 표성으로 사뭇 진지하게 고민했다. 그러더니 결국 위험해도 가슴 성형을 감행하겠다는 굳은 의지를 밝혔다.

"사실……."

그녀가 입을 삐죽거리며 무언가 고백할 것처럼 우물거리더니 내가 "네?"라고 묻자, 별것 아니라는 듯 고개를 가로저었다.

당장이라도 수술을 원하는 그녀의 의견을 적극 수렴해 모레로 수술 날짜를 정하고 그에 필요한 간단한 검사를 했다.

그녀가 나가자마자 나는 점심 약속 장소로 가기 위해 가운을 벗으며 자리에서 일어났다.

태국요리 전문점인 '오리엔탈' 안으로 발을 디디자마자 점심식사 때문에 우르르 몰려든 사람들로 인해 눈살이 절로 찌푸려졌다.

'시끄럽고, 부산스럽고. 꼭 이런 곳만 고른다니까.'

인원수를 묻는 점원에게 "일행이 있어요"라고 말한 후 주위를 두리번거렸다. 분명 해가 잘 드는 창가에 나태한 포즈로 앉아 꾸벅꾸벅 졸고 있을 텐데…….

내 예상은 정확히 적중했다. 의자에 널브러진 채 가늘게 비쳐 드는 햇살을 받으며 꾸벅거리고 있는 저 남자.

나는 그가 있는 곳으로 가서 맞은편 자리에 앉았다. 그리고 "선생님, 이세영 선생님!"이라고 두어 번 불러도 반응이 없자 테이블을 톡톡 두드렸다. 그로 인한 미세한 반응으로 테이블 위에 놓여 있던 그의 두툼하면서도 섬세한 손이 움찔거렸다.

"어? 왔어?"

그가 반쯤 뜬 게슴츠레한 눈을 쓰윽 비비더니 씨익 웃으며 "아, 배고파. 뭐 시키자. 아, 저기요. 메뉴판 주세요. 메―뉴―판!"이라며 호들갑스럽게 점원을 불렀다.

"급한 건 여전하시네요. 여행은 잘 다녀오셨어요? 병원은 어떻게 하실 생각인데요?"

"하하, 넌 심각한 건 여전하구나. 그건 차차 생각하고! 일단 메뉴를 보자. 밥 밥 밥―"

고등학교 때 주먹깨나 썼던 깡패였다는 믿기 힘든 소문의 주인공인 그는 한때 꽤 이름을 날리던 흉부외과 의사였다. 하지만 감당하기 힘들 정도로 폭등한 전셋값과 준(準)종합병원 오너들의 무시 등을 이유로 사표를 낸 후 우연하게 미용외과 의사로 전업했다. 그리고 일 년 만에 강남역에서 제일 잘나가는 미용외과의로 이름을 날렸다. 당연히 전세였던 집은 본인의 소유로 바뀌었다. 게다가 몇 개월 전에는 그런 자신의 병원을 '믿음직스러운 동료'라는 의사에게 맡겨놓은 후, 기약 없는 여행을 훌쩍 떠나기도 했다.

하지만 그 믿었던 동료 의사가 이세영 선생님의 부재를 틈타 '배신자'로 탈바꿈했다. 병원 환자를 모조리 빼돌려 압구정에 본인의 병원을 개업한 것이다. 그래서 현재 이세영 선생님의 병원은 '영구휴가' 상태다. 헌데 지금 점원에게 메뉴판 이곳저곳을 가리키며 속사포같이 주문한 후 "계란 프라이 한 개 값으로 두 개 더 추가용, 예쁜 아가씽―"이라고 말하는 그는 물 안에서 팔딱거리는 생선처럼 생생하고 싱싱해 보인다. 마치 아무 일도 없었던 양.

돈키호테냐냥 우스꽝스럽고 엉뚱하면서도 『위대한 개츠비』의 개츠비처럼 속을 알 수 없는 그는, 내가 가식 없이 믿고 따르는 몇 안 되는 사람 중 하나다.

"휴, 선생님! 이 테이블에 우리 둘뿐이에요. 그렇게 많이는 못 먹어요."

"아, 내가 말 안 했나? 한 사람 더 올 거야."

"네? …… 누구?"

"너도 이미 봤을지도 몰라앙. 어? 저기 온다. 어이! 여기야, 여기. 여기용―"

선생님이 갑자기 양손을 번쩍 들어 힘차게 흔들어댔다. 당연히 가게 안 모든 사람들의 시선은 요란한 우리 테이블로 향했고, 창피함에 바싹 신경이 곤두서 등을 돌린 나는 그의 시선의 끝이 향하는 곳을 바라봤다. 그리고 순간 내 눈에 문제가 있나 싶어 두 눈을 끔뻑거렸다. '하필 저 인간도 이곳에서 약속이 있나?'라고 애써 생각했지만, 그 또한 나와 선생님을 번갈아 바라보며 의아한 표정을 짓고 있었다. 그의 발이 내가 자리한 테이블 앞에서 우뚝 멈췄다.

"뭐예요?"

"뭐야?"

옆집 소아과 의사와 나는 선생님을 바라보며 동시에 말했다.

"어라? 둘이 벌써 인사했어? 하하, 잘됐네, 잘됐어, 잘됐다. 어여 앉아, 앉아."

선생님은 멀뚱히 서 있는 그의 외투 자락을 와락 잡아당겨 반강제적으로 자리에 앉혀버렸다.

"형! 혹시, 소개시켜주겠다고 한 분이 이 고집 센 옆집 성형외과 선생님이에요?"

내가 흘겨보자 그가 얄밉게 웃어 보였다. 선생님은 "응. 난 한재니가 개업한 병원이 지은네 옆인지 어제 알았다니까"라는 말을 마치기가 무섭게 점원이 세팅하고 있는 음식을 게걸스럽게 먹어댔다.

"이봐들! 일단 먹어, 먹어!"

어쩔 수 없다는 듯 숟가락을 들어 나시고렝을 맛본 그가 이세영 선생님을 향해 "굿 초이스!"라며 엄지손가락을 치켜들었다. 그에 우쭐한 선생님은 이미 본인 앞으로 가져다 놓은 노른자 하나를 딱 반으로 쪼개 그의 숟가락 위에 친절히 올려주었다. 만약 지금 그들이 하고 있는 것이 연기가 아니라면 둘은 굉장히 친밀한 사이가 분명했다. 나는 도무지 이해가 되지 않았다.

"그쪽, 미용외과 의사 싫어하지 않았어요?"

그가 입을 우물거리며 나를 한 번 쓰윽 보더니 성의 없이 고개를 끄덕였다.

"…… 지금 그쪽 옆에서 열심히 먹고 있는 사람도 미용외과 의사인데요?"

그가 고개를 갸웃거리며 나와 선생님을 번갈아 바라보았다. 설마 이 남자, 선생님이 흉부외과의에서 미용외과의로 전환한 걸 모르나?

한참 후, 꿀꺽 음식물을 삼킨 그가 드디어 입을 열었다. 이세영 선생님은 옆에서 본인 이야기를 하든 말든 상당한 크기의 베트남 튀김 요리 짜조를 한입에 밀어 넣기에만 열을 올리고 있었다.

"뭐랄까. 형님은 여느 미용외과 의사들처럼 외모만 고치려는 게 아니라 마음을 고쳐보려고 노력하잖아요. 또…… 하, 왜 차별하느냐는 식으로 물을 게 아니라 먼저 왜 차별받는 건지 알아줬으면 좋겠는데. 뭐, 모르는데 굳이 아는 척할 필요는 없지만."

느끼한 음식을 먹는 것도 아닌데 속이 부글부글 끓어올랐다. 일격을 가할 말을 찾기도 전, 그가 말을 이었다.

"분명 오늘도 누군가에게 수술을 권유했겠죠?"

"권유가 아니라 충분한 상담을 거친 후, 의논하는 거거든요? 결정은 오로지 환자 본인의 의지에 따르고요."

"상담과 의논이라……. 단순히 부작용이나 애프터케어에 대한 상담이 아니라? 게다가 의사가 환자의 결정에만 따른다고요?"

"……?"

"그 환자가 왜 그 수술을 하고 싶어 하는지, 수술을 결심하기까지 어떤 절박한 상황이 있었는지, 또 수술을 한다면 그 절박한 상황이 나아지는지, 수술만이 유일한 방법인지, 그런 건 묻지 않았겠죠? 물론 환자 자체를 이해하려고 들지도 않았고요."

문득 윤주희 환자에게 그런 것들을 물었던가? 하는 생각과 함께 말문이 막혀버렸다. 하지만 기본적으로 성형에 대한 '삐딱선'을 탄 채 사사건건 시비를 거는 이 남자에게 이런 지적 따위 받을 이유는 없었다. 그렇게 말하려는데, 이세영 선생님이 불쑥 끼어들었다.

"아, 시끄러워서 체하겠네. 이 맛난 걸 앞에 두고 왜 싸우고들 난리야? 어서들 먹어, 어서."

하지만 이미 음식들은 깨끗이 비워진 상태였다. 선생님은 접시를 들어 들러붙은 노른자를 쏙쏙 혀로 핥더니 끄윽, 트림과 함께 배를 통통 튕겼다. 그리고 만족스러운 표정으로 씨익 해맑게 웃었다.

"소개하지. 한재는 학교 후배. 지은과 난 짜증나던 그 병원에서 스태프로 있을 때 알게 된 사이고. 근데 둘이 사이가 안 좋나 봐? 둘다 나랑은 좋은데! 히히."

"퍽도 일찍 물어보십니다."

그가 내가 하고 싶은 말을 먼저 내뱉었다.

"하하, 그런가? 자자! 이제 나를 매개로 친해지라고!"

"그나저나 형님, 병원은 언제 다시 열 거예요? 아예 새로 차릴 거면 같은 건물 어때요? 이층 비었던데."

"응? 그럴까? 점심은 너랑 저녁은 지은이랑. 아, 다 같이 먹자! 사이좋게."

"전 환자 뺏기기도 싫고, 요란스러운 생활은 원치 않아요. 하던 데에서 하세요."

"그럴까? 하긴, 이사하기도 귀찮아!"

이렇게 모든 걸 농담으로 받는 것 같은 사람이 수술실에 들어갈 때면 단 한 치의 오차도 용납하지 않는 냉철한 의사로 돌변하는 것은 볼 때마다 신기하다 못해 기이한 일이었다.

차로 입술을 축이며 먼저 일어나야겠다, 생각하고 있는 찰나 옆집 소아과 의사가 주머니에서 부산스럽게 핸드폰을 꺼내 받았다.

"어? 알았어. 바로 갈게"라고 다급한 목소리로 말한 그는 서둘러 일어나 외투를 팔목에 걸며 미간을 잔뜩 찌푸린 채 이세영 선생님을 바라봤다.

"형님! 먼저 가볼게요. 방금 병원에 온 아이 하나가 위급한가 봐요."

선생님이 오른손을 휘휘 저으며 "어, 그래그래. 그럼 가야지. 어여어여 가"라고 말했다.

"아! 계산은…… 시간이 없으니까 형님께서 하세요."

그는 이 말만을 남긴 채 빠르게 자취를 감췄고, 그와 동시에 나는 "대체 저 사람은 왜 부른 거죠?"라고 선생님을 향해 따지듯 물었다.

"밥 같이 먹으려고 그랬지— 설마 우리 밥 먹는 거 구경하라고 불렀겠어?"

"제가 소아과를 기피하는 건 잘 알고 계시잖아요. 저 사람도 성형외과를 싫어하는 것 같고요!"

"이유가 있어, 이유가."

"…… 네?"

"지은이 네가 소아과를 기피하는 데 이유가 있듯, 한재에게도 이유가 있다고. 아주 큰 이유가. 그래, 모든 일에는 이유가 있지. 이 볶음밥이 맛있는 이유는 적절한 비율로 밥과 닭고기 소스를 섞은 거고, 쩝."

선생님은 이미 바닥난 접시를 아쉬운 듯 바라보며 중얼거렸다. 문득 그 이유라는 것이 궁금해졌지만, 묻지는 않았다. 내가 가진 트라우마만으로도 감당하기 벅차다. 그러니 껄끄러운 상대의 트라우마를 알게 되는 건 심적인 부담만 늘어날 뿐이다.

선생님은 그런 내 속을 빤히 보고 있는 것 같은 눈빛으로 엉뚱한 질문을 던졌다.

"댁과 비교되는 아름다운 어머니는 잘 계시남?"

"또 한창 연애 중이세요."

"청춘일세. 좋구나— 아! 맞다 맞아. 요즘 시크릿 성형이란 카페가 유명하다며? 성형외과 부작용과 의료사고 등 성형과 관련된 이슈들을 은근히 까발려 날이 갈수록 인기라고."

"네. 그런 것 같아요."

"한국에 오니까 재미난 일들이 많이 생겼어. 믿었던 동료가 날 배신하고, 내가 좋아하는 두 사람은 원수 같아 보이고. 재밌어, 재밌어!"

선생님은 나이에 맞지 않게 박수까지 짤깍짤깍 쳤다. 대체 무슨 생각인지.

"다음엔…… 옆집 소아과 의사 부를 때 저는 빼주세요."

"왜? 보고 있는 난, 굉장히 재밌는데? 앞으로도 자주자주 뭉칠까 하는데. 그렇게 싫어?"

"네. 싫어요"라고 단호히 말한 나는 마치 꾸지람 들은 아이처럼 시무룩한 표정을 짓는 그를 향해 물었다.

"대체 병원은 어떻게 하실 생각이에요?"

"걱정 마! 강남역에 그대로 있을 테니까. 압구정, 청담동은 땅값도 너무 비싸고 경쟁자도 너—무 많아! 무서워. 게다가 그 '배신맨'도 있고."

선생님이 몸을 부르르 떠는 흉내를 냈고, 나는 그런 그를 보며 어쩔 수 없다는 듯 피식 웃었다.

병원으로 돌아와 주차를 하는데, 꼬마아이를 목마 태운 채 건물에서 나오는 그 얄미운 소아과 의사가 시야에 들어왔다. 불현듯, 그가 했던 말이 떠올랐다.

'그 환자가 왜 그 수술을 하고 싶어 하는지, 수술을 결심하기까지 어떤 절박한 상황이 있었는지, 수술을 한다면 그 절박한 상황이 나아지는지, 수술만이 유일한 방법인지, 그런 건 묻지 않았겠죠? 물론 환자 자체를 이해하려고 들지도 않았고요.'

성형외과를 찾는 대부분의 사람들은 자신의 좋지 않은 상황을 수술이 해결해주지 않을까 하는 기대를 품고 온다. 서류에서는 늘 쉽게 통과되는데 면접에서만 죽을 쑤는 건 외모 때문이라는 생각을 가진 사람들이, 오래된 수술 부작용 때문에 우울증을 앓다 온 환자들이, 윤주희처럼 작은 가슴으로 스트레스를 받던 환자들이 그러했다.

내가 알아야 할 사연은 그 정도면 충분했다. 내가 그들에게 그 외의 것까지 묻고, 듣고, 해석하고, 이해하고, 답을 찾아줄 이유는 없다. 나는 그들의 콤플렉스를 최선을 다해 해결해주면 되는 것이다. 그게 가장 중요한 일이고 그들이 내게 원하는 건 단지, 그것뿐이다.
'난 성형외과 의사지, 정신과 의사가 아니다.'

*

오전 열한시. "저, 가슴 성형을 하고 비행기를 타면 실리콘이 터진다던데, 정말······인가요?", "혹시 수술 후 남친이 가슴을 만지다 강약 조절이 안 되서 터져버리면 어떻게 하죠?", "전 중국산 코젤은 싫은데······. 그럼 제 가슴이 메이드 인 차이나가 되는 거잖아요?"라는 유의 질문공세를 백 개쯤 퍼부은 후, "그렇담······ 신중히, 또 신중히 고민해보고 연락드릴게요"라는 말을 남긴 채 사라진 스튜어디스, 최서인 환자.

오후 한시. 2억짜리 화보 촬영 제의가 들어왔다며 유명한 속옷 브랜드 빅토리아 시크릿의 지젤 번천처럼 섹시한 클레비지 라인(가슴 사이 오목한 부분)을 갖고 싶다던 광고 모델 하윤주.

오후 세시. "이상적인 가슴은 쇄골을 중심으로 양 유두를 연결해 정삼각형을 이루고 겨드랑이에서 가슴을 잇는 곡선이 부드럽게 내려오며 양쪽 유두가 이십 센티미터 이상 벌어져 있고 각 유두는 약간 바깥쪽을 향해 있다고 하는데······ 맞나요? 그렇다면 꼭! 소중한 제 딸의 가슴을 그렇게 만들어주세요! 우리 딸 가슴이 너무 빈약해 연애라도 할 수 있을지 밤, 마, 다, 걱정입니다!"라며 가슴 성형에 대해 공부해온 것들을 줄줄이 나열해댄 오십대 남자. 그리고 그 옆에 멀뚱히 앉아 자신의 가슴과 내 가슴을 번갈아 바라보며 두 눈을 끔뻑거리던 그의 딸.

그리고 오후 다섯시. 예약도 없이 아이돌 연습생 세 명을 데리고 들이닥친 오삼준은 데뷔하기 전 가슴 성형은 필수라며 가슴 성형이 시급한 순서대로(?) 그녀들을 나란히 앉혔고, 그녀들은 그의 앞에서 주저 없이 내게 자신의 가슴을 보였다. 그는 상담이 끝난 후 브로커로서의 자신의 몫을 떼어줄 것을 요구했고, 물론 나는 단번에 거절했다. 하지만 "전, 꼭 선생님께서 해주셨으면 좋겠는데! 좋은 답 주실 때까지 다른 성형외과는 일절 출입 금지 한 채 기다리겠습니다"라고 능글맞게 말한 후 아이들을 데리고 유유히 사라졌다. 그런 그의 뒷모습을 보며 '혹시 그의 눈에 나는 열 번 찍어 안 넘어가는 나무이고, 수도 없이 들이대는 환자들은 그의 도끼쯤 되는 걸까'라는 생각이 들었다.

퇴근 준비를 하며 상담 노트를 덮다가, 오늘 가슴 성형 상담만 다섯 번을 했다는 사실을 문득 깨달았다. 그러자 괜스레 가슴 언저리가 욱신거리며 문득 이세영 선생님이 삼백번째 가슴 성형수술의 기록을 세운 날 서글픈 얼굴로 했던 말이 떠올랐다.

'아마 나는 목욕탕에서 때 미는 아줌마들보다 여자 가슴을 더 많이 만져봤을걸? 난 이제 탐스럽고 말랑말랑해 사랑스러워 보여야 할 여자 가슴이 단지 식염수나 지방 실리콘으로밖에 보이지 않아, 흑.'

카운터에서 통화를 하던 윤 간호사는 내가 나오자마자 서둘러 전화를 끊어버렸다. 나는 그런 그녀를 향해 "앞으로 오삼준 씨, 예약 없이는 들여보내지 마. 아, 퇴근 전 사적인 전화도 자제해주고"라는 주의를 준 후 병원 문을 나섰다.

엘리베이터 버튼을 누르기 위해 손을 뻗는데 등 뒤에서 불쑥 나타난 커다란 손이 대신 버튼을 눌렀다. 그와 동시에 그 재수 없는 소아과 의사의 목소리도 흘러나왔다.

"그쪽이 세영 형님과 아는 사인지는 진짜 몰랐네요."

"네. 저도 그쪽이 선생님과 친분이 있는지는 몰랐네요."

나는 허공에 말을 내뱉으며 엘리베이터 안으로 들어갔다. 뒤따라 들어온 그가 가방을 뒤적이더니 노트 하나를 꺼내 대뜸 내밀었다.

"사인 하나만 부탁할게요."

"…… 네?"

"그쪽 어머니가 그 유명한 배우 이해정 씨라면서요? 제가 이해정 씨 팬이거든요. 꼭 이 노트에 해주시고 절대 잃어버리면 안 돼요! 박찬호, 최홍만, 석호필, 박지성, 박세리 등등 유명인들 사인이 모두 이 안에 있거든요. 근데, 진짜 딸 맞아요? 부전자전, 모전여전이라고 하기엔 영……."

그의 말을 가볍게 무시한 나는 역시 이 인간은 정상이 아니구나, 라는 생각과 함께 그런 인간에게 쓸데없는 정보를 흘린 이세영 선생님을 원망했다. 그런데 문득 그 사건까지 얘기한 건 아니겠지, 하는 걱정이 스쳐 지나갔다.

긴장한 내색을 애써 감추고는 그를 슬쩍 훔쳐봤다. 또랑또랑한 눈으로 내 이목구비를 살피고 있는 그의 눈에는 다행히도 호기심과 장난기만이 가득 서려 있었다. 하긴 그 사건으로 받은 상처의 크기를 누구보다 잘 알고 있는 선생님이었다. 일단 안도의 한숨을 내쉬고는, "만날 일이 거의 없어 사인받기 힘들겠네요"라고 말하며 나를 향해 노트를 내밀고 있는 그의 손을 쓰윽 지나쳐 때마침 열린 엘리베이터를 빠른 속도로 빠져나왔다. 하지만 무슨 영문인지 계속해서 나를 따라온 그는 결국 내 차 조수석 옆에 우뚝 서더니 "그럼 사인은 다음 기회로! 근데, 약속 없죠?"라고 물었다.

'약속 있어요?'도 아닌 '약속 없죠?'라니. 나는 들은 척 만 척 그대로 운전석에 올라탔다. 그때 덜컹 조수석 문이 열리면서 그가 차 안으로 들어왔다.

"뭐예요? 당신 미쳤어요?"

"에, 약속 없지 않아요? 집에 가기 전 마트에 들러서 목표물 하나 만들어 똑같이 쇼핑하고, 집에 가서 그 재료들로 간단히 뭐 좀 만들어 먹고, 목욕하고, 인터넷이나 책이나 논문 좀 뒤적거리다가 억지로 잠들 거잖아요."

생판 모르는 누군가가 불쑥 내 공간 안으로 침범할 때 느껴지는 묘한 불쾌감에 다시 한 번 말문이 막혀버렸다.

"맞죠? 그러니까, 저랑 어디 좀 가죠."

"그러니까, 제가 왜 그쪽이랑……."

"우리 세영 형님 뒤통수쳐서 병원 차린 그 인간 염탐하러 갑시다. 형님 꽤 손해 본 것 같던데……. 그쪽과 내 사인 그닥 별로지만 형님 동지니까. 뭐 제 예상과 달리 바쁘시다면 그 병원 앞에서 내려줄래요? 제가 차가 없거든요. 아, 운전을 못 한다고 해야 맞으려나? 하하."

그는 내 대답을 듣지도 않은 채 자연스럽게 안전벨트를 맸다. 여간해서는 내릴 것 같지 않은 포스였다. 나는 자포자기하는 심정으로 한숨을 내쉰 후, 짜증스럽게 물었다.

"병원 위치는 알아요?"

"아! 내비게이션 써도 되죠?"

그는 내비게이션의 전원을 켜더니 '서울특별시 강남구 청담동'을 차례로 누른 후 손바닥에 적어온 번지수를 눌렀다. 내비게이션이 위치 안내를 시작했다. 0.5킬로미터. 소요시간 이 분. 그래! 딱 이 분만 이 인간과 한 공간에서 숨 쉬면 되는 거야, 라고 생각한 내 예상은, 그러나 처참히 빗나갔다. 하필 일방통행 골목길에서 접촉 사고가 나는 바람에 '딱 이 분'은 기약 없이 늘어나버렸다. 결국 나는 십대 이후 처음으로 라디오를 틀었고, 그는 '착해빠진 세영 형님'과 '약아빠진 배신자'를 연발하며 답답함과 분노를 표출했다. 나 또한 그렇게 생각했지만 결코 맞장구를 치지는 않았다. 낯선 디제이의 목소리를 위안 삼아 더디고 어색한 시간을 견딜 뿐이었다.

"아! 여기다. 윤태영 미(美) 클리닉!"

디자이너 클럽 대각선 방향의 건물 이층. 눈에 띄게 반들거리는 화이트 바탕의 새 간판에는 '윤태영 미(美) 클리닉'이 고딕체로 쓰여 있었고, 아름다움을 상징하는 1:1:1 비율의 여성 얼굴이 그려져 있었다. 촌스럽지도, 딱히 세련돼 보이지도 않는 디자인이었다.

"그런 것 같네요. 내려요."

"어라? 여기까지 왔는데 안 가볼 거예요?"

"…… 내려만 달라고 하지 않았나요?"

"온 김에 같이 가죠. 이렇게 혼자 내리면 왠지 내가 택시 탄 것만 같잖아요. 자! 둘 중 하나 선택해요. 택시비 받든지, 같이 가든지."

또다시 시작된 그의 억지에 미간을 찌푸리며 시선을 돌리는데 창밖으로 오삼준과 아이돌 연습생 셋이 그 건물 안으로 들어가는 모습이 보였다.

'답 주실 때까지 다른 성형외과는 일절 출입 금지 한 채 기다리겠습니다'라고 하지 않았던가? 피식 웃음이 새어나왔다. 문득 만약 여기서 나와 마주친다면 그는 어떤 표정을 지을까, 라는 궁금증과 함께 그가 자신이 내뱉은 말에 대한 최소한의 양심이라도 가지고 있는 인간이라면 앞으로 나를 보는 게 껄끄러워지지 않을까, 라는 막연한 기내감이 들었다.

"그래요. 같이 가요"라고 말하며, 끌고 온 주제에 의외라는 듯 나를 바라보는 그를 무시한 채 터프하게 차를 불법 정차시켰다. 내가 내리자 그도 따라 내렸다.

우리는 다른 층에서 계속 멈춰 있는 엘리베이터를 포기하고 계단을 택했다. 마지막 계단에 발을 디디는 순간, 병원 문을 열고 나오는 한 여자가 시야에 들어왔다. 내 눈과 기억력에 문제가 없다면 그 여자는 분명 윤주희였다. 내일 가슴 성형이 예약된. 우뚝 발걸음이 멈춰졌고 뒤따라오던 그가 "왜요?"라고 물었다.

내게 그녀는 수술 예약 후 다른 병원을 찾은 염치없는 환자이고, 그녀에게 나는 신설 성형외과를 염탐하러 온 비열한 의사로 비춰질 것이다. 그러니 그녀와 나는 마주치는 순간 최고의 어색함을 만끽할게 뻔했다. 나는 슬그머니 뒷걸음질 쳤다. 그때였다.

"어? 주희 네가 여긴 웬일이야?"

옆집 소아과 의사의 우렁찬 목소리가 복도 가득 울려 퍼졌고, 윤주희는 소리가 나는 방향으로 고개를 돌렸다. 반사적으로 무릎을 구부려 몸을 숨긴 나는 다행히도 그녀에게 발견되지 않았다.

"어? 선생님! 여기는 어쩐 일이세요?"

그녀가 반가운 표정으로 그를 바라보며 물었다.

"여기 병원에 좀 볼일이 있어서. 넌? …… 뭐야? 혹시 어디 고치게?"

그는 윤태영 미(美) 클리닉과 그녀를 번갈아 바라보며 물었다. 성형외과 앞에서 만난 여자에게 "어디 고치게?"라고 묻는 그는 역시나 배려와는 거리가 먼 사람이었다.

"하하, 상담 좀 받았어요."

"그냥 상담만으로 끝냈으면 좋겠는데……. 주훈이는? 이제 괜찮아?"

"네, 선생님 덕분에 완쾌됐어요!"

그때 엘리베이터가 도착했고 그녀는 "조만간 동생이랑 놀러 갈게요"라고 인사한 후, 엘리베이터와 함께 사라졌다.

여전히 쭈그려 앉은 채 혼자서 '동생? 선생님 덕분에? 스물다섯의 나이인 그녀에게 소아과를 다닐 만한 어린 동생이 있는 건가?'라는 질문을 던지다 결국 '뭐, 아무렴 어때'로 결론을 내리는데 그가 불쑥 얼굴을 들이밀며 물었다.

"혹시 계단이 힘들어서 쉬는 중이에요?"

"설마요. …… 근데 저 여자분이랑 아는 사이예요?"라고 말하며 일어나는데 그와 동시에 내 배가 허기를 호소하며 꼬르륵 소리를 뱉어냈다. 적나라한 그 소리에 피식 웃음을 터뜨린 그는 째려보는 내 시선을 피하며 애써 웃음을 참았다.

"우리 염탐 후 같이 밥이나 먹으러 갈까요?"

"제가 왜 그쪽이랑 밥을!"

보채는 배를 살짝 움켜쥔 채 신경질적으로 쏘아붙이는데 다시 한번 병원 문이 열리며 오삼준과 함께 하얀 가운을 입은 사십대 중반의 남자가 모습을 드러냈다. 순간 그가 내 어깨를 양손으로 눌렀고, 그 바람에 다시 한 번 몸을 감추게 됐다. 다른 건, 이번엔 그도 함께라는 거였다.

"뭐예요?"

"저치예요. 형님을 배신한 윤태영이라는 인간."

우리는 속삭이듯 대화하며 그들을 훔쳐보고 대화를 엿들었다.

"잘 부탁해요."

"저야말로."

그들은 걸쭉한 웃음과 함께 악수를 주고받았다. 좀더 자세히 윤태영이라는 인간의 얼굴을 보기 위해 살짝 고개를 내미는 순간 마침 복도 쪽으로 향한 오삼준과 눈이 마주쳐버렸다. 오삼준은 의아한 표정으로 고개를 갸웃거리며 복도를 향해 발걸음을 옮겼다. 이런 꼴사나운 모습을 들키는 건 계획에 없던 일이다. 재빠르게 몸을 돌려 일으킨 나는, 무작정 계단을 뛰어 내려왔다.

나와 그가 다시 차에 탄 건 그로부터 정확히 십 초도 채 안 걸렸을 것이다.

"뭐예요?"

그가 헉헉거리며 물었다.

"뭐가요?"

"왜 도망가는데요?"

"그러는 그쪽은 왜 따라온 건데요?"

우리가 티격태격하는 사이 건물에서 나와 골목으로 향하는 오삼준과 윤태영 원장의 모습이 백미러를 통해 보였다.

"오늘은 글렀네. 신장개업한 의사가 벌써 퇴근해?"

"됐고요, 염탐은 그른 것 같으니 이만 내려요."

"그래요. 이왕 이렇게 된 거 밥이나 먹으러 갑시다."

"네?"

"밥값, 그쪽이 내라는 것도 아니고, 더치페이도 아니고, 제가 쏠게요. 그럼 됐죠?"

단호히 거절의 의사를 밝히려던 찰나, 다시 한 번 배가 시위를 했다. 이틀 연속 꼴 보기 싫은 사람과 식사를 한다 한들 죽지는 않겠지, 라는 생각으로 "아는 데 있어요?"라고 거만하게 물었다.

그가 안내한 곳은 청담동 후미진 골목에 위치한 자그마한 일본식 라멘집이었다. 그는 "저 여기 단골이에요"라고 말한 후, 멋대로 음식들을 주문했다. 금세 돈코츠, 김치나베, 가스동이 동그란 테이블 위에 소담스럽게 놓여졌다.

"빠르죠? 음식 맛도 꽤 좋아요."

그가 말했고, 나는 약간 배를 채운 후 조심스럽게 물었다.

"아까 그 여자분이랑 아는 사이예요?"

"그 여자?"

그가 라면을 후루룩거리며 되물었다.

"윤주희 씨요."

"어? 선생님은 주희를 어떻게 알죠?"

'제가 먼저 물어봤거든요?'라는 반문은 유치했고, '알 것 없잖아요'라고 한다면 그 역시 그렇게 답할 것 같았다. 하지만 사실대로 말하기에는, 그녀의 프라이버시가 문제였다.

"혹시 그쪽 병원에 찾아왔어요? 성형수술을 하러?"

나는 대답 없이 돈가스 하나를 입에 집어넣고는 우물거렸다.

"이상하네. 그럴 마음의 여유도, 금전적 여유도 전혀 없을 텐데."

"…… 그럴 여유가 없다니요?"

가슴 성형은 수술뿐만 아니라 애프터케어 비용도 만만치 않은 데다가, 만에 하나 부작용으로 인해 재수술을 해야 한다면 그 비용 역시 무시하기 힘들다. 그렇기에 금전적인 여유가 없다면 쉽게 마음먹기 힘든 수술이다. 게다가 워낙 넘쳐흐르는 정보의 홍수 속에서 혼란을 가중시키는 경우도 흔하기 때문에 이런저런 정보를 샅샅이 살필 수 있는 시간적 여유 또한 필요하다.

"그 녀석, 대체 무슨 수술이 하고 싶대요? …… 하긴 그건 환자의 프라이버시니까. 그럼 제가 먼저 주희에 대한 이야기를 할게요. 그것 또한 그녀의 프라이버시이긴 하지만 그쪽 표정으로 미뤄봤을 때 주희가 단순한 시술을 하러 온 것 같진 않고……. 그쪽이 알아야 주희에게 도움이 될 것 같은 생각이 드네요."

의아함을 감춘 채 침묵하던 나를 물끄러미 응시하던 그가 조심스럽게 말을 꺼냈다.

"주희와 주훈이 남매는 주훈이가 병원에 자주 드나들면서 알게 됐는데, 사정이 딱한 친구들이에요. 어머니는 어릴 때 돌아가셨고, 레이싱 선수였던 아버지 역시 차 사고로 잃은 후 주희 혼자 열여덟 살이나 어린 동생을 키우고 있거든요. 그것도 빠듯하게. 게다가 얼굴도 못 본 삼촌이 진 빚 때문에 안 그래도 빠듯한 형편이 더 어려워진 상황이에요. 워낙 밝은 성격이라 남한테 티를 내지는 않지만."

"…… 네?"

"그래서, 성형수술 같은 거 생각할 여유 따윈 정말 없을 거예요."

그는 그녀의 힘든 상황을 힘겹게 이야기했다.

약속대로 저녁은 그가 계산했다. 그와 헤어져 집으로 돌아오는 길 내내 머릿속이 복잡했다.

내가 본 윤주희는 분명 잡지에 실린 특이한 레깅스나 신상 청바지, 화이트닝에 효과 있다는 화장품, 스타벅스 커피 등에 열광하며 회사에서 받는 스트레스를 여자들의 수다나 쇼핑으로 풀고, 또 여성들의 집단 심리에 우르르 휩싸여 보톡스나 필러 등과 같은 성형시술에도 지극한 관심을 보이며 살아가는 평범한 가정의, 평범한 회사의, 평범한 이십대 여성이었다.

하지만 그가 이야기한 윤주희는 전혀 다른 환경과 사정을 지니고 있었다.

*

"좀 늦었네? 혹시 연애라도 하는 거니?"

문을 열고 집 안으로 발을 디디자마자 짙은 향수 냄새와 함께, 이해정의 취기 오른 목소리가 들렸다. 실크 란제리를 입었다기보다 살짝 걸쳤다는 표현이 더 맞을 듯한 매혹적인 차림의 그녀는 언제나처럼 와인 잔을 들어 홀짝거리고 있었다.

별다른 통보 없이 갑작스레 그녀가 나를 찾을 때는, 분명 셋 중 하나다. 성형의 힘이 필요할 때, 새로운 남자가 생겼을 때, 혹은 그 남자가 더 이상 자신의 곁에 남아 있지 않아 극한의 외로움과 자괴감에 빠졌을 때. 지난번 방문 시 새 남자가 생긴 것 같았으니, 세번째 경우일 가능성이 높았다.

"홍콩에선 언제 왔어요?"

"며칠 됐어. 아, 한잔할래?"

"됐어요."

수술 전날에는 알코올을 섭취하지 않는 것이 내 규칙 중 하나였다. 뭐, 오늘 다른 병원을 찾았던 윤주희가 내일 모습을 드러낼지 알 수는 없었지만.

"무슨 일 있나요?"

나는 와인 대신 생수를 꺼내 목을 축이며 형식적으로 물었다.

"뭐, 항상 있는 일이지. 사랑을 하고, 사랑에 상처받고, 또 새로운 사랑을 하기 위해 아름다워지고. 그게 여자가 살아가는 인생이잖니?"

여자라는 단어를 당신이라는 말로 정정해주고 싶었지만 '나보다는 좀 딸리는 외모지만, 직업이나 다른 스펙에서 문제가 없는데도 제대로 된 연애를 못 하는 건 결국 그 차가운 성격 탓이다'라는 식의 속 뒤집히는 소리를 듣고 싶지 않은 탓에 입을 꾹 다물었다.
　"왜 항상 남자들은 젊고 싱싱한 것을 원할까? 그리고 내 가슴은 왜 시간이 지날수록 쪼그라들고 늘어지는 걸까?"
　그녀는 반쯤 드러나 있는 자신의 가슴을 불만스러운 듯 굽어보며 말했다. 그러고 보니 그녀의 가슴은 그녀에게서 성형의 혜택을 받지 못한 몇 안 되는 부분 중 하나였다. 하긴, 젊은 시절 워낙 풍만한 가슴이었으니 따로 수술을 받을 필요도 없었다. 유감스럽게도 지금은 그 나이대의 여느 여자들처럼 축 늘어져 예전의 모습을 잃고 말았지만. 이번 이별의 원인은 가슴인가?
　"음, 데미 무어는 어떻게 자기보다 열여섯이나 어린 애슈턴 커쳐의 사랑을 독차지하면서 사는 걸까? 그녀의 비결은 뭐지?"
　그녀가 케이블 리모컨을 돌리다 발견한 데미 무어에게로 부러운 시선을 보내며 중얼거렸다. 이별한 애인과의 나이 차가 열여섯이었나, 라는 생각과 동시에 언젠가 데미 무어가 미국의 인기 토크쇼에 출연해 한 깜짝 발언이 떠올랐다.
　"내 아름다움의 비결은 거머리가 내 피를 빨게 하는 거예요"라는, 어찌 보면 소름 돋는 발언을 아무렇지 않은 얼굴로 한 후 "우선 몸을 깨끗이 한 후 테레빈유를 흠뻑 묻혀요. 그다음 거머리를 몸에 올려놓고 나쁜 피를 빨게 하면 되요"라며 부연 설명, 아니 비법까지 소개했다.

실제 거머리 치료법은 고대 이집트인들이 널리 사용한 비법으로 거머리를 통해 몸 안에 있는 어혈을 뽑아냄으로써 염증이 치료되고 원활한 혈액순환이 이뤄져 피부를 곱게 하는 효과가 있다. 하지만 그것을 이해정에게 말하고 싶지는 않았다. 거머리는 질색인 데다 이 밤중에 매니저에게 전화해 거머리를 구해달라고 생떼를 쓰는 상황은 만들고 싶지 않았다.

내일 있을 수술을 핑계로 이만 자야겠다는 말을 하려는데, 불쑥 그녀의 입에서 전혀 생각지도 못한 말이 흘러나왔다.

"딸, 나 선물로 가슴 성형해줘."

"…… 네? 생일은 이미 지났잖아요."

"생일 말고, 결혼."

결혼? 결혼기념일? 설마……. 내 생일조차 까마득한 그녀가 이혼 후 죽어버리기까지 한 남편과의 결혼기념일 따위를 기억하고 기념할 리 없다.

"나 결혼해. 네 아빠랑 헤어지고 처음 하는 결혼인데 새로 시작하는 마음으로 하고 싶어. 내 가슴이 이렇게 된 건 널 낳았기 때문이기도 하니까. 네가 다시 풍만하고 탐스럽게 만들어줘."

그녀는 여전히 데미 무어에게 시선을 고정한 채 덤덤히 말했고, 나는 무방비 상태로 명치께에 중량의 펀치를 맞은 것 같은 적잖은 충격을 받았다.

이혼 후, 무수한 남자들과의 염문으로 스캔들 제조기라는 별명까지 얻은 그녀였지만 결혼만은 기피하지 않았던가. 여자에게 남자와의 자유로운 연애는 필요조건이지만 형식에 얽매인 결혼 따위는 필요 없다며 자신이 한 일 중 가장 후회되는 건 결혼과 출산이라고 말하지 않았던가. 그런 그녀가 결혼이라는 것을 한다고?

그녀가 눈치채지 못하게 두어 번 숨을 고른 나는 애써 침착함을 유지한 채 물었다.

"…… 누구랑요?"

"누구긴, 남자지."

"그러니까 남자 누구……."

"설명하려면 길어. 곧 만나게 해줄게. 것보다 가슴 성형은 언제 할까?"

그녀에게는 딸에게 결혼 상대를 설명해주는 것보다도, 가슴 성형이 먼저인 걸까?

"…… 생각해볼게요. 그럼 전 내일 수술이 있어서 먼저 들어가서 잘게요."

결국 그 말만을 남긴 채 방으로 들어갔다. 침대에 걸터앉자 "살가움이라고는 눈곱만큼도 찾아볼 수 없는 기집애"라는 그녀의 목소리가 방문을 비집고 들어왔다.

그녀의 나이가 몇이더라. 나는 침대 귀퉁이에 놓아둔 노트북을 켠 후, 네이버 인물 검색창에 이해정을 쳤다. 곧 십 년 전 이해정의 얼굴이 화면에 떴다.

1958년생. 그러니까 쉰둘. 며칠 전, 마흔다섯이라며 나이를 이렇게나 많이 먹어도 가슴 성형이 가능하냐고 부끄러운 듯 묻던 한 중년 여자의 얼굴이 떠올랐다. 내가 물론 가능하다고 답하자 그녀는 "여자의 상징이라고도 볼 수 있는 가슴이 쭈그러들어감에 따라 제가 여자라는 것을 잃어버리는 듯한 기분이 들어서요"라고 조심스럽지만 당당하게 가슴 성형을 원하는 이유를 밝혔다.

최근 중년의 여성들이 가슴 성형 상담을 위해 병원에 들르는 경우가 늘었다. 문제는 그 이유가 젊은 여성들의 자기만족과는 달리 남편의 권유와 요구가 많다는 것이다.

젊은 여성들이 '남자친구는 괜찮다고 하는데 전 작은 가슴이 너무 싫어요'라고 말하는 경우가 많다면, 중년의 여성들은 '저는 괜찮은 것 같은데 남편이……'라는 식으로 말끝을 흐리는 경우가 더 많다. 그런 경우 뚜렷한 자신의 주관이 부족하다 보니 크기나 보형물에 대해 의논을 할 때도 '남들이 이상하게 여기지 않을까요?', '그냥 적당히 좋게 잘해주세요'라는 알 듯 말 듯 애매모호한 표현으로 넘어가고는 한다.

문득 이해정과 재혼할 상대가 가슴 성형 제안이라도 한 건가, 라는 생각이 들었다. 건조함으로 뻑뻑해진 눈을 깜박거리며 내게는 데미 무어의 거머리 발언보다 몇 배나 더 강도가 센 그녀의 폭탄 발언을 지우기 위해 인터넷 서핑을 하다 잠시 발길을 끊었던 시크릿 성형 카페로 들어갔다. 'NEW 성형외과' 게시판에, 염탐을 갔다 실패하고 돌아온 '윤태영 미(美) 클리닉'에 대한 짤막한 소개가 있었다.

한참 후, 내일 있을지도 모르는 수술을 위해 억지로라도 수면을 취해야겠다는 생각에 노트북을 덮었다. 그리고 쓸쓸한 웃음과 함께 천장을 향해 중얼거렸다.

"그래. 결혼을 하든, 이혼을 하든 내가 뭔 상관이람. 어차피 형식적인 모녀 관계일 뿐인데 새삼스럽게 왜? 게다가 데미 무어처럼 전신

성형을 해달라는 건 아니잖아. 엄마의 결혼, 아니 재혼 선물로 가슴 성형을 직접 해주는 딸이라……. 꽤…… 쿨한데?"

*

'마취. 배꼽 안쪽 이삼 센티미터 절개. 내시경을 사용하여 유방 아래를 박리. 포켓을 만들고 보형물 삽입. 보형물 부풀리기.'

윤주희를 기다리는 동안, 수술 전 언제나 행하는 행동처럼 수술실에서 곧 있을 배꼽내시경 가슴 성형수술 순서를 입 모양만으로 소리 없이 읊조리며 손가락을 주물렀다 폈다 반복했다.

"선생님…… 저도 할까요?"

수술 준비를 마친 후, 할 일 없이 서성거리던 윤 간호사가 뜬금없는 말을 던졌다.

"뭘?"

"가슴 성형수술이요. 요즘은 내시경으로 하니까 통증도 덜 하고 회복도 빠르잖아요!"

"하지만 내시경 수술은 구축 현상(근육이 지속적으로 오그라든 상태)이 꽤 있어서 확실한 애프터케어가 필요하다는 건 알지?"

나는 하얀색 셔츠 위로 봉긋 솟아오른 윤 간호사의 크지도 작지도 않은 가슴을 슬쩍 바라보았다. 내 시선을 느낀 그녀가 얼굴을 찡그리며 중얼거렸다.

"뭐, 사이즈는 살짝만 크게 하고. …… 사실 제가 함몰 유두거든요. 왜, 붉은빛 입술을 위해 틴트를 사용하는 것과 같이 핑크빛 유두에 대한 환상도 있잖아요. 그거야 선천적인 멜라닌 색소에 의해 결정되는 거라 어쩔 수 없다 치지만. 함몰 유두와 크기는 가능하잖아요."

나는 건성으로 고개를 끄덕이며 벽에 걸린 시계를 흘긋 바라봤다. 열시. 그녀의 수술 예약 시간인 아홉시로부터 이미 한 시간이 지나 있었다.

"근데 왜 내시경을 이용해 가슴 성형을 하는 병원들이 적은 거예요?"

윤 간호사는 지루했는지 계속해서 내게 질문을 건넸다.

"별도의 장비가 필요하지 않은 다른 방법에 비해 고비용을 투자하고도 시행착오가 많아서겠지. 익숙하지 않은 수술이니, 선뜻 시행하지 못할 수도 있고."

"아…… 그나저나 윤주희 환자에게 전화라도 해볼까요?"

윤 간호사가 금방이라도 수술실을 나가 그녀에게 전화를 할 기세로 물었고, 나는 "아니, 됐어"라고 답했다. 하지만 약 일 분 후 말을 번복했다.

"해봐."

윤주희는 전화를 받지 않았고 우리는 한 시간을 더 기다린 후, 수술 준비를 접었다. 짐작했던 바였기에 딱히 불쾌함과 짜증스러운 기분에 휩싸이지는 않았다. 그녀는 나에게 상담받기 전 이미 많은 성형외과를 방문했을 것이고, 수술 스케줄을 잡고 나서도 혹시나 하는 마음으로 들른 '윤태영 미(美) 클리닉'에서 결정을 번복했을 것이다. 윤태영이라는 의사의 상담이 나보다 믿음직스러웠다든가, 더 낮은 가격을 제시했든가 등의 이유로.

사실 수술을 약속한 환자의 마음이 변하는 경우는 빈번하다. 전날이나 당일, 수술을 취소하거나 연기할 수밖에 없는 이유를 설명하며 연락을 주는 경우도 있지만, 대부분은 무작정 연락이 두절된다. 아마도 미안함과 민망함이 가장 큰 이유일 것이다. 그리고 그것은 윤주희도 마찬가지일 것이다.

그녀의 수술 때문에 점심시간까지 예약 환자를 받지 않았기에, 갑작스레 환자가 들이닥치지만 않는다면 세 시간 반이라는 긴 여유 시간이 존재했다. 지갑과 읽어야 할 논문 한 권만을 손에 들고 자리에서 일어난 나는 "근처에 있을 거니까, 일 있으면 직접 연락해. 멋대로 내 번호 알려주지 말고"라는 주의의 말을 윤 간호사에게 남기고는 자주 가는 카페 중 하나로 이동했다.

아메리카노를 홀짝대며 테이블 위 떡하니 펼쳐놓은 논문에 시선을 집중했지만, 단어와 문장들은 읽는 족족 제멋대로 허공에 흩어졌다. 대신 이해정의 폭탄 선언이 머릿속에 맴돌았다. 그녀는 내가 그녀에게 가슴 성형을 결혼 선물로 해주는 것이 마땅한 나의 의무인 것마냥 행동했지만, 그녀는 내게 그 어떤 의무도 지울 자격이 없다. 적어도 나는 그렇게 생각한다. 어젯밤에는 쿨하게 넘어가기로 마음 먹었지만 무의식적인 곳에서 그 상황을 곱씹을수록 정체 모를 분노와 함께 두통이 일었다.

수술을 위해 흐트러짐 하나 없이 질끈 묶은 머리를 풀었다. 스르륵, 두피에 느껴졌던 팽팽한 긴장감이 조금은 사라졌다. 그와 함께 약간의 허기를 느낀 나는, 와플로 간단히 끼니를 해결했다.

병원으로 올라가자 점심시간이 끝나지 않은 탓에 한적함이 느껴졌다. 원장실로 들어가 상담 노트를 뒤적이다가 윤주희 부분에서 잠시 시선을 멈췄다. 문득 옆집 소아과 의사가 윤주희에 대해 언급한 말이 떠올랐다.

'이상하네. 그럴 마음의 여유도 금전적 여유도 전혀 없을 텐데……'

내 경험상 적절치 않은 상황에서도 가슴 성형을 결행하는 경우는 두 가지로 압축된다. 첫째, 믿었던 애인의 바람 때문에 정신적으로 큰 공황 상태에 빠진 경우.

"제 친구와 잤더라고요. 변명이라도 해주길 바라는 심정으로 이유를 다그치자 '어떤 남자라도 술에 취한 상태로, 그런 왕가슴이 유혹하면 넘어갈 수밖에 없어'라고 뻔뻔, 저질의 극치인 말을 지껄인 거 있죠? 그때 태어나 처음으로 살인 충동을 느꼈어요. 그 충동을 용케 남겨진 이성의 힘을 빌려 가까스로 억제했고요. 지금 이 분노를 가슴 성형으로 승화시키지 못한다면 전 시름시름 앓다 죽을지도 몰라요."

타인에게는 얼핏 헛웃음만 야기하는 이야기일 수도 있겠지만, 어렵게 빚과 휴가를 내면서까지 가슴 성형을 감행했던 내 기억 속의 그녀는 절박함, 그 자체였다.

다른 한 가지 이유는, 설마……. 하지만 옆집 소아과 의사가 말한 윤주희와 비슷한 사정을 가진 여자들은 그 이유로 가슴 성형을 하는 경우가 다반사였다.

"그렇다 한들 내가 어떻게 해"라고 한숨 섞인 목소리로 중얼거리며 다시 예약 차트를 숙지하는데 노크 소리가 들렸다. 당연히 윤 간호사라고 생각한 나는 짧게 "어"라고 답한 후, 문 열리는 소리에도 신경 쓰지 않고 하던 일을 계속했다. 그때 갑자기 낯선 스킨 향이 코끝에 스치며 머리 위에서 "어라? 주희 상담 차트네요?"라는 나직한 목소리가 내려앉았다.

깜짝 놀라 고개를 들어보니, 그 소아과 의사가 내 맞은편에 선 채 꾸벅 허리를 숙여 뻔뻔하게도 상담 노트를 훔쳐보고 있었다. 당황한 나는 신경질적으로 의자를 움직여 몸을 뒤로 빼고는 그에게서 몸을 멀리했다.

"뭐예요, 당신?"

"…… 주희가 가슴 성형을 하겠다고 했어요?"

그가 눈살을 찌푸리며 나를 향해 물었고, 나는 서둘러 상담 노트를 덮었다.

"이렇게 불쑥 들어오는 거 정말이지, 불쾌해요."

"저 노크했는데요? 어, 라고 말해서 들어왔고!"

"…… 어, 어쨌든. 이만 나가주실래요? 곧 예약 환자가 오거든요."

"어라? 점심시간까지는 스케줄이 없지 않아요?"라고 마치 탐정처럼 말하는 그를 흘깃 째려보자 그는 책상 위 예약 리스트를 가리키며 "애가 알려주네, 뭐"라고 말했다. 한숨과 짜증이 밀려왔다. 계속해 예약 리스트를 흘깃거리던 그의 시선이 갑자기 예리하게 빛났다.

"아홉시 윤주희? 설마……"라고 말하는 그의 말을 잇듯 "걱정 마요. 안 왔으니까"라고 무심하게 답한 나는 시선을 돌려 일부러 컴퓨터 전원을 켰다.

"…… 왜?"

"글쎄요. 전 관심 없으니 직접 연락해서 물어봐요. 그러니까 이만 여기서……."

"관심이 없는 사람이 뭣하러 차트는 꺼내 보고 있어요?"

그가 말을 불쑥 자르며 내 속을 들여다보는 것 같은 불편한 눈빛으로 나를 바라봤다.

"당신, 원래 그렇게 오지랖이 넓어요?"

"글쎄요. 오지랖의 정의에 따라서 넓어지기도 하죠."

"하, 이제 진짜 나가주세요."

나는 그를 차갑게 쏘아보며 단호하게 말했다. 하지만 그는 내 말을 살끔히 무시하고 환자용 의자에 앉아 양팔을 책상 위에 걸친 후 아예 턱까지 괴었다. 그리고 중얼거리듯 말을 시작했다.

"…… 어제 제가 아는 형님들과 술집엘 갔거든요?"

"어째서 제가 그쪽 유흥 이야기까지 들어야 하는지 정말 모르겠네요."

나도 그를 무시하며 자판을 톡톡 두드리며 비꼬듯 답했다.

"그곳에서…… 주희를 봤어요."

"……?"

"어떤 남자와 이야기를 나누고 있던데, 세영 형님 말로는 잘나가는 룸살롱 사장이래요. 왜 알잖아요. 룸살롱 사장님들이 성형외과 최고의 고객인 거."

맞는 말이다. 룸살롱 사장들은 자신이 데리고 있는 아가씨들을, 기획사 대표들은 본인 소속 배우나 신인들을 한 번에 여럿씩 데려온다. 그래서 그들은 성형외과 최고의 고객 중 하나다.

"…… 그래서요?"

"아, 혹시나 주희도 그런 경우가 아닐까 해서……."

이미 짐작한 바였고, 그렇다 한들 내가 할 수 있는 일은 없다는 결론마저 이미 내렸었다.

"…… 그렇다 해도 본인 결정이라면 이러쿵저러쿵할 순 없잖아요. 그쪽이 윤주희 씨 부모도 아니고."

"부모가 없으니까 하는 말이잖아요."

그가 내 말을 바로 맞받아쳤다.

"…… 어쨌거나 저랑은 상관없는 일이에요. 그러니까 저한테 이런 이야기 해봤자 아무 도움도 되지 않아요."

나는 그의 눈을 바라보며 똑똑히 내 의사를 전달했다. 애써 그의 시선을 무시하고 있는 나를 가만히 응시하던 그가 자리에서 일어나며 원망과 실망이 녹아 있는 목소리로 "이래서야, 내가 당신네들을 싫어하는 이유"라고 공허한 듯 말했다.

순간 나는 그의 눈이 그때 그 아이의 아빠처럼 고통으로 일그러지는 것을 보았고, 나도 모르게 심장 한구석에 날카로운 아픔이 스쳐 지나갔다.

그는 더 이상 아무 말도 하지 않은 채 등을 돌려 사라졌지만, 한참이 지나도 저릿한 마음은 가시지 않았다. 그리고 그건 곧 그를 향한 분노로 바뀌었다.

어째서 저 인간은 나를 나쁜 사람으로 내모는 거지? 내가 틀린 말을 한 건 아니었다. 미성년자가 아닌 그녀가 그런 선택을 했다면 그건 순전히 그녀의 몫이고 그에 따른 결과 또한 온전히 그녀의 책임이다. 나는 지금껏 그런 세상에 살아왔고, 지금도 살아가고 있다. 나뿐 아니라 모든 사람들이 그렇지 않은가.

 퇴근하기 몇 시간 전, 드라마 종영 후 화보 촬영 겸 휴가를 떠났던 고보경에게서 연락이 왔다. 그녀는 내게 자신의 집에서 저녁식사를 함께하자고 제안했다. 물론 이번에도 "전 먹지 않지만요"라는 말을 웃으며 덧붙였다. 내가 그 제의에 응한 이유는 단순했다. 그곳이라면 불쾌함 제조기인 그 재수 없는 소아과 의사가 불쑥 나타나는 일도, 가슴을 훤히 드러낸 란제리 차림의 이해정이 자신이 원하는 것을 관찰시키기 위해 나를 괴롭히는 일도 없을 것이기 때문이다. 루머 사건 이후 고보경과는 적당한 관계를 유지하고 있었고, 그러면서도 서로에 대해 깊은 것을 아는 사이는 아니어서 부담스럽지 않았다. 그러니까, 그녀의 집은 일종의 도피처로서 적당했다. 더군다나 그 도피처는 가깝기까지 했다.

 청담동 명품 거리 뒤편 군데군데 위치한 고급 주택들 중 하나가 그녀의 집이었다. 삼엄한 경비를 뚫고 들어간 그녀의 집 안 인테리어는 세련되고 모던한 분위기를 뿜어냈다. 벽면 곳곳에는 그녀의 화보들이 고급스러운 액자에 담겨 아름다움을 과시하고 있어서 이해정의 집을 연상케 하기도 했다.

 고보경은 내게 본인이 직접 요리한 봉골레 스파게티를 대접했다. 식사가 끝난 후에 그녀가 오늘은 자신도 입만 축이겠다며 테이블 위에 얼음 속에 칠링한 1985년산 희귀 빈티지 동 페리뇽과 캐비아, 그리고 글라스 두 잔을 세팅했다.

그녀는 내게 화보 촬영 간 곳에서 일어난 소소한 이야기들을 들려주고, 나는 그녀의 이야기를 들으며 지금 그녀에게 필요한 시술들을 떠올렸다.

"아, 선생님! 배우 이해정 씨 아시죠?"

뜬금없는 그녀의 질문에 가볍게 들고 있던 글라스를 놓칠 뻔했다. 조심히 그녀의 눈빛을 들여다봤지만, 나와 이해정의 관계에 대해서는 모르는 듯했다.

"알죠······. 그런데 왜요?"

"업계에 떠도는 소문에 곧 결혼한다고 하더라고요. 그것도 한참 어린 연하랑."

나는 별것 아니라는 듯, 아니 관심 없다는 듯 무성의하게 고개를 끄덕였다.

"저도 관리만 잘하면 그럴 수 있겠죠? 이해정 선배도 선생님 병원에 다닌다고 하던데. 대단한 것 같아요. 그 나이에 그 얼굴, 몸매를 유지하는 게 쉽지 않을 텐데."

끊임없는 다이어트와 운동, 그녀 인생의 유일한 오점인 결혼의 증거물인 내게 '내가 널 낳았으니, 넌 내게 빚을 갚아야 해'라며 당당히 요구하는 수술과 시술. 그것이 바로, 그녀가 젊음을 유지하는 비결이다. 나는 대답 대신 쓴웃음을 지었다. 그런 나를 물끄러미 응시하던 고보경이 다시 말을 건넸다.

"휴가 후 다른 곳은 괜찮은데 아랫배에만 살이 살짝 붙은 것 같아요······. 당연히 탄력도 떨어졌고. 이십대 때는 살이 쪄도 탄력은 떨어지지 않았는데······. 이러다 고보경 임신설이 돌지도 몰라요."

그녀는 실크 블라우스를 살짝 들어 올려 자신의 배를 드러내며 속상한 듯 투덜거렸다. 그녀의 배에는 만약 그녀가 연예인만 아니라면 전혀 신경 쓰지 않아도 될 정도의 살만이 붙어 있었다. 문제는 탄력 저하였다.

사실 피부 탄력이 좋은 십대나 이십대 때에는 갑작스러운 체중 변화에도 보디 라인이 탄탄함을 유지하지만, 삼십대를 넘어서게 되면 체중 변화와 동시에 금세 피부가 탄력을 잃고 보기 싫게 축 늘어진다. 그래서 지방 흡입만으로는 자칫 피부가 쭈글쭈글해질 수 있으므로 지방 흡입과 복부 성형을 병행하기도 한다. 이것은 마흔을 넘긴 여배우들이나 부유한 여성들은 대개 경험해본 성형이다. 하지만 고보경의 경우, 한두 달 동안 꾸준히 근력 운동을 한다면 굳이 수술을 할 필요까지는 없어 보였다. 나는 동 페리뇽으로 살짝 입을 축이며 그녀에게 말했다.

"이 정도는 운동으로도 금방 가능할 것 같은데요?"

"물론 운동도 하죠. 하지만 곧바로 작품에 들어갈 것 같거든요. 노출 신이 좀 있는. 아, 시에프 재계약도 코앞에 두고 있어요. 그러니까 지방은 빼면서, 처지는 것은 막음과 동시에 탄력도 막 생기고, 또…… 그러면서 흉터 없이 빠르게 빼는 방법 없을까요? 하하."

"음……. 그럼 살짝 지방을 흡입하고 복부 성형을 하는 게 좋을 듯해요. 복부 성형은 피부를 어떻게 절개하느냐에 따라 두 가지로 나눌 수 있어요. 풀(full) 복부, 그러니까 전체 복부 성형과 미니(mini) 복부 성형. 보경 씨 같은 경우는 미니 복부 성형이 맞을 것 같아요."

"둘의 차이점이 뭐죠?"

"풀 복부 성형은 전신마취 후, 배꼽 아래에서 사타구니까지 늘어진 대부분의 피부를 절개하고 상하 복부 피부를 탄력 있게 조여주면서 배꼽 모양까지 교정하는 거예요. 효과가 굉장히 좋은 편이고 지속 시간도 길지만 수술 시간이 서너 시간 정도 걸리고 회복도 좀 더디죠. 흉터가 오래 남는다는 단점도 있고요. 미니 복부 성형은 배꼽 아래의 피부 일부분을 절제하여 복부 근육을 배꼽 아래쪽만 당겨주죠. 수술 시간은 두 시간 정도? 간편하고 회복도 빨라요. 하지만 풀 복부 성형보다는 조금 효과가 제한적이라는 단점이 있죠. 어쨌거나 수술 후 일주일 동안은 휴식을 취해야 해요."

신중하게 내 이야기를 들은 그녀는 잠시 고민 후, 당장 내일로 수술 날짜를 잡자고 했다.

동 페리뇽 한 병을 다 비우고 나니 어느새 꽤 시간이 흘러 있었다. 나는 자리에서 일어났고, 그녀는 집 앞까지 나를 배웅했다. 집까지 가까운 거리니 대리기사 없이 차를 몰고 갈 생각으로 가방 안에서 차 키를 찾는데 그녀가 불현듯 질문을 던졌다.

"저, 선생님 병원 맞은편에 소아과 있죠?"

순간 차 키를 찾던 내 손이 멈춰졌다.

"아…… 네."

"혹시…… 그곳 원장 선생님이랑 친해요?"

"아니요."

망설임 없이 딱 잘라 답한 나를 보며 "그래요?"라고 말하는 고보경의 표정이 묘하게 변했다. 살짝 질문의 이유가 궁금해지려는 찰나, 그녀가 다시 말을 꺼냈다.

"선생님 병원 왔다 갔다 하면서 몇 번 뵀는데 꽤 괜찮으신 분 같더라고요. 만약 가능하다면 선생님이 그분과 제가 조용히 한번 만날 수 있게 자리를 마련해주셨으면 해서요."

"네?"

"왜, 그렇게 놀라세요?"

"아, 아니요."

나는 가볍게 손사래를 치며 고보경이 눈치채지 못하게 그녀의 머리끝부터 발끝까지를 빠르게 훑었다. 피부, 머릿결, 몸매, 고혹적인 눈빛과 강단 있는 목소리. 그 모든 것들이 그녀가 삼십대 후반의 나이라는 것을 믿기지 않게 만들었다. 의학의 힘을 빌린 것을 감안하더라도 그녀는 굉장한 동안이며, 미인이었다. 그러니 그녀의 나이는 결코 마이너스가 될 수 없다. 이세가 타고날 동안의 유전자를 고려한다면 오히려 플러스가 되지 않을까?

어쨌거나 그런 그녀가, 제멋대로 안하무인은 천성, 엉뚱함은 유일한 캐릭터, 남 일 참견하기 좋아해 타인을 피곤하게 만드는 고약한 취미의 소유자인 재수 없는 옆집 소아과 의사에게 관심을 보인다는 것이 내게는 풀리지 않는 수학 문제 같았다.

"뭐예요? 뭔가 수상쩍은데요? 혹시 선생님도 그분을 눈여겨보고 계셨던 거 아니에요?"

그녀가 입꼬리를 살짝 올리며 물었다.

"…… 뭐, 눈여겨보고 있는 건 사실이에요."

순간, 웃고 있던 고보경의 눈빛이 날카롭게 흔들렸다.

"생각해봐요. 성형외과와 소아과. 방음장치를 했는데도 아직까지 시끄럽다고 짜증내는 분이 많아요. 그래서 재수 없는 소아과, 아니 그 의사 선생님이 언제 병원을 이전하나, 항상 눈여겨보고 있어요."

나는 어깨를 으쓱거리며 한숨 섞인 웃음을 내보냈다. 그러자 그녀는 가느다란 손가락으로 머리칼을 쓸어 넘기며 가벼운 미소와 함께 "뭐예요"라고 짓궂은 동생을 나무라듯 말했다.

"어쨌거나 그럼 인사는 나누는 사이겠네요. 기회가 된다면 커피 한잔할 수 있는 자리만 만들어주시면 돼요. 괜찮으시죠?"

"아……."

선뜻 답을 하지 못하는 나를 향해 그녀는 "그다음은 제가 알아서 할게요"라고 덧붙였다. 그런 그녀의 눈빛에는 당당함과 자신감, 그리고 이유를 알 수 없는 안도감이 서려 있었다. 나는 "기회가 된다면……"이라고 자신 없게 말한 후 차에 올라탔다.

운전 내내, '어떻게 자리를 마련하지?', '대체 고보경이 왜?'라는 생각이 번갈아 들었다. 끝내는, 혹시 내가 고보경에게 놓은 보톡스가 너무 눈에 자극을 준 건 아닌가, 하는 의심마저 들었다. 그러다 마트에 들러 장을 보고 계산대에 설 때쯤, 그 소아과 의사가 '방금 저 여자 고보경 맞아요?'라고 물었던 기억이 떠올랐다. 큐피드 노릇을 해야 하는 건가 잠시 헷갈렸지만 원망 섞인 눈으로 나를 질타하던 그와 다시 말을 섞고 싶지는 않았다. 그래서 결국 언제나처럼 '귀찮아. 관심 끄자'라고 결론지었다.

현관문을 열고 들어가자, 염려했던 이해정의 화려한 구두와 진한 향수 냄새는 존재하지 않았다. 다행이었다. 나는, 충분히 쉬어야 했다.

다음 날, 다행스럽게도 마지막 진료 시간까지 그 소아과 의사와 마주칠 일이 없었다.

"남자친구와 일본으로 주말 온천 여행을 계획했어요. 남녀 혼탕은 아니고…… 수영복 입고 들어가는 그런 곳. 그래서 비키니를 입어봤는데 절 반기는 건…… 복부, 엉덩이, 허벅지, 팔뚝, 겨드랑이의 군살뿐……. 근데 지방 흡입은 무섭고. 저…… 방법이 없을까요?"

애처로운 눈빛으로 애원하듯 내게 말하는 스물일곱의 노이진 환자의 몸은 뚱뚱하진 않았으나 군데군데 셀룰라이트가 눈에 띄었다. 나는 그녀에게 최근 나온 시술 중 하나인 악센트 PPC를 권했다.

마지막 환자인 그녀가 나가자마자 원장실로 들어온 환자는 예약 없이 온 남자 환자였다. 이십대 후반이나 삼십대 초반으로 보이는 짙은 눈썹의 그는 나를 보더니 짐짓 놀라는 표정을 지었다. 나는 한눈에 그가 성형외과를 찾은 이유를 눈치챘다.

"여의사인지 모르셨나 보네요. 아마, 절 소개팅이나 미팅에서 만날 일은 없을 듯하니 걱정 말고 앉으세요."

그는 자리를 안내하는 윤 간호사와 나를 번갈아 바라보며 우물쭈물하다 결국 못 이긴 척 상담 의자에 앉았다.

"성함이 뭐죠?"

"유……승민이요."

"무슨 고민이 있으시죠?"

그가 잠시 동안 입을 다문 채 짙은 눈썹만 씰룩거렸다. 내가 "여기서 전 여자가 아니라 의사예요"라고 단호하게 말하자, 그는 고개를 끄덕이며 굳은 결심을 한 듯 앙다문 입술을 열고 자신의 고민을 털어놓았다.

"…… 단단한 근육질 가슴은 바라지도 않아요. 그런데…… 정말…… 여자 같은 가슴은……."

그의 고민은 역시나 예상대로 여성형 유방증이었다.

"이제 또 여름이 올 텐데……. 그나마 지금은 두꺼운 옷으로 가려지지만, 여름에 얇은 옷을 입으면 바람이 불어 봉긋한 제 가슴이 티가 나지 않을지 노심초사……. 마치 가발로 애써 가린 대머리가 얄미운 바람에 홀러덩 벗겨지는 것처럼요……. 그리고 달릴 때도 출렁출렁……. 제가 뚱뚱한 것도 아닌데……."

그렁그렁 눈물이 맺힌 눈으로 나를 바라보며 말하는 그는 재킷 가슴 부분을 꼭 여며 쥐고 있었다. 그의 나이, 복용하는 약물, 생활 습관 등의 이야기를 들은 후 후천성 여성형 유방증이라고 판단한 나는 그의 가슴에 있는 지방과 근육의 양이 얼마인지 측정했다.

"지방이 많은 여유증 같아요. 이 정도라면, 간단한 지방 흡입만으로도 드라마틱한 효과를 낼 수 있을 것 같은데요?"

"그럼 저도…… 보통 남자들처럼 판판한 가슴이 될 수 있는 건가요?"

"네."

"…… 여름에 마릴린 먼로가 그려져 있는 돌체 앤 가바나 얇은 면 티를 입을 수도 있고, 수영장 사우나에서도 당당히 상의를 벗을 수 있고, 또 여친과 꼭 어두컴컴한 곳이 아니라도……."

마치 꿈꿔왔던 것들을 읊듯 그는 흥분된 얼굴로 쉴 새 없이 주절거렸다.

"네, 모두 가능해요. 하지만 수술 후 적당한 운동과 올바른 식습관을 갖는 것이 가장 중요해요. 저녁시간에 음식물을 섭취하는 건 금물이고요. 오늘은 퇴근시간이 다 됐으니……."

"지금 당장 안 될까요, 선생님? 마음먹은 김에. 네?"

그는 내가 거절이라도 한다면 당장이라도 날 잡아먹을 기세로 달려들었다. 결국 나는 그에게 중요한 몇 가지들을 설명한 후 곧바로 수술에 들어갔다.

수면마취 후, 가슴에 투멘센트 용액(습윤 용액)을 주입해 절개 부위에 국소마취. 절개 부분은 0.3밀리미터. 지방을 석션으로 빼낸 후, 한 바늘 정도만 꿰매면 마무리되는 간단한 수술이었다.

수술이 끝나자 일곱시가 다 되어 있었다. 윤 간호사에게 뒤처리를 맡긴 후, 병원 밖으로 나왔다.

누군가는 가슴 사이즈를 키우기 원하고, 또 다른 누군가는 가슴 사이즈를 줄이고 싶어 한다. 누군가는 코끝을 동그랗게 만들고 싶고, 또 다른 누군가는 코끝을 뾰족하게 만들고 싶다. 그리고…… 누군가에게는 만나고 싶은 사람이, 또 다른 누군가에게는 절대 마주치고 싶지 않은 사람일 수도 있다.

일층에 도착한 엘리베이터 문이 열리자마자 나와 눈이 마주친 저 소아과 의사처럼 말이다. 금방이라도 내게 말을 걸며 귀찮게 굴 것 같은 생각에 고개를 돌린 채 발걸음을 옮겼다. 하지만 그건 내 착각이었다. 그는 아무런 반응 없이 내가 내린 엘리베이터에 올라탔고, 곧 내 등 뒤에서 엘리베이터 문 닫히는 소리가 묵직하게 들렸다. 순간, 둔탁한 무언가에 머리를 맞은 듯 멍한 기분이 들었다.

주차장에 가서 차에 올라타 운전을 하는 내내 그 기분은 사라지지 않았다. 그가 나를 무시했다. 어쩌면 그건 넙죽 엎드려 절이라도 해야 할 만큼 고마운 일이었다. 하지만 어제 그가 내게 보낸 원망 가득한 눈빛이 떠오르며, 그가 나를 질책하고 있다는 생각이 들었다. 만약 윤주희가 나쁜, 아니 마음먹었던 선택을 한다면 그는 모든 책임을 나에게 돌릴지도 모른다. 그리고 천하에 둘도 없는 나쁜 의사로 만들 것이다. 그때 그 사람들처럼.

갑자기 온몸에 식은땀이 배었다. 그때 갑자기 축구공과 함께 작은 아이 하나가 도로로 뛰어들었다. 순간적으로 발을 옮겨 브레이크를 밟았고, 끼이익 소리를 내며 차가 멈춰 섰다. 그 충격으로 핸들에 파묻힌 고개를 천천히 들었다. 다행히 아이는 무사했다. 그 아이가 나를 보더니, 꾸벅 고개를 숙였다. 그리고 떨어진 축구공을 주워 들고 후다닥 빠르게 뛰어갔다.

하지만 나는 그 자리에서 꼼짝도 할 수 없었다. 그 아이의 키, 머리 스타일, 차림새 등이 윤호가 처음 병원에 왔을 때와 꼭 닮았기 때문에…….

*

"너 때문이야……. 너 때문에, 내 아들이…… 내 아들이 죽었어."

한 남자가 손에 식칼을 힘주어 쥔 채, 빠른 속도로 나를 향해 달려온다. 가까워질수록 더욱 또렷이 보이는 눈물 젖은 그의 얼굴은 나에 대한 슬픔과 원망, 두려움과 분노로 가득하다.

피하려고 했지만, 두 발이 바닥에 붙어버린 것처럼 꼼짝도 할 수가 없다. 내 탓이 아니라고 말하고 싶지만 입이 떨어지지 않는다.

주변의 비명 소리가 들린다. 그가 바로 앞에 다가왔을 때, 나는 두 눈을 질끈 감았다.

칼에 찔린 건가? 고통이 커 오히려 느끼지 못하는 건가? 감았던 두 눈을 조심스레 떴다. 그때 희뿌연 시야 앞에 보인 것은, 칼을 든 채 부들부들 떨고 있는 남자의 손목을 잡은 이세영 선생님이었다. 그 둘은 마치 팔씨름이라도 하듯, 힘과 악을 쓰고 있었다. 곧 경비원들이 달려왔고, 그들의 제압에 의해 남자의 손에 들려져 있던 칼이 바닥에 떨어지며 차가운 소리를 냈다.

경비원들에 의해 무릎이 꿇려진 그는 더 이상 흘릴 눈물이 남아있을 것 같지 않은 눈으로 서럽게 울며 나를 향해 소리쳤다.

"내 아들 윤호…… 아직 죽을 나이가 아니었어……. 날 좋을 때 김밥 싸 들고 그 녀석 좋아하는 놀이공원도 가고…… 그렇게 좋아하던 자동차가 그려진 가방을 메고 학교에 입학하고, 또래 친구들도 사귀고, 그 친구들과 싸우기도 하고, 우르르 몰려 오락실에 가…… 내가 잡으러 다녀보기도 하고……. 공부 대신 여자친구에 빠져 내 속 썩여도 보고, 더 크면 같이 목욕 가서 서로 등도 밀어주고, 술 한잔도 하고……. 아직 그 녀석과 해야 할 게, 약속한 게 이렇게나 많아. 그런데…… 그런데 이제 그 녀석이 없어! 내 새끼…… 눈에 넣어도 안 아플 내 새끼 윤호가 이 세상에 없다고…….”

흔들리는 눈으로 두서없이 횡설수설 말하는 남자의 몸에서 알싸하게 풍기는 슬픈 소주 냄새 때문에, 나도 고개를 숙이고는 눈물을

3. 실리콘 삽입과 지방 흡입의 달콤 살벌한 유혹

흘린다.

그의 말대로 윤호는 죽음을 맞이하기에는 너무나 어린 나이였다.

남자의 날 선 원망과 오열 앞에서 나는 모든 게 내 탓일지도 모른다고 생각한다. 그리고 곧 '그래, 모든 게 내 탓이었어'라고 결론짓는다. 눈을 뜨고 있지만 눈앞이 캄캄하다. 차라리 저 칼에 찔리는 편이 나았을지도 모른다는 생각이 든다. 식은땀이 흐르고, 온몸에 힘이 빠진다. 내 몸이 휘청거린다.

그리고 나는 곧, 정신을 잃는다.

"헉!"

비명에 가까운 신음 소리와 함께 잠에서 깼다. 이마 위에 송글송글 맺힌 땀을 가볍게 훔쳐낸 후, 소파에서 몸을 일으켰다. 테이블 위에 반쯤 먹다 남겨놓은 생수가 눈에 띄었다. 벌컥벌컥 들이켜고는 다시 쓰러지듯 주저앉았다. 며칠 전 윤호와 닮은 아이를 칠 뻔한 이후, 예전에 시달렸던 악몽이 되살아났다.

첫 주치의로 맡았던 윤호는 VSD(심실중격결손증), 선천성 심장 질환을 앓고 있었고, 수술은 성공리에 끝났었다. 하지만 아이들은 폐동맥이 얇아 한 번 쪼그라지면 펴지지 않는 단점을 가지고 있었다. 수술 후, 윤호의 폐동맥에 문제가 생겼다.

그렇게 윤호가 세상을 떠난 후, 죽도록 힘들어하는 내게 누군가가 이렇게 말했다.

'어떤 행복이든 괴로움이든, 항구적이지도 영원하지도 않아…….'

그 누군가가 이세영 선생님이었던가. 하지만 그 말은 내게 적용되지 않았다. 괴로웠던 그 기억이 머리와 가슴에 박혀 있는 한 괴로움은 영원히 끝나지 않는다. 그 일을 잊고 싶지만 잊을 수 없고, 기억하고 싶지 않으나 지워지지 않는다. 나는 이렇듯, 모순된 명제들 속에 살고 있다.

쉽게 다시 잠들 수 없을 것 같아 욕실로 향했다. 허물을 벗듯 몸에 걸쳐져 있던 얇은 잠옷을 스르륵 다리 밑으로 흘려보낸 후, 욕조 안으로 들어갔다. 배수구 구멍을 막고 텅 빈 욕조에 아로마오일을 몇 방울 떨어뜨리고는 뜨거운 물을 세게 틀었다. 욕조 끝으로 가 쪼그려 앉아 두 무릎을 감싸 안았다. 김이 모락모락 나고 발밑에 물이 찰랑거리며 따스함이 느껴졌다. 긴장과 불안감이 다소 사그라졌다.

욕조 옆에 붙어 있는 거울로 고개를 돌렸다. 희뿌옇게 서리가 낀 거울을 쓱쓱 손으로 문지르자 검은 머리칼이 착 달라붙은 내 얼굴이 선명하게 비춰졌다. 하얀 피부. 갸름한 얼굴형. 살짝 치켜 올라간 눈. 적당한 높이와 길이의 코. 인중과 입술선이 뚜렷해 고집스러워 보이는 입술. 그래서 전체적으로 차가워 보일 수 있는 인상.

나는 이런 내 얼굴에 손을 댄 적이 없다. 내 얼굴에 만족해서가 아니다. 중이 제 머리를 못 깎는 것처럼, 성형외과 의사들이 본인 얼굴에 칼이나 주사를 못 대기 때문은 더더욱 아니다.

…… 한 번 시작하면 멈출 수 없을 것만 같아서다. 모조리 찢고 뜯고 넣어 아예 다른 사람으로 다시 태어나려는 어리석고 위험한 행동을 할지도 모른다. 그렇다고 과거까지 바뀌는 건 아닐 텐데. 엄마라는 존재까지 바꿀 수 있는 건 아닐 텐데.

문득 이런 생각이 들었다. 이해정은 내 얼굴과 몸을 만들었고, 나는 이해정의 얼굴과 몸을 만들고 있다. 시간이 갈수록 닮은 구석이 사라지는 모녀. 그로 인해 마음까지 걷잡을 수 없이 멀어져가는 모녀. 하긴, 내가 그녀와 닮은 곳이 있기는 했던가, 하는 생각으로 다시 한 번 거울로 눈길을 돌렸지만 거울은 다시 희뿌옇게 변해 있었다.

물이 가슴까지 찰 때쯤, 나는 욕조에서 몸을 일으켰다.

욕실에서 나와 타월로 몸을 감싼 후, 와인 한 병과 노트북을 가지고 왔다. 시크릿 성형 카페에 업데이트된 글을 안주 삼아 잔에 따른 와인을 홀짝거렸다.

이삼십 대 여성들은 눈, 코, 입 등 주로 이목구비와 몸매 교정 위주의 시술과 수술을 원하고, 삼십대 후반 여성들은 리프트업, 안티에이징 등 대개 노화를 방지하기 위한 수술과 시술에 돈을 쓴다. 사십대부터는 노화를 방지하는 것은 포기하고 우아하게 늙고 싶어 하고, 오륙십 대는 상스럽게 늙어 보이지 않기 위해 최대한 애를 쓴다.
(……)
팔십대 노인이 팔순 잔치를 패밀리 레스토랑에서 하지 않고, 막 결혼에 골인한 부부가 신혼여행으로 자기 동네 투어를 하지는 않는 것처럼, 사람들은 자신에게 가장 잘 어울리는 장소와 자신이 필요로 하는 것들을 손에 넣을 수 있는 곳을 찾기 마련이다. 성형외과를 찾는 환자들 역시 마찬가지가 아닐까. 자신에게 가장 필요한 것을 최대치로 만들어줄 수 있는 병원을 찾는 게 당연하다. 가슴 성형을 전문으로 하는 병원에서 안티에이징을 외치며 수술대에 백날 드러누워봤자 헛수고라는 이야기다. 일일이 발품을 팔며 돌아다니는 수고를 덜어주려 각 부위별로 소문난 병원들을 간략히 소개하며 오늘 칼럼을 마무리할까 한다.

　보톡스나 필러로 유명한 곳은 청담동 갤러리아 백화점 뒤에 위치한 (……).

상스럽게 늙어 보이지 않기 위해라. 표현이 썩 마음에 들지 않았다. 나이를 불문하고 여성들은 조금이라도 더 아름다워지기 위해 성형을 한다고 생각한다. 상스러워지지 않기 위해서가 아니라.

　각 병원마다 특별히 뛰어난 성과를 보이는 시술이 있는 건 인정한다. 카페 주인이 추천한 성형외과 목록 중 몇 군데는 한 번쯤 지나치다 보았거나, 이름을 들어본 곳이었다.

　이전 글을 클릭했다. 강남역에 위치한 모 성형외과에서 가슴 성형을 한 이십대 여성이 수술 후 심한 출혈로 사망했다는 이야기였다. 물론 정확한 사인은 이 환자를 수술한 병원과 의사의 말을 들어봐야 알겠지만, 무리하게 확대 성형을 한 탓에 보형물을 집어넣은 공간이 과하게 커져 피가 차는 것도 모른 채 이를 방치하다가 사망한 게 아닐까 하는 생각이 들었다. 네티즌들이 이미 병원 밝히기 놀이에 들어갔으니, 정확한 병원 이름이 밝혀지는 건 시간문제였다.

　다시 한 번, 이 카페의 정체가 궁금해졌다. 해박한 성형 지식, 각 성형외과 내에서 일어나는 소소한 일들. 몇몇 성형외과는 이 카페 때문에 이미지가 실추됐다며 소송을 걸겠다는 댓글을 달기도 했지만, 카페 주인은 불미스러운 의료 사건이나 소소한 나쁜 소식을 전할 때는 절대 그 병원 이름이나 명백한 특징은 밝히지 않는 주도면 밀함을 보였다. 그러니 그것을 파헤치는 건 오롯이 네티즌들의 몫이었고, 그는 법적으로 그 어떤 잘못도 저지르지 않았다.

한 사람이 만든 공간일까? 아니면 여러 사람이? 어쨌거나 성형 카페의 새로운 문화를 만들어낸 시크릿 성형 카페는 날마다 몇만 명씩 회원이 증가하면서 점차 영향력을 키워나갔다.

회원들은 성형에 관한 유용한 정보를 얻는 것에 제일 큰 관심을, 카페 주인이 던진 미끼를 물어 의료사고나 가십거리를 일으킨 성형외과 찾기 놀이에 두번째 관심을 가졌다. 그리고 '성형 후 내 모습' 폴더에는 성형수술을 한 회원들이 성형 후 인증 샷을 올려 평가받기에 열을 올리고 있었다. 그중 50퍼센트는 가슴 성형이었다. 가슴 성형 전 사진, 성형 후 사진을 비교 샷으로 나란히 올려 다른 회원들에게 축하, 격려, 부러움 등의 댓글을 원하는 듯했다. 성형 후기란의 댓글 중에는 한번 만나보고 싶다는 댓글도 종종 있었다.

"쌍꺼풀을 한 당신의 눈이 그윽하니, 아름다워 보이네요. 그 눈을 마주하고 대화할 수 있는 기회를 제게 주실 수 있습니까?"

"수술로 재탄생한 당신의 코 옆 라인이 저와 비슷하네요. 어머님 날 낳으시고 성형외과 선생님 날 만드셨습니다. 아무래도, 우릴 만든 분이 같은 것 같은데……. 그것도 인연이지 않습니까? 우리…… 그 인연을 핑계 삼아 한번 만나보는 게 어떨까요?"

하긴, 같은 산부인과에서 태어난 것도 인연이 될 수 있다. 성형으로 제2의 인생을 산다는 말도 있으니 같은 성형외과에서 새로운 인생을 얻었다면 그것 또한 인연이 될 수 있지 않을까. 피식 웃음이 흘러나왔다. 어쨌거나, 성형 왕국인 우리나라에서나 가능할 듯한 색다르고 독특한 접근 문화다.

접근이라는 단어를 생각하는 순간, 불현듯 고보경의 얼굴이 떠올랐다. 그녀도 옆집 소아과 의사에게 접근을 하기 위해 나라는 매개체를 택한 게 아닌가.

그러고 보니 엘리베이터에서의 만남을 마지막으로 그와 마주친 적이 없다. 예고 없이 불쑥불쑥 튀어나와 내 눈살을 찌푸리게, 머릿속을 복잡하게, 기분을 불쾌하게 만들던 그가 갑작스레 보이지 않자 사소한 궁금증이 일었다. 게다가 나를 외면했던 그의 시선이 뇌리에서 떠나지 않았다. 이유는 알 수 없었다. 고보경이 전해달라고 했던 말을 내가 귀찮음을 감수하고 굳이 전해야 하는 이유가 도무지 떠오르지 않는 것과 같이, 내가 그를 궁금해하는 이유 또한 알 수 없었다. 하지만 내가 그를 불편해하고 있다는 것, 그가 원장으로 있는 소아과를 두려워하고 있다는 것은 확실히 안다. 아픈 아이들의 칭얼거림, 그 아이들을 안타깝게 바라보고 있는 부모들, 그런 것들을 듣고 보고 있자면 두려움과 불안감이 스멀스멀 올라와 내 숨을 턱, 막아버린다. 그리고 그것은 일종의 공포가 되어 그때의 기억을 되살려놓는다.

윤호가 죽은 후 윤호의 아빠에게 그 상황을 이해시키기 위해, 그래서 이해받고 용서받기 위해 그토록 무던히 애썼지만 모든 것은 허사였다. 그리고 어느 순간부터 더 이상 이해받기 위해 애쓰지 않았다. 아니 포기한 채 도망쳐버린 것이다.

그러고 보니 이세영 선생님이 그랬었지. 지은이 네가 소아과를 싫어하듯 그에게도 성형외과를 싫어하는 이유가 있다고. 그에게도 나처럼 건들기 힘든, 견디기 힘든 그 무언가가 존재하는 걸까. 잘못 건들면 걷잡을 수 없는 상처로 혼돈 속에 갇힐 수밖에 없는 판도라의 상자가 있는 걸까. 아니다. 아닐 것이다. 그런 아픔을 숨겨둔 사람이 그토록 밝게 웃고, 자신의 감정을 있는 그대로 드러내는 행동을 하는 것을 불가능하다. 적어도 나는 그렇게 생각한다.

그렇게 단정 짓는데 문득, 내가 그의 웃음이 밝았다고 생각했다는 사실에 방금 비운 와인이 위장 안에서 역류하는 듯한 기분이 들었다. 깊게 생각할수록 빠지고 싶지 않은 어두운 동굴 안으로 더욱 깊숙이 들어갈 것만 같아 그만 생각을 멈추고 싶었다. 노트북을 덮고 책 한 권을 가지고 왔다.

주제 사라마구의 『이름 없는 자들의 도시』. 그의 책을 택한 이유는 단순했다. 대화에 작은따옴표도, 큰따옴표도, 물음표도 없는 그의 책들은 설렁설렁 읽다가는 누구의 대화인지 놓치기 일쑤여서 꽤나 집중을 요한다. 주인공인 '주제' 씨를 제외한 모든 인물이 이름이 아닌, 그 사람을 최소한으로 나타낼 수 있는 그, 서기, 여인, 직원, 여자 등으로 나타나 있다.

이해가 되지 않는 문장들을 몇 번이나 반복해서 읽다 보니 어느새 책의 절반 이상을 넘어가고 있었다. 문득 고개를 들어보니 따스한 햇살이 느껴졌다. 책장을 덮고 시계를 보자 벌써 한 주를 마감하는 일요일의 오후 한시가 되어 있었다. 밤을 꼬박 새운 건가. 눈꺼풀이 무거워졌다. 이쯤이면 악몽을 꾸지 않고 내일 아침까지 곤히 잘 수 있을 것 같았다.

　소파에서 일어나 침실로 향했다. 눈을 뜨면 나도 『이름 없는 자들의 도시』 속 사람들처럼 이름이 아닌 성형외과 의사로만 불리고 싶었다. 그래서 정지은이라는 이름과 실체, 그에 따른 과거를 잊은 채 단순히 성형외과 의사로만 살아가고 싶다는 생각이 들었다.

　그런 터무니없는 생각을 하며 눈을 감는데 어디선가 미세한 진동 소리가 들렸다. 침대 밑에 놓여 있던 가방 안에서 나는 핸드폰 소리였다. 귀찮은 듯 가방 안에 손을 집어넣어 핸드폰을 꺼냈다. 그리고 반쯤 감겨진 눈으로 액정화면을 바라봤다.

　부재중 전화 세 건, 문자 두 건이라는 메시지가 부산스럽게 깜박거리고 있었다. 부재중 전화 하나는 이해정이었고, 나머지 두 개는 내 핸드폰에 등록되어 있지 않은, 낯선 번호였다. 메시지를 확인해봤다.

　―결혼 날짜 잡혔어! 5월의 신부가 될 것 같아. 그전에 가슴 성형
　　해줬으면 좋겠는데. 내일쯤 집으로 들를게. 자세한 이야기는 내
　　일 하자. 이해정
　―급한 일입니다. 전화 부탁드립니다. ***-****-****
　―이한재입니다. 보는 즉시 전화 부탁드립니다. ***-****-****

　이한재. 낯선 이름이었다. 하지만 어디선가 들어본 것 같은 이름이기도 했다. 간지러운 곳을 찾는데 도무지 정확한 위치를 찾지 못할 때처럼 답답함과 함께 가벼운 짜증이 밀려들었다. 누군가 잘못 보낸 걸지도 몰라, 라고 생각한 후 핸드폰을 내려놓고 눈을 감았다. 그때 진동이 울렸다. 낯선 그 번호였다. 받을까 말까 한참을 고민하

는데 급한 일이라는 메시지가 마음에 걸렸다. 전화가 끊길 때쯤 폴더를 열었다. 그 순간 낯설지 않은 목소리가 젖은 내 귓속에 다급하게 박혔다.

"왜 이렇게 전화를 늦게 받아요?"

다짜고짜 버럭 화를 내는 이 목소리는 분명…… 그 재수 없는 소아과 의사였다. 문득, 그를 처음 본 날 내 속을 박박 긁던 그가 걸려온 전화를 받고는 "아, 네. 이한재입니다"라고 했던 기억이 어렴풋이 떠올랐다.

동시에, 이런 주말에 무슨 일이지? 내 번호는 어떻게 안 거야? 아니, 그것보다 대체 무턱대고 화를 내는 이유는 뭔데? 라는 궁금증과 더불어…… 고보경을 만난 걸까? 그래서 그녀의 이야기를 전달하지 않은 내게 따지기라도 하려는 걸까? 라는 유치한 생각까지 연쇄적으로 밀려오며 불쾌감이 솟아올랐다.

그래. 역시 이 인간은 나를 불쾌하게 만드는 인간이다. 그 이상도 이하도 아니다. 나는 차분하고 차가운 목소리로 "무슨 일인데요?"라고 물었다.

Chapter 4

성형수술은 결코 마술이 아니다 :

목숨을 잃을 수도 있는
성형 부작용의 공포!

◆ 패혈증
원인이 무엇이든지 간에 미생물에 감염되어 온몸에 심각한 염증 반응이 나타나는 상태를 말한다. 뇌, 폐, 콩팥 등에 영향을 주어 사망으로까지 이어질 수 있는 무서운 합병증이다. 수술을 받은 후 패혈증이 왔다면 혈관주사를 맞을 때 세균이 침투되어 몸속으로 들어왔다든가, 수술 부위가 감염되었을 가능성이 있다.

균주배양 검사 ◆
균주를 찾기 위한 조직 검사. 항생제의 종류도 결정한다.

◆ 무균 수술은 성형 수술의 생명
감염 예방을 위해 외과의들은 수술실에 공기 순환 시스템을 마련하고 수술장에 들어가기 전에는 손 씻기 등을 철저히 한다.

세계 최초로 성형수술을 한 부위 ◆
기원전 6세기경 인도에서는 범죄자의 코를 잘라 그가 범죄자였음을 평생 드러내도록 하는 잔인한 율법이 있었다. 당연히 코를 잃은 범죄자들은 필사적으로 코를 얻기 위해 노력했고, 그 이유로 코 성형이 생겼다.

◆ 의료법 위반
의료법 제27조 제3항에 의하면 누구든지 국민건강보험법이나 의료급여법에 따른 본인부담금을 면제하거나 할인하는 행위, 금품 등을 제공하거나 불특정 다수인에게 교통편의를 제공하는 행위 등 영리를 목적으로 환자를 의료기관이나 의료인에게 소개, 알선, 유인하는 행위 및 이를 사주하는 행위를 해서는 안 된다. 다만, 환자의 경제 사정 등 특정한 사정이 있어서 관할 시장, 군수, 구청장의 사전 승인을 받은 경우에는 불법이 아니다.

"저기, 빨리 병원으로 좀 와주세요."

핸드폰에 닿은 내 피부에 느껴질 정도로 그의 목소리에는 다급함과 절박함이 묵직하게 깔려 있었다. 그에 나도 모르게 긴장한 나는 "…… 무슨 일이 있나요?"라고 조심스레 물었다.

"주희가, 윤주희가 아파요."

"…… 네?"

"온몸이 불덩이예요. 수술 부위에서 고름이 나오는 것 같기도 한데, 패혈증이 올지도 모르겠어요."

"네? 패혈증이요?"

"네. 가슴 성형 부작용인 것 같은데 저는 손을 쓸 수 없을 것 같아서요."

윤주희? 게다가 가슴 성형 부작용이라니? 역시 다른 병원에서 수술을 한 건가? 재빨리 시선을 돌려 벽면에 걸려 있는 달력을 바라봤다. 그녀가 수술 날짜를 취소한 지 약 이 주가 지났다.

패혈증. 가슴 성형 후 이 주 안에 발생할 수 있는 가장 큰 부작용으로 자칫 잘못하면 생명을 잃을 수도 있다. 수술 부위에서 고름이 나오고 온몸에 열이 난다고 모두 패혈증인 것은 아니지만, 의심스러운 증상들인 건 분명했다.

"이봐요! 별일 없다면, 아니 별일 있어도 빨리 병원으로 좀 와줘요!"

"일단 침착해요. 응급실에는 가봤어요?"

"가까운 응급실은 지금 버스 교통사고가 터져서 만원이에요! 기다리다가 도저히 안 되겠다 싶어서 다시 병원으로 데리고 가는 중이에요!"

"그럼 수술한 병원은요? 그쪽에는 연락해봤어요?"

"일요일이라 그런지 전화를 안 받아요."

응급실은 만원. 수술한 병원은 주말이라 연락 두절. 그래서 내게 연락한 건가? 하지만 나는······. 그때 문득 이세영 선생님이 떠올랐다.

"그럼······ 이세영 선생님은요? 선생님한테 전화해봤어요?"

"무슨 일이 있는 건지 전화를 안 받네요. 문자는 보내놨어요. 전 일단 선생님이라도 좀 와주셨으면 해요."

머릿속이 혼란스러워졌다. 분명 그녀는 지금 위급한 상황이다. 내가 가서 보형물을 빼내는 수술을 한다고 해도 그녀에게 이미 패혈증 증세가 왔다면, 그리고 그것이 심각한 상황이라면 나는 그녀의 목숨을 보장할 수 없다. 그렇다면…… 나는 다시 한 번 의사로서 환자를 잃는 끔찍한 경험을 하게 될 것이다. 사실상 내 책임이나 잘못으로 돌릴 수는 없겠지만, 그렇다고 해서 내가 그 문제로부터 완전히 자유로울 수도 없다. 때때로 의사에게도 수술의 결과는 냉혹하고 파괴적으로 다가온다. 다시는 도피처 없는 미궁으로 빠져들고 싶지 않다. 오소소 돋는 소름과 함께 저절로 고개가 흔들렸다.

"저…… 전……."

목소리의 미세한 떨림이, 불안감이 핸드폰을 통해 그에게도 전달되었을 것이다.

"선생님, 사람 목숨이 걸린 일이에요! 적어도 당신이 의사라면, 당장 와줘요! 이것저것 따지고 재고 그러는 사이에 사람 목숨이 왔다 갔다 한다고! …… 부탁할게요. 제발 와줘요."

내 기분을 아는지 모르는지 그는 나를 질책하는 듯한 목소리로 자신의 생각만을 간절히 피력했다. 마음 한구석이 저릿해져왔다.

물론 내가 그녀의 고통을 덜어주고 목숨을 살릴 수도 있다. 하지만 내가 수술을 한다 해도 그녀가 잘못될 수도 있다. 이 상황에 정답은 존재하지 않는다. 수술은 결과만을 중요시하는 것들 중 하나이니, 결과가 나오기 전에 정답이 존재할 수 없다.

"선생님!"

"……."

"선생님!"

"…… 네. 도움이 될진 모르겠지만…… 일단 가볼게요."

나는 나지막이 한숨을 내쉬며 자신 없게 답했다.

전화를 끊은 후 손에 집히는 것을 아무렇게나 주워 입고서는 서둘러 밖으로 나갔다. 액셀을 밟고 계기판의 속력이 증가함에 따라 머릿속도 더욱 복잡해졌다.

윤주희는 우리 병원이 아닌 다른 병원에서, 내 손이 아닌 다른 의사 손에 의해 수술을 받았다. 그러니 엄연히 따지자면, 지금 이 상황은 그쪽에서 책임져야 할 일이다. 내가 나서야 할 일이 아니라는 거다. 이제라도 차를 돌려 집으로 갈 생각에 신호를 살피는 찰나, 도로가에 위치한 태국음식점이 눈에 들어왔다.

이세영 선생님과 이한재라는 이름을 가진 재수 없는 옆집 소아과 의사와 불편한 점심식사를 한 곳. 뜬금없었던 그의 질문.

"그 환자가 왜 그 수술을 하고 싶어 하는지, 수술을 결심하기까지 어떤 절박한 상황이 있었는지, 수술을 한다면 그 절박한 상황이 나아지는지, 수술만이 유일한 방법인지, 그런 건 묻지 않았겠죠? 물론 환자 자체를 이해하려고 들지도 않았고요."

우연일까, 필연일까. 그들과의 점심식사 전 상담을 했던 환자가 바로 윤주희였다. 그날 내게 보여준 윤주희의 모습은 발랄하고 생기 넘쳤다. 그때는 그게 그녀 원래의 모습이라 여겼다. 그러나 윤주희의 사정을 듣고 돌이켜 생각해보면 그 행동은 과도한 불안감과 긴장, 자신의 처지 등을 숨기기 위한 일종의 방패였을 수도 있다.

내가 만약 그날, 이한재의 질문처럼 윤주희에게 왜 가슴 수술을 하고 싶어 하는지, 수술을 결심하기 전까지 어떤 절박한 상황에 놓여 있었는지, 수술만이 유일한 방법인지, 수술 후 그 상황이 나아지는지 물었다면 이런 상황을 피할 수 있었을까.

유턴 신호가 들어왔는지, 잠시 넋을 놓고 있던 나를 향해 뒤차들이 신경질적으로 클랙슨을 울려댔다. 잠시 머뭇거리다 핸들을 풀고는 깜빡이를 켜고 직진 차선으로 들어갔다. 한 손은 핸들을 잡고, 다른 한 손은 가방 안을 뒤적거려 핸드폰을 찾았다. 그리고 이세영 선생님에게 전화를 걸었다.

'제발 받아요, 제발······.'

신호음이 울리기 시작한 지 한참 후, 선생님의 정상적이지 않은 목소리가 들렸다. 선생님은 연신 켁켁거리며 "켁······ 어······ 지, 지은아"라고 말했다.

"선생님, 무슨 일 있으세요?"

"켁. 아, 아니. 켁. 찌······ 찜질방에서 계란 먹다가 사레 들렸어. 나 아······ 잠시만."

선생님의 목소리가 멀어지는 대신 뭔가를 마시는 소리가 적나라하게 들려왔다.

"휴, 이제 좀 살 것 같네. 계란 하나 더 사 먹으려고 로커룸을 여는데, 딱 전화가 온 거 있지. 신기해! 우리 텔레파시가 통하나 봐!"

"그러면 아직 문자는 못 보셨겠네요? 이······한재 선생님이 보낸······."

"응, 못 봤는데? 지은— 나 지금 바빠. 계란도 먹어야 하고, 곧 등도 빡빡 밀어야 해. 나중에 확인해보지. 보나마나, 형님 술 한잔 사주세요, 일걸? 그럼 난 무지 바빠서 이만!"

전화를 끊으려는 선생님을 향해 나는 "잠시만요!"라고 다급하게 외친 후, 지금 이한재와 윤주희가 처한 상황과 그 일이 있기까지의 배경을 간단히 설명했다. 내 이야기를 듣는 동안 계란 먹기를 잠시 중단한 듯 조용했던 선생님은, 말이 끝나자마자 방금 전과는 사뭇 다른 진지한 목소리로 단호하고 차분하게 내게 지시했다.

"곧 갈게. 내가 갈 때까지 랩 나갈 준비하고, CBC까지 해놔. 보형물 빼야 할 테니까 수술 준비해놓고. 아, 간호사도 불러놔. 이왕이면 예쁜 간호사로."

'예쁜 간호사'를 마지막으로 전화는 끊겼고 내 차는 병원 건물 주차장으로 미끄러지듯 들어갔다.

마침 일층에 대기해 있던 엘리베이터 안에 올라타며 윤 간호사에게 전화를 걸었다. 일방적인 부탁이 다였던 통화가 끝남과 동시에 엘리베이터 문이 열렸고 팔짱을 낀 채 이리저리 서성거리던, 초조한 모습의 이한재가 시야에 들어왔다. 그는 나를 발견하자마자 약간은 안도한 표정으로 "미안해요. 주말 방해해서"라고 미안한 듯 말했다.

나는 그를 따라 소아과 안으로 들어갔다. 진료실 베드 위에 윤주희가 누워 있었다. 땀으로 범벅된 그녀의 얼굴은 눈을 감은 채 고통과 불안으로 일그러져 있었고, 일순간 내 걸음이 멈춰졌다. 고개를 돌려 두려움이 가득 담긴 눈으로 이한재를 바라보자, 그가 이해한다는 듯 고개를 끄덕였다. 꿀꺽 마른침을 삼킨 후 윤주희에게로 한 발 더 다가갔다. 일단 가슴 상태를 봐야 할 것 같아 이한재에게 잠시 자리를 비켜달라고 했다. 그가 나가자마자 나는 통증을 참으며 얕은 신음 소리를 흘리고 있는 그녀의 상의를 살짝 들어 올려 가슴 부위를 찬찬히 살폈다.

가슴 부분은 새빨갰고, 절개 부위에서는 고름 같은 것이 질질 흘러나오고 있었다. 심각할 정도로 펄펄 열이 끓어오르는 것으로 봐서 정말 패혈증일 수도 있다는 생각이 들었다. 그렇다면 일단 항생제 주사로 응급처치를 한 후 월요일인 내일 수술한 병원에 보내 재수술을 하는 건 불가능했다. 내 판단으로도 지금 당장 보형물을 빼내는 수술을 해야 했다.

누군가의 손길이 느껴지자 희미하게 눈을 뜬 윤주희는 나를 알아봤는지, "…… 선생님 죄송해요. 그날 말도 없이…… 안 가서……"라며 힘겹게 말을 내뱉었다.

"지금은 그런 말을 할 상황이 아니에요. 언제부터 이랬어요?"

"…… 이틀…… 전부터였던 것 같아요. 토요일…… 그러니까 어제 병원에 전화했더니 진료시간이 끝났다면서…… 항생제 먹고…… 월요일에 오라고……."

"항생제요? 휴…… 알았어요. 힘들면 말 그만해도 돼요."

나는 그녀의 상의를 내린 후, 잠시 이한재가 있는 밖으로 나갔다. 여전히 불안정하게 서성이던 이한재는 나를 보자마자 "상황이 어떻죠?"라고 걱정스럽게 물었다.

"일단 보형물을 빼야 할 듯해요. 아, 오는 길에 이세영 선생님이랑 통화가 됐어요. 오시기 전에 혈관 라인을 잡아놔야 해요. 랩 나갈 준비랑 CBC도 체크해야 되고요. 뭐 해요? 계속 정신 사납게 왔다 갔다 하지만 말고 좀 도와요."

명령조의 말에 짐짓 놀라 발걸음을 멈춘 그는 나를 향해 아주 작은 미소를 지었다. 그리고 그 웃음에 당황한 내가 '지금이 웃을 때예요?'라고 괜한 핀잔의 말을 꺼내기도 전에 비장한 목소리로 "옛,

설!"이라며 거수경례를 했다. 이상하게도 그의 작은 웃음과 과장된 행동이 내 안의 두려움과 긴장감을 다소 누그러뜨려주는 듯했다.

우리는 이세영 선생님을 기다리는 동안 균주배양 검사와 혈액 검사를 동시에 진행했다. 어느 정도 소소한 검사들이 끝나갈 무렵 윤 간호사와 이세영 선생님이 간발의 차로 도착했다.

윤 간호사는 서둘러 수술 준비를 했고, 이세영 선생님은 윤주희의 상태와 검사 결과를 꼼꼼히 살폈다. 그사이 윤주희가 바싹 마른 입술을 힘겹게 떼며 선생님을 향해 물었다.

"선생님…… 저, 이 보형물 꼭…… 빼내야 하나요?"

"지금 상황에선 그래야 할 것 같은데요?"

"하지만…… 선생님, 전 이 가슴이 꼭…… 필요…….'"

"주희 씨! 지금이 어떤 상황인지 알기나 해요? 보형물은 지키고, 목숨은 잃고 싶어요? 지금 우리가 왜 여기 와 있는지 몰라요? 만약 당신이…….'"

상황 파악도 하지 못한 채 엉뚱한 소리를 해대는 그녀에게 갑작스레 화가 치밀어 오른 나는 그녀를 향해 짜증 섞인 소리를 내뱉었지만 결국 말끝을 잇지는 못했다. 내 목소리에 놀란 그녀는 입술을 굳게 다물며 눈물이 흘러내리는 얼굴을 벽 쪽으로 돌렸다. 이세영 선생님이 내게 다가와 가볍게 등을 톡톡 두드렸다.

잠시 후, 윤 간호사가 윤주희에게 수술 동의서를 받음으로써 수술 준비가 끝났다. 내가 하는 것도 아닌데 수술이 시작되려 하자 또다시 초조함과 긴장감이 온몸을 장악했다. 만약 잘못된다면 이세영 선생님도 나도 그 책임에서 완벽히 벗어날 수는 없을 것이다. 나는 수술실로 들어가려는 이세영 선생님의 옷자락을 나도 모르게 와락 힘주어 잡았다. 고개를 돌려 나를 바라보는 이세영 선생님은 피식 가볍게 웃으며 능청맞게 말했다.

"어이 지은, 신의 손 닥터 리— 몰라? 걱정 붙들어 매라고! 한재야, 애 데리고 끝말잇기 한판 하고 있어. 아님 쿵쿵따를 하든가. 한판이 끝날 때쯤, 아이 윌 비 백!"

마지막에는 터미네이터 흉내를 내며 엄지손가락을 치켜들었다. 나는 그의 옷자락을 잡고 있던 손에 힘을 풀었다. 이한재는 선생님을 향해 "형님, 번거롭겠지만 부탁드립니다"라고 말하며 고개를 꾸벅 숙였다.

"윤 간호사, 한시가 급하니 일단 전신마취 준비하면서 부분마취 시작하자고."

수술실 문을 열며 순식간에 바뀐 선생님의 목소리와 표정에는 사명감과 비장함이 넘쳤다. 소아과 대기실에 나란히 앉은 이한재와 나는 별다른 대화 없이 수술이 끝나기만을 기다렸다.

윤호가 죽은 후, 소아과를 그만두고 방황하다 다른 일을 찾을 때 가장 중점을 둔 한 가지가 있다. 그때의 기억을 떠올리지 않을 수 있는 곳. 그러니까 아이와 아버지의 다정한 모습을 볼 수 없는 곳. 그렇다고 평생 의사가 되기 위한 공부, 의사라는 직업을 유지하기 위한 연구만 했던 내가 딱히 할 수 있는 일을 찾기란 어려웠다. 그러다 우연히 마주친 선배의 성형외과에 방문했을 때, 부드러운 분위기와 여자 환자들이 대다수라는 사실에 나는 매료됐다. 그렇게 시작한 성형외과 공부는 의외로 나와 맞아떨어졌고, 감각이 있다는 칭찬도 종종 듣게 됐다.

한참 후 성형외과 개업을 했고 나에게 수술이나 시술을 받은 환자는 모두 만족했다. 당연히 그들 중 아무도 부작용을 일으키지 않았다. 그러니 내 책임으로 인한 재수술을 시도한 적은 한 번도 없었다. 다른 병원에서 얻은 부작용으로 인해 온 환자들의 재수술을 할 경우에도 생명이 걸린 수술을 한 적은 단 한 번도 없었다.

그런데 이런 상황에 닥쳐보니 만약 내 환자가 이런 증상의 부작용으로 생명이 위태위태한 상황이 온다면 과연 내가 제대로 대처할 수 있을까, 의문이 들었다. 성형수술이나 시술 전 환자에게 부작용과 주의할 점에 대해 꼼꼼히 알려주면서 정작 의사인 내가 부작용의 위험에 대해 간과하고 있었던 것이다. 윤호의 죽음은 내 잘못이 아니었다고, 그러니까 내가 성형수술 도중 실수를 저질러 부작용을 일으킬 리 없다고, 나는 지금껏 죄책감 속에 오만함을 숨긴 채 오류를 범하고 있었던 것이다.

내 안의 이중성과 무력함을 깨닫자 속이 메스껍기 시작했다. 숨이 가빠오려던 찰나 "자장면"이라는 뜬금없는 단어가 나지막하게 들려왔다. 소리가 나는 곳을 향해 고개를 돌려보니 이한재가 커피를 건네며 어서 말하라는 듯 고갯짓을 했다. 어리둥절한 표정으로 멀뚱히 있자 그가 내 손에 커피를 쥐여주며 말했다.

"어? 아까 형님이 말한 쿵쿵따 모르나? 자장면, 했으니까 면으로 시작하는 세 글자 단어를 말해야죠. 면철피? 면국수? 뭐 이런 말도 안 되는 단어 말하면 지는 거예요. 안 해요?"

손끝에 느껴지는 커피의 온기 때문인지, 부드러운 향 때문인지,

아니면 상황에 어울리지 않는 그의 엉뚱함 때문인지 허탈한 웃음이 피식 흘러나왔다.

"걱정 마요. 형님이 어떤 분인지 알잖아요. 아까 미안했어요. 그쪽 책임도 아닌데 전화로 다그쳐서"라고 그가 조용히 말했다.

약 삼십 분 후, 수술실에서 나온 이세영 선생님이 우리를 보고 활짝 웃으며 오케이 표시를 했다. 순간 나도 모르게 안도의 한숨이 새어나왔다. 그건 이한재도 마찬가지였다.

"휴, 일단은 빼냈어. 링거 맞히고 오늘은 여기서 하루 정도 입원시키고 전체적인 검사는 종합병원에 가서 해봐. 아, 윤 간호사가 오늘 하루 당직 서줘야겠네."

윤 간호사는 삐죽삐죽 입술을 내밀면서도 "네, 걱정 마세요"라고 답했다.

오른손으로 땀을 훔치며 어깨가 결린 듯 어깨 국민체조를 하던 이세영 선생님은 갑자기 배를 통통 퉁기며 투정부리듯 말했다.

"나 배고파 죽을 것 같아. 남기고 온 계란이 눈앞에 아른아른! 야, 이한재! 너 한턱 쏴―. 난 수술 후에는 꼭 고기가 당기더라. 그것도 한우!"

"접수받겠습니다"라고 활짝 웃으며 답한 이한재가 "아, 근데 제가 원하는 데 가도 되죠?"라고 덧붙였다.

"고기 먹는 데 장소는 필요 없다! 특히나 한우면 더더욱 더!"

나는 먼저 가볼 생각으로 "그럼, 전 이만 가볼게요"라고 말하며 발걸음을 옮기려는데 그들이 내 앞을 떡 막아섰다.

4. 성형수술은 결코 마술이 아니다

*

 이세영 선생님이 차를 놓고 온 까닭에 그들은 내 차를 타고 이동했다.

 수술 후 온몸이 결려 잠시 눈이라도 좀 붙여야겠다는 이유로 뒷좌석에 드러눕듯 앉아 "빈대떡엔 막걸리, 삼겹살엔 쇠주, 치킨엔 맥주, 양장피엔 배갈, 육포엔 위스키, 생선엔 하얀 와인—"이라며 나름 리듬에 맞춰가며 노래를 부르던 이세영 선생님이 순간 노래를 멈췄다. 그러고는 "그으……럼 한우에는 뭐가 어울릴까나?"라고 심각하게 물었다.

 백미러를 통해 보니, 고개까지 30도 정도 갸우뚱거리며 심각하게 고민하는 듯한 그의 표정은 윤주희의 보형물 제거 수술에 들어가기 전 비장했던 표정과 거의 흡사했다. 잠시 후 그는 될 대로 되라는 식의 표정을 지으며 두 눈을 끔벅거렸다.

 "에이, 뭐 아무렴 어때. 어이, 한재! 나 일등급으로 사줄 거지?"

 "그럼요. 일등급이 아니라, 더블 플러스 등급으로 사드릴게요."

 이한재가 곧바로 맞받아쳤다.

 "그래그래. 난 플러스 플러스급 의사니까. 푸하하, 그래그래"라고 말하며 웃는 선생님의 표정은 세상 모든 것을 다 가진 듯 행복해 보였다.

 만약 나도 한우 플러스 플러스 등급에 행복을 느낄 수 있는 이세영 선생님 같은 성격을 가졌더라면 '딸, 나 결혼해. 플러스 플러스 등급 한우 한 마리 사줄 테니 나 가슴 수술 해줘'란 제의에 '정말요?

좋아요! 그 맛에 부끄럽지 않도록 풍만하고 탄력 있는 가슴으로 수술해드리겠어요!'라고 태평하게 말할 수 있지 않을까.

평소 나답지 않은 엉뚱한 상상에 피식 웃음이 흘러나왔다. 이들과 있으니 나까지 바보가 된 것 같은 느낌이었다. 나는 이해정의 가슴을 수술해줄 수 없다. 그녀가 윤주희 같은 부작용을 얻으면 어쩌지, 라는 불안감 때문이 아니다. 그냥…… 싫다. 돈도 많이 버는데 다른 병원에 가서 하라지. 다음에 만나면 단호히 거절해야지, 라고 생각하는데 조수석에 앉은 이한재가 "아, 여기서 우회전"이라고 급하게 말했다. 나는 서둘러 핸들을 꺾으며 그에게 쏘아붙였다.

"우리가 지금 갈비를 먹으러 마포에 가거나, 불고기를 먹으러 광양에 가거나, 생생한 특급 한우를 먹으러 횡성까지 가는 건 아니잖죠?"

"맞는데요?"

"네?"라고 놀라는 나를 보고 그는 실실 웃으며 다시 말을 이었다.

"장난이에요, 장난! 근처 큰 마트에 가는 건데?"

"한우 먹으러 가는데 마트는 왜요?"

"왜긴요, 한우 사려고 그러죠."

"그러니까, 왜!"

말장난을 하는 그의 태도에 짜증이 밀려온 내가 재차 묻는데 뒤에서 꿈지럭거리는 소리와 함께 이세영 선생님의 졸음 가득한 목소리가 들렸다.

"아, 시끄러. 한우가 존재하는 곳이면 아무 데나 일단 가자고. 레츠고! 나 잠시 눈 감을 거니까 중턱 지날 때도, 급정거할 때도 자나 깨나 조심! 오케이?"

그는 오른손을 뻗어 차 천장을 두어 번 통통 쳤다. 그리고 금세 코 고는 소리가 들려왔다. 잠시 후, 앞차가 급정거를 하는 바람에 우리 차 또한 급정거를 하게 됐다. 하지만 그의 코 고는 소리는 여전히 우렁차게 차 안을 가득 메웠다.

곧 마트에 도착해 주차를 한 나는 이한재를 향해 말했다.

"저기요, 그쪽이 원하는 곳에 도착했거든요?"

"압니다. 내리죠, 우리."

"내리죠, 우리? 대체 어쩌자는 거예요?"

"뭘 어째요. 한우를 사러 왔으니 한우를 사러 가야죠! 맥주도, 과자도!"

"그렇다 치고, 대체 어디로 가는데요?"

"거참 궁금한 거 많네. 어디서 먹든 그건 한우 사는 사람 마음 아니겠어요? 근데, 나한테 다른 건 안 궁금해요? 뭐, 나이라든가, 고향이라든가, 성격이라든가, 소아과 의사가 된 동기라든가, 아니면 여자 취향이라든가."

순간 아까 소아과 대기실에서 이 인간에게 느꼈던 편안함은 모조리 사라져버렸다. 그리고 역시나 이 인간은 나와 결코 어울리지 않는 스타일의 인간이라는 것을 다시 한 번 깨달았다. 먼저 차에서 내린 그는 기지개를 켠 후, 태연히 어서 내리라는 손짓까지 했다. 나는 어이없다는 표정을 지으며 뒤를 돌아 "선생님"이라고 불러봤지만, 그는 오른손으로 가슴팍을 벅벅 긁으며 코를 골고 있었다. 진짜 자고 있다면 깨우기는 힘들 테고, 귀찮아 자는 척을 하는 거라면 더더욱 일어나지 않을 것을 알기에 포기하고 문을 열었다. 그때 선생님이 잠꼬대처럼 중얼거렸다.

"음냐, 안창살, 살치살, 부채살, 안심도 좋지만 미스코리아처럼 예쁜 꽃등심이 최고오…… 음."

"네네, 알았어요. 히터 켜놓고 갈 테니 차 도난이나 당하지 말아요"라고 말한 나는 차에서 내려 빠른 걸음으로 이한재를 앞서갔다.

마트 입구에 들어가자 이한재가 카트와 함께 미끄러지듯 내 앞에서 멈춰 서며 말했다.

"아, 이번엔 목표물 정하지 맙시다!"

"네?"

"〈니키타〉!"

내가 그제야 이해했다는 듯 성의 없게 고개를 끄덕거렸다.

"근데 장을 볼 때마다 그런 식으로 하나?"

나는 대답하지 않은 채 걸음을 옮겼다. 과일과 채소 코너가 시야에 들어왔다.

"음식 고르는 재미도 꽤 큰데. 가끔은 괜찮지만 날마다 그 즐거움을 버리는 건 좀 그러네요."

나무라듯 말하는 그의 태도에 발끈한 나는 "뭘 살까 고민하는 시간도 크거든요? 그 시간이 아까운 건 몰라요?"라고 짜증스럽게 답했다.

"즐겁게 보낸 시간은 아깝지 않은 법이죠. 선생님은 딸기가 좋아요? 귤이 좋아요?"

"…… 딸기요."

기습적인 그의 질문에 나도 모르게 친절히 대답하는 실수를 했다.

"어라? 나랑 똑같네. 형님은 다 좋아하니까…… 그럼 과일은 딸기로 결정!"

그가 딸기 상태를 이리저리 유심히 살피더니 두 팩을 카트 안에 넣었다.

"본다고 알아요?"

"아니요. 그래도 신중히 고르는 기분이라도 내야 할 것 같아서."

그런 이야기를 사뭇 진지한 표정으로 말하는 그 때문에 피식, 흘러나오는 웃음을 참느라 괜히 헛기침을 했다.

"상추? 아니면 깻잎?"

"…… 보통 한우에는 상추 아닌가요?"

"어? 두 장을 한꺼번에 안 싸 드셔봤구나. 상추의 깔끔함과 깻잎의 쌉싸래한 맛이 합해지면 맛도 두 밴데."

그는 봉지를 집어 들고 상추 한 움큼, 깻잎 한 움큼을 집어넣은 후 가격표를 붙였다.

장을 보는 내내 그는 내게 의견을 물었고, 내 의견을 반영한 건지 아닌지 헷갈리는 식의 물건들을 카트에 담았다.

한우 코너에서 국산 꽃등심을 다섯 근이나 구입한 그는 마지막으로 과자 코너에서 멈추더니, 나를 바라보며 장난스럽게 씨익 웃었다. 알 수 없는 웃음에 나도 모르게 방어 태세를 갖췄다.

"과자 다섯 개는 제가 고를 테니까, 나머지 다섯 개는 선생님이 골라요."

"네?"

"그럼 곧 여기서 다시 만나요. 꼭 다섯 개여야 해요, 꼭! 알았죠? 누가 고른 과자가 더 인기 있는지 내기할 거니까."

그는 알 수 없는 말을 남긴 채 사라져버렸다. 덩그러니 남겨진 카트를 물끄러미 바라보았다. 딸기 두 팩, 상추와 깻잎 한 봉, 한우, 계란 한 판, 두부 두 모, 2리터짜리 우유 두 팩, 패트병에 든 콜라와 사이다, 환타, 서울치즈 한 박스, 맥주 다섯 캔, 복분자주 두 병. 설마 소풍이라도 가려는 걸까? 3월이지만 13월이라고 해야 할 만큼 쌀쌀한 날씨다. 더군다나 이 멤버로? 미치지 않고서야 불가능한 일이다. 하지만 불행히도 그는 확실히 정상은 아니다.

"안 고르고 뭐 해요?"

그가 양손에 하나씩 들고 온 바나나킥과 콘초코를 카트에 던져 넣으며 물었다.

"전 제가 왜 이런 짓을 해야 하는지 모르겠는데요?"

"고르면 알려드리죠."

그가 다시 사라졌고, 나는 한참을 멍하니 서 있다가 자포자기한 심정으로 발걸음을 옮겼다. 양 사이드로 셀 수 없는 양의 과자들이 주르륵 진열되어 있었다. 나는 지금껏 과자 종류가 이렇게 많은지 모르고 있었다. 대체 이 많은 과자 중 무슨 기준으로 다섯 개를 고르란 말인가. 그건 '제 얼굴 중 딱 한 군데만 손봐주시고, 완벽한 얼굴로 만들어주세요'라는 황당한 요구와 전혀 다를 바가 없지 않은가.

이리저리 서성대며 단 하나도 선택하지 못하고 있는데, 문득 새우깡이 눈에 들어왔다.

일곱 살 때였나. 이해정이 촬영 때문에 잠시 집을 비워야 한다며 내가 유일하게 좋아하던 새우깡을 열 봉지나 내게 건네주고는, 이걸 다 먹을 때쯤이면 돌아올 테니 얌전히 기다리라고 했었다. 당연히 어렸던 나는 그 말만을 철석같이 믿고는 하루 종일 새우깡을 입에 집어넣었다. 손가락에 새우깡의 노란 물이 들었고, 입안이 헐었고, 혓바닥이 까끌해졌다. 마지막 하나가 남았을 때 이것만 없어지면 엄마가 나타날 거야, 라며 억지로 새우깡을 우물우물 씹어 기도로 넘기려는 순간 문밖에서 고모들이 하는 소리가 어렴풋이 들렸다.

"새파랗게 어린 배우랑 바람났다며?"

"에휴, 저렇게 어린 딸 두고 그러고 싶을까. 연락 두절이라고 하던데……. 이혼하겠지?"

어린 나이에도 그게 무엇을 의미하는 건지 어렴풋이 알았던 걸까. 나는 먹은 새우깡을 몽땅 게워냈다. 그로부터 며칠 후, 이해정은 아빠와 이혼했고 대대적인 스캔들을 터뜨렸다. 그날 이후로 나는 새우깡이 싫어졌고 이해정의 말을 믿지 않게 됐다.

그런데 윤호가 새우깡을 좋아했다. 어디서 났는지 새우깡을 티슈로 꽁꽁 싸맨 후 가득 숨겨와, 조그만 손으로 새우깡을 하나씩 힘 있게 쥔 채 행복한 표정으로 조금씩 녹여 먹었다. 그리고 인심 쓰듯 내게 하나 건넸다. '선생님! 제가 제일 좋아하는 과자예요. 이렇게 천천히 녹여 먹으면 바다에서 자유롭게 뛰어노는 새우의 기분을 느낄 수 있어요'라며 천진한 말로 나를 웃게 만들었고, 다시 새우깡을 먹게 만들었다.

"어? 새우깡이라. 양파링과 함께 한국 과자계의 지존이며 교과서죠. 그쪽이 안 고를 거면 제가……."

갑자기 나타난 그가 슬며시 손을 뻗으며 말했다. 나는 재빠르게 손을 뻗어 새우깡을 집었다. 그리고 바로 옆에 위치한 양파링까지 덩달아 집었다.

"우와, 선생님 생각보다 유치하고 치사한데요?"

"전, 유치하고 치사한 사람한테는 그렇게 상대해요."

나는 눈에 보이는 대로 나머지 과자를 집어 들었다. 에이스, 꼬깔콘, 웨하스. 그리고 그것들을 카트에 집어넣었다. 그가 카트에 손을 뻗어 내가 고른 과자와 본인이 고른 과자의 경계선을 만들며 "제가 가끔, 아주 가끔 유치한 건 인정하거든요? 근데 치사한 건 왜?"라고 물었다.

순간, '엘리베이터에서 마주쳤을 때 날 완벽히 무시했잖아'라는 생각이 스쳤다. 그와 동시에 나 자신 스스로 놀라 "장 다 봤으니까 이만 가죠"라고 차갑게 말한 후, 빠르게 발걸음을 옮겼다.

그가 내비게이션에 찍어준 목적지는 서울 안이었지만 외진 곳이었다. 주차할 곳이 마땅치 않아 골목 한 귀퉁이에 차를 세운 후 곤히 잠들어 있는 이세영 선생님을 흔들어 깨웠다. 그제야 선생님은 "음, 여기가 우리가 한우 먹을 곳이야?" 하며 눈을 비비적대면서 잠에서 깨어났다. 이세영 선생님과 이한재가 음식물이 든 커다란 봉투를 하나씩 나눠 들고, 좁다란 골목을 한참 동안 걸었다. 아무래도 이한재의 집은 아닌 듯했다.

"근데 한재야, 우리 어디 가는 거냐?"

이 선생님이 봉지를 달랑거리며 물었다.

"이제 다 왔어요. 이 집이에요"라고 답한 이한재가 우뚝 멈춰 서더니 벗겨질 대로 벗겨진 초록 페인트칠이 지저분하게 느껴지는 철제문을 밀었다. 그리고 좁은 계단을 따라 올라갔다. 삼층 정도를 올라가니 약 15평 남짓 되는 옥탑방이 나왔다. 그 중앙에 우뚝 위치한 나무 평상에는 예닐곱 살쯤 돼 보이는 남자아이가 쪼그리고 앉아 그림 그리기에 열중하고 있었다. 아이는 이한재가 "어이, 윤주훈!"이라고 부르자, 그제야 도화지에서 시선을 떼고 우리에게로 고개를 돌려 활짝 웃음을 지어 보였다. 그러고는 벌떡 일어나 평상에서 내려와 신발을 구겨 신은 채 이한재에게 달려들어 털썩, 안겼다.

"주훈아, 인사드려. 이분은 이세영 선생님. 선생님 형님이야."

아이가 시선을 이 선생님에게로 돌린 후 예의 바르게 양손을 배꼽에 올리더니 꾸벅 인사를 했다.

"그리고 이분은……."

"어? 선생님 여자친구예요?"

"그럴 리가!"

나는 똘망똘망한 눈으로 나를 바라보는 아이에게 정색을 하며 말했다.

"아니에요?"

"응, 그런 사이는 아니고 그냥 좀 친한 선생님 친구야."

나 대신 이한재가 답했다. 그러자 아이가 이해했다는 듯 고개를 끄덕이더니 나에게도 이세영 선생님에게 했던 것처럼 배꼽 인사를 했다. 그러고는 "선생님, 누나는요? 이제 안 아파요?"라고 이한재를 향해 물었다.

"응, 이제 괜찮아. 여기 계신 선생님 두 분이서 누나 고쳐주셨어."

"정말요? 선생님들, 정말 정말 감사드려요."

아이가 다시 한 번 아까보다 더 깍듯이 인사를 했다.

나는 그제야 이 아이가 윤주희의 동생이고, 이 옥탑방이 윤주희가 사는 집임을 깨달았다.

"선생님, 이게 다 뭐예요?"

아이가 이 선생님과 이한재가 든 봉지를 호기심 가득한 얼굴로 바라보며 물었다.

"아! 일단 허락을 받아야겠군. 주훈 어린이! 오늘 우리가 주훈 어린이의 화실인 평상에서 고기를 구워 먹으려 하는데 괜찮을까요?"

이한재가 아이의 눈높이에 맞춰 허리를 숙이고는 정중히 물었다.

"우와, 우리 고기 먹는 거야, 선생님? 우와 짱 신 난다. 저번에 누나랑 삼겹살 구워 먹었을 때도 짱짱짱 맛있었는데!"

아이는 손뼉을 치면서 동시에 발까지 동동 구르며 신 나 했고, 덩달아 이세영 선생님도 묵직한 발을 쿵쿵 구르며 "꽃등심! 꽃등심!"을 연신 외쳐댔다. 그 장면에 나도 모르게 웃음을 흘린 순간 이한재와 눈이 마주쳐버렸다. 내가 재빠르게 시선을 돌리는데 이한재가 내 팔을 툭 치며 말했다.

"뭐 해요? 준비 안 해요?"

"준비요? 제가?"

"아뇨, 우리가."

그는 양 손바닥을 부딪쳐 크게 소리를 낸 후, 우리 모두를 집중시켰다.

"자, 오늘은 제가 셰프입니다."

"수프요? 우리 수프도 만들어 먹어요?"

아이가 천진하게 물었다.

"아니, 셰프. 주훈이 유치원에서 영어 배우지?"

"네. 에이, 비, 시, 로 시작하는 거!"

"응. 시 에이치 이 에프, 셰프! 혹시 주훈이 〈파스타〉란 드라마 본 적 있어?"

"아, 저 그 드라마 알아요. 누나가 자주 보던 거예요. 아! 셰프의 뜻은 잘생겼는데 소리는 버럭버럭 지르는 남자. 맞죠?"

문득, 의학 드라마가 나올 때마다 의대에 지원하는 학생들이 늘어난다는 기사가 떠올랐다. 지원 이유는 종합병원에 훈남, 훈녀만이 존재한다고 여기는 착각 때문이다.

"뭐…… 그럴 때도 있겠지만 늘 그러진 않을걸? 셰프는 주방의 모든 운영에 대한 권리와 책임을 가지고 있는 사람이야. 그러니까 오늘은 모두 내 말에 따라야 해."

이세영 선생님과 아이는 그의 말에 "예, 셰프!"라며 크게 동의했다. 슬쩍 나를 바라보는 그의 눈빛에는 '당신은?'이라는 의미가 들어 있었다. 나는 대답 없이 봉지에서 상추와 깻잎 등을 꺼내 들고는 "부엌이 어디니?"라고 아이에게 물었다.

부엌의 크기는 자그마했고, 그 안에 옹기종기 자리한 물건들은 소박했다. 방과 부엌 사이 자투리 공간에는 세숫대야가 놓여 있었고, 그 옆에 숟가락과 젓가락, 국자가 걸려 있었다. 샴푸와 비누 옆에 주방세제가 놓여 있었고, 물이 나오는 곳은 그 가운데쯤 있었다. 가스레인지 위에는 먹다 만 된장찌개 뚝배기가 놓여 있었고, 설거지 더미가 쌓인 싱크대 옆에는 들기름 냄새가 물씬 풍기는 눅눅한 김 두어 장이 접시 위에 포개어져 있었다.

퇴근하고 집으로 돌아온 윤주희가 이곳에서 동생과 함께 먹을 밥과 찌개를 분주하게 만드는 모습이 자연스레 그려졌다. 저런 어린 동생이 있다면, 회사가 끝난 후 동료들과의 쇼핑이나 식사, 가벼운 커피 한잔의 여유 따위는 가지기 힘들 것이다.

정말로 그녀는 술집에 나가기 위해 가슴 성형을 한 것일까? 이한재가 이야기해준 대로 얼굴도 몇 번 못 본 삼촌이 진 빚 때문에? 물론 처음에는 목돈을 만져 빚의 일부를 갚을 수도 있을 것이다. 하지만 돈을 버는 건 잠시뿐, 결국은 또 다른 빚에 쫓기게 될 것이고, 그 빚을 다 갚기도 전에 몸과 마음 모두 상처 입을 게 불 보듯 뻔하다. 하지만 그렇다 한들 내가 그녀의 빚을 갚아주거나, 고소득의 다른 일자리를 찾아줄 수 있는 것은 아니었다. 아무것도 해줄 수 없으면서 그저 상황이 안쓰럽다고 섣불리 동정하는 것은 위선이다.

소매를 걷은 후 쌓여 있는 설거지를 마칠 때쯤 인기척과 함께 "어? 설거지는 왜?"라는 이한재의 목소리가 들렸다. 손을 탈탈 털고 머쓱하게 "그냥요"라고 말한 후, 의외라는 눈빛으로 바라보는 그를 무시한 채 상추와 깻잎을 씻을 준비를 했다. 그가 수저통을 찾아 들더니 말했다.

"도와줄까요?"

"됐어요."

"어? 그럼 나중에 툴툴대기 없기에요. 그럼 먼저 고기 굽고 있을게요."

그가 사라지자 나는 속으로 '사실 고기 굽는 것보다 이게 더 힘든 건데'라고 툴툴거리면서도 '무균 수술은 성형수술의 생명'이라는 모토를 되새기며 상추와 깻잎을 깨끗이 씻은 후 힘 있게 탈탈 털었다. 그리고 미닫이문에 달린 찬장 안에서 발견한 소쿠리에 차곡차곡 쌓았다.

부엌에서 나가니 이미 고기 냄새가 옥상 가득 퍼졌다. 그 냄새와 함께 오늘 하루 동안 커피 한 잔을 제외하고는 내 위로 들어간 것이 없다는 사실이 떠올랐다. 지금껏 용케 참아왔던 배가 요동을 치며 시위를 시작했다. 이미 입안 가득 고기를 집어넣던 이세영 선생님이 내게 어서 오라는 손짓을 했다. 정확히 말하자면 내가 아니라, 내 손에 들린 소쿠리다.

나는 평상으로 가서 소쿠리를 놓은 후 빈 공간에 주저앉았다. 남겨진 젓가락 하나를 들기 위해 손을 뻗는 순간 의심할 여지 없이 정확히 내 배에서 "꼬르륵" 소리가 났다. 모두의 시선이 내게로 향했다. 이세영 선생님은 대놓고 낄낄거렸고, 이한재는 조그맣게 피식 웃음 지었다. 그들 중 유일하게 웃지 않던 아이가 두 눈을 깜빡이더니 민망함과 창피함으로 어찌할 바 모르는 내게 "어? 누나 선생님 배고팠나 봐요. 여기요"라고 말하며 알맞게 핏기가 사라진 고기 한 점을 내 앞으로 쓱 내밀었다.

순간, 그 모습이 새우깡을 내게 내밀던 윤호의 모습과 겹쳐져 가슴 한 켠이 욱신거렸다.

"안 받아먹고 뭐 해요? 우리 주훈이 손 떨어지겠네"라고 이한재가 말함과 동시에 사과만 한 크기의 쌈을 볼이 미어터지도록 집어넣은 이세영 선생님이 "그으으으래에 니이가 아안 먹으며언 내가아 먹는 다아"라고 웅얼거리며 나를 재촉했다.

나는 어찌할 바를 몰라 머뭇거리며 아이를 바라봤다. 아이의 젓가락이 내 입에 거의 와 닿자 어쩔 수 없이 입을 벌렸다,

"마시찌? 마시찌? 역쉬 고기는 한우야, 한우!"

이세영 선생님은 여전히 음식을 씹어대며 소가 되새김질하듯 말했다. 나는 천천히 고기를 씹은 후 자신이 준 고기 맛이 어떠냐는 듯 나를 물끄러미 바라보고 있는 아이를 향해 고개를 끄덕이며 "맛있네. 고마워"라고 말했다. 아이는 흡족한 미소를 지은 후, 날름 고기 한 점을 집어 냠냠거리며 먹더니 행복한 웃음을 지었다.

아직 바람이 찼지만, 전기 히터와 가스레인지에서 나오는 열기가 추위의 강도를 조금은 낮춰주었다. 그리고 술이 한 잔, 두 잔 들어가다 보니 추위 따위는 금세 잊혀졌다. 아이도 콜라를 마시며 한껏 흥에 젖어 있었다.

꽃등심 두 근과 복분자주 세 병, 페트병에 든 콜라 한 병을 후딱 해치워버린 우리는 각자의 배를 만지며 만족스러워했다.

이세영 선생님은 뒤로 발라당 누워 하늘을 향해 배를 통통 두드리더니 마치 시조를 읊듯 음률을 살리며 낭창낭창하게 외쳤다.

"꽃등심 한 점, 아니 두 점, 아니 세 점. 복분자 한 잔, 아니 두 잔, 아니 세 잔. 나, 아니 너, 아니 우리만 있다면 세상천지 부러울 게 없고나!"

이한재도 그에 맞받아치며 이세영 선생님과 같은 자세를 취했다. 덩달아 아이까지 까르르 웃으며 따라 했다.

"이런 찬 데 누우면 몸에 안 좋을뿐더러 자칫하다 잠이라도 들면 입 돌아가요. 무슨 의사 선생님들이 이래요?"

눈을 흘기며 이한재에게 핀잔을 주는데, 갑자기 그의 손이 불쑥 내 팔목을 잡으며 힘 있게 끌어당겼다. 그 바람에 내 몸은 중심을 잃고 쓰러졌다. 순식간에 내 등은 평상에 닿았고, 눈을 감았다 떴을 때는, 까만 밤하늘이 보였다.

"잠들 만하면 잠들고, 입 돌아가면 모두 의사니까 다시 돌리면 되겠네. 여기 지은 씨 잘난 거 모르는 사람 아무도 없으니까 그만 잘난 척하고 봐요. 이곳에서 바라보는 밤하늘이 얼마나 예쁜가! 등 따시고 배부르고, 에서 등 따신 것만 빼면 꽤 괜찮지 않나?"

그의 말대로 밤하늘은 예뻤다. 그러고 보니 이렇게 느긋이 하늘을 바라본 게 얼마 만인가 싶었다. 일 년에 한 번씩 윤호가 잠들어 있는 '추모의 집'에 찾아가는 것을 제외하면 늘 병원, 집, 커피숍, 가끔씩 마트, 세미나, 미팅 등만 다람쥐 쳇바퀴 돌듯 맴도는 게 내 일상이었다.

갑자기 이한재가 "아!" 하고 소리를 지르며 벌떡 몸을 일으켰다. 그 바람에 이세영 선생님, 아이, 나까지 허리를 곧추세우며 일어나 놀란 얼굴로 그를 바라보았다. 이한재는 과자가 든 봉지를 가지고 와 아이 앞에 쏟아부었다. 그러고는 과자들을 다섯 개씩 양쪽에 분류했다. 내가 고른 새우깡, 양파링, 에이스, 고깔콘, 웨하스는 오른쪽에, 자신이 고른 바나나킥, 콘초코, 포카칩, 빼빼로, 짱구는 왼쪽에.

"주훈아! 이 과자들 중 맘에 드는 과자 다섯 개만 골라봐."

"왜 다섯 개만요? 저 다 주시면 안 돼요?"

"다 줄 건데, 일단 그냥 다섯 개 골라봐. 지은 선생님이랑 내기했거든. 이기는 사람이……."

"이기는 사람이요?"

내기라니. 전혀 예상치 못한 상황에 당황한 나는 그의 말을 받아쳤다.

"음…… 그건 나중에 정하고요. 일단 골라보죠! 주훈아 골라볼래?"

"네, 선생님."

내가 뭐라고 말할 틈도 없이 아이는 망설임 없이 손을 뻗었다. 그 손이 닿은 곳은 꼬깔콘이었다. 첫 승에 나도 모르게 입꼬리가 살짝 올라갔다.

"아직 하나 고른 거거든요?"

내 표정을 포착한 이한재가 옆에서 이죽거렸고 나 또한 지지 않고 대꾸했다.

"시작이 반이라는 말 몰라요?"

"어떻게 시작이 반입니까? 시작은 시작일 뿐이죠. 그 말은 시작을 못 하고 쭈뼛거리는 바보들에게 위로 삼아 들려주는 이야기라고요!"

"아, 거기 조용조용! 주훈이가 다음 거 고르는 데 방해되잖아! 둘 다 경고 한 장씩!"

이세영 선생님의 경고와 동시에 아이의 손은 망설임 없이 다시 과자로 향했다. 이번에는 빼빼로였다.

"앗싸! 거봐요. 두번째는 제 거 골랐잖아요!"

"보긴 뭘 봐요? 아직 세 개나 남았거든요?"

"아까는 시작이 반이라더니."

"아니라면서요."

"어이어이, 니들 경고 한 장 더 먹으면 퇴장이야. 조용히 하고—. 주훈아, 어서 골라봐."

아이는 웨하스와 짱구를 동시에 집었다. 그러니까 2대 2. 마지막 하나로 승부를 결정지을 수밖에 없는 상황이었다.

"근데, 이거 무슨 내기야?"

아이가 이미 선택한 웨하스를 뜯어 우적우적 씹어 먹던 이세영 선생님이 말했다.

"형님, 그건 승부가 나고 결정해도 안 늦어요."

"에이, 그럼 재미가 없지."

이세영 선생님의 말에 아이는 힘차게 고개를 끄덕거렸다. 내기는 무슨 내기냐며 내가 짜증스럽게 말하려던 찰나 이세영 선생님이 자신의 손으로 넓적다리를 퉁, 하고 치며 급 흥분된 목소리로 말했다.

"그거 하자, 그거! 진 사람한테 뽀뽀 해주기!"

"네? 뭐라고요?"

순간적으로 격앙된 내 목소리가 옥상 가득 울려 퍼졌다.

"뽀뽀 몰라? 뽀뽀 말이야, 뽀뽀! 내가 시범 보여줘?"

이세영 선생님은 두툼한 입술을 쭈우욱 내밀고서는, 아이의 볼에 뽀뽀를 했다. 아이는 간지럽다고 깔깔대며 이세영 선생님의 얼굴을 양손으로 힘껏 밀어냈다.

"지금 장난해요? 저기요! 뭐라고 말 좀 해보시죠!"

나는 고개를 돌려 이한재를 바라봤다. 그런데 나와 같이 펄펄 떨

것 같았던 그의 반응이 예상과는 달랐다.
 "뭐, 과반수가 그걸 원하신다면야……"라며 나를 향해 어깨를 으쓱거렸다. 갑자기 아이와 이세영 선생님은 마치 월드컵 응원이라도 하듯 함께 장단을 맞추어 "뽀뽀!", "뽀뽀!"라고 열창하기 시작했다. 그리고 아이는 수준 높은 수학 문제를 풀 듯 골똘히 생각에 잠긴 표정으로 "음, 음" 하며 남은 과자들을 번갈아 바라봤다.
 "뭐, 뭐 하는 거예요? 지금!"
 나는 정색하며 당장이라도 이곳을 떠날 기세로 자리에서 벌떡 일어났다. 그러자 아이가 "에이, 전 여기 있는 것들 다 너무 좋아서 못 고르겠어요"라고 말하며 나를 향해 오른쪽 눈을 찡긋했다.
 "왜에?"
 이세영 선생님이 두 눈을 치켜뜨고는 실망스럽다는 듯 물었다.
 "음, 그럼 선생님이 골라보세요. 이 맛난 과자 중에 어떻게 하나를 택해요. 그거는 마치…… 아! 꼭 어릴 적 아빠가 좋아, 엄마가 좋아, 라고 묻는 질문이랑 똑같다니까요."
 자신이 말한 적절한 표현에 감탄을 하는 것도 잠시, 아이의 얼굴이 일순간 굳어졌다. 이미 아이를 떠나갔다는 아빠, 엄마의 기억 때문일까. 그것을 눈치챈 듯 이한재가 서둘러 말을 이었다.
 "형님이 고르면 의미가 없지. 에잇 아쉽다. 그럼 오늘 승부는 무승부가?"
 "그러네. 에이, 아쉽다. 젊은 두 남녀가, 아니, 아니지! 어쨌거나, 미혼인 두 남녀가 뽀뽀하는 훈훈한 장면을 목격하나 했는데 아쉽게 됐네. 에이 참, 역시 세상사 내 맘대로 되는 게 없다니깐!"

이세영 선생님은 머리를 절레절레 흔들며 나름대로 자신의 아쉬움을 과격하게 표현했다. 조금 더 어둑어둑해지자 이한재가 자신은 이곳에서 아이와 잔다며 먼저 가라고 했다. 게다가 뒷정리도 자신이 한다는 꽤나 기특한 발언까지 했다. 옥탑방을 나와 계단으로 걸음을 옮기려는데 아이가 내 옷자락을 와락 잡았다. 몸을 쓰윽 돌려 바라보자 아이는 촉촉하게 젖은 눈에 기어들어가는 목소리로 말했다.

"예쁜 의사 선생님, 누나 잘 부탁드릴게요."

순간, 가슴 한구석이 저릿해왔다. 나는 말없이 천천히 고개를 위아래로 끄덕인 후, 내 옷자락을 쥐고 있는 아이의 앙증맞은 손을 바라보았다. 아이의 시선도 나와 같이 이동했다. 아이가 손에서 힘을 풀었다. 걸음을 옮기려는데 다시 한 번 아이의 목소리가 들려왔다.

"근데요, 선생님…… 우리 누나, 꼭 다시 이 집, 아니 저한테로 돌아오는 거 맞죠?"

발이 내 의지와는 상관없이 멈춰버렸다. 나는 다시 아이를 바라보았다. 그리고 처음으로 아이의 이름을 불렀다.

"…… 주훈아."

아이는 대답 대신 고개를 들어 물끄러미 내 눈을 바라보았다. 걱정, 불안, 초조함이 그득한 눈빛으로. 예전에도 저런 눈을 본 적이 있다.

"왜 그렇게 생각하지?"

그렇게 묻지 않아도 이미 알고 있었다. 이해정이 새우깡만 남겨놓고 떠났던 어린 시절, 나도 이 아이와 같은 눈빛으로, 심정으로 엄마를 기다렸었다.

"그게…… 가끔 누나가 화나거나 힘들면 그러거든요. 저 때문에 힘들다고. 자유롭지 못하다고. 그래도 전 누나가 좋은데……. 누나가 아픈 것도 싫고."

아이의 눈가에 그렁그렁 눈물이 맺혔다. 나 때문에 자신의 싱싱함이, 젊음이 사라져버렸다고. 누군가와 만나 사랑을 할 때도 항상 내가 걸린다고. 어린 내게 이해정이 그런 말을 할 때마다 나는 나라는 존재가 하나뿐인 엄마를 힘들게 한다는 죄책감에 밤잠을 설쳤었다.

아이의 눈에 비친 어릴 적 내 모습, 그리고 이 아이가 안심할 수 있는 대답을 해줘야 한다는 압박감과 그 말을 막아버리는 과거의 기억들로 인해 머릿속이 혼란스러워졌다.

그때였다. 이세영 선생님이 내 어깨에 손을 턱 올리며 "어이 시은, 너한테 묻잖아?"라고 말했다. 순간 번쩍 정신이 들었다. 이한재의 시선 또한 묵묵히 나를 향하고 있었다. 애써 일렁이던 마음을 다잡고는 눈물 그득한 눈동자로 나를 바라보는 주훈에게 찬찬히 말했다.

"그렇지 않아. 윤주희……, 아니 너희 누나가 네 걱정 많이 했어. …… 이렇게 사랑스럽고 예쁜 주훈이가 보고 싶어서라도 얼른 나아 집으로 올 거야. 선생님이…… 약속할게."

내가 제대로 답한 것이 맞나 싶은 걱정에 말을 마치자마자 이한재를 흘긋 바라봤다. 내 입에서 그런 말이 나올지 몰랐다는 듯 굳은 표정을 짓던 그가 일순간 나를 향해 따뜻한 미소를 지어 보였다. 그가 나를 보며 그런 무방비한 웃음을 짓는 것은 처음이다. 평소와 다른 다정스러운 그의 시선에 머쓱함을 느낀 나는 서둘러 시선을 돌렸.

"그래. 울 꼬맹이가 얼마나 예쁜데! 흐흐, 가만 보니 주훈이랑 나랑 좀 비슷한 것 같다. 고기 좋아하고, 과자 좋아하고, 얼굴 잘생기고, 인사성도 밝고, 또…… 그래! 쓸데없는 생각도 잘하고. 그래! 주훈이 나랑 비슷하니까 의사 선생님 하면 되겠다. 하하, 딱 어울린다, 딱 어울려! 그치? 그치?"

이세영 선생님은 혼자 신이 나 연신 어깨를 흔들며 만족스러운 듯 싱글거렸고, 아이는 두 눈에 맺힌 눈물을 쓰윽 닦더니 환하게 웃었다. 그제야 안심한 듯 이한재가 자신의 커다란 오른손을 아이의 머리 위에 올리더니 비비적거리며 말했다.

"이 자식, 조그만 머리로 쓸데없는 생각 한다! 자, 이제 선생님들 가셔야 해."

"그럼 재미있는 의사 선생님과 예쁜 의사 선생님 조심히 들어가세요."

아이가 다시 한 번 꾸벅 인사를 했고, 선생님과 나는 옥탑방에서 나와 차가 주차돼 있는 곳을 향해 걸었다.

"재미있는 선생과 예쁜 선생이라. 내가 예쁜 선생이고 지은이 네가 재미있는 선생인가? 아니면, 내가 재미있는 선생이고 니가 예쁜 선생? 지은이 니가 보기엔 예쁜 게 누구 같냐?"

조수석에 거의 드러눕다시피 한 편안한 자세로 볼록 튀어나온 배를 통통 두들기던 이세영 선생님이 나를 향해 물었다.

"글쎄요"라고 무심하게 답한 나는, 커브를 돌았다. 그때였다. 이세영 선생님이 "오늘 즐거웠지?"라고 뜬금없는 질문을 던졌다. 나는 여전히 "글쎄요"라고 답하며 깜빡이를 넣었다.

"지은이 넌 예전이나 지금이나 자신이 느끼는 감정들을 똘똘 싸매서 어딘가 깊숙이 숨겨둔 채 애써 모른 척한다니까. 아니, 모른 척한다기보다 아예 모르는 건가? 뭐, 그런 점에서 한재가 너보다 낫겠네."

"선생님…… 여기서 내려서 택시 타고 가실래요?"

나는 한숨을 쉬며 진지하게 말했다.

"까칠하긴. 에이, 아쉽당. 이런 까칠한 너에게 재미있는 선생이란 표현을 할 수는 없을 테니까 답이 딱딱 정해져버리잖아. 그럼 당연히 내가 재미있는 선생, 니가 예쁜 선생이겠지? 난 내가 예쁜 선생하고 싶었는데."

이세영 선생님은 안타까운 듯 머리를 벅벅 긁었다. 한참 후, 어울리지 않는 심각한 표정으로 물었다.

"궁금하지 않아?"

"뭐가요?"

"한재의 과거……."

'아니, 전혀요'라고 내뱉고 싶었지만, 사실 그건 내 마음과 달랐다. 하지만 선뜻 궁금하다는 말도 나오지 않았다. 잠시 입을 다문 채 머뭇거리는 내 반응을 살피던 선생님은 크게 한숨을 토해낸 후 심각한 표정으로 천천히 입을 열었다.

"형…… 때문이야."

"형……이요?"

"응. 한재한테 두 살 많은 형이 있었어. 그런데 그 형이 죽었어."

"네?"

"그것도 비관 자살로……."

그 순간 꼭 잡고 있던 핸들을 놓칠 뻔했다.

*

집에 오자마자 소파에 쓰러지듯 몸을 누이고 두 눈을 지그시 감았다. 그러자 이세영 선생님과의 대화가 떠올랐다.

"한재네 부모님은 한재가 초등학교 들어갈 무렵에 이혼했어. 아버지는 한재가 중학교 때 돌아가셨고, 어머니는 독일 남자와 재혼해서 독일로 떠나버렸어. 형이 자신 옆에 있는 유일한 가족이 된 거지. 한재 형인 민재는 에프원 레이싱 선수가 꿈이었어. 그래서 고등학교를 중퇴하고 검정고시를 패스하자마자 한재를 데리고 엄마가 있는 독일로 떠났어. 하지만 재혼한 남편과의 사이에서 이미 아이까지 생긴 엄마는 그 둘을 그리 반기지 않았던 모양이야. 마음속으로부터 엄마를 잃은 한재와 민재는 더욱더 서로를 애틋해하며 의지했어. 둘은 자신들의 힘겨운 처지에서 벗어나기 위해 죽도록 노력했어.

그렇게 삼 년 정도가 흘러 의대를 목표로 했던 한재는 쾰른 대학 의과대학에 합격했고, 유명 에프원 레이싱 팀의 연습생 겸 스태프였던 민재 역시 어느 팀의 스카우터에게 입단 테스트 제의를 받았어. 그날 밤 둘은 생수로 축배를 들었대. 민재가 테스트에 합격하게 되면 진짜 술로 건배하자며. 그런데…… 테스트 하루 전날, 연습 주행을 하다가 사고가 났대."

"사고요?"

"응. 도로에서 잠시 시선을 떼는 사이 차량이 시속 백칠십 킬로미터의 속도로 도로를 이탈하면서 도로의 연석을 받았대. 그 바람에 차는 사막으로 튕겨 나가게 되고, 몇 번을 굴렀지. 완벽하게 뒤집힌 차량 엔진에서 기름이 새어나와 배기 매니폴드로 흘러가면서 화재까지 발생하는 큰 사고가 난 거야. 민재는 폭발 직전에 겨우 구조되었지만, 이 사고로 민재는 여기저기가 골절되고 출혈도 많았고, 전신에 화상까지 입었어."

문득, 주희가 레이싱 선수였던 아버지를 차 사고로 잃고 동생과 둘만이 살아간다는 이한재의 말이 떠올랐다. 어쩌면 이한재가 주희와 주훈에게 남다르게 신경 쓰는 건 자신의 어릴 적 처지와 비슷해서는 아닐까.

"…… 그…… 그래서요?"

"심각한 고비는 넘겼다고 했을 때, 또 다른 고비가 찾아왔지. 이제 레이싱 선수가 될 수 없다는 것에 한 번, 심각한 화상 흉터에 또 한 번. 한재는 민재가 안면 성형수술을 받기 원했지만, 그것도 쉽지 않았어. 학생 보험에 들긴 했지만, 그거로는 혜택을 볼 수 있는 부분들이 없었던 거야. 영주권을 획득하지 못해서 법정 보험의 혜택을 받을 수도 없었고, 때문에 수술비를 마련하는 것도 힘들었지. 고민하던 둘은 일단 한국으로 돌아오기로 했었나 봐."

"한국에서 수술을 받으려고요?"

"응. 그나마 조국이었으니까. 하지만 한국에서도 사정은 독일과 다르지 않았어. 뭐, 그때만 해도 안면 성형수술은 보험 혜택이 되지 않았으니까. 수술비를 구하기 위해 여기저기 친척들에게 알아봤지만 쉽지 않았어. 성형외과 어디를 가든 돈, 돈, 돈. 무슨 수를 써도 꼭 갚겠다고 애원했지만 모두에게 거절당했대. 환자에게 어떤 상황과 사정이 있는지, 그 상처가 얼마나 큰지 그들은 전혀 알려고 하지 않았던 거야. 다만, 지금 지갑에 얼마나 돈이 있는지, 그 돈이 수술비가 될 수 있는지. 그것 말고는 관심도 없었던 거지.

한재는 일주일에 아르바이트를 네다섯 개씩 해가며 수술비를 마련하려고 애썼지만, 민재는 한재가 없는 그 시간에 우울증이 점점 더 심해져갔어. 레이싱 선수가 되고 싶었던 만큼 활동적인 걸 좋아했던 민재가 한재나 다른 사람 없이는 더 이상 제대로 걷지도 못하고, 밥을 해 먹거나 화장실을 가는 것도 목발을 짚지 않으면 힘들어 했으니까. 가끔 밖을 나가면 아이들은 겁에 질려 놀라 도망갔고, 어른들마저 괴물 취급하며 민재를 기피했대. 민재는 점점 말수가 줄기 시작하더니, 밖으로 나가려고도, 사람들을 만나려고도 하지 않았어."

실제로 안면 화상을 입은 대다수의 사람들이 사회생활에 장애를 겪는다. 특히나 외모를 중시하는 우리나라의 사회 풍토는 그들의 입지를 더욱더 좁게 만들어버린다. 주변인들의 따가운 눈초리, 심지어 가족들, 친지들에게까지 소외당하고, 취업은 거의 불가능하게 된다. 그러다 보니 경제적, 정신적 빈곤은 더욱 강해지고, 결국 사회생활 자체를 포기하게 된다. 아니, 그들이 아니라 주위에서 그들을 그렇게 만들어버리는 거다. 민재라는 사람의 고통이, 그런 형을 바라보며 애달파 했을 이한재의 아픔이 뭉근하게 느껴졌다.

"한재가 수술비를 거의 다 마련해갈 때쯤이야. 아르바이트를 마치고 집에 왔을 때 한재는 믿을 수 없는 광경을 목격했지. …… 민재가…… 스스로 목숨을 끊은 거야. …… 꿈을 잃고, 사람들과 세상으로부터 외면받고, 동생에게 앞으로 평생 짐만 될 자신을 견딜 수 없었던 게 아닐까? 쓸쓸한 장례식이었대. 조문객도, 유가족도 없는. 발인을 하고, 화장을 하고, 추모의 집에 납골함을 두고 나올 때까지 한재는 민재가 죽었다는 게 실감이 안 났대. 아니, 자기가 살아 있다는 게 믿기지 않았대. 아버지가 돌아가시고, 엄마가 떠나고, 한재한테는 민재밖에 없었으니까. 한재한테 민재는 형이기 이전에 부모였고, 그 이전에 세상의 전부와도 같았어. 그런 민재를 잃고 한재가 제대로 살 수 있었을까.

형 수술시키겠다고 모은 돈으로 형 장례를 치르고, 남은 돈으로 계속 술을 마셨대. 공부도, 더 이상 살아갈 미련도 그때는 없었던 모양이야. 아침이 될 때까지 술을 마시고, 쓰러지듯 잠이 들고 다시 해가 질 때쯤에 일어나서 술을 마시고. 그러다 사십구재를 치르고 돌아와서 민재 유품을 정리하다가 독일에서 둘이 찍은 사진을 봤나 봐. 한재가 의과대학에 합격한 날 찍었던. 민재가 무척이나 자랑스러워하고 기뻐했던 날이었대. 사실 한재가 의대에 들어간 이유도 형 몫이 컸거든. 형이 레이싱 선수면 자기는 그 곁에서 팀 닥터가 되겠다고. 그걸 보면서 자기마저 이렇게 무너져가는 걸 형인 민재가 원할 리 없다고, 다시 버텨봐야겠다고 생각했나 봐.

원래 스포츠 의학을 전공할 생각이었던 한재지만, 형을 잃고 나서 그는 전공도 잃게 됐지. 독일에서부터 장학금을 받으며 열심히 했던 의학 공부니까 한국으로 다시 와서도 장학금을 받으면서 의대에는 진학했지만, 본과와 예과를 지나면서도 자신이 무얼 전공하고 싶은지는 알 수 없었대. 원망하고 경멸하는 성형외과는 일단 탈락. 돈의 노예가 될 수 있는 피부과도 탈락이었겠지. 내과, 외과, 흉부외과는 수술실에 설 때마다 형의 사고가 잔상처럼 남아 매번 고역이었고. 비위가 약한 녀석이 아닌데 수술실 나올 때마다 입을 틀어쥐고 뛰어가던 걸 나도 꽤 봤거든.

결국 돈의 노예가 되지 않으면서도, 형의 기억을 잠시 내려놓을 수 있는 곳이 소아과였어."

예상했던 것보다 몇 곱절은 어두운 과거였다. 그의 과거를 내게 너무나도 쉽게 발설한 이세영 선생님을 향해 "혹시 제 얘기도 그 사람한테 이렇게 해줬어요?"라고 묻자 선생님은 피식 웃더니 고개를 절레절레 저었다. 그럼 왜 이런 이야기를 내게 하는지 묻자 선생님은 "네가 궁금해하는 것 같아서"라고 가벼운 웃음을 지으며 답했다.

순간, 내 과거가 이한재에게 전달되지 않았다는 데서 오는 다행스러움보다 그가 내 이야기를 궁금해하지 않았다는 데서 오는 실망감이 앞섰다. 그에 놀라 스스로 어찌할 바를 모르는 내 얼굴을 물끄러미 바라보던 선생님이 다시 한 번 입을 열었다.

"이봐, 사랑이 엄청 대단한 거라고 생각하지? 아냐. 사랑은 아주 작은 관심에서 출발하는 거야. 저 사람은 왜 저런 말을 할까, 무슨 생각을 할까, 왜 저런 표정을 지을까, 하는 그런 아주 자잘하고 사소한 관심."

"…… 무슨 뜻이죠?"

"그건 지은이 네가 더 잘 알 것 같은데? 한재와 너는 닮은 구석이 꽤 많아……."

"그 닮은 점이라는 건 트라우마를 말하는 건가요? …… 전, 그에게 그렇게까지 아픈 과거가 있을 거라고는 생각하지 못했어요."

"그것참……. 왜 사람들은 자기 자신에게만 상처가 있다고 생각할까……."

선생님의 그 말이 가슴속에 콕 박혀버렸다. 그건 나를 가리키며 한 말일까? 소파에서 일어나 커피를 끓였다. 커피 향을 맡자, 마치 일 년 같았던 하루 중 소아과 대기실에서 초조하게 수술 결과를 기다리고 있던 내게 커피를 건넸던 이한재의 모습이 떠올랐다.

'한재와 너는 닮은 구석이 꽤 많아…….'

대체 뭐가? 어릴 적 아빠를 떠나보냈고, 엄마에게는 마음으로부터 버림받은 것이? 그는 성형외과 의사들처럼 돈의 노예가 되지 않기 위해, 형의 기억을 내려놓기 위해 내가 떠난 소아과를 택했고, 나는 소아과에서의 고통스러운 기억을 잊기 위해 그가 경멸하는 성형외과를 택한 것이? 그것도 아니면 대체 뭐가?

불현듯, 지금 이한재는 아이의 집에서 무얼 하고 있을까, 그가 운전을 하지 못하는 이유는 형의 사고 때문일까, 궁금했다. 그와 함께 '이봐, 사랑이 엄청 대단한 거라고 생각하지? 아냐. 사랑은 아주 작은 관심에서 출발하는 거야. 저 사람은 왜 저런 말을 할까, 무슨 생각을 할까, 왜 저런 표정을 지을까, 그런 아주 자잘하고 사소한 관심'이라고 말한 이세영 선생님의 말도 떠올랐다.

나답지 않은 행동들에 가슴이 답답하게 죄여오며 통증이 느껴졌다.

목욕을 하기 위해 물을 받았다. 옷을 벗고 욕조에 들어가 뜨거운 물에 온몸을 담그는 순간 다시 한 번 가슴에 통증이 느껴졌다. 하얗게 봉긋 솟은 가슴으로 손을 갖다 대자 단단한 살집이 느껴졌다. 아마도 생리 기간이 다가오는 모양이었다.

그래, 이것 때문일지도 몰라. 원래 이 시기가 되면 유달리 가슴이 갑갑해지고 묘한 기분에 사로잡힐 때가 종종 있으니까. 나는 그렇게 내가 느끼는 묘한 감정들을 생리 탓으로 돌렸다.

하지만 목욕 후 확인하게 된 '잘 들어갔어요? 오늘은 미안하고 또 고마웠어요. 그럼……'이라는 내용의 문자메시지의 발신인이 이한재라는 것을 알아차린 짧은 순간 느낀 미묘한 감정 때문에 애써 생리라는 이유를 들어 합리화시킨 것들이 다시 헝클어졌다.

답장 버튼을 누르고 'ㅇㅇ'라고 썼다가, 'ㅇㅋ'로 바꿨다. 한참을 고민하다 다시 '-.-;;;'라는, 보기만 했지 처음 시도해보는 이모티콘을 그렸다 지워버렸다. 그리고 한참 후, 폴더를 닫아버리고 신경질적으로 핸드폰을 소파 위에 던져버렸다. 그리고 평상에 누웠던 것처럼 벌러덩 누워 천장을 바라보았다.

아까 본 까맣게 별이 수놓인 밤하늘이 떠오르자 정말 내가 미치기라도 한 걸까, 라는 생각이 야릇한 슬픔과 함께 밀려왔다.

*

월요일, 다행히 상태가 호전된 윤주희는 필요한 정밀 검사들을 받기 위해 종합병원으로 옮겨졌다. 그것보다 더 다행인 건 퇴근시간이

다가오는 지금까지 이한재와 한 번도 마주치지 않았다는 사실이었다. 지금의 내 심리 상태로는 절대 그와 마주치고 싶지 않았다. 그래서 퇴근 준비 후 나가려던 찰나, 문밖에서 이한재와 아이의 목소리가 들리자마자 우뚝 발걸음을 멈췄다. 그때 문자 한 통이 도착했다.

─딸, 곧 딸 집에 도착할 것 같아. 이해정

나는 이해정 또한 마주치고 싶은 마음이 없었다. 세미나가 있어 늦을 것 같으니 다음에 보자는 문자를 보냈지만 그녀가 보낸 답문은 내 바람과는 완벽히 빗나갔다.

─기다릴게. 와인 안줏거리 좀 사와. 아, 난 캐비아가 좋겠어. 이해정

상어 알 따위는 젊은 애인에게 부탁하시죠, 라는 문자를 쓰다 지워버렸다. 지방이나 해외로 세미나를 간다고 그럴 걸 그랬나. 딱히 갈 곳도, 할 일도 없는데……. 논문이라도 보며 시간을 때울 생각으로 텅 빈 병원에 남았다. 논문 속 깨알 같은 글씨의 복잡한 의학용어에 머리가 지끈거릴 무렵 컴퓨터를 켰다. 그리고 무의식적으로 시크릿 성형 카페에 들어가 당일 업데이트된 새로운 글을 읽어내려갔다.

"성형수술은 마술이 아니다. 노력이다."

얼마 전, 부산의 모 성형외과에서 가슴 확대 수술과 지방 흡입 수술을 받은 환자 두 명이 사망하고 한 명이 중태에 빠지는 사고가 발생했다. 그 원인은 병원 내 감염에 의한 것일 가능성이 높다고 한다. 이렇듯 성형수술 건수가 늘어날수록 부작용 사례도 늘고 있다.

—눈 성형수술 부작용: 여배우 L이 쌍꺼풀 수술 후 잠들 때 눈이 감기지 않는다는 루머를 들어본 적이 있는가. 그건 사실이다.
　—코 성형수술 부작용: 한동안 성형 의혹에 시달렸던 여가수 S의 코를 기억하는가. 코를 그렇게 무리하게 높이면 코끝의 피부가 얇아지고, 심한 경우 피부가 괴사하기도 한다. 심지어는 보형물이 삐져나와 보이기도 한다. 물론 이차 감염도 무시할 수 없다.
　—지방 흡입 수술 부작용: 성대결절을 이유로 한동안 모 프로그램 MC를 쉬었던 여가수 T가 있다. 성대결절 후 고생했다며 늘씬한 몸으로 나타난 그녀는 녹화 도중 쓰러져버렸다. 이유는 지방 흡입 수술 부작용인 복막염 때문이었다. 간혹 지방 제거 과정에서 실수로 바늘이 혈관을 찔렀을 경우, 지방세포가 혈관에 들어가 돌아다니다 폐에 들러붙어 지방색전증으로 사망할 수도 있다.
　—가슴 성형수술 부작용: 보기 싫은 짝짝이 가슴이 가장 흔한 부작용이며, 유선을 잘못 건드리면 모유 수유가 불가능해질 수도 있다. 게다가 보형물이 터질 수도 있다.
　—감염 부작용: 전신이 세균에 감염된 위험한 상태다. 수술 후 패혈증이 왔다면 수술 부위가 감염되었거나, 혈관주사를 맞을 때 그 안으로 세균이 침투한 것이다.

　성형수술은 뭐든지 이뤄지는 마법이 아니기에 부작용이 존재한다. 그렇다고 부작용에 대해 겁을 먹고 성형수술을 거부하라는 취지로 이 글을 쓴 것은 절대 아니다. 적을 알고 나를 알아야 백전백승. 더 많은 성형 정보를 알고 수술에 임한다면 완벽한 아름다움을 얻을 수 있다.

　그래서 존재하는 곳이 바로 여기, '시크릿 성형' 카페다. 이곳에서 성형 정보 등을 서로 공유하며, 본인에게 맞는 안전한 성형외과를 찾아간다면 절대 부작용이라는 실패는 없을 것이다.

　이 카페는 모든 여성분들이 끝없이 아름다워지길 꿈꾸며, 그 길을 돕고 싶다.

아마 윤주희도 수술 중 감염으로 온 패혈증일 텐데, 라는 생각을 상기시킨 위의 글은 대부분 정확하고 옳은 정보였다. 하지만 성형 부작용을 통해 수술에 대한 경각심을 일깨우는 것처럼 굴면서도 교묘하게 성형을 조장하는 분위기가 풍겼다. 성형외과 의사로서 기분 나쁜 글은 아니었지만, 썩 달갑지만도 않았다.

　끝없이 아름다워지고 싶은 욕망 또한 성형 중독으로 분류되는 일종의 성형 부작용이다. 그런데 성형수술은 마법이 아니라고 말하면서, 어찌 모든 여성들이 끝없이 아름다워지기를 꿈꾸며 그 길을 돕고 싶다고 말한단 말인가. 이는 충분히 이율배반적이다.

　하지만 위의 글에 달린 댓글 대부분이 "성형의 빛과 그림자를 보여준 개념 글. 이래서 이 카페가 좋단 말이야", "시크릿 성형 카페 주인의 추천은 무조건 믿어도 될 듯" 등 시크릿 성형 카페를 옹호하는 내용 일색이었다.

　문득, 이 카페가 회원들을 조금씩 자신의 색으로 물들여가고 있다는 기묘한 느낌이 깊은 밤 스며드는 한기처럼 서늘하게 다가왔다.

열한시가 다 돼서야 집에 들어왔다. 막 샤워를 마친 듯한 차림의 이해정은 여전히 손에 와인 잔을 들고 있었다. 집 안 가득 희미하게 담배 냄새가 풍겼다. 끊은 줄 알았는데…….

"왔어? 캐비아는?"

"없어요."

"그래? 아쉽네."

나는 그녀가 가기 전에 간단하게라도 씻기 위해 화장실 문을 열었다. 순간, 자욱한 담배 연기 속에서 누군가의 실루엣이 희미하게 비쳤다. 곧, 그 안에서 기껏해야 나보다 대여섯 살 정도 많아 보이는 남자가 허리춤에 타월만을 두른 채, 물기 가득한 머리칼을 흔들어대며 나왔다. 짙은 쌍꺼풀에, 뚜렷한 콧날, 고집스러워 보이는 얇은 입술. 입에는 담배를 물고 있었다.

"아, 인사해. 나랑 결혼할 사람이야. 윤우 씨, 내 딸이야."

이해정이 다가와 말하자 그가 물고 있던 담배를 빼내고는, 후 하고 연기를 내뿜으며 불쑥 왼손을 내밀었다. 희부연 연기가 내 안으로 헤집고 들어왔다. 순간 뜨겁게 돌고 있던 피가 솟구쳐 오르며 "안녕하세요. 강윤우라고 합니다. 혜정 씨 애인, 아니 남편 될 사람입니다"라는 그의 말이 귀에 와 닿지 않을 정도로 화가 치밀어 올랐다.

허락도 없이 남의 집에 남자를 들여? 게다가 제멋대로 남의 욕탕에서 샤워하고 담배까지 피워? 나는 그의 손을 가볍게 무시한 채 이해정을 향해 차가운 목소리로 물었다.

"뭐예요?"

"뭐가? 아, 말했잖아. 결혼할 남자라고."

"그건 들었고, 왜 이 집에 있는 거냐고요?"

"왜긴? 인사시켜주려고지."

"인사? 저 차림으로? …… 인사가 목적이었다면, 인사했으니 이만 나가주세요."

나는 타월 차림의 남자를 쏘아보며 최대한 감정을 억누른 채 말했다. 그러자 이해정이 남자의 눈치를 보며 나를 향해 짜증을 냈다.

"얘가, 오늘따라 왜 이렇게 까칠하게 굴어? 생리라도 해?"

그러고는 다시 남자를 향해 부드러운 미소를 지으며 말을 이었다.

"자기, 신경 쓰지 마. 원래 살갑지 않기로 유명한 애야. 우리 거실로 가자."

이해정은 나를 무시한 채 남자의 허리를 감싸 안으며 걸음을 옮겼다. 순간 그동안 참아왔던 감정들이 마치 화산 폭발하듯 솟구쳐 올랐다. 그건 불가항력이었다.

"…… 당신은 왜 항상 이렇게 제멋대로죠?"

나는 이해정의 등을 향해 핏대 선 목소리로 말했다. 고개를 돌린 그녀가 어이없다는 듯 힐끗 나를 바라봤다.

"엄마가 딸 집에도 맘대로 못 와?"

"하, 웃겨. 엄마와 딸? 그렇게 말하면 이 남자가 착각하잖아요. 우리가 정상적인 모녀 사이라고."

비꼬듯 말하는 나의 차가운 시선과 당황한 이해정의 뜨거운 시선이 제대로 맞닿았다.

"너…… 그게 무슨 뜻이야?"

"정말 몰라서 물어요? 대뜸 나 결혼해, 그러니 축하 선물로 가슴 성형해줘, 이렇게 말하는 게 정상이에요? 그럼 기다렸다는 듯이, 축하해요, 낳아주기만 했지만 그래도 엄만데 가슴 성형 따위 선물로 해드려야죠, 라고 말하지 못하는 내가 비정상이에요? 딸 집이라고 했죠? 딸 집에 생판 처음 보는 남자를 허락 없이 데려온 것도 모자라, 멋대로 샤워하고 담배 피우고 그런 것도 정상인가요? 그까짓 것 이해 못 하는 내가 비정상이고? 당신은 항상 언제나 제멋대로야!"

"……."

"난 그런 엄마는 필요 없으니…… 다시는 찾아오지 않아도 돼요."

가슴 언저리에 똬리를 튼 채 나오지 못했던 말들을 마지막까지 긁어 내뱉자마자, 그 말들과 함께 온몸에 힘이 빠져나가버렸다. 하지만 내게 뺨이라도 날리며 나와 똑같이, 아니 배로 퍼부을 것 같았던 이해정은 낯빛만 새파랗게 질린 채 입술을 꼭 다물고 나를 노려보기만 했다. 그때 옆에서 헛기침 소리와 함께 "저…… 해정 씨, 우리 갈 곳 있잖아요"라고 말하는 남자의 굵직한 목소리가 들렸다.

"아, 지은 씨, 저희 원래 갈 곳이 있었거든요. 해정 씨가 잠깐이라도 보고 가자고 그래서 기다린 거였어요. 무례했던 행동들은 죄송합니다. 그럼."

마지막에 꾸벅 고개를 숙인 그는 오른손으로 이해정의 어깨를 감싸 안은 채 잡아끌었다. 서둘러 옷을 걸치고, 이해정의 가방을 챙겨 들고 그들은 현관을 나섰다. 그에게 이끌려 발걸음을 옮기던 이해정이 잠시 고개를 돌려 나를 바라보았다. 착각일까? 그 순간, 항상 당당하던 그녀의 눈빛에 아련히 슬픔이 번져 있었다.

현관문 닫히는 소리와 함께 다리에 힘이 풀리더니 결국 몸을 지탱

하고 서 있기조차 힘든 지경에 다다랐다.

　목욕을 하는 내내, 잠들려 노력하는 내내 슬퍼 보였던 이해정의 마지막 눈빛이 아른거렸다. 하지만 결국 내가 잘못 본 것이라는 결론을 내렸다. 아빠와 이혼했을 때도, 다른 남자 때문에 나를 버렸을 때도, 내가 그 사고로 힘겨워했을 때도, 그녀는 나를 향해 그런 표정을 지은 적이 없지 않은가.

　신경질적으로 침대에서 일어난 나는 쓰레기봉투를 가지고 와 테이블 위에 너저분하게 널려 있는 이해정의 흔적들을 모조리 쓸어 담았다. 그중에는 이해정이 놓고 간 청첩장도 있었다.

*

"저, 선생님. 혹시 세계 최초로 성형수술 한 부위가 어디인지 아세요?"

　내가 부탁한 에스프레소 한 잔을 들고 원장실로 들어온 윤 간호사가 생뚱맞은 질문을 던졌고 난 무의식적으로 "…… 코?"라고 답했다.

"우와! 역시 선생님은 아시네요. 근데…… 정답 맞죠?"

"내가 알기론. 근데 갑자기 왜?"

"아! 시크릿 성형 카페에서 퍼즐 맞추기에 당첨된 사람한테 제모 시술권을 준대요. 저야 여기서 하면 되지만, 친구가 퍼즐 풀어달라고 부탁해서요. 성형외과 간호사로 일하니까 잘 안다고 착각하는 거 있죠? 아! 선생님도 해보세요."

"윤 간호사는 내가 그렇게 한가해 보여? 나가서 일 봐."

샐쭉 나온 입으로 "네"라고 답한 윤 간호사는 문을 열고 나가면서도 "재미있는데, 한번 해보지……"라고 중얼거렸다.

그녀가 나간 후, 커피 향을 맡으며 컴퓨터로 손을 옮겼다. 그리고 인터넷 창을 띄워 시크릿 성형 카페에 들어갔다. 창이 뜨자마자 공지사항 두 개가 눈에 들어왔다. 하나는 윤 간호사가 말했던 퍼즐 맞추기였고, 다른 하나는 '공동구매, 가슴 성형수술 인원 모집'이었다.

공동구매, 가슴 성형수술 인원 모집? 나는 미간을 찌푸리며 서둘러 그 글을 클릭했다.

가슴 성형할 곳을 추천해달라는 회원 수가 날이 갈수록 증가하고 있습니다. 그래서 시크릿 성형 카페가 가슴 성형 및 지방 흡입으로 유명한 '윤태영 미(美) 클리닉'과 의논해 공동구매로 성형수술을 추진했습니다.

그 결과 '윤태영 미(美) 클리닉'의 원장은 신청자 전원에게 수술비 30퍼센트를 지원하고, 피부에 좋은 호박즙 50팩, 겨드랑이 제모 2회 무료 쿠폰을 증정하기로 했습니다. 아래 신청 양식을 작성해 운영자에게 쪽지나 메일로 보내주시면 개별적으로 연락드리겠습니다.

— 아시겠지만, 시크릿 성형 카페는 이 일로 인해 절대 다른 이득을 챙기지 않습니다.

유명 인터넷 포털사이트에서 최근 공동구매 방식으로 성형수술을 하는 사람들이 늘고 있다는 소식을 간간이 접해왔다. 나는 공동구매로 성형수술을 하는 것에는 부정적인 생각을 갖고 있다. 공동구매

형식으로 성형수술을 시도하는 대부분의 병원은 할인 가격에 맞추기 위해 저렴한 약을 쓰게 되고, 갑작스러운 환자의 증가로 급하게 수술을 시도하는 바람에 위생적인 부분에 특별히 신경을 쓰지 못하는 문제점들이 발생하게 된다.

게다가 공동구매로 성형을 추진해주는 곳과 병원 사이에서 금품이나 돈 등의 대가를 받았다면 의료법 위반이 되기도 한다. 단순히 '친구를 데려오면 할인해줄게'라는 말도 할인이라는 대가가 지급된다고 볼 수 있으므로, 환자 유인성 말로 치부해 의료법 위반으로 걸릴 수 있다.

"아시겠지만, 시크릿 성형 카페는 이 일로 인해 절대 다른 이득을 챙기지 않습니다"라고 남긴 마지막 문장을 곱씹다가 문득, 시크릿 성형 카페가 정말 그 어떤 이득도 취하지 않은 채 오로지 회원들을 위해 추진한 걸까? 라는 의구심이 들었다. 게다가 공동구매로 성형수술을 담당할 '윤태영 미(美) 클리닉'이라는 병원 이름이 낯설지 않아 몇 번을 다시 읽어보다가 그 병원의 존재를 기억해내는 순간, 들고 있는 커피 잔을 놓칠 뻔했다.

이세영 선생님을 배신한 '윤태영'이라는 사람이 개업한 성형외과! 그러고 보니 그 성형외과 앞에서 윤주희와 오삼준을 만났었다. 윤주희가 가슴 성형 부작용을 얻어온 곳이 이곳일까, 라는 생각과 동시에 불현듯 무언가가 떠올랐다.

만약, 시크릿 성형 카페의 주인이 오삼준이라면……. 오삼준은 강남역, 압구정, 청담동 일대의 성형외과 브로커로 그 안에서 일어나는 일들을 속속들이 알고 있지 않은가! 게다가 시크릿 성형 카페는 가슴 성형 공동구매를 추진한 윤태영 미(美) 클리닉의 원장과도 친밀한 사이인 듯 보였다.

한 번 시작된 의심된 꼬리에 꼬리를 물며 계속 이어졌다. 하지만 '고보경 피 사건'이 떠오르자 의심의 끈이 멈춰져버렸다.

오삼준은 고보경에게 빚이 있다고 했다. 그리고 그것을 갚고 싶어 했다. 다른 건 몰라도 그것만은 진실인 듯 보였다. 하지만 그 당시 시크릿 성형 카페에서 그 사건에 관해 올린 글은 '피 루머'를 진실로 믿게끔 하는 데 일조하지 않았던가.

대체 이 카페의 정체가 뭘까? 라는 생각에 안 그래도 복잡한 머릿속이 더욱 복잡하게 뒤엉키기 시작했다. 다행히 그때 정신을 집중할 대상인 예약 환자가 원장실 문을 열고서는 쭈뼛거리며 들어왔다.

오늘도 역시 소아과가 조용해진 후 퇴근할 생각으로 원장실 안에서 논문을 보며 시간을 때우고 있는데 빠른 노크 소리가 들리더니, 대답을 하기도 전에 불쑥 문이 열렸다. 그와 동시에 이한재의 모습이 시야에 들어왔다.

시선이 마주치자 그는 내게 가볍게 오른손을 흔들며 다가왔다. 하지만 아직 나는 그와 마주할 준비가 돼 있지 않았다. 그래서 그토록 힘겹게 그를 피해 다닌 게 아니던가. 당황한 나는 하마터면 몸을 숙여 책상 밑으로 기어들어가 숨는 정신 나간 행동까지 할 뻔했다.

내 바로 앞에 우뚝 선 이한재가 허리를 구부려 양손을 책상에 짚은 후, 미간을 찌푸린 채 나를 바라봤다.

"…… 최근에 혹시 나 피해 다녔어요?"

"…… 아, 아니요. 서, 설마요?"

더듬거리는 말투와 과장된 반응. 나는 마치 거짓말을 들킨 사람 같은 태도를 취해버렸다.

"그래요? 문자도 씹고, 그날로부터 삼 일이 지났으니 분명 한 번쯤 마주칠 때가 됐는데 안 보이기에. 난 은근 기다렸거든요."

기다렸다는 단어가 내 신경세포를 미세하게 건드렸다.

"저녁은 먹었어요?"

"아니요……. 근데 그게 왜 궁금하죠?"

계속해서 나도 모르게 방어적이면서도 멍청한 말을 했다.

"당연히 안 먹었으면 같이 먹으려고 그러죠."

"…… 저랑요?"

"하, 그럼 내가 이 해골한테 같이 저녁 먹자고 했을까 봐요?"

이한재는 책상 옆에 위치한 해골을 가리키며 장난스럽게 말했다. 저녁시간 전이기는 하지만 밥 생각은 별로 나지 않았다. 하지만 이 남자에게 거절 의사를 표시하는 것은 힘 낭비요, 시간 낭비였다. 그런 어쭙잖은 핑계로 그의 제의에 응할 생각을 하고 있는 나 자신에게 짐짓 놀란 나는 괜스레 쏘아붙이듯 말했다.

"좋아요. 밥 먹으러 가요. 제가 살게요."

평소와 다른 내 반응에 잠시 어색해하던 그가 단호히 말했다.

"그건 별론데요? 내가 밥을 사야 하는 두 가지 이유가 있거든요."

그 두 가지가 이유가 궁금한 듯 바라보자 그는 피식 웃으며 나지막한 목소리로 말했다.

"첫째, 난 밥 정도는 남자가 사야 한다는 고리타분한 사고방식을 가진 남자고. 둘째, 먼저 먹자고 한 사람이 나잖아요."

덩달아 피식, 헛웃음이 흘러나왔다. 자리에서 일어나 가운을 벗고 재킷을 걸치는 순간, 해골 위에 씌어 있던 머리띠를 들어 만지작거리던 이한재가 불쑥 손을 뻗어 머리띠를 내 머리 위에 씌웠다. 그의 손과 내 머리칼이 맞닿아 사그락거리는 소리가 미세하게 들렸다. 황당한 그의 태도에 어떤 제스처도 취하지 못한 채 마네킹처럼 뻣뻣하게 서 있자 이한재가 만족스러운 듯한 표정으로 말했다.

"해골보다는 선생님한테 훨씬 잘 어울리는데요? 이마가 예뻐 그런가? 아, 혹시 이마에 보톡스 같은 거 넣었어요? 본인 손으로 직접?"

내가 별 대꾸 없이 눈을 흘기자 그는 "아, 농담인데"라고 말한 후, 성큼성큼 걸어 나갔다. 예전의 나였다면 화가 났을 상황임에 분명했다. 하지만 이상하게도 불쾌함과 비슷한 종류의 감정이 전혀 일지 않았다. 정말 내가 미치기라도 한 걸까, 라고 생각하며 그의 뒷모습을 물끄러미 바라보고 있는데 갑자기 그가 뒤를 돌며 말했다.

"아, 오늘도 염치없지만 그쪽 차 좀 얻어 탈게요."

엘리베이터에서 내려 주차장에서 도착한 그는 나보다 앞서 내 차 쪽으로 걸어갔다. 가방에서 키를 찾아 언락(unlock) 버튼을 누르는데, 이한재는 조수석이 아닌 운전석 방향으로 몸을 향했다. 그러더니 운전석 문을 열며 나를 바라봤다.

'설마 본인이 운전을 하겠다는 건가. 하지만 그는 운전을 못 하지 않나……?'라고 생각하며 어리둥절해하는데 이한재가 미간을 찡그리며 의심 가득한 눈초리를 보냈다.

"어라, 혹시 처음이에요?"

"……?"

"남자가 차 문 열어주는 거."

순간, 처음인가? 라는 생각이 들었다. 의대 선배와 연애를 했던 대학 시절에는 서로 차가 없었고, 의사라는 직업을 갖고 차라는 걸 소유하게 됐을 때에는 정신없이 바빠서 연애할 시간도 없었다. 어쨌거나 내 머릿속에는 이런 그림의 기억이 전혀 없었다. 하지만 이한재에게 '네, 처음이네요'라고 곧이곧대로 말하고 싶지는 않았다.

"그럴 리가요."

일부러 싸늘하게 답한 나는 이한재를 밀쳐내다시피 하며 차에 탔고, 이한재는 그런 내 행동을 예상했다는 듯 기분 나쁘게 피식 웃은 후 조수석으로 향했다.

"뭐 먹고 싶어요?"

조수석에 앉은 이한재가 시동을 걸고 있는 내게 물었다.

"장 볼 필요 없이, 요리할 필요 없이, 음식점에서 간단히 먹을 수 있는 거요!"

"뭐, 그거야 어렵지 않죠."

이한재는 내 허락도 없이 내비게이션 전원을 켠 후, 목적지로 예상되는 곳을 검색했다. 그러던 중 갑자기 나를 향해 살짝 찡그린 표정으로 물었다.

"근데 좀 무드가 없는 것 같지 않아요? 문 열어주는 나를 거의 내동댕이치듯 밀쳐내고 차에 오르지 않나, 뭐 먹고 싶으냐는 질문에 음식점에서 간단히 먹을 수 있는 거요, 라고 답하지 않나."

무드라는, 이한재와 내게 어울리지 않는 이 어색한 단어가 포함된 질문을 당최 이해할 수 없던 나는 짜증스러운 눈빛으로 그를 흘겨봤고, 그는 나와 반대되는 어리둥절한 눈빛으로 한동안 나를 바라봤다. 목적지 검색을 마친 내비게이션이 "안내를 시작하겠습니다"라는 멘트를 날림과 동시에 이한재가 오른손 엄지와 중지로 딱 소리를 내며 뭔가 위대한 발견이라도 한 듯 신비스러운 표정으로 말했다.

"아, 그런 거죠?"

갑작스런 질문에 나도 모르게 "뭐가요?"라고 또다시 질문해버렸다.

"이런 상황들이 익숙지 않은 거…… 맞죠? 남자가 문을 열어주는 것도, 뭐 먹고 싶으냐고 다정하게 묻는 것도."

"…… 뭐예요? 지금 당신이 다정하게 물었다고 생각해요?"

"이런…… 또 포인트를 벗어났네."

"…… 포인트요?"

그가 안타까운 듯 고개를 끄덕이며 대답했다.

"혹시 환자가 선생님한테 '저는 너무 못생겨서 살 수 없어요'라고 말하면 '그럼 살지 마세요'라고 대꾸하는 건 아니겠죠?"

"설마요. 못생긴 건 죽어서도 고칠 수 없어요. 살아야만 고칠 수 있는 거죠!"

순간 발끈한 나는 차갑게 쏘아붙였다.

"그렇죠! 못생겨서 살 수 없다는 말의 포인트는, 내가 살아갈 수 있도록 예쁘게 만들어주세요, 라는 거잖아요?"

계속해서 말꼬투리를 잡는 이한재의 태도에 슬슬 짜증이 나기 시작했다. 그와 동시에, 어쩌면 나는 미친 게 아닐지도, 이세영 선생님에게 들은 그의 아픈 과거 이야기에 밀려온 동정심과 애틋함을 관심으로 착각했을지도 몰라, 하는 생각이 들었다.

나는 그에게 "그러니까 이한재 씨가 말하는 그 벗어난 포인트라는 게 대체 뭔데요?"라고 짜증 섞인 목소리로 물었다. 그리고 정지선을 훌쩍 넘어버린 시점에서 바뀐 신호 때문에 액셀을 밟고 있는 오른발에 더욱 힘을 줘 속력을 냈다.

"뭐, 그럼 포인트를 콕 집어 말할게요. 그러니까 그 포인트란 게 당신한테 이런 데이트 신청이 익숙하지 않느냐는 거죠!"

데이트? 두 사람이 연인이자 배우자로 적합한지 판단할 목적으로 시작되는 교제로 함께 식사와 놀이를 행하는 사회활동의 하나인, 이라는 사전적 의미를 갖고 있는 그 데이트?

낯설고 생소한 단어, 게다가 그 단어가 이한재의 입에서 나왔다는 상황에 당황한 나는 무의식적으로 고개를 돌려 찡그린 얼굴로 그를 바라봤다. 그때 이한재가 놀란 표정으로 다급하게 소리를 질렀다.

"선생님! 브레이크요!"

그 소리에 시선은 다시 정면을 향했고, 얼마 안 되는 거리 앞에 정차해 있는 차를 목격한 후 급하게 브레이크를 밟았다. 끼익, 굉음과 함께 차바퀴가 가까스로 멈춰 서며 앞차와의 아찔한 간격을 만들어내는 순간, 이한재의 팔이 내 가슴에 닿으며 관성에 의해 앞으로 향하는 내 몸을 막아줬다.

"괜찮아요?"

나보다 더 놀란 듯한 이한재가 걱정스러운 표정으로 내게 물었다.

"…… 네, 그런 것 같아요. 그러니까 이제 이 손은 치워도……."

그제야 자신의 손이 내 가슴 언저리에 닿아 있다는 것을 직시한 이한재는 서둘러 팔을 가져가며 민망한 듯 헛기침을 했다. 잠시 후, 한숨과 함께 나지막한 목소리로 말했다.

"미안해요."

나는 놀란 가슴을 쓸어내리고는 다시 차들이 움직이기 시작한 도로를 달리며 "…… 뭐가요?"라고 물었다.

"내가 쓴 단어가 그쪽에게 당황스럽게 들릴 수도 있는 걸 아는데도, 운전 중에 말한 거. 그리고 내가 운전을 못 하는 거요."

이한재의 얼굴에 씁쓸함이 번졌다. 아마도 그는 운전대를 잡으려고 시도할 때마다 형의 사고가 떠올랐을 것이고, 결국 운전대 잡는 것을 포기했을 것이다. 만약 이세영 선생님에게 이한재의 형이 죽게 된 연유를 듣지 못했다면 눈치 없이 그 이유를 물었을지도 모른다.

조금이나마 그에게 위로가 될 법한 말을 어렵게 찾아낸 나는 진지하게 입을 열었다.

"뭐, 세상엔 운전 못 하는 사람이 더 많아요. 저도 오토뿐이지 스틱 운전은 전혀 못 하고요."

그런데 그는 날 향해 "웃기려고 한 말 맞죠?"라고 말하며 피식 웃었다. 그때 내비게이션이 "목적지 부근입니다"라는 멘트를 날렸다. 그제야 주위를 살펴보니 내 차가 위치한 곳의 주변 풍경은 한강이었다.

한강변에 위치한 선상 레스토랑 'ON'에 들어간 우리는 안심 스테이크와 레드 와인을 주문했다. 창밖으로 비치는 찰랑거리는 강을 바라보며 와인과 함께 기계적으로 고기를 씹어 넘겼다. 아직 내 머릿속에는 그의 입에서 나온 데이트라는 단어가 서성거리고 있었다.

"뭐, 하나 물어봐도 돼요?"

그가 물었고 나는 대답 대신 와인을 넘기며 고개를 끄덕거렸다.

"……."

"내가 아직…… 불편하고 싫어요?"

"…… 네?"

뜬금없는 질문에, 하마터면 입안에 머금은 와인이 흘러나오는 추태를 보일 뻔했다.

"있잖아요, 난 처음엔 그쪽이 되게 거슬렸었거든요……."

자신이 질문을 해놓고 스스로 답까지 하는 그의 나지막한 목소리가 서늘한 공기 속에 부드럽게 깔렸다.

"사정상 그 건물에 병원을 내긴 했지만, 성형외과가 옆에 있다는 건 썩 마음에 들지 않았어요. 아, 제가 성형외과에 대한 안 좋은 기억이 있어서요. 뭐, 성형 부작용 같은 건 절대 아니고요, 하하."

"……."

"공사 마지막 날, 곧 원치 않는 이웃사촌이 될 성형외과 의사 선생님이 어떤 사람인가, 염탐하러 갔었어요. 삐딱한 시선, 가시 돋친 말투, 경계심으로 똘똘 뭉쳐 절대 침범 불가능해 보이는 냉정한 분위기. 근데 왜 눈만은 슬픔으로 가득한지……. 그게 당신 첫인상이었어요."

그리 멀지 않은 과거로 거슬러 올라간 그의 이야기 속으로 나도 모르게 빠져들었다.

"그런 차가운 행동, 말과는 전혀 다른 느낌의 눈빛이 거슬리더라고요. 아니, 궁금했다고 해야 맞는 표현일까. 그래서 보일 때마다 말을 걸어보기도 했고, 아! 이걸 시비라고 표현해야 하는 걸까요? 어쨌거나, 그러던 중 우연인지 필연인지 세영 형님과 같이 만나게 됐고, 주희 사건에 휘말리게 됐고……. 그 과정을 거치면서 당신의 마음은 겉처럼 차갑지 않다는 걸 알게 됐어요. 아니, 오히려 따뜻하다는 걸. 그러니까 내가 느낀 당신의 차가운 경계심은 상처받고 싶지 않은 일종의 방어기제일 뿐이라는 것을. 그러자 거슬림과 궁금증은 점점 관심으로 변했고, 안 보이니까 궁금해지기까지 하더라고요…….”

어느 순간부터일까, 그의 이야기는 예기치 못한 방향으로 접어들었다.

"설마…… 제가 지금 이렇게 말하는 것의 포인트도 못 알아차리는 건 아니겠죠?"

포인트라……. 혹시 오늘이 만우절이었나, 날짜를 떠올려봤지만 쉽게 떠오르지 않았다. 예약리스트를 떠올려도 단지 내용만 기억날 뿐이었다. 내가 미간을 찌푸린 채 여전히 입을 다물고 있자 그가 푹, 한숨을 내쉰 후 조용히 말했다.

"음, 모르겠다면 제가 직접적으로 말하죠. 전 지금 그쪽한테 일종의 고백을 하고 있는 거예요. 좋아하는 것 같다, 그러니까 그쪽 생각도 알고 싶다. 뭐 이런 거?"

한참을 머뭇거리던 내가 그에게 내뱉은 말은 단지 "…… 오늘 날짜가 어떻게 되죠?"였다.

아직 나는 그를 향해 느끼는 이 애매한 감정의 실체조차 파악하지 못했다. 물에 뜨는 법을 익히기도 전에 잠수를 할 수는 없는 법이고,

바느질을 배우기도 전에 옷을 만들 수는 없는 법이다. 게다가 나는 남녀 간의 사랑 따위는 믿지도 않는다.

"바로 답해줄 거라고 생각하지는 않았어요. 그건 선생님 캐릭터와도 안 맞기도 하고. 천천히 생각해봐요. 자, 어서 먹죠, 우리."

그는 고기 한 점을 썰어 입에 넣고 우물거리며 다시 말했다.

"휴우, 떨려 죽는 줄 알았네. 이제 나 평소 이한재로 돌아와도 되죠?"

그러고는 피식 웃으며 와인 잔을 들고 "용기를 낸 이한재의 핑크빛 미래를 위하여 건배!"라며 너스레를 떨었다.

헤어지기 전 그는 다행히도 윤주희가 빠른 회복을 보이고 있다는 소식을 전했다. 그리고 조심스레 말을 이었다.

"주희가 가슴 성형을 한 이유. 얼핏 짐작은 하지만, 확실하게 알고 싶어요. 그래야 도와줄 수 있을 것 같아서……. 그래서 말인데…… 선생님께 좀 부탁드려도 될까요? 아무리 생각해도 남자인 제가 묻기는 좀 그렇더라고요. 병에 관련된 이야기라면 남자 아닌 의사로서 묻겠지만, 그건 그 애만의 사적인 부분이니까."

윤주희에게 할 만큼 했다고 생각한 나로서는 썩 내키지 않는 부탁이었다. 그래서 거절하고 싶었다. 하지만 이한재가 나로 인해, 과거 성형외과 의사들로부터 받았던 거절의 기억을 떠올리게 만들고 싶지 않았기 때문일까, 나는 "생각해볼게요"라고 답했다.

"정말요? 그럼 긍정적으로 생각해보기 바랄게요. 주희가 무사한 건 선생님 덕분이니까 주희도 솔직히 털어놓을 수 있을 것 같아서요. 아무튼 고마워요."

"제가 아니라, 이세영 선생님 덕분이죠."

"아, 이럴 때는 보통 그냥 수줍게 웃음 한 번 날리고 그러지 않나?"

"사실이 아닌데 어떻게 네, 라고 그래요?"

그가 이해한다는 듯 허허 웃었다. 그리고 이만 간다는 말과 함께 차 문을 열고 나갔다. 문이 닫힌 후, 차를 출발시키려는데 똑똑 유리창을 두드리는 소리가 들렸다. 문을 열어주자 그가 살짝 고개를 내밀고 말했다.

"내 고백은 사실이니까 네, 라고 답해주길 바랄게요. 그럼 진짜 안녕."

문득 저 사람은 의사가 아니라 판매원이나 변호사를 하는 게 더 낫지 않았을까, 라는 생각을 하며 무거운 마음으로 엑셀을 밟았다.

집에 도착해보니 현관문 틈 사이에 큼직한 편지봉투가 끼워져 있었다. 뭐지, 하며 허리를 숙여 그것을 들었다. 그 안에는 지난번에 버려버렸던 이해정의 청첩장과 편지 한 장이 들어 있었다.

이해정이 왔다 간 걸까. 그대로 놓고 갈까 하다 누가 볼 수도 있으므로 집으로 가지고 들어왔다. 그리고 거실 테이블 위에 아무렇게나 던져놓았다.

목욕을 한 후 침대에 누웠다. 이한재의 고백을 떠올리며, 이해정 그녀는 어떻게 「사랑하라, 한 번도 상처받지 않은 것처럼」이라는 제목의 시처럼 남자에게, 사랑에게 그렇게 상처를 받고도 또 사랑에 빠질 수 있는지 궁금했다.

단 한 번 연애를 해본 적이 있다. 학과 선배였다. 얼떨결에 가게 된 대학 엠티에서 '왕 게임'이라는 처음 들어보는 게임을 하다 옆자리의 선배와 '뽀뽀'라는 벌칙에 걸렸다. 정색한 얼굴을 하고 있는 내게, 선배는 기습적으로 뽀뽀를 했고 "앗싸, 이제 앤 내 거다!"라고 말했다. 그 후 그는 엄마라는 존재로 인해 남녀 간의 사랑을 믿지 않던 내게 적극적으로 대시했고, 나는 그에게 서서히 마음을 열었다. 나는 엄마와는 다를지도 몰라, 라는 생각까지 했다. 우리는 결국 공식적으로 캠퍼스 커플이 되었다. 나는 소아학과, 선배는 안과로 전공을 택했다.

레지던트 시절에는 서로 눈코 뜰 새 없이 바빠 한 달에 한 번 얼굴을 볼까 말까 했었다. 윤호가 죽은 후, 나도 그도 서로에게 연락을 하지 않게 되었다. 나는 마음이 힘들었고, 그는 몸이 힘들이셨다고 생각했다. 그런데 한 달 후, 우연히 선배의 결혼 소식을 들었다. 선배의 결혼 상대는 나도 알고 있었다. 대학교 동기이자, 선배가 다니는 병원장의 딸이었다. 만나고 싶었지만 방해가 되고 싶지 않았다. 위로받고 싶었지만 동정받고 싶지 않았다. 울고 싶었지만 괴롭히고 싶지 않았다. 하지만 그에게 딱 한 가지 묻고 싶은 게 있었다.

사랑한다면서, 아니 만약 그 사랑이 끝났다 하더라도 사랑했던 사람이 이렇게 힘들 때 꼭 버려야만 했느냐고.

그때 나는 두 가지를 잃어버렸다.

사람의 생명을 다루는 의사라는 직업에 대한 자부심, 그리고 겨우 얻은 사랑이라는 것에 대한 믿음.

내가 이한재에게 보였던 관심은 그게 뭐였든 간에 나 혼자 끝낼 수 있는 일이다. 하지만 상대방과 그 관심을 함께 나누게 된다면 얘기가 달라진다. 이렇게 원초적으로 사랑에 대한 불신을 가지고 있는 내가 그의 마음을 받아들일 수는 없다. 게다가 우리는 둘 다 트라우마라는 것을 가지고 있다. 본인의 상처조차 감당하지 못하는 인간이 타인의 상처를 감싸 안을 수는 없다.

그렇게 거절할 이유들을 찾고 있는데 문득 잊고 있었던 한 가지가 더 떠올랐다.

고보경. 그녀는 내게 이한재에 대한 관심을 보였고, 그를 만나게 해달라고 부탁했다. 그 당시 이한재를 싫어했던 나는 난색을 표하며 가능한 한 연결해주겠다는 기약 없는 약속을 했었다.

결국 나는 이러저러한 이유와 함께 이한재의 고백을 거절해야겠지, 라고 결론지으며 그러니까 윤주희에게 가봐달라는 사소한 부탁 정도는 들어줘도 되지 않을까? 라고 생각했다.

*

토요일, 진료가 끝난 후 윤주희가 입원한 종합병원으로 향했다. 병원 로비 중앙에 위치한 커피숍에 자리 잡고 앉아 커피 한 잔과 곧 모습을 보일 윤주희를 위해 주스 한 잔을 주문했다.

"선생님, 오래 기다리셨어요?"

윤주희의 목소리가 들리는 곳으로 고개를 돌렸다. 한결 혈색이 좋아진 윤주희는 나를 향해 멋쩍은 웃음을 보이며 맞은편 자리에 앉았다.

"아니요. 금방 왔어요. 좋아 보여서 다행이네요."

"네, 선생님 덕분이에요. 여러 가지로 죄송하고 또 여러 가지로 감사합니다."

그녀가 꾸벅 인사를 했다. 나는 '내가 한 건 없는데요'라고 말하려다 포인트를 잡지 못한다는 이한재의 말이 떠올라 그냥 삼켜버렸다. 대신에 그녀를 위해 주문한 주스를 내밀었다. 그녀는 다시 한 번 꾸벅 인사를 하며 빨대를 물었다.

"주희 씨."

"네?"

"제가 돌려서 말하는 건 체질상 잘 못하는 성격이에요. 미적지근하게 끄는 것도 싫어하고요."

기의 육 년 만에 방문한 종합병원은 하나도 변하지 않았다. 간호사, 환자, 보호자, 그리고 예전의 나와 같이 여유라고는 눈곱만큼도 찾아볼 수 없는 빠른 걸음으로 돌아다니는 하얀 가운을 걸친 의사들. 그들 모두가 한곳에 밀집해 특유의 냄새와 분위기를 자아내며 아찔했던 그때의 기억을 자극했다.

그래서였다. 퇴원한 후 다른 곳에서 볼까, 라는 생각도 했지만 이한재와 관련된 모든 일을 빨리 매듭짓고 싶었다. 게다가 언제까지고, 종합병원이라는 곳을 피할 수만은 없는 일이었다.

"네, 물어보세요"라고 윤주희가 짐짓 심각한 표정으로 답했다.

"가슴 성형을 한 진짜 이유가 뭐죠?"

"네? 아…… 그때 말씀드렸다시피, 라생라사 때문이었어요. 가슴은 라인의 완성이잖아요. 더군다나 가슴 성형에 성공한 친구들이 권하기도 했고. 아! 요즘은 성형 권하는 사회잖아요. 수술을 하며 느끼는 고통은 참을 수 있어도 외모로 인한 불평등은 참을 수 없다!"

처음에는 당황한 얼굴로 말을 더듬던 그녀가, 내가 턱을 괸 채 지그시 자신을 응시하자 더욱 빠르게 떠들어댔다.

"그렇지 않아도 스트레스 받을 일이 만땅인 삶인데, 매일매일 보는 자신의 외모에까지 스트레스를 받으면 너무 가혹하지 않을까요? 전 샤워하면서 제 납작한 가슴을 볼 때마다 머리카락과 함께 저 하수구로 빨려들어가고 싶은 기분이었어요……."

문득 윤주희는 초조하거나 긴장했을 때 이렇듯 떠들어대는 버릇이 있나, 라는 생각이 들었다. 상담하던 날도 그래서 그렇게 떠들어댔던 걸까?

"그래요. 그런 이유도 있었다고 쳐요. 근데 그 이유들보다 더 큰 이유는 없었나요?"

"……."

"뭐, 말하기 싫다면 굳이 할 필요는 없어요. 누구에게나 말하고 싶지 않은 비밀이 하나쯤은 있을 테니까요."

어찌 보면 냉정해 보일 수 있는 나의 말에 서먹한 눈빛으로 한참 동안 나와 주스를 번갈아 바라보던 그녀가 입술 언저리를 지그시 깨물었다.

"사실……."

나는 그녀를 재촉하지 않은 채 그저 응시했다. 몇 번을 같은 말만 반복하며 머뭇거리던 그녀가 끝내 한숨을 푹 내쉰 후 말을 이었다.

"…… 삼촌이 빚을 졌어요. 자칫하면 길거리로 내앉을 수도 있겠더라고요. 안 그래도 갑갑하기만 한 상황에 돌덩이 하나가 더 얹히니 정말 살고 싶지가 않더라고요. 근데 그렇더라고요. 혼자가 아닌 사람은 죽기도 힘들어요. 더군다나 남겨질 누군가를 보살펴줄 사람이 하나도 없는 현실에서는 더욱더."

아마도 주훈이를 떠올리며 말하는 듯한 윤주희가 허탈한 듯 쓴웃음을 흘렸다.

"친구에게 고민을 털어놨어요. 그랬더니 조심스럽게 권하더라고요. 술집에 나가보라고. 회사 마치고 밤에 출근해 이차는 안 나가고 술만 따르고 간단히 대화만 해주면 된다고. 월급도 세고, 계약금으로 목돈도 준다고. 솔깃했어요. 그래서 그 친구 소개로 매니저란 사람을 소개받았는데, 그가 절 보더니 대뜸 이러더라고요. 주희 씨는 가슴이 너무 작아서 힘들겠는데? 징 원한다면 계약금과 함께 가슴 성형 비용을 선불로 내줄 수 있다고 하더라고요. 그 돈은 수입에서 차차 까면 된다고."

짐작했던 대로 이야기는 흘러갔다.

"그래서 수소문했어요. 가슴 성형으로 유명한 곳. 그중 선생님 병원이 있더라고요. 특히 시크한 여의사 선생님이라는 별명이 마음에 들었어요. 만나보니 신뢰도 가고, 실력도 좋을 것 같았고……. 예약을 해놓고, 집에 와 시크릿 성형 카페에 들어가봤어요. 아, 시크릿 성형 카페라고 인터넷 카페인데 꽤 유명한 곳이에요."

예상치 못했던 시크릿 성형 카페 이야기가 나왔지만 그녀의 말을 끊기 싫어서 "아…… 네"라고 일부러 무덤덤하게 반응했다.

"그곳에 고급 회원 이상만 들어갈 수 있는, 카페 주인에게 비밀로 질문하는 곳이 있어요."

고급 회원이 아닌 나는 모르는 이야기였다.

"…… 그래서요?"

"선생님 병원에 가기 며칠 전에 한 질문에 답이 달렸더라고요. 카페 주인과 친분이 있는, 가슴 성형으로 유명한 의사 선생님이 이번에 새로 개업을 했다고. 그래서 본인의 이름을 대면 삼십 퍼센트 저렴하게 수술할 수 있다고. 사실, 선생님 병원 가격이 조금 부담스러웠거든요……."

"저, 혹시 가슴 성형을 한 곳이 어딘지 물어봐도 될까요?"

"아, 윤태영 미 클리닉이란 곳인데……."

역시나. 그렇다면 이세영 선생님은 자신을 배신한 후배를 본의 아니게 도운 셈인 건가. 그렇다 한들 일말의 신경도 안 쓰겠지만.

"그럼, 카페 주인이 대라고 했던 이름은요?"

갑작스러운 내 반응에 짐짓 놀란 윤주희는 "아, 핸드폰에 저장해놨었는데. 잠깐만요"라고 말하며 핸드폰을 손에 들더니 만지작거렸다.

"영어 이름이었는데……."

영어 이름이라. 나는 내심 그녀의 입에서 '오삼준'이라는 세 글자가 나오기를 기대했는지도 모른다. 하지만 오삼준을 애써 굴려 발음해봐도 영어 이름 같은 느낌은 들지 않았다.

"아, 토마스네요."

"…… 토마스요?"

생소한 이름이었다.

"네. 그 병원에 가서 토마스의 소개로 왔다고 했어요. 그러니까 정말 삼십 퍼센트 할인된 가격을 제시하더라고요. 그런 분들이 꽤 있었던 것 같던데. 아무튼 그래서……. 예약 취소를 하지 못한 점, 진심으로 사과드려요."

윤주희가 다시 한 번 고개를 푹 숙이며 사과했다.

"괜찮아요. 이미 지난 일인걸요."

토마스라는 사람이 시크릿 성형 카페의 주인이고, 윤태영 의사와는 개인적인 친분이 있어 도와주고 있는 걸까. 그래서 공동 구매도 추진한 걸까. 잠시 생각에 잠겼던 나는 다시 말을 이었다.

"어쨌거나, 주희 씨는 술 접대 아르바이트를 하기 위해 가슴 성형을 했다는 거네요."

"…… 네, 솔직히 가장 큰 이유는 그랬어요. 근데 일이 이렇게 될 줄은 몰랐어요."

"그래서 앞으로 어떻게 하실 생각이에요?"

"아직 잘 모르겠어요. 일단 몸이 낫는 대로 가슴을 성형한 병원에 가서 환불을 받을 생각이에요. 저…… 환불받을 수는 있겠죠?"

그녀의 눈빛은 간절했다.

"네. 그쪽 병원에서의 실수로 인해 감염됐다는 사실을 그 병원에서 인정한다면 당연히 환불이 가능하죠."

일단 대답을 긍정적으로 했지만, 찜찜한 기분이 들었다. 가슴 성형을 한 후, 이상 징후가 있다고 연락을 했음에도 불구하고 휴일이니 우선 항생제를 먹고 다음 날 오라고 요구한 병원이다. 그리고 이세영 선생님을 배신한 사람이 운영하는 병원이다. 양심적으로 자신의 실수를 인정할 것 같지는 않았다.

"그 일은 할 생각인가요?"

"…… 그건 아직 잘 모르겠어요. 다른 방도가 있다면, 하지 않는 게 좋겠죠. 근데요, 선생님."

"네?"

"사실, 왜 선생님께서 이런 질문들을 하시는지 잘 모르겠어요."

그녀가 핵심을 찔렀다. 사실 나는 단순히 이한재가 부탁한 가슴 성형의 이유만 안 후 자리에서 일어나면 되는 것이었다.

"저도 잘 모르겠네요."

나는 한숨과 함께 솔직하게 답했고, 윤주희는 작게 미소 지었다. 그리고 약간 남은 주스를 한 번에 들이켠 후 약간 머쓱한 표정으로 조심스럽게 입을 열었다.

"저…… 이런 말이 실례가 될지 모르겠지만, 선생님은 겉보기와 다르게 따뜻한 사람인 것 같아요. 그리고 콕 집어 말할 수는 없지만 이한재 선생님과 어딘가 닮았어요. 그래서…… 잘 어울려요, 두 분."

뜬금없는 발언에 당황한 표정으로 그녀를 바라봤다. 그녀는 씁쓸하게 웃으며 말을 이었다.

"비밀인데요……. 저도 살짝 이한재 선생님을 좋아했거든요. 근데 선생님이랑 더 잘 어울리는 것 같으니 제가 양보할게요. 뭐, 병문안 올 때마다 꺼내는 선생님 이야기에 아, 이한재 선생님이 선생님을 좋아하는구나, 라고 포기했다는 게 더 맞는 말이겠지만!"

윤주희가 분하다는 듯 실눈을 하며 입꼬리를 올린 채 살며시 웃었다.

"방금 제가 한 이야기는 비밀이에요. 제가 이한재 선생님을 좋아했다는. 자, 약속이요."

그녀가 오른손 새끼손가락을 치켜올리더니 내 앞으로 내밀었다. 불현듯 내게 고기를 집어주던 주훈이가 떠올랐다. 남매가 모두 이런 갑작스런 행동을 좋아하는 건가, 라고 생각하며 아무런 반응을 보이지 않자 윤주희는 테이블 위에 있던 내 손을 잡아끌고는 강제로 새끼손가락을 걸었다.

병원에서 나오는 길, 환자복을 입은 남자아이가 공놀이를 하고 있었다. 윤호도 공놀이를 좋아했었다. 건강해지면 꼭 열심히 운동해 축구 선수가 되겠다고 했다. 만약 자신이 월드컵에 나가 박지성이나 홍명보처럼 유명해져도 나를 잊지 않겠다고 했었다. 아련한 기억과 함께 슬픔이 밀려왔다.

집에 와 목욕을 하고 나오는데 핸드폰 벨 소리가 들렸다. 타월로 몸을 감싼 채 핸드백에서 핸드폰을 꺼냈다. 저장돼 있지 않는 번호였지만, 그게 이한재의 번호라는 것을 알고 있었다. 받을까 말까 망설이다 마주 보지 않고 전화로 이야기하는 편이 나을지도 모르겠다는 생각에 폴더를 열었다.

"전화는 폼으로 갖고 다니죠?"

받자마자 살짝 시비조의 이한재의 목소리가 울려 퍼졌다. 몇 번이나 한 걸까, 라고 생각하며 이 남자의 장난스런 페이스에 휘말리지 않기 위해 "샤워하고 있느라 몰랐어요"라고 애써 심드렁하게 답했다.

"어라? 이제 우리가 그런 것까지 일일이 말한 사이가 된 건가? 이거 너무 빠른데요?"

"뭐라고요?"

"아, 농담, 농담. 근데 어디예요?"

또 말려버린 걸까. 나는 크게 한숨을 토해내며 집, 이라고 답했다.

"집이 도곡동 아크로 빌라 맞죠?"

"아마도 그럴걸요?"

"우리 집이랑 가까운데……."

"그래서요?"

"집에 가는 길인데 잠깐 들러도 되죠?"

"네……? 왜, 왜요?"

저절로 황망한 목소리가 흘러나왔다.

"오늘 주희 만났다면서요? 이야기 들으려고요."

"잠깐! 뭐라고요? 집에 오겠다고요?"

"네. 그리 오래 기다리진 않아도 될 거예요."

뚝, 전화가 끊겼다. 집은 안 된다고, 굳이 만나야 한다면 근처 커피숍에서 만나자는 이야기를 하기 위해 다시 통화 버튼을 누르려는데 현관에서 초인종 소리가 들렸다. 근래에 택배를 주문한 적은 없다. 이해정이라면 그냥 문을 열고 들어왔을 것이다. 우편이나 등기일까, 라고 생각하며 "누구세요?" 현관을 향해 물었다.

"이한재입니다."

순간 들고 있던 머리빗을 떨어뜨렸다.

"이한재라고요. 성형외과 옆 소아과 의사 이, 한, 재. 왜, 금방 통화했던."

인터폰을 켜보니 화면 안에 양손 가득 무엇인가를 든 채 두리번거리고 있는 이한재의 모습이 보였다.

"혹시, 집으로 찾아온 사람을 문전박대 하면 죽어서 지옥 간다는 말 못 들어봤어요?"

그런 말은 꿈에서도 들은 적이 없다. 나는 자포자기하는 심정으로 "잠시만 기다려봐요"라고 말한 후 서둘러 옷을 입었다. 그리고 현관으로 가 문을 연 채 이한재의 앞을 가로막아서며 따지듯 물었다.

"어떻게 알았어요? 우리 집?"

"몰랐어요? 나 초능력 있는 거."

내가 그대로 문을 닫으려 하자 다급하게 막아선 그가 변명하듯 말했다.

"아, 농담. 차에 탔을 때 우편물 본 적이 있어요. 그렇게 도끼눈 뜨지 말아요. 조수석에 앉으려는데 우편물들이 놓여 있잖아요. 옮기다가 우연히 봤어요. 물론, 겉표지만요!"

내 버릇 중 하나다. 출근하는 길 우편물을 집어 들고 나와 조수석에 던져놓고는, 퇴근길에 가져가는 것.

"나가요. 나가서 이야기해요."

내가 한숨을 쉬며 말했다. 하지만 그는 양손에 쥔 것들을 들어 올리며 무거워 죽겠다는 표정으로 "일단 이것 좀 놓고 이야기해요"라고 말하며 내 쪽으로 한 걸음 성큼 다가섰다. 그에 당황해 짐짓 뒤로 물러난 틈을 타 그는 아예 집 안으로 들어오며 허공에 대고 "그럼 실례하겠습니다"라고 큰 소리로 말했다.

집 안으로 들어온 그는 쓰윽 주위를 훑어보더니 "으음"이라며 고개를 끄덕거린 후 대뜸 부엌으로 향했다. 그러고는 식탁 위에 양손에 든 봉투를 올려놓고서는 어깨를 으쓱거리며 할 말을 잃은 내게

"장 보면서 같이 좀 봤어요. 냉장고가 텅, 비어 있을 것 같아서"라고 자랑스럽게 말했다.

내가 별다른 반응 없이, 여전히 미간을 찌푸린 채 서 있자 그가 실망한 표정을 지었다.

"칭찬 같은 건 없나? 은근 고기 좋아하는 것 같아서 거금 들여서 한우도 샀는데 말이야. 또 알아요? 칭찬받은 내가 춤이라도 출지."

한숨 섞인 웃음이 흘러나왔다. 어쩔 수 없이 이한재를 소파로 안내하고, 나는 원두커피를 내렸다. 금세 집 안 가득 커피 향이 은은하게 번졌다.

아직 뜯어보지 않은 이해정의 편지가 놓인 탁자 위에 커피 잔을 내려놓으며 "마셔요"라고 툭 내던졌다.

"서서 이야기할 건가? 앉지 그래요. 그쪽이 집주인인데, 하하."

그가 소파 옆을 툭툭 치며 말했고, 나는 최대한 그와 거리를 둔 채 자리에 앉았다. 양손에 쥔 커피 잔의 온기를 느끼며 최대한 마음의 평정을 유지하려 애썼다.

윤주희와 만난 건 어떻게 알았는지 물어보려다 당연히 윤주희와 통화했겠지, 라는 생각에 생략한 후 그가 알고 싶어 했던 그녀의 사연을 전했다. "이게 다예요"라는 마지막 말을 마쳤을 때 바라본 그의 표정은 신중하고 심각했다.

그는 말없이 긴 손가락을 이용해 테이블 위를 틱틱거리며 고민을 했다. 나는 그런 그를 그냥 내버려두었다. 한참 후, 그 소리가 멈추자 그는 무언가를 결심했다는 듯 고개를 끄덕였다. 그리고 나를 향해 시선을 돌리며 나지막한 목소리로 말했다.

"고마워요."

나는 "아, 뭐, 그렇게 어려운 일은 아니었어요"라며 괜스레 무뚝뚝하게 말했다.

"그래도 고마워요. 내가 주희를 도울 수 있는 방법을 생각할 수 있게 만들어줬잖아요."

"…… 어떻게 도울 건지 물어도 돼요?"

"할 수 있는 선에서 최선을 다해서요!"

피식 웃음이 흘러나왔다. 그가 그런 나를 보고 따라 웃으며 "자, 이제 주희 문제는 접어두고 우리 이야기를 하죠"라고 말했다.

"네?"라고 묻자 그는 살짝 눈을 찌푸렸다.

"그새 까먹은 거예요? 이거 섭섭한데……. 뭐, 사실 답은 천천히 들을 생각이었는데 그게 쉽지 않더라고요. 그런 말 들어본 적 있어요? 시험 성적 기다리는 것보다, 취업 합격자 발표 기다리는 것보다 몇 배 고통스러운 건 사랑을 고백한 후 기다리는 시간이라고요."

평소와 같이 넉살 좋게 말하는 이한재였지만, 어딘가 모르게 어색함이 느껴졌다. 나는 이미 결정 내린 답을 건넸다.

"미안해요. 전, 사랑 따윈 믿지 않아요."

"왜요? 설마 사랑의 열정 따윈 도파민이란 호르몬의 장난으로 기껏해야 삼 년이면 식는다는 그런 흔해빠진 이야기를 하려는 건 아니죠?"

"그건 아니지만 경험에서 이미 터득했거든요. 사랑은 믿을 만한 게 못 된다고."

그런 나를 바라보며 그가 인자한 웃음을 지어 보였다. 그러고는 낮은 목소리로 조용히 말했다.
"네. 경험만큼 좋은 공부는 없죠. 저도 경험이라는 것 때문에 성형외과에 대한 편견을 가지고 있었으니까요. 그런 제가 세영 형님 말고도 다른 성형외과 의사 선생님을 사랑하게 될지 누가 알았겠어요? 아, 그렇다고 제가 세영 형님을 이상한 쪽으로 사랑한다는 건 절대 아니고요, 하하. 어쨌거나 이번 일로 작은 깨달음을 얻었는데, 인생은…… 경험이라는 것들로 배워가는 과정인 것 같아요. 내가 옳다고 생각하고 있는 지금의 가치관은, 단지 지금까지 내가 겪은 모든 경험의 기로 안에서 형성된 것일 뿐이더라고요. 내가 모든 성형외과 의사들을 싫어한 건 내 경험으로부터 쌓인 생각과 주장이 아집으로 이어졌기 때문이에요. 그러니까 아마도 그쪽이 사랑을 믿지 않는 것도 그런 케이스 아닐까요? 아, 지금 내 이야기의 포인트는 또 다른 경험을 통해 사랑에 대한 그쪽 생각이 다시 바뀔 수도 있다는, 뭐…… 그런 거겠죠?"

긴장해서인가, 이한재의 말꼬리가 살짝 흔들렸다. 문득 '사랑이 엄청 대단한 거라고 생각하지? 아냐, 사랑은 아주 작은 관심에서 시작하는 거야……'라는 이세영 선생님의 진지했던 말과 '이한재 선생님과 어딘가 닮았어요. 그래서…… 잘 어울려요, 두 분'이라고 말하던 윤주희의 씁쓸한 얼굴이 떠올랐다.

내가 이 남자에게 관심 이상의 관심을 가지고 있는 건 사실이다. 하지만 내겐 그걸 이끌어나갈 자신도 용기도 없는 것 또한 사실이다.

"선생님은, 어떤 키스를 선호하죠?"

적당한 거절의 말을 떠올리며 멍하니 있던 내게 뜬금없는 말을 던진 그는 커피 잔을 내려놓은 후 성큼 내 옆으로 자리를 이동했다. 그러고는 잠시의 여유도 주지 않은 채 자신의 입술을 내 입술로 가져왔다. 너무나도 순식간에 일어난 일이었다. 커피 향이 은은하게 풍기는 그의 입술은 부드럽고 따뜻했다.

문득 정신을 차린 내가, 당황한 얼굴로 그를 밀쳐내자 그는 멋쩍은 듯한 웃음을 지으며 진지하게 물었다.

"이런 건 어때요?"

때때로 사람들은 신체의 접촉으로 상대에 대한 마음을 확인하기도 한다. 하지만……

"그럼…… 이런 키스는요?"

그의 입술이 다시 한 번 나에게로 다가왔다. 방금 전과는 사뭇 달리 거칠게 내 입술을 탐닉하던 그를 결국 나는 거부하지 못했다. 아니, 오히려 그를 받아들였다. 우린 한동안 키스라는 것으로 서로의 감정을 확인했다.

잠시 후, 그는 자신이 사온 재료들로 간단한 요리를 준비했고, 곧 오므라이스와 오이소박이가 테이블 위에 소담스럽게 차려졌다.

모든 건 내가 머릿속으로 하고 있던 예상과 빗나갔다. 갑자기 쳐들어온 그의 방문이 반가울 리 없어 빨리 그를 내보내야지, 라고 생각했지만 나는 그와 키스라는 것을 했다. 그리고 지금 그가 만든 밥을 먹으며 '맛있다'라고 느끼고 있다.

그는 '결자해지'라는 말을 운운하며 설거지마저 본인이 하겠다고 나섰다. 설거지를 끝낸 그가 젖은 손을 입고 있던 셔츠에 쓱쓱 닦았다. 나는 의자 뒤에 걸려 있던 수건 하나를 그에게 건네며 "이걸로

닦아요. 옷 더러워지잖아요"라고 말했다.
"어? 더 닦고 할 것도 없는데. 뭐 옷이야 금방 마를 테고. 그래도 기분은 좋네요."
그는 말은 그렇게 하면서도 수건을 건네받아 손을 마저 닦으며 씨익 웃었다.
"…… 대체 뭐가 그렇게 기분 좋아서 실실 웃어요?"
무심코 한 내 질문에 그는 "그거야, 지은 씨가 평소에 뭘 잘 챙겨주는 사람은 아니잖아요. 혹시 집에 이 수건 달랑 한 장만 있는 거 아니면 이거 나 가져가도 돼요?"라고 물었다. 이한재의 농담에 나는 어이없다는 듯 웃음을 흘렸다. 따라 웃던 그가 "고마워요, 오늘"이라고 나지막이 말했다.
"뭐가요?"
"사실 오늘 얼마나 용기가 필요했는지 모르죠? 찾아올 때 한 번, 키스할 때 한 번, 또다시 키스할 때 한 번, 요리할 때 한 번, 그리고 당신이 내 요리를 먹을 때 또 한 번. 끌어당긴다고 좋아하는 게 아닌 것처럼, 밀어낸다고 싫어하는 게 아니란 거 정도는 알아요. 그래도 대놓고 밀어내지 않아줘서, 그래서 고마워요."
그가 사라진 후에도, 그의 체취는 집 안 곳곳에 옅게 남아 있었다. 그게 싫지만은 않았다.
문득 이런 생각이 들었다. 사랑과 성형의 공통점은 둘 다 마술이 아니라는 것. 그래서 부작용이 있을 수 있고, 심각하게는 목숨까지 위태롭게 만들 수 있다는 것. 또한 성공할 경우 행복해질 수 있다는 것. 하지만 욕심을 부리다가는 돌이킬 수 없는 상태에 이를 수 있다는 것.

하지만 다른 점은 선택 가능 여부의 문제다. 성형은 하고 싶은 곳도, 병원도, 의사도 선택할 수 있다. 하지만 사랑은 다르다. 불가항력적으로 다가와버린다. 그게 성형의 기술은 날로 발전하는데, 사랑의 정의는 결코 내리지 못하는 이유 아닐까.

*

"정말, 이 가슴 사이즈가 제 일생일대의 고민이에요. 그거 아세요? 말이 크게 그려져 있는 폴로 티셔츠를 입으면 친구들이 그래요. 착시 현상인가? 말이 달리는 것 같아. 오리 티를 입으면 오리 입이 불쑥 나와 보이고, 개구리 티를 입으면 개구리 눈이 입체적으로 튀어나온다니까요. 암튼, 뭐든 다 삼차원으로 보여서 싫어요."

이름, 서유경. 나이, 30세. 직업, 골프숍 판매원. 그녀가 말을 하며 살짝살짝 제스처를 취할 때마다 부담스러운 큰 가슴이 출렁거렸다. 그렇다. 가슴은 작아도 고민, 너무 커도 고민이다. 부담스러운 남들의 시선 때문에 정신적인 스트레스를 받기도 하고, 어깨가 쉽게 뭉치거나 결리는 육체적인 고통에 시달리기도 한다.

"남들은 부럽다, 부럽다, 나 좀 떼어달라 이러는데. 정말 이게 확 떼서 척 갖다 붙일 수 있는 거라면 백번도 넘게 그렇게 했을 거예요."

그녀는 자신의 두 손을 양 가슴에 각각 얹더니 떼어내는 시늉을 한 후, 다시 양손을 내 가슴 방향으로 옮겨 붙이는 모양새를 취했다. 뭐지? 지금 내 가슴이 작아 자신의 가슴을 나눠주기라도 하겠다는 건가? 내 생각이 뚱한 표정으로 그대로 드러났는지 그녀는 손사래를 치며 말했다.

"정말 딱 선생님 가슴만 한 크기였으면 좋겠어요. 넘치지도 부족하지도 않은 앙증맞은 사이즈. 정말 정말 부러워요. 다시 태어난다면 딱! 선생님 사이즈로!"

그녀는 양손을 모아 기도하는 자세까지 취했다. 넉살 좋은 여자였다. 내가 이런 성격이었다면, 아마도 소아과 병원 문을 두드리며 이한재를 먼저 찾아갔겠지? '어젠 잘 갔어요? 잠은 푹 잘 잤나요?'라고 말하며 어울리지도 않는 너스레를 떨었을지도 모른다.

"선생님! 제 가슴 축소…… 가능한 거죠?"

"네, 가능하긴 해요."

"가능하긴 해요? 그건…… 불가능하기도 하다는 뜻인가요?"

불가능, 이라는 단어를 내뱉는 그녀의 표정이 불안해 보였다.

"아니요. 그런 뜻은 아니에요. 가슴 축소 수술이 확대 수술보다 어려운 건 사실이에요. 그리고 축소 수술을 할 경우 흉터가 아예 없수는 없어요. 그건 감수하셔야 해요."

그녀가 고개를 끄덕였다. 나는 항상 해왔던 것처럼 가슴 성형에 관해 간단히 이해를 시키고, 수술 후 올 수 있는 부작용에 대해 조리 있게 차근히 설명했다. 만약 그녀의 큰 가슴이 비만으로 인해 유방 안 유선조직보다 지방조직이 더 많을 경우 간단하게 지방 흡입으로 가슴을 축소할 수 있다. 정확한 건 조직검사를 해봐야 알겠지만, 그녀는 지방조직보다는 유선조직 그 자체가 많아 보였다. 그런데 문득 그녀의 가슴이 정말 수술로 사이즈를 줄여야 할 정도로 큰 가슴인가 하는 생각이 들었다. 일반인보다 몇 배는 큰 사이즈이지만, 그래서 불편함은 조금 있겠지만 상처를 남기면서까지 축소해야 할 만큼 극단적으로 심각하지는 않았다.

"정말, 이 가슴 사이즈가 반만 줄어든다면 제 활동 영역은 두 배, 아니 세 배로 늘어날 것 같아요. 부탁드려요, 선생님!"

뭐, 본인이 그렇게 원한다면야. 나는 고개를 끄덕이며 원하는 수술 날짜를 묻기 위해 그녀와 수술 예약 차트를 번갈아 바라봤다. 수술 가능한 날짜를 체크하고 있는데, 문득 이한재의 말이 떠올랐다.

'그 환자가 왜 그 수술을 하고 싶어 하는지, 수술을 결심하기까지 어떤 절박한 상황에 있었는지, 수술을 한다면 그 상황이 나아지는지, 수술만이 유일한 방법인지, 그런 건 묻지 않았겠죠? 물론 환자 자체를 이해하려고도 들지 않았고요.'

한숨을 내쉰 후, 그녀의 얼굴을 응시했다. 지금 이 여자의 표정과 행동에는 절박한 상황 같은 건 없어 보였다. 하지만 윤주희도 마찬가지였다. 이한재도 겉으로는 힘겨운 트라우마가 느껴지지 않았다. '그래, 까짓것 한번 물어나 보자'라고 생각한 나는, 잠시 예약 차트를 덮고 조심스럽게 입을 열었다.

"삼차원…… 아, 그러니까 옷을 입었을 때 입체적으로 보인다는 것 외에 축소 수술을 원하는 다른 이유는 없는 건가요?"

살짝 순서가 엇나간 나의 질문에, 그녀가 물음표 가득한 얼굴로 나를 바라보았다.

"왜 그런 거 있잖아요. 척추에 무리가 와서 항상 어깨나 등, 허리가 아프거나, 가슴 부위에 습진이 생긴다거나, 혈액순환이 잘되지 않아 생리통이 심하다거나. 그런 것들이요."

나는 큰 가슴을 가진 사람들이 일반적으로 겪는 육체적 현상에 대해 말했다. 내 말을 듣던 그녀의 표정이 살짝 어두워졌다. 무언가 말을 내뱉을까 말까 드러나게 고민하던 그녀가 갑자기 크게 한숨을 토해냈다. 그러더니 절레절레 고개를 흔들었다.

"사실, 그런 건 그렇게 수술을 감행할 만큼 심한 스트레스는 아니에요."

"그럼……요?"

"사실, 모든 사람들이, 아니 특히 남자들이 제 가슴에만 시선을 쏟는 게 부담스럽고 싫어요. 지하철이나 버스에서 치한도 자주 만나고. 골프숍에서 일할 때 시선이 제 가슴에만 꽂혀 있는 변태 아저씨들도 싫고. 어쨌거나, 이 가슴으로 절 가볍고 쉬운 여자로 오해하는 못돼 처먹은 남자들이 더럽게 많은데! 가슴 사이즈만 줄어들면 그런 인간들이 사라질 것 같아서요. 이건 정말 오프 더 레코드인데…… 어렸을 때, 학교나 학원 선생님들한테 이런 질문도 들었어요. 유경이 몸무게에서 가슴이 몇 퍼센트를 차지할까? 어떻게 선생님이 학생에게 그런 질문을 하죠? 그것도 미성년자에게!"

그녀가 중간에 말을 끊더니 숨을 몰아쉬었다. 그러고는 내 앞에 놓인 물컵을 바라보며 "마셔도 될까요?"라고 묻더니, 대답을 하기도 전에 벌컥벌컥 들이켰다. 오른손으로 입가를 훔친 그녀는 다시 말을 이었다.

"그리고 얼마 전엔 한 달 넘게 절 쫓아다녔던 남자가 저와 하룻밤을 보내고 나더니, 연락 두절이더라고요. 분명, 가슴 큰 거 별거 없네, 아니 숨만 막히네, 하고 생각했을 거예요. 저질스러운 놈들! 휴,

이런 일들이 반복되다 보니 누군가가 제 가슴에 시선을 주기만 해도 확 짜증부터 밀려오는 거 있죠. 괜스레 제 성격이 신경질적으로 변하는 것 같기도 하고. 전 사람들이 제 가슴보다는 그냥 있는 그대로의 제 자신을 봐줬으면 해요."

속사포같이 퍼붓던 그녀의 말이 끝났다. 그런 그녀를 보고 있자니 지금껏 맺힌 한이 얼마나 컸는지 짐작할 수 있었다.

큰 가슴으로 인해 오는 부담스러운 시선과 남자들의 저질스러운 행동이라. 나는 그녀의 얼굴을 하나하나 자세히 바라봤다. 육감적이라는 표현을 넘어 입체적인 그녀의 가슴에 비해 얼굴은 평면적인 느낌이었다. 그래서 사람들의 시선이 더 가슴으로 쏠리는 게 아닐까.

그러니까 가슴에 상처가 남는 가슴 축소 성형보다 얼굴을 약간 입체적으로 만드는 게 더 나은 방법이지 않을까, 라는 생각이 들었다. 게다가 그녀는 미혼이었다.

하지만 그와 동시에, 그녀는 충분히 고민한 후 가슴 축소 성형을 상담받으러 성형외과를 방문한 거고, 내가 굳이 그녀의 생각을 바꿀 필요는 없지 않을까, 하는 생각도 들었다.

그래도 일단 권유해볼까? 나는 머릿속에 할 말들을 한 번 차분히 정리하고 입을 열었다.

"어쩌면 그 가슴이 당신에게 큰 매력이 될 수도 있어요."
"아니에요. 이건 제 매력을 감소시키는 저주스런 가슴이에요."
"그건, 꼭 가슴 때문만은 아니라고 생각해요."
"네?"
"서유경 씨, 미혼이죠?"

"네, 그것도 이 가슴 때문이에요!"

"전, 그게 가슴 때문이라는 생각은 안 해요. 미혼이신데 가슴에 상처를 내는 건 말리고 싶네요. 이런 말이 기분 나쁘게 들리실 수도 있지만 그냥 할게요."

두 눈을 동그랗게 뜨고 바라보는 서유경에게 잠시 시선을 뗀 나는 침을 꼴깍 삼켰다.

사실, '제 얼굴에서 어딜 고쳐야 할까요?'라는 질문에 스스럼없이 '눈, 코, 입, 모두 다요'라고 직설적으로 말할 수 있는 나였다. 하지만 가슴 성형을 하러 온 여자에게, 그것도 그녀가 묻지도 않은 것을 이런 식으로 권유해보는 건 처음이라 생각처럼 쉽게 말이 나오지 않았다.

"전 서유경 씨에게 다른 수술을 권하고 싶어요."

"네? 다른 수술이요?"

"쌍꺼풀 라인을 만들고 눈 밑에 애교살을 좀 넣는. 그리고 뭉툭한 턱에 필러를 넣는 거죠."

"네―에?"

그녀의 얼굴 표정에서 살포시 의심과 짜증이 드러났다. 하긴, 이해한다. 제일 중요한 말을 빠뜨린 채 원하지도 않는 수술들을 권유했으니. 아마도 이것저것 수술이나 권하는, 돈에 눈이 먼 성형외과 의사 정도로 생각할 수도 있을 것이다. 살짝 다듬으러 갔는데, 트리트먼트나 코팅을 요구하는 헤어 디자이너처럼.

"그 대신 가슴 성형은 하지 않는 거예요. 사람들이 서유경 씨를 볼 때 가슴부터 시선이 가는 건 서유경 씨 얼굴이 너무 밋밋해서일 거예요. 아니, 그래서예요."

"가슴에 비해 얼굴이 밋밋하다고요?"

그녀는 거울을 들고 자신의 얼굴과 가슴을 번갈아 바라보며 멀뚱한 표정을 지었다.

"네. 아까 제가 말한 부분들만 약간 손을 본다면 분명 사람들의 시선이 유경 씨의 가슴보다 얼굴로 먼저 갈 거예요. 그럼, 가슴 성형 때문에 절 만나러 온 유경 씨의 피해 의식, 아니 생각도 변하게 될 거고요. 어쩌면 풍만한 가슴이 자랑스러워질 수도 있어요. 가슴 때문에 몸이 힘들거나 그런 게 아니라고 했으니까, 전 흉터가 남는 가슴 수술보다는 이쪽을 더 권하고 싶네요."

처음에는 고개를 갸웃거리며 어리둥절해하던 그녀가 거울에 비친 자신의 얼굴을 유심히 바라보았다. 그러고는 눈을 크게 떠 인위적이고 일시적인 쌍꺼풀을 만들기도 하고, 오른손으로 턱을 뾰족하게 늘려보기도 하더니 거울을 놓고, 진지하게 물었다.

"정말 그럴까요?"

나는 그녀를 향해 천천히 고개를 끄덕였다. 한참 동안 고민한 그녀는 결국 가슴 성형 대신 쌍꺼풀 수술 예약을 잡기로 했다. 하지만 자리에서 일어나는 순간까지 미심쩍은 눈빛을 버리지는 못했다. 그녀의 모습이 사라지자마자, 여러 가지 생각이 물밀듯 밀려들었다.

분명 그녀에게는 가슴 축소 수술보다 내가 권한 쌍꺼풀 수술이 훨씬 이득이다. 하지만 마치 내가 초콜릿을 사러 온 손님에게 '단맛은 비슷한데, 조금 더 오래 먹을 수 있고 칼로리도 낮아요'라고 설득해 사탕을 판 점원이라도 된 듯한 찝찝한 기분은 쉽게 떨쳐버릴 수가 없었다.
 환자가 원하는 수술과 환자에게 적합한 수술. 과연 어떤 게 옳은 것일까.
 평소 하지 않던 행동과 그로 인해 쓸데없이 떠안게 된 고민에 두통이 느껴지려던 찰나, 가벼운 노크 소리와 함께 문이 열리며 윤 간호사가 내가 부탁한 커피를 들고 들어왔다. 커피 향이 방 안 가득 퍼지자 불현듯 이한재와의 키스가 떠올랐다. 괜스레 당황한 내가 쓸데없는 고민을 하게 된 원인을 모두 이한재에게로 돌려버리는 비겁한 생각을 하는데 윤 간호사가 커피 잔을 책상 위에 놓으며 물었다.
 "선생님, 방금 고보경 씨가 토요일 세시에 예약 가능하느냐고 전화 왔는데요?"
 순간 잠시 잊고 있었던, "만약 가능하다면 선생님이 그분과 조용히 한번 만날 기회를 마련해주셨으면 해서요"라고 말하던 고보경의 자신감 넘치던 강렬한 눈빛이 다시 한 번 떠올랐다. 고보경 같은 여자도 사랑의 부작용 때문에 상처받고 아파한 적이 있을까, 라는 생각이 들면서 마치 마법처럼 커피 향이 사라져버렸다.

Chapter 5

달콤한 독, 보톡스 :

아름다움의 유통기한을
늘릴 수 있나요?

◆ 코 필러
레딕시스, 레스틸렌, 쥬비덤, 래디어스 등 볼륨 성형 물질이라 불리는 필러 제제를 코에 주입하는 방법으로 콧대를 높고 예쁘게, 코끝까지 뾰족하고 세련되게 만들 수 있는 획기적인 시술이다.

안검하수 ◆
눈꺼풀 처짐 현상. 선천적(눈꺼풀을 들어 올리는 근육이 완전하게 형성되지 않아 생기는 현상) 또는 후천적(눈꺼풀을 들어 올리는 근육인 상안검 거근이 노령이나 기타 외상으로 인해 약화되어 오는 현상) 원인으로 위의 눈꺼풀이 아래로 처져서 눈을 제대로 뜨지 못하는 현상을 말한다.

◆ 콧방울 축소술
콧등이 높다고 무조건 예쁜 코가 아니다. 콧등만큼 중요한 건 코끝이다. 코끝이 보기 싫게 들린 들창코, 코가 길어 보이는 화살코, 콧방울이 좌우로 넓은 코끝을 가지고 있다면 아무리 콧등이 예쁘더라도 예쁜 코가 될 수 없다. 약 한 시간에서 한 시간 반이면 끝나는 코끝 성형은 얼굴과 코의 전체적인 조화와 코를 구성하는 뼈와 연골, 피부와 피하조직 간의 관계를 잘 파악해야 좋은 성과를 얻을 수 있다. 코 수술은 비교적 재수술의 빈도가 높으므로 충분한 고민과 상담 후 정말 잘하는 곳에 가서 수술을 받아야 한다.

고보경의 예약 시간이 다가올수록 조금씩 커져가는 초조한 기분 탓에 반복적으로 시계를 흘깃거렸다. 불행 중 다행인 게 있다면 그 불안감의 원인을 알고 있다는 것이었다.

뜬금없는 키스와 저녁식사를 우리 집에서 함께 나누게 된 다음 날, 이한재와 나는 퇴근시간 무렵 복도에서 마주쳤다. 순간적으로 어색함을 감추지 못하던 나와는 달리 그는 조금의 망설임도 없이 "어라? 마침 잘 만났네. 우리 저녁 뭐 먹을까요?"라고 태연하게 물었다.

그 후부터는 '잘 잤어요?', '뭐 먹어요?', '맛있게 먹어요', '잘 들어갔어요?', '잘 자요' 등 연인 사이에서나 가능한 의미 없는 안부 위주의 문자들을 종종 보내기 시작했다.

문제는 '잘 잤어요?'라는 문자에는 '네', '뭐 먹어요?'라는 문자에는

'밥이요'라는 답밖에 당최 떠오르지 않는다는 것이었다. 가끔 '그쪽은요?'라고 묻고도 싶었지만 그 후 이어질 문자들에 대한 스트레스가 한 발 앞서는 바람에 지레 포기한 채 핸드폰 폴더를 닫고는 했다.

이한재가 '주희한테 술집에서 받은 계약금을 갚고, 빚 문제도 해결할 정도의 돈을 무이자에 상환 날짜는 없지만 언젠가는 갚는다는 조건으로 빌려줬어요. 지은 씨도 알아야 할 것 같아서요. 내심 어떻게 됐나 걱정하고 있었죠?'라고 내게 보고하듯 문자를 보낸 어느 날, 그가 덧붙여 문자를 보내왔다.

―아! 제가 보내는 문자에 꼭 답할 필요는 없어요. 답보다는 '달콤한 독' 효과를 기대하는 문자니까. 하하.

달콤한 독이라. 내가 그의 문자에 중독이라도 된다는 뜻일까. 약 일 분 전에도 '곧, 지방으로 세미나를 간다'는 그의 문자가 왔었다.

어쨌거나 그는 내게 가까워지기 위해 노력했고, 나는 그런 그의 행동들이 부담스럽거나 싫지 않았다. 아니, 오히려 조금씩 내 마음의 실체를 깨달아가고 있었다. 인정하기는 껄끄럽지만 부정할 수도 없는 사실. 그것이 바로, 지금 나를 불안하게 만드는 원인이었다.

고보경에게 이 상황에 대한 보고를 해야 하는 걸까. 만약 한다면 어떻게 해야 할까.

'보경 씨, 오랜만이에요. 그동안 별일 없었나요? 아, 전 약간의 별일이 있었는데……. 예를 들어, 사람 사이의 미묘한 관계의 변화라고 해야 할까요?'

인터넷에서 흔히들 쓰는 '손발이 오그라들 것 같다'라는 기분을 비로소 느낄 수 있었다.

이런 상황은 딱 질색이야, 라고 생각하며 또다시 무의식적으로 찾게 된 시계로 고개를 돌리다 컴퓨터에서 시선이 멈췄다. 자판으로 손가락을 가져가 '고보경'이라고 쳐보았다. 타닥타닥 탁, 엔터를 누름과 동시에 그녀의 프로필부터 갖가지 기사들이 모니터를 가득 메웠다. 쓰윽 훑은 후 다시 한 번 자판에 손을 가져가 고보경이라는 글자 뒤에 세 글자를 덧붙여 쳤다.

스캔들.

화면이 바뀌면서 "고보경, 일곱 살 연하인 상대 배우와 핑크빛 열애?", "S 기업 CF를 독차지한 고보경. S 기업 둘째 아들과 결혼 임박설?" 등의 기사 머리말이 눈에 들어왔다. 그중 "매혹적인 고보경, 그녀의 이상형"이라는 글귀에 저절로 시선이 향했다. 조심스럽게 마우스의 방향을 바꿔 그것을 클릭했다. 그 기사는 인터뷰 형식으로 질문과 답변이 번갈아가며 기재되어 있었다.

제 이상형이요? 음, 제일 많이 듣는 질문이네요. 그런 질문에 가장 자연스럽게 나오는 대답은…… 자신의 일에 열정을 가진 남자. 남의 상처와 아픔을 잘 돌볼 줄 아는 남자. 개구쟁이 같은 웃음에 진심과 따뜻함이 묻어나는 남자. 아, 그리고 몸은 남자지만 마음만은 어린아이같이 순수한 남자요. 하하, 너무 복잡한가요? 그래서 제가 아직 미혼인가 봐요.

이 글을 읽으며 나도 모르게 이한재를 떠올렸다. 혹시 그녀조차 이한재를 그리며 이상형을 말한 것은 아닐까, 라는 생각마저 들어서 무심코 기사가 뜬 날짜를 찾아봤다.

2009년 7월 20일. 이한재가 소아과를 개업하기 한참 전이었다. 하긴, 날짜의 문제가 아니더라도 몇 번 마주쳤다는 것만으로 이한재의 성격까지 알 수는 없는 일이었다.

순간 '대체 지금 내가 뭘 하고 있는 거지?'라는 생각이 들며 얼굴이 화끈거렸다. 서둘러 화면을 접으려던 찰나 희미하게 노크 소리가 들렸고, 반사적으로 시계를 바라보니 세시를 가리키고 있었다. 문이 열리며 윤 간호사의 모습이 보였다.

"선생님, 고보경 씨 오셨는데요, 중요한 통화 좀 하고 들어간다고 전해달래요."

"응"이라고 답한 나는 윤 간호사의 모습이 사라지자마자 무심코 환자용 거울을 집어 들었다. 밤잠을 설친 탓일까. 푸석거리는 피부, 혈색을 잃은 입술. 모니터 안에서 화려하게 미소 짓고 있는 고보경의 모습과는 사뭇 달라 보였다. 가방 안에서 유통기한이 의심되는 립스틱을 찾아 입술에 발라봤다. 그 결과, 거울에 비친 내 모습에는 초라함에 어색함까지 추가되었다. 그때, 또다시 노크 소리가 들렸다. 서둘러 티슈를 집어 들어 쓱쓱 입술을 닦으며 모니터 전원을 끄고는 가까스로 말했다.

"네, 들어오세요."

마치 내 머리띠를 쓰고 있는 두개골이 이런 나를 보며 비웃는 것 같은 느낌이 들었다.

"선생님 죄송해요. 토요일은 퇴근시간이 세시인 걸 아는데, 좀처럼 시간이 나지 않아서요."

매력적인 미소. 자연스레 다리를 꼬며 앉자 드러난 블랙 스커트 아래 하얀 허벅지. 그런 그녀의 모습은 여자인 내가 봐도 매혹적이었다.

"괜찮아요. 시간은 얼마 정도 있는데요?"

"한 시간 정도?"

고개를 끄덕거리는 내 모습을 물끄러미 바라보던 고보경이 "선생님 혹시 연애하세요?"라고 불쑥 질문을 던졌다.

"네?"

나도 모르게 다소 격앙된 목소리가 흘러나왔다.

"어머, 왜 그렇게 놀라요?"

"아, 아니요. 갑자기 그런 질문은 왜……."

나는 냉정을 되찾기 위해 일부러 그녀의 차트를 훑어보았고, 그녀는 마치 탐정 같은 눈으로 나를 살피며 말했다.

"음, 평소 바르지 않던 립스틱도 바른 것 같고, 상담 도중 보이지 않던 핸드폰이 오늘따라 책상 위에 올라와 있네요. 그리고 무엇보다…… 전체적인 분위기가 한결 부드러워졌다고 해야 할까요? 여자의 분위기를 바꿀 수 있는 건 성형수술과 남자밖에 없다는데, 성형은 아닌 것 같고……. 그러니 연애가 아닐까 해서요."

"글쎄요……, 그것보다 고보경 씨 복부는 괜찮은가요?"

애매모호하게 대답한 나는 서둘러 화제를 바꿔버렸다. 그러자 그녀는 마치 넘어가준다는 느낌의 얄궂은 미소를 지으며 "네, 완벽해요. 꼭 이십대의 복부처럼요"라고 만족스럽다는 듯 말했다.

"다행이네요. 피부 상태는 좋은 것 같고……. 오늘은 무슨 일로?"

나는 그녀의 얼굴을 꼼꼼히 훑으며 물었다. 하지만 머릿속은 고보경이 글쎄요, 라는 내 답에 대해 어떻게 해석했을까, 내 분위기가 달라졌다는 건 무슨 뜻일까, 이한재와 나의 관계는 과연 어떻게 정의 내릴 수 있을까, 라는 생각들로 가득 찼다.

"아, 꽤 괜찮은 작품이 들어왔어요. 아직 확정 지어진 건 아닌데 수락할까 생각 중이에요. 여배우 셋을 주인공으로 하는 영화인데 스물아홉, 서른아홉, 마흔아홉, 각각 나이대가 다른 여배우 셋이 한 작품에 들어가면서 벌어지는 일을 그린 거예요. 뭐, 어찌 보면 진짜 상황과 비슷하죠?"

"네, 그러네요."

나는 그녀가 다시 한 번 이한재에 대해 묻는다면 지금 그와 나 사이에 생긴 미묘한 상황을 설명해주기로 마음먹으며 가볍게 답했다.

"스물아홉 역할의 배우는 정해지지 않았고, 서른아홉 역할은 저, 마흔아홉 여배우 역할은 이해정 선배님이 물망에 오르고 있대요."

"······."

"결혼설 때문에 출연 결정을 내리실진 모르겠지만, 만약 함께 출연하게 된다면 연기면 연기, 외모면 외모 모두 톱을 달리는 이해정 선배님과 비교당할까 걱정이에요. 그녀는 정말 나이에도 불구하고라는 수식어를 달고 사시잖아요. 사실······ 이십대는 별 걱정 안 되는데, 하하."

손거울을 집어 들어 자신의 얼굴을 바라보는 고보경의 걱정은 마치 그녀와 함께 드라마에 들어가기 전, 주예나가 가졌던 걱정과 흡사했다. 갑자기 고보경이 거울을 향해 한껏 인상을 찡그렸다. 그러자 이마와 미간에 미세한 주름들이 생겨났다. 이해정 또한 가끔 저런 식으로 자신의 숨겨진 주름들을 찾아내고는 한다.

청첩장과 함께 말없이 남기고 간 그녀의 편지는 여전히 그 모습 그대로 거실 테이블 한 귀퉁이를 차지하고 있었다. 물론 그녀와 나 사이에 연락이라는 단어는 존재하지 않았다.

"점점 늘어나는 이마와 미간의 내 천(川) 자 주름, 눈가에 생기는 까치발 주름, 연기하면 다 보일 텐데……. 선생님이라면 주사 하나로 금방 해결해주실 수 있죠?"

"심각하지는 않지만, 필요 이상으로 화질이 좋은 요즘 카메라로는 보일 수도 있겠네요. 이마나 미간 주름은 눈썹, 눈살의 근육이 수축되면서 생기는데 보톡스가 이러한 근육들을 약화시키거나 마비시키며 주름을 펴줘요. 주름에 가장 효과적인 치료법이라고 할 수 있죠."

"아, 그리고 요즘 운동을 많이 해서 그런가. 종아리에 계란 크기만 한 알통이 생겼어요. 골프를 치러 갈 때마다 골프공보다 다리의 알에 더 신경 쓰이는 거 있죠? 솔직히 공 대신 알이 튀어나갈 것만 같아 불안불안해요."

피식 웃음을 터뜨린 나는 "그것도 보톡스 시술 후 한 달이면 사라질 거고, 약 육 개월간 효과가 지속될 거예요"라고 답하며 윤 간호사에게 보톡스 시술 준비를 시켰다. 그리고 곧, "보톡스는 정말 이래저래 유용하네요"라고 중얼거리는 고보경과 함께 VIP 시술실로 향했다.

시술실에 들어온 고보경에게 발꿈치를 들고 서 있으라고 요구한 후, 종아리 안쪽으로 볼록하게 튀어나온 근육 부위에 보톡스를 놓았다. 그다음 그녀를 시술용 베드에 눕혀 얼굴 여기저기의 주름을 없애기 위해 보톡스를 주사했다. 고보경은 시술을 마칠 때까지 이한재의 이야기를 꺼내지 않았다. 어쩌면 다행이라고 생각한 나는 고보경에게 레이저를 쐬어준 후 퇴근 준비를 했다.

병원에서 나오며 흘깃 소아과를 바라봤다. 이미 모두 퇴근했는지 적적한 느낌이 감돌았다. 엘리베이터 버튼을 누르려는데 선글라스를 쓴 고보경이 문을 열고 나오며 "저 때문에 늦게 퇴근하셔서 어떻게 해요"라고 미안한 듯 말을 건넸다.

"괜찮아요. 레이저는요?"

"그냥 오늘은 답답해서요. 인터뷰 때문에 시간도 별로 없고요."

나란히 내 옆에 서서 엘리베이터를 바라보던 고보경이 갑작스럽게 내 쪽으로 고개를 돌리며 무언가 떠오른 듯 물었다.

"선생님! 예전에 제가 부탁드린 거 잊으신 건 아니죠?"

"…… 네?"

"여기 소아과 선생님 소개시켜달라고 했었잖아요. 성함이 이……한……재?"

그녀가 소아과를 가리키며 말했다.

"아…… 네."

나는 이제야 기억난다는 듯 고개를 끄덕이며 마음먹었던 대로 지금 이 상황을 설명하기로 했다. 어떤 말로 시작하는 게 가장 좋을까, 약간의 고민 후 어렵게 입을 열려는 순간 엘리베이터 문이 열림과 동시에 지금 상황에서 가장 반갑지 않은 사람의 모습이 보였다.

이한재.

나와 시선이 마주친 그가 다급하지만 반가운 표정으로 "어라? 우리 운명인가 봐"라고 당혹스러워하는 나를 향해 말했다. 나는 순간적으로 이한재로부터 고보경에게로 시선을 돌렸다. 그러자 이한재도 나를 따라 시선을 이동했다. 그리고 시선이 그녀에게 닿는 순간, 그의 표정이 굳어버렸다. 선글라스 때문에 표정을 가늠할 수 없었던 고보경이 천천히 선글라스를 벗으며 흘깃 나를 바라본 후 이한재를 향해 야릇한 미소와 함께 말했다.

"안녕하세요. 우리, 안면 있죠?"

"…… 아, 그런 것 같네요……."

그녀의 질문에 짐짓 멈칫하던 그가 말꼬리를 흐리며 경직된 얼굴로 답했다. 평소 팬이었던 고보경이 자신을 기억한다는 사실에 놀란 건가, 하고 생각하는데 이한재가 다시 나를 바라봤다.

"세미나 가다가 잊은 자료가 있어 급하게 다시 들렀어요. 아, 주말에 약속 있어요?"

상황이 상황인지라 그 어떤 답도 하지 못한 채 고보경과 이한재를 번갈아 바라봤다. 그때 이한재의 핸드폰이 울렸다. 그는 전화를 받으며 "어, 바로 내려갈게"라고 답한 후, 오른손에 들고 있던 열쇠 꾸러미로 소아과 문을 열며 내게 전화를 한다는 짧은 제스처를 보냈다. 문이 열리자 서둘러 발걸음을 옮기던 그가 멈칫하고서는 고개를 돌려 고보경을 향해 가볍게 꾸벅 인사를 했다. 그리고 재빠르게 소아과 안으로 사라졌다.

그가 사라지자마자 고보경은 의아한 눈빛으로 나를 바라봤고, 나는 깊은 한숨을 토해낸 후 조용히 말을 꺼냈다.

"고보경 씨, 잠시 이야기할 시간 있나요?"

고보경과 나는 병원 근처 커피숍으로 향했다. 사람이 드문 구석진 곳에 자리를 잡고 마주 앉은 우리는 근처에서 서성대며 고보경을 흘깃거리는 웨이터에게 커피 두 잔을 주문했다.

웨이터가 사라진 후, 고보경은 답답한 듯 선글라스를 벗어 테이블 위에 내려놓았다. 가깝지 않은 곳에서 "고보경 맞지?", "진짜 피부 죽인다" 등의 목소리가 흘러들어왔다. 슬쩍 고개를 돌려보자 빨간 립스틱이 눈에 띄는, 마흔은 족히 넘어 보이는 여성 둘이 고보경을 향해 곁눈질을 보내며 다 들리는 목소리로 수군대고 있었다.

"불편하겠죠?"

그녀가 미간을 살짝 찌푸린 채 속삭이듯 말했다.

"네, 그럴 것 같네요"라고 대답했지만, 그녀의 눈빛에서 그녀가 그런 시선과 수군거림을 나름 즐긴다는 느낌을 어렴풋이 받았다. 물론 그것이 타인의 시선과 숙덕거림으로 인해 오는 불편함과 불쾌감을 해소하는 일종의 방편일 수도 있다.

"얘기해보세요. 시간이 얼마 없네요."

뜸을 들이는 내게 고보경이 먼저 말했다. 하지만 이상하게도 고보경에게 피 사건의 진실을 물어보던 그때보다 한층 더 말문을 트기가 힘들었다.

지금 내가 그녀에게 전달해야 하는 말의 포인트는 과연 뭘까. 그녀의 부탁을 못 들어준 것에 대한 사과? 그녀가 먼저 마음에 둔 남자와 묘한 상황이 연출된 것에 대한 이해의 요구?

차라리 그와 내가 확실한 연인 관계라면 한결 설명하기 쉬울지도 모르겠다는 생각이 들었다.

"참 애매모호하네요."

내가 중얼거리듯 말하자 그녀는 가늘게 눈을 뜬 채로 잠시 나를 바라보더니 "그럼 제가 먼저 질문을 하나 해도 될까요?"라고 물었다.

"…… 네."

"아까 보니까 이한재 선생님과 선생님 사이가, 예전에 제게 말씀하신 것보다는 친밀한 것 같던데. 정확히 둘이 어떤 사이죠?"

"…… 미안하다는 표현이 맞는지는 모르겠지만 일단은 미안해요."

날카로운 질문에 나도 모르게 사과의 말이 흘러나왔고, 그 순간 고보경의 눈빛이 미세하게 흔들렸다.

"고보경 씨가 저에게 처음 이한재 선생님과의 관계를 물어봤을 때는 아무 사이도 아니었어요. 아니, 그때 설명했던 대로 보기 싫은 이웃이었죠. 그런데 그 후에 사정이 변해버렸어요."

"사정이 변하다니요?"

그녀가 곧바로 내 말을 받아쳤다. 나는 가는 한숨을 토해낸 후, 그녀를 똑바로 응시하며 찬찬히 말했다.

"서로에게 가까워지고 있어요."

"그럼 애인 사이라는 건가요?"

"정확히 말하면 아직 그건 아니에요."

"그건 곧 그렇게 될 거라는 이야기 아닌가요?"

한층 높아진 고보경의 목소리가 다그치듯 나를 향해 날아왔다.

"…… 그럴지도 몰라요."

일순간, 말을 내뱉은 나 스스로도 당혹스러움을 감추지 못했고, 그런 나를 향한 고보경의 눈빛은 섬뜩함이 느껴질 정도로 매서워 보였다. 하지만 금세 내가 잘못 보기라도 한 듯 평소의 표정으로 돌아와 물컵을 향해 손을 뻗었다. 살짝 입술을 축인 그녀는 묘한 미소와 함께 나에게밖에 들리지 않을 자그마한 목소리로 나지막이 말을 내뱉었다.

"선생님, 의외네요."

"…… 네?"

"말 그대로예요. 뒤통수 같은 거 못 칠 줄 알았는데, 의외라고요."

"뒤통수……요?"

예기치 못한 단어에 당황한 내가 그녀를 향해 불쾌함을 토로하듯 되물었다.

"아, 오해하지 말아요. 워낙에 제가 잘 쓰는 말이거든요."

고보경이 한 손을 들어 휘휘 저으며 대충 넘기려는 몸짓을 했다. 그때 마침 우리가 주문한 커피가 도착했다. 그제야 우리는 우리를 향한 주위의 시선을 둘러보았고, 잠시 여유를 가졌다.

"어쨌거나 아직 연인 관계는 아니라는 거죠?"

고보경이 한층 느긋해진 표정과 차분해진 목소리로 물었다.

"…… 네."

"그 얘긴 그럼 제가 그를 유혹해도 아무 상관 없다는 건가요?"

선뜻 대답이 나오지는 않았지만 틀린 말은 아니었다. 우리가 연인 사이가 되지 못한 데에는 내가 아직 완벽하게 그를 받아들이지 못한 이유가 크다. 그런 주제에 아니요, 라는 답을 할 수는 없었다. 그러니 고보경이 이한재를 유혹해 그와 연인 사이가 된다 하더라도, 나는 지난 상처에 얽매인 채 미적거리던 나 자신을 원망할 수밖에 없을 것이다.

"…… 그러네요."

내 반응을 살피던 고보경이 의외라는 듯 피식 웃으며 "근데 그럴 수는 없죠. 선생님께 빚진 게 하나 있으니까"라고 말했다.

"빚이요?"

"네. 선생님께서 과도한 성형 부작용으로 힘들었던 절 도와주셨잖아요. 그러니 제가 이해하고 조용히 물러날게요."

그런 그녀의 말에 어떤 반응을 보여야 할지 몰라 머뭇거리고 있는데, 그녀의 핸드폰이 울렸다. 고보경은 핸드폰을 받으며 "응. 알았어. 차 대기시켜"라고 말한 후 나를 바라봤다.

"어쩌죠? 가봐야 할 것 같은데."

"…… 네, 가보세요."

"그럼, 계산은 제가 하고 갈게요. 바쁘지 않으시면 천천히 드시고 오세요."

테이블로 뻗은 가느다랗고 기다란 그녀의 손가락이 선글라스와 계산서를 집어 들었다. 그녀의 눈이 가려지면서 나는 더 이상 그녀의 생각을 읽을 수 없었고, 자리에서 일어난 그녀는 내게 가벼운 미소를 지은 후 또각거리는 구두 소리와 함께 사라져버렸다.

홀로 남겨진 나는 아직 뜨거운 김이 모락모락 피어오르는 커피 잔을 들어 입술에 가져다 댔다.

어째서일까. '이해하고 조용히 물러날게요'라고 미소 짓던 고보경의 눈빛 속에서 나를 향한 분노와 적대심이 느껴진 것은.

그런 그녀의 눈빛을 떠올리자, 정체 모를 불안감이 마음속 깊이 아득하게 쌓였다.

*

주말, 아침 내내 날씨가 흐리더니 오후에 결국 비가 쏟아져 내렸다. 반나절을 밀린 빨래, 냉장고 정리, 쓰레기 분리수거 등으로 몸을 혹사시킨 나는 느긋하게 욕조에서 몸을 푼 후 소파에 기대앉아 논문을 읽었다.

그것이 지겨워져 쓸데없는 생각이 머릿속에 파고들 때쯤 노트북을 들고 와 시크릿 성형 카페에 들어갔다. 최근 성형외과 사이의 이슈 중 하나인 보택스(Botax)에 관한 글이 올라와 있었다.

"아름다움의 적, 보택스"

미국 민주당 의원들이 성형수술세, 일명 보택스를 물리자는 의견을 냈다고 한다. 이유는 보톡스 주사를 비롯해 지방 흡입, 유방 확대 수술 등, 그 요금에 소비세를 5퍼센트씩만 매겨도 십 년간 60억 달러(약 7조)는 족히 충당할 수 있다는 계산에서였다. 하지만 이 청천벽력 같은 소식에 아름다워지고 싶은 여성들이 가만히 팔짱을 끼고 앉아 있었을 리 없었다. 발끈한 그녀들은 '비아그라나 발모제에는 세금을 매기지 않는데, 고객의 90퍼센트가 여성인 성형수술에 세금을 때리는 건 명백한 성차별이다'라고 주장했다.

게다가 미국의 여성 단체 NOW(전국여성연합)에서는 '늙은 꼴을 못 보는 남자들 때문에 보톡스를 맞고 성형도 하는데 돈까지 내라고? 나이 든 여자가 봉이냐?'라고 목소리를 높였다.

결국 몇 달간의 이런 논란 끝에 보택스는 없었던 일이 되어버렸다.

보톡스는 한국에서 '페니실린 이후 제2의 기적의 신약', '나이의 흔적을 지워주는, 아름다움의 유통기한을 늘려주는 마법의 약'이라고 불리며 여자들에게 가장 각광받는, 사랑받는 시술이다. 국민 요정이 김연아, 국민 MC가 유재석, 국민 여동생이 문근영, 국민 밉상이 오노라면, 국민 성형시술은 보톡스라고 해도 과언이 아니다.

만약! 우리나라에도 보택스라는 세금 정책이 시행된다면 과연 어떤 일이 발생할까? 아마도 보톡스로 아름다움을 증진시키고 젊음을 유지시키던 여성들이 적잖은 세금의 부담을 느끼며 보톡스를 조금씩 멀리하게 되지 않을까? 그렇다면 대한민국 평균 미모가 저하될지도 모르는 일이다.

이래저래 보택스는 불필요한 정책이다. 만에 하나 보택스 정책이 제정되는 날이 온다면 성형 카페를 시작으로 강력한 반대 운동을 펼쳐야 하지 않을까.

그런 청천벽력 같은 일은 없기 바라며 보톡스로 유명한 병원 몇 군데를 소개하겠다. (……)

나도 보택스에 대해서는 반대하는 입장을 취하고 있다. 그것은 여성과 남성이 지닌 생물학적, 사회문화적 경험의 차이에 의해 서로 다른 이해나 요구를 가지고 있다는 가정하에 특정 개념이나 정책 등이 어느 하나에게 유리하거나 불리하지 않은지, 성역할에 대한 고정관념이 개입되어 있는지 아닌지를 검토하는, 이른바 '성인지적 관점(Gender perspective)'을 소홀히 한, 아니 무시한 정책이라고 볼 수도 있다.

요즘은 성인지적 관점에 힘입어 정책이든 법안이든, 남녀 어느 한쪽에만 불리하지 않도록 제정하는 추세다. 그런데 도대체 왜 여성들의 심각한 반발이 뻔히 예상되는 저런 정책을 냈는지 의문이다.

최근 우리나라에서도 성인지적 관점을 도입해 공중 화장실의 여성용 대변기 수를 남성 쪽보다 약 1.5배가 되도록 예산을 짰다. 하지만 여전히 성차별적 요소가 담긴, 그러니까 보택스와 같은 법안도 적잖게 상정돼 있다. 예를 들어 육아가 남녀 공동 책임이 아닌 여성들만의 몫이라는 인식을 불러일으키는, 직장 보육 시설을 여성 근로자가 우선 이용케 한 '영유아 보육법 개정안'도 그렇다고 할 수 있다.

나는 카페의 글이 마지막에 던진 질문처럼 만약 성형 왕국인 우리나라에서 보택스를 물게 했을 경우를 떠올려봤다.

미간, 눈가, 이마, 사각턱, 표정 주름, 종아리 등 폭넓은 부위에 사용하는 보톡스 시술은 우리나라에서만 한 해 십만 건이 훨쩍 넘는다. 더불어 가슴 성형수술, 지방 흡입술 등의 요금에 소비세를 5퍼센트씩만 매긴다고 해도 국가에 엄청난 예산이 생길 것이다.

그러니 가장 이익을 보는 것은 국가일 테고, 손해를 보는 것은 성형외과 의사들과 보톡스를 선호하는 여성들, 그중에서도 수시로 보톡스를 이용하는 일부 여자 연예인들일 것이다. 그러니까 나와 이해정, 고보경 모두가 보톡스의 피해자가 될 것이다.

문득 여전히 테이블 위에 움직임 없이 자리하고 있는, 이해정이 두고 간 편지가 눈에 띄었다. 창을 통해 본 밖은 안개와 함께 여전히 추적추적 내리는 비로 인해 살풍경한 느낌을 자아냈다.

자리에서 일어나 냉장고로 가서 생수 한 통을 꺼내왔다. 그리고 얼마 전 읽다 만 책을 가지러 가기 위해 방으로 이동했다. 책장 속 한눈에 들어온 그 책을 향해 손을 뻗는데 침대 밑에 놓아둔 가방 안에서 진동 소리가 들렸다. 아마 또 이한재겠지, 라고 생각한 후 책만 들고 방을 나왔다. 어제부터 그는 내게 몇 번의 전화를 했지만 나는 받지 않았다.

사람들은 사적인 대화를 나눌 때 감정까지 함께 나누게 된다. 그리고 그건 일종의 스트레스로 변질되기도 한다. 고보경과의 대화 후 내가 느낀 스트레스는 최고조에 달했다.

물론 이한재의 잘못은 없다. 다만 그는 일종의 원인 제공자일 뿐이다. 하지만 내게 스트레스를 주는 상황을 야기할 수 있을 정도의 가까운 사람이 생긴다는 건 그리 달가운 일만은 아니다. 그래서다. 그날 그를 향한 내 마음을 깨달음과 동시에 그와의 관계에 대한 자신감이 급격히 저하된 것은.

다시 소파에 기대앉아 책갈피를 꽂아놓은 부분을 펼치는데 현관과 연결된 복도에서 시끄러운 대화 소리가 울렸다. 가까워질수록 낯설지 않게 들리는 그 목소리들은 우리 집 앞에서 뚝 멈춰버렸다. 순간, 불길한 기분이 온몸을 사로잡았다. 책을 놓고 자리에서 일어난 나는 서둘러 인터폰 앞으로 가 현관 버튼을 눌렀다.

화면에서 이한재와 이해정의 모습이 보이며 다시 대화 소리가 들렸다.

"지은 씨가 전화를 안 받던데 집에 없는 건 아닐까요?"

"얘 주말에 어디 갈 데도 없는 앤데……. 뭐, 잠시 나갔을 수도 있으니까 일단 들어가봐요."

"네, 어머님!"

어머님이라니……. 도무지 이해할 수 없는 상황으로 인해 순간 패닉 상태에 빠진 나는, 마치 돌부처처럼 그 자리에서 굳어버렸다. 비밀번호 누르는 소리가 끝남과 동시에 문이 열리면서 그들의 모습이 드러났다. 인터폰 앞에 멀뚱히 서서 그들을 노려보고 있는 나를 보고 놀란 건 오히려 그들이었다. 대체 내가 왜, 이해정에게 비밀번호를 알려주는 참담한 실수를 저질렀을까.

얼음 같은 잠시간의 정적을 깬 사람은 이한재였다.

"하도 전화를 안 받기에 찾아왔거든요? 집 앞이라고 전화했는데 안 받아서 문자를 보냈더니 답도 없고……. 이만 포기하고 가려던 순간, 차에서 내리시는 어머님을 봤어요. 화면보다 실물이 더 예쁘시지만 한눈에 알아봤죠, 뭐. 무작정 달려가서 인사를 드리고 따라 올라왔어요. 하하."

그는 심상치 않은 눈빛으로 서로를 향해 있는 이해정과 나를 번갈아 바라보며 괜스레 너스레를 떨었다. 그런 그 때문일까, 그녀의 면전에서 세차게 문을 닫아버리는 행동은 차마 하지 못했다.

그는 나에게 스트레스뿐 아니라, 행위의 제한마저 줄 수 있는 사람이었다.

방금 전까지만 해도 최고의 휴식처였던 소파가 가시방석으로 전락되는 건 순식간이었다.

"무슨 일이에요?"

나는 이한재의 옆에 도도한 포즈로 앉아 있는 이해정을 향해 쏘아붙이듯 물었다.

"아, 니가 혹시 그 편지를 봤나 해서……"라고 새침하게 말하던 그녀의 말이 갑작스럽게 끊겼다. 그런 그녀의 시선은 테이블 위 뜯지 않은 편지에 멈춰 있었다.

"아직요. 꼭 봐야 하는 내용인가요?"

그녀와 내 시선이 차갑게 부딪쳤다. 순간 어찌할 바 모르는 표정으로 이마를 긁적대고 있던 이한재가 불쑥 끼어들었다.

"지은 씨! 우리 뭐 마실 것 좀 주면 안 되나요? 기왕이면 마음을 차분하게 해주는 허브티 종류가 좋을 것 같은데……."

나는 그를 무시한 채 여전히 이해정에게로 시선을 두며 감정이 전혀 실리지 않은 차가운 목소리로 말했다.

"전 더는 할 이야기가 없는데, 그건 그쪽도 마찬가지일 것 같고. 그러니 차는 필요 없지 않을까요?"

입술을 꾹 다문 채 나를 노려보던 이해정이 테이블 위에 있던 편지를 낚아채듯 집더니 소파에서 일어났다. 덩달아 이한재도 자리에서 일어났다.

이해정은 당혹스러움을 감추지 못하는 이한재를 향해 "갈게요"라고 말한 후, 나를 쳐다보지도 않은 채 빠르게 현관으로 향했다.

안 잡느냐는 눈빛으로 나를 바라보던 이한재가 서둘러 이해정을 따라 나갔지만 그녀는 이미 사라지고 난 후였다. 다시 거실로 온 그가 나를 향해 나무라듯 물었다.

"왜 그러는 건데요?"

"뭐가요?"

"왜 그렇게 쌀쌀맞게 구냐고요."

"그래서요? 그럼 안 되는 건가요?"

"뭐가 그래서예요? 이해정 그분은 당신의 가족……, 어머니잖아요."

그의 표정이 흐트러졌고 그 순간 나는 그가 내뱉은 가족, 어머니라는 단어가 그에게는 과거의 아픈 기억을 떠오르게 하는 치명적인 말일 수도 있다는 사실을 깨달았다. 나는 더 이상 이야기를 진전시키지 않은 채 그를 향해 "그쪽은요? 안 가요?"라고 차갑게 말했다. 잠시 그런 나를 물끄러미 바라보던 그가 어쩔 수 없다는 표정으로 어깨를 들썩이며 크게 한숨을 토해내더니, 소파에 털썩 주저앉았.

"방금, 썩 보기 좋지는 않았어요. 하지만 난 당신 사정을 모르니 뭐라고 말할 입장이 아닌 건 알아요. 그래요. 그러니까 그 일은 넘어가고, 나한테까지 이러는 이유나 들어봅시다."

"……"

"묵비권 행사 뭐 그런 건가? 나 그런 답답한 거 별로 안 좋아하는데……"

그는 계속해서 나를 응시했다. 아무래도 그냥 물러날 것 같지 않은 태세였다. 불완전한 이 상황을 마무리 짓고 싶은 마음이 어렴풋이 든 나는 자리에서 일어나며 "그쪽이 원하던 재스민 차 줄게요"라고 말했다. 곧 양손에 들고 온 찻잔 두 개를 테이블 위에 내려놓은 후 차분한 목소리로 이야기를 시작했다.

"이제 와 말을 꺼내는 게, 만약 당신이 기분 나쁘다면 먼저 미안하다고 사과할게요."

그는 찻잔을 들며 궁금증보다는 걱정이 앞선 표정으로 나를 바라봤다.

"두 달 전쯤인가. 고보경 씨가 그쪽이 마음에 드니 자리를 만들어 달라는 부탁을 했었어요. 아시겠지만 그 당시 그쪽과 난 만나면 으르렁대기 바빴으니 그런 부탁을 거절할 사이는 아니었죠."

고보경이란 이름이 거론되는 순간 그의 눈빛이 가볍게 흔들렸다.

"그런데 어쩌다 보니 그쪽과 나 사이에 미묘한 관계가 연출됐고, 어제 고보경 씨와 함께 그쪽과 마주치고 난 후, 난 그녀에게 우리 상황에 대해 설명했어요."

"…… 그랬더니요?"

그가 짐짓 당황한 듯 들고 있던 찻잔을 자리에 내려놓았다. 그런 반응을 보이는 그를 바라보고 있자니 만약 내가 고보경의 부탁을 전달했다면 그녀와 그가 잘될 수도 있었을까 하는 생각이 머릿속에 스쳐 지나갔다. 그리고 알 수 없는 불쾌감이 솟아올랐다. 하지만 그 감정을 꾹꾹 눌러 담은 채, 그를 향해 진지하게 말했다.

"만약…… 지금이라도 원하면 자리를 마련해줄 수 있어요."

그가 잠시 나를 바라보더니 "그게 다예요?"라고 물었다. 그에 질세라 나는 "더 이상 뭐가 있겠어요?"라고 답했다. 갑자기 그가 피식 웃더니 "지은 씨 날 좋아하는 거 맞네요, 뭐"라고 뜬금없는 말을 내뱉었다.

"네?"

"순간 질투한 거 맞죠?"

"······ 그렇진 않은데요."

"왜 항상 자신의 감정을 숨기려고만 들죠?"

"그럼 그쪽은 왜 항상 남을 다 아는 것처럼 말하죠?"

"······ 보였으니까요. 아까 당신이 어머니를 향해 차갑게 쏘아붙일 때 눈빛은 슬퍼 보였거든. 방금 고보경과 자리를 마련해준다고 했을 때도 눈빛은 그걸 원하지 않았거든."

문득 말문이 막혀버렸다.

"왜 남한테도 훤히 보이는 감정까지 숨기려 하는 거죠? 그건 마음의 병을 치료하는 데 아무 도움이 못 돼."

나는 그만 참지 못하고 자리에서 일어나며 "누가 마음의 병 따위가 있다는 거예요? 그만 가줘요"라고 쏘아붙였다. 그러고는 현관으로 걸음을 옮기려는데, 갑자기 그가 내 손목을 감싸듯이 잡으며 멈춰 세웠다. 그리고 "난, 있어요"라고 나지막한 목소리로 말했다. 당황한 내가 잠시 머뭇거린 채 서 있자 그의 입속에서 내가 이미 알고 있는, 상처받은 그의 과거가 흘러나왔다.

부모님의 이혼. 병으로 세상을 떠난 아버지. 두 형제를 남겨둔 채 재혼한 어머니. 힘겨웠던 독일 생활. 갑작스러웠던 형의 사고. 화상. 그들을 밀쳐낸 성형외과. 형의 자살.

자신의 아픈 과거를 헤집어내는 그를 차마 밀어낼 수 없던 나는 가만히 서서 그의 손끝에서 전해지는 뭉근한 아픔을 함께 느낄 수밖에 없었다.

"그래서 소아과를 택했어요"를 마지막으로 입을 닫은 그가 안타까운 얼굴로 자신을 바라보는 나를 향해 씁쓸한 미소를 지었다. 그러고는 "끝! 자, 이제 그쪽 차례"라고 나지막한 목소리로 말했다.

"…… 뭘?"이라고 조심스레 되묻는 나의 손을 그는 힘주어 잡아당겼다. 내 몸은 쓰러지듯 소파를 향했고 털썩, 주저앉는 순간 그의 몸과 맞닿았다.

"말하고 나면 한결 나아질지도 몰라. 내가 그랬던 것처럼."

"……."

미세하게 느껴지는 그의 온기와 숨결에 아찔해진 나는, 나도 모르게 마치 귀신에라도 홀린 듯 입을 열었다.

레지던트가 된 후 첫 주치의를 맡았던 VSD, 선천성 심장 질환을 앓고 있던 아이 윤호. 수술은 성공리에 끝났지만, 수술 후 폐동맥의 문제로 어린 나이에 세상을 떠나게 된 윤호. 아이의 죽음으로 힘들어하던 아버지가 내게 했던 지탄들. 그럴 때 나를 떠나버린, 사랑이라고 믿었던 사람.

처음이었다. 자의적으로 누군가에게 내 상처를 끄집어내 보여준 것은. 이야기를 마친 후 넋 나간 표정으로 이미 식어버린 찻잔을 들어 입술을 축이는 내 머리 위를 그가 부드럽게 쓰다듬어주었고, 다정하게, 하지만 반론의 여지없이 단호하게 말했다.

"그쪽도 힘들었겠다. 나도 그랬어. 우릴 외면한 엄마, 친척들, 성형외과 의사들을 원망하고 또 원망했었어. 아, 물론 난 성인군자가 아니기에 지금도 성형외과는 내게 좋은 기억을 주는 곳은 아니야. 그래서 처음 그쪽을 만났을 때도 성형외과를 싫어하는 티가 불쑥불쑥

났던 거고. 어쨌든 내가 과거의 상처로 힘들어했을 때 누군가 그랬어. 마음의 상처란 담아둬야 하는 훈장이 아니다. 담아둘수록 곪아서 또 다른 상처를 만들어낼 뿐이니 아프더라도 도려내버려야 한다고. 사람들은 누구나 같은 풍경을 자신의 입맛에 맞게 다른 시각으로 바라보며 살아가니까, 널 아프게 했던 사람들도 각자의 입장에서 보이는 것, 할 수 있는 것을 했을 뿐이라고. 당신도, 그렇게 생각하면 어떨까? 그 아이의 아버지 또한 자신의 입장에서 할 수 있는 일을 했다고. 물론 모든 사람들이 그렇게만 살아간다면 이 세상이 삭막해지겠지만, 또 그렇지 않게 같은 곳을 바라보고 이해하며 살아가는 사람들도 있으니까……."

"……."

"그러니까 지금 내 말의 포인트는 말이지……. 당신과 내가 그런 사람이 되자는 거야. 같은 곳을 바라보고 이해하며 살아가는 사람들."

그런 이한재의 말에 내 몸의 일부처럼 여기고 살아가기로 마음먹었던 상처가 조금씩 반응하기 시작했다. 그리고 순간 눈물 한 방울이 톡 떨어졌다.

"어라, 그쪽 우는 건가?"

"…… 아니거든요?"

"그럼 뭐……지?"

윤호가 죽은 후, 윤호를 애도할 때 외에는 눈물을 흘리고 싶지 않았다. 그래서 참고 또 참았고, 그러다 어느 순간부터 내 눈물 따위는 메말라버렸다고 생각했다. 그런데 지금 눈물이 흘러내리고 있다. 하지만 아직은 눈물이라고 인정하기 싫었다. 나는 묵묵히 찻잔을 응시하다가 조용히 대꾸했다.

"이건 눈물이 아니라…… 마음에서 나오는 땀방울 같은 거예요."

"아…… 그럼 눈물과는 맛이 다르겠네?"라고 진지하게 대답하던 그의 입술이 내게 다가와 내 뺨에 고인 눈물에 조심스럽게 입맞춤을 했다.

천둥 소리에 놀라 잠에서 깨니 이한재가 내 옆에 잠들어 있었다. 창밖을 바라보니 세차게 비가 내리고 있었다. 불현듯, 쫓겨나듯 집에서 나간 이해정이 떠올랐다. 이해정에게도 자신만의 입장이 있었을까, 라고 생각하며 무심결에 테이블 위를 바라봤지만 편지는 이미 사라지고 없었다.

나를 감싸고 있던 이한재의 팔을 조심스럽게 떼어놓은 후, 소파에서 일어났다. 욕조에 물을 받고 살짝 땀이 밴 몸을 찰랑거리는 욕조 안에 넣는데 이상하게도 평소보다 한결 가벼워진 듯했다.

느긋하게 옅은 아로마 향을 맡으며 결국 나는 이한재를 받아들인 건가, 라고 중얼거렸다. 하지만 여전히 고보경이 신경 쓰였고, 그 대화 때 보였던 그녀의 눈빛은 잊히지 않았다.

*

"저…… 아무래도 중독인 거 같죠?"

이현지. 여자. 33세. 명품 피아르(PR). 미혼. 그녀는 지인의 소개로 내 병원에 다닌 지 일 년째 되는 환자다. 처음에는 근육으로 도드라져 보이는 턱 넓이를 줄이기 위해 두어 달에 한 번씩 오더니 그 후부터는 한 달에 한 번씩 찾아왔다. 그러더니 요즘은 '웃을 때 주름이 잡혀요', '이마에 주름이 생겼어요', '눈 밑에는 잔주름이 없었는데……', '얼마 전에 없앤 주름이 이마에 또 한 줄 보여요'라는 이유를 들며 이삼 일에 한 번씩 모습을 드러낸다.

"네. 그런 것 같네요."

그녀는 그런 내 대답에 한숨을 푸욱 쉰 후 의심스러운 표정과 말투로 물었다.

"혹시, 보톡스 자체에 중독성 강한 물질이 들어가 있는 건 아니겠죠?"

"그렇진 않아요. 보툴리눔 독소 자체에는 중독성이 전혀 없어요."

"아, 그런데 왜 주사를 맞은 지 일주일이 지나면 이렇게 불안해지는 걸까요?"

"네? 불안해진다고요?"

"네. 주사의 기운이 떨어져 제 턱이 다시 사각턱으로 돌아가는 건 아닌지, 주름 없이 탱탱했던 피부가 사라져버리는 건 아닌지. 예전에 보톡스를 모르던 시절에는 어떻게 살았나 싶기도 해요. 게다가 만약 보톡스가 사라지면 어떨까 상상해봤는데, 정말 끔찍하더라니까요. 솔직히 압구정이나 청담동을 돌아다니는 여자들 열에 아홉은 보톡스를 거의 밥처럼 생각하고 살아가잖아요. 만약 보톡스가 사라진다면 불안으로 미쳐 청담동 바닥을 날뛰는 여자들이 뉴스거리가 될지도 몰라요!"

보톡스는 단 오 분 만에 지독히도 나를 괴롭혀오던 콤플렉스를 사라지게 만들어주는 마법의 시술이다. 하지만 반복 시술을 해야만 유지할 수 있는 단점 또한 가지고 있다.

더. 더. 더. 더. 더. 또. 또. 또. 또. 또.

그것은 결국 성형수술의 최고 부작용인 '중독'으로 이어진다. 그래서 성형 중독이라는 유행어를 만든 장본인도 보톡스이고, 성형 중독 여성들의 90퍼센트가 보톡스 중독이기도 하다.

물끄러미 그녀를 바라보던 나는 거울을 들어 그녀의 얼굴을 비춰주었다.

"보세요."

"네?"

"현지 씨가 보기에 본인의 얼굴 어디가 문제인 거죠? 콕 집어서 저한테 말씀해주시면 제가 모조리 고쳐드릴게요."

"정말요?"

그녀가 내 손에서 거울을 빼앗다시피 가져갔다. 그러고는 코를 벌렁거리며 이마부터 시작해 목까지, 숨소리조차 가늘어질 정도로 자신의 얼굴을 세밀하게 살펴봤다. 하지만 문제 부분을 발견하지 못했는지 몇 번이나 나와 거울을 번갈아 보더니 결국 체념한 듯 큰 한숨과 함께 거울을 내려놓으며 말했다.

"휴, 지금은 찾아보기 힘든 것 같아요."

"맞아요. 어쩌면 당연해요. 보톡스는 대부분 석 달 이상 효과가 지속되거든요. 현지 씨는 불과 일주일 전에 모든 부위에 보톡스를 맞고 갔고요."

"그런데 왜 이렇게 불안한 마음이 드는 거죠?"

"글쎄요. 현지 씨가 말씀하신 대로 현지 씨는 보톡스 중독에 걸린 걸 수도 있겠죠."

"그럼 어떡하죠?"

"다행인 건, 자신이 중독에 걸렸을지도 모른다는 자각을 했다는 거예요. 혹시, 보톡스를 주입할 곳이 없는 경우에도 계속 주입하고 싶으신가요?"

몇 초 동안 고민한 그녀가 절레절레 고개를 흔들었다.

"그것도 다행이네요. 그럼 일단 보톡스를 끊을 수밖에 없지 않을까요?"

"보톡스를 끊을 방법이 있나요? 혹시 알코올 중독, 쇼핑 중독처럼 보톡스 중독도 그런 증상을 겪고 있는 사람들끼리 모여 반성하고, 치료하는 모임이 있을까요?"

나도 모르게 실소가 터졌다.

"아, 웃어서 죄송해요. 그건 잘 모르겠어요."

"그럼?"

"사실 저도 이런 종류의 상담은 처음이라 잘 모르거든요."

사실이다. 지금까지는 필요치 않는 경우에도 보톡스를 원하는 환자가 있다면 웬만한 선에서 주사를 놓아주고 정말 아니다 싶을 경우에는 한두 달 있다가 다시 오라는 싸늘한 대답만을 남긴 후 집으로 돌려보냈다. 그게 다였다. 고민을 들어주거나 방법을 제시해준 건 이번이 처음이다. 아, 가슴 축소 성형을 원하는 여성한테 쌍꺼풀 수술을 권유했던 건 보톡스가 아니니 제외하고.

문득 그녀는 어떤 상황일까, 궁금해졌다.

"이건 어떨까 싶어요."

"네?"

"보톡스를 맞고 싶을 때마다 차라리 집 근처 가까운 에스테틱 숍에 가서 피부 관리를 받는 거예요. 그것도 분명 피부 개선이나 탄력 증진에 효과가 있거든요. 아니면, 집에서 안면 탄력을 주는 페이스 운동을 한다든가요."

"그것도 안 된다면요?"

"아, 보톡스 중독으로 인해 얼굴이 망가진 안타까운 분들의 사진을 구해서 보는 것도 한 방법이지 않을까요? 찾아서 보여드릴까요? 좀 징그러울시도 몰라요."

내가 컴퓨터에 손을 얹으며 심각한 표정으로 말하자 그녀는 겁을 먹은 듯 "아, 그건 보여주지 않으셔도 괜찮아요"라고 손사래를 치며 수긍의 표시로 고개를 끄덕거렸다.

피부 관리를 받기 위해 원장실을 나가던 그녀가 문득 뭔가가 떠오른 듯 나를 향해 "선생님 혹시 시크릿 성형 카페 아세요?"라고 물었다.

"…… 네. 그런데 왜요?"

"아, 요즘 선생님 병원 소개가 자주 보이더라고요. 그래서 선생님도 보셨나 하고요."

"아, 전 아직……."

"그렇구나. 거기서 선생님을 연령 미상의 미녀 선생님이라고 표현했거든요, 하하. 그럼 전 들어가볼게요."

그녀가 사라진 후 나는 살짝 미간을 찌푸린 채 "시크릿 성형 카페……"라고 중얼거렸다. 오늘만 해도 벌써 세번째 듣는 이야기였다. 첫 예약 손님으로 왔던 장미진이라는 이름의 환자와의 썩 유쾌하지 않았던 대화가 떠올랐다.

그녀는 나를 보자마자 마치 맡겨놓은 물건을 찾는 듯 거침없는 표정과 말투로 대뜸 "저도, 고보경 같은 얼굴형과 피부로 만들어주세요"라고 말했다. 당황한 내가 "네?"라고 묻자 "왜, 하얗고 탱탱한, 잡티 하나 없는 피부 말이에요. 아, 전 시크릿 성형 카페 성형수술 후기 보고 왔어요"라고 대답하더니, 어리둥절해하는 나를 향해 다시 "최근 들어 이곳 성형 후기들이 많이 올라오더라고요. 아, 근데 정말이에요? 이 병원에 고보경이 자주 다닌다는 거?"라고 궁금증 가득한 얼굴로 물었다. 나는 한숨 섞인 목소리로 아니라고 답했고 그녀는 다 안다는 표정으로 나를 빤히 들여다보며 말했다.

"에이, 맞잖아요. 뭐가 아니에요. 다들 여기서 봤다고 하던데요? 아, 고보경 외에도 주예나, 이진유 등등 잘나가는 여자 연예인들은 다 한 번씩 선생님 손을 거쳐 간다고. 여배우를 더욱 아름답게 해주는 마이더스의 손! 어제는 선생님 병원이 시크릿 성형 카페 추천 성형외과에도 올랐더라고요, 하하. 아! 어쨌거나, 저도 고보경이 하는 시술은 다 해주세요. 그럼 제 피부도 꽤 '고보경스러워'지겠죠?"

그때 바로 시크릿 성형 카페에 들어가보려고 했지만 그녀가 나가자마자 예약 환자가 들어왔고, 그 상황은 지금까지 반복되었다.

노크 소리와 함께 윤 간호사가 들어왔다. 그녀는 "점심 안 드시러 가세요? 저희 먼저 갈게요"라고 말했다. 그러고 보니 벌써 점심시간이었다. 나는 자리에서 일어나 지갑과 책 한 권, 그리고 노트북을 챙겨 들었다.

 병원 앞 카페에 간 나는 자리에 앉아 언제나처럼 샌드위치와 아메리카노를 주문했다. 그리고 노트북을 켜고 시크릿 성형 카페에 들어갔다. 창이 뜨자마자 메인페이지에 "시크릿 성형 카페가 뽑은 강남 성형외과 베스트5"라는 문구가 눈에 띄었다.

 1위: 보톡스, 피주사 전문 란 성형외과
 연령 미상인 미녀 선생님의 주사를 든 섬세한 손이 당신의 피부와 얼굴을 단시간에 아름답게 만들어준다. 혹시 그녀조차 보톡스로 아름다움의 유통기한을 늘리는 건 아닐까?
 2위: 자가 지방 가슴 확대 전문 윤태영 미(美) 클리닉
 작은 가슴이 고민이지만 수술이 무섭다면 윤태영 선생님을 만나보기를 권한다. 일타이피! 지방 흡입과 가슴 확대를 한 번에 해결! 이보다 더 좋을 순 없다.
 3위: 눈 미백 시술 전문 아이 화이트 클리닉
 노랗고 탁한 흰자위를 가진 분, 눈이 쉽게 충혈되는 분들을 위한 신개념 눈 미백 시술. 십 분 만에 당신의 눈이 한가인이나 문근영처럼 맑아질 수 있다.
 4위: 보디 라인도 이제 쁘띠 성형으로! 나이스 보디 미진 성형외과
 허벅지와 엉덩이의 울퉁불퉁함이 순식간에 사라진다. 당신도 이제 건강한 S 라인의 소유자가 될 수 있다. 올여름은 자신 있게 비키니를 입자.

5위: 획기적인 코 필러 전문 PMJ 성형외과

'코 디자이너', '마법의 손'이라 불리는 잘생긴 민재 원장님의 터치로 단 오 분이면 당신의 코가 아름다운 선을 가진 코로 변신할 수 있다!

이건 누가 봐도 광고였다. 내가 이 카페에 얼마의 홍보비를 지불하고 광고를 부탁했다고 오해할 소지가 다분했다. 눈살이 절로 찌푸려지며 아메리카노는 마치 에스프레소처럼 쓰게 느껴졌고, 샌드위치 속을 감싼 빵은 퍼석거렸다.

나는 절대 이 카페에 이런 광고를 부탁한 적이 없다. 정체도 모르는 토마스라는 작자에게 불쾌감이 느껴짐과 동시에 적잖은 불안감과 찝찝함이 동반됐다. 나는 오늘 그녀들이 언급한 '성형 후기 게시판'을 클릭했다. 하지만 이내 "특별회원 등급이 되면 읽기 가능한 게시판입니다"라는 안내문이 떴다. 나는 회원을 등급별로 정의한 게시물을 클릭해서 그중 특별회원을 찾아 읽었다.

특별회원: 카페 활동을 성실히 하는 회원. 등업 게시판에 등업 신청을 해주세요.
(게시글 수 30개, 댓글 수 30개, 출석 수 50회 후 등업 신청 가능)

맛이 느껴지지 않는 샌드위치를 기계적으로 씹으며 지금 내 등급으로 볼 수 있는 게시판들에 들어가 '네', '그렇군요', '예쁘네요', '그런가요?', '좋네요' 등의 성의 없는 짧은 댓글들을 달다 이내 포기했다. 댓글 수 서른 개야 금방 채울 수 있을지 몰라도 게시글 서른 개는 당장은 어려운 일이었다. 하지만 성형 후기 게시판에 올라와 있다는 우리 병원과 나에 대한 게시글들의 성향을 파악하고 싶었다. 아니, 그래야 할 것만 같았다.

나는 윤 간호사에게 전화해서 내 아이디와 비밀번호를 알려줄 테니 빠른 시일 내에 이 카페의 특별회원으로 만들어달라고 부탁했다. 전화를 끊은 후 그녀에게 보낼 아이디와 비번을 열심히 찍고 있는데 "어라? 선생님도 이런 카페에 들어가나 봐요?"라는 목소리가 들렸다. 고개를 들어보니 오삼준이 내 노트북을 향해 고개를 쑤욱 내민 채 입술을 샐쭉거리고 있었다. 당황한 나는 서둘러 시크릿 성형 카페 창을 닫고는 그를 향해 따시듯 말했다.

"웬일이세요?"

"아, 웬일이긴요. 커피숍에 커피 마시러 왔죠."

오삼준이 오른손에 든 영수증과 진동 벨을 흔들어대며 뭘 그리 당연한 걸 묻느냐는 듯 씨익 웃었다.

"네. 그럼 볼일 보세요."

차갑게 쏘아붙이듯 말하고는 그에게서 시선을 돌려 노트북을 바라봤다. 하지만 오삼준은 그런 내 말과 행동에 전혀 개의치 않은 채 맞은편 자리에 털썩 앉더니 능글맞게 웃으며 "기다리는 동안만"이라고 말했다. 짜증스럽게 주위를 둘러보니 곳곳에 빈자리가 보였다. 하지만 쓸데없는 실랑이를 벌이기는 싫었다. 아니 귀찮았다. 어차피 몇 분 안에 커피가 나올 것이다. 만약 커피마저 이 자리에서 마시겠다는 억지를 부린다면 내가 자리를 옮기면 된다.

"시크릿 성형 카페든가? 그 카페 회원 수가 백만을 넘었던데……. 아! 고보경 씨 요즘도 자주 들르나요?"

"당신과 고보경 씨의 친분은 알지만 환자의 이야기를 함부로 떠벌릴 수는 없네요."

그에게 시선도 두지 않은 채 답하며 그날 이후 연락이 없는 고보경을 떠올렸다.

"하긴 그렇죠? 하하. 저, 근데……."

오삼준이 말꼬리를 흐리며 오른손 검지로 테이블을 탁탁탁, 두드렸다. 그러자 신경의 거슬림이 두 배로 증가했다. 아니, 세 배, 네 배. 커피가 나올 때까지 기다리고 있다가는 신경쇠약에 걸릴 것만 같았다.

결국 나는 남은 샌드위치를 크게 한 입 베어 물고선, 짜증스럽게 손을 탈탈 털었다. 그리고 노트북을 닫았다.

"아, 가시게요? 왜요? 더 있다 가시지."

"네. 천천히 드시고 오세요"라고 빈정거림에 가까운 미소와 함께 차갑게 말한 나는 자리에서 일어났다. 아직 반쯤 남은 커피를 덥석 쥐는데, 오삼준이 내게 무언가 할 말이 있다는 것을 알리려는 듯 의도적으로 큼큼 목을 가다듬었다.

"…… 저, 요즘 수입은 어떠세요?"

나는 대답 대신 그를 노려보듯 바라봤다.

"아, 경기가 나빠지면서 성형외과 수입이 반으로 줄었다고 하더라고요. 그래서 선생님 병원은 어떨까 해서. 당연히 여전히 잘되겠죠?"

그가 능글능글 웃자 기름으로 번들거리던 콧등이 살짝 찌푸려졌다.

"네. 다행히요. 그럼."

꾸벅 인사를 한 나는 노트북을 겨드랑이 사이에 끼워 넣고는 걸음을 옮겼다. 그때, 내 등 뒤로 "근데, 요즘 들어 선생님 손을 찾는 여성분들이 더…… 늘지는 않았나요?"라고 의미심장하게 묻는 오삼준의 목소리가 들렸다. 그에 저절로 발걸음을 멈춘 나는 다시 몸을 돌려 그를 바라봤다. 그의 시선은 내 팔과 가슴 사이에 위치한 노트북을 향하고 있었다.

"선생님께선 청담동, 압구정, 강남역에 줄줄이 늘어서 있는 성형외과 인기 순위가 홍보순이란 이야기 들어보신 적 있어요?"

불현듯 시크릿 성형 카페에 달린 후기를 본 후 병원을 찾아왔다는 환자의 말과 함께 여러 가지 단어들이 연쇄적으로 떠올랐다.

'오삼준. 기획사 신인 어베우들. 시크릿 성형 카페. 윤주희. 가슴 성형. 윤태영 미 클리닉. 토마스.'

순간 머릿속이 혼란스러워졌지만 서둘러 냉정을 되찾고는 내 표정과 반응을 살피고 있는 오삼준을 향해, "들어본 적 없는데요?"라고 딱딱하게 답했다. 그러자 오삼준은 더욱더 능글맞게 웃으며 "후후, 우리 선생님의 실력과 정보력은 반비례하는군요. 만약, 그 소문이 궁금해진다면 연락 주세요"라고 말했다.

이번에는 내가 오삼준의 의도를 파악하기 위해 유심히 그의 표정을 살피는데 테이블 위에 놓인 그의 진동 벨이 요란스럽게 몸을 부르르 떨며 빨간 불빛을 내기 시작했다. 낚아채듯 진동 벨을 손에 쥔 그는 자리에서 일어나며 "그럼, 먼저 가볼게요"라고 말한 후 유유자적 발걸음을 옮겼다.

유치하게도 그가 나보다 먼저 이 자리를 떠났다는 불쾌한 사실에 괜스레 자존심이 상했다. 하지만 그 기분은 오삼준과 시크릿 성형 카페 사이에 뭔가 숨겨져 있는 것 같다는 불길한 의혹 때문에 금세 묻혀버렸다.

병원에 들어와 원장실 자리에 앉은 나는 곧 도착할 예약 환자의 전화 상담 내용을 훑었다.

나이: 27세
성별: 남
내용: 눈이 또렷하게 떠지지 않음. 사람들이 졸려 보인다고 함

정확히 봐야 알겠지만 아마도 안검하수겠지, 라고 결론지은 후 다음 예약 환자로 넘어갔다. 하지만 불청객 같은 잡생각들이 계속해서 집중력을 흐트러뜨렸다. 이내 예약 차트를 덮은 나는 물끄러미 천장을 응시하며 생각했다.

그가 나를 만난 건 과연 의도적일까. 아니, 시크릿 성형 카페에 올라온 후기와 그가 꺼낸 홍보 이야기는 우연일까, 필연일까. 시크릿 성형 카페와 오삼준은 무슨 연관이 있을까.

나는 내선 전화를 들어 윤 간호사에게 앞뒤 말은 다 생략한 채 "했어?"라고 물었다. 용케도 내 말을 이해한 그녀가 궁금증 가득한 목소리로 말했다.

"하루에 올릴 수 있는 게시글 수가 몇 개로 제한돼 있어서 며칠 걸릴 것 같아요. 근데…… 이건 왜요?"

"아, 되면 바로 말해줘"라고 답한 후 전화를 끊은 나는 다시 한 번 예약 환자의 상담 내용에 집중하려 애썼다.

그때 핸드폰이 울리며 깜박거렸다. 서로의 아픔을 공유하게 된 그날부터 연인이 되어버린 이한재의 문자였다.

―점심 잘 먹었어? 오늘 저녁 어때? 맛난 집 발견했음. 이한재.

답장 버튼을 누르고 '네'라고 찍고서는 전송 버튼을 누르려다가 그 뒤에 '그래요'라고 세 글자를 더 붙일까 고민했다. 결국 나는 '네, 그래요'라는 네 글자로 구성된 문자를 그에게 보냈다.

*

날이 갈수록 시크릿 성형 카페의 추천이나 후기를 보고 왔다는 환자들이 늘어났다. 그러나 정체도 알 수 없는 카페에 '제가 란 성형외과 원장인데, 광고나 홍보성 짙은 글을 올리는 건 자제해주시기 바랍니다'라는 글을 올릴 수도 없는 노릇이었다.

예약 차트에 빽빽이 적혀 있는 환자들 중 고보경의 이름은 보이지 않았다. 이해정 또한 그날 이후로 그 어떤 연락도 취하지 않았다. 그녀들의 소식은 단지 인터넷을 통해서만 알 수 있었다. 하지만 내가 고보경에게 전화해 한번 만나자고 할 수도 없었고, 이해정이 남기고 갔던 편지 내용이 궁금했지만 이미 사라져버린 후였다.

토요일, 콧방울이 좌우로 넓어 둔탁한 인상을 주는 얼굴을 가진 이십대 여성에게 콧방울 축소술을 해주고, 한 기획사에서 곧 데뷔할 보이 그룹이라며 데려온 다섯 명의 십대 후반 남자아이들의 성형 상담을 한 후 보톡스나 필러 등의 간단한 시술까지 마치고 나니 오후 세시가 훌쩍 넘어 있었다.

대강 정리를 마친 후 자리에서 일어나는데 핸드폰이 울렸다. 퇴근 후 함께 장을 보고 집에 가 자신이 새롭게 개발한 스파게티를 만들어주겠다고 약속한 이한재였다. 오늘까지 딱 한 번의 전화, 두 번의 문자가 왔는데 모두 이한재였다. 엷은 실소를 흘리며 폴더를 열어 "네, 정지은입니다"라고 말했다.

"지은 씨, 끝났어?"

언제부터 내 호칭이 '지은 씨'가 됐고 스스럼없이 반말을 쓰게 된 것일까. 하긴 그는 처음부터 내게 온전한 존댓말을 쓰지는 않았다.

"네, 방금 막."

"나 잠시 들를 곳이 생겨서 지은 씨 먼저 집에 가야 할 것 같은데. 대신 내가 혼자 와장창 장 봐서 지은 씨 냉장고도 채워주고 맛난 것도 해줄게. 괜찮을까?"

"네, 괜찮아요."

"뭐야. 네, 라는 말밖에 할 줄 몰라?"

"…… 그럼 그러죠, 뭐."

우리는 동시에 피식 가볍게 웃었다. 전화를 끊은 나는 집에 가기 전에 마트에나 들러볼까, 그리고 장을 본 것들로 간단한 요리라도 만들어볼까, 하고 생각했다. 맛이 좀 덜하고 볼품없어 보일지라도 내가 알고 있는 이한재라면 '에이, 무슨 요리가 이래'라고 괜스레 핀잔을 주면서 맛있게는, 아니더라도 열심히 먹어줄 것이다.

차에 타 마트를 목적지로 설정한 후 시동을 걸고 사거리로 나가기 위한 지름길인 골목길로 향했다. 맞은편에서 검정색 밴 한 대가 천천히 굴러오더니 멈춰 섰다. 운전석 문이 열리고 그 안에서 내린 건장한 사내가 빠른 걸음으로 뒷좌석으로 향하더니 문을 열었다.

매끈한 다리부터 모습을 드러낸 화이트 블라우스에 감색 점퍼스커트를 입고 있는 밴의 주인은 자신의 얼굴 크기만 한 선글라스를 쓰고 있었다. 하지만 나는 한눈에 그녀가 누구인지 알 수 있었다.

고보경.

고개를 돌려 밴이 멈춰 선 곳의 건물을 바라보니 그녀를 처음 만났을 때와 피 사건에 대한 이야기를 나눴을 때 갔던 레스토랑이었다. 커피 향이 좋았던.

"저녁 약속이 있는 건가"라고 중얼거리며 밴을 스쳐 지나가던 찰나 무심결에 시선을 둔 백미러에서 키가 크고, 등이 곧은 한 남자가 그녀에 뒤이어 내리는 모습이 비쳤다. 곧 그의 얼굴이 보였고 순간 내 발은 무의식적으로 브레이크로 향했다. 끼익, 차가 멈춰 섰다. 나는 핸들을 잡고 있던 오른손으로 마치 드라마나 영화의 주인공이 믿을 수 없는 장면을 목격한 것마냥 두 눈을 쓱쓱 비볐다. 아니, 아예 창문을 열고 고개를 왼쪽으로 한껏 재껴 밴 쪽을 바라보았다.

내 눈에 문제가 있지 않은 이상 밴에서 내려 레스토랑 안으로 들어가는 남녀는 분명 고보경과 이한재였다.

피식, 헛웃음이 지어지면서 문득 든 생각은 우스꽝스럽게도 '마트에는 들르지 말자'라는 단순 명료한 것이었다.

집에 도착하자마자 쓰러지듯 소파에 앉은 나는 계속해서 떠오르는 그 장면들을 지우려 애썼다. 하지만 쉽지 않은 일이었다.
 고보경과 이한재.
 성인남녀가 밥 한 끼, 차 한잔 마시는 것은 법적으로도 도덕적으로도 아무 거리낄 것 없는 일이다. 게다가 이한재가 나와 연인 관계라 해도 내 것은 아니다. 소유는 가장 악질적인 속박 중 하나다. 그는 내 소유가 아니고, 나 또한 그의 소유가 아니다. 우리는 서로 자유로울 수 있는 존재다. 그러니 만약 이한재의 마음이 나에게서 고보경에게로 옮겨진다 한들, 예전에 그 선배가 내 동기와 결혼식을 올렸을 때처럼 내가 할 수 있는 일은 아무것도 없다.
 하지만 그러니까, 내가 할 수 있는 게 아무것도 없으니까, 나는 그런 일이 생기길 바라지 않는다. 작게나마 내게 웃음을 주는 이한재를 빼앗기고 싶지 않다. 그런 감정을 느끼는 나 자신에게 놀란 나는 소파에서 일어나 한걸음에 냉장고로 향했다. 생수를 꺼내 페트병 째로 벌컥벌컥 마시는데도 갈증과 불안함은 사그라지지 않았다.
 "지금 이래 봤자 아무 소용 없잖아. 이한재가 집으로 온다고 했으니 그때 물어보자"라고 중얼거리며 내게 안정감을 줄 수 있는 음악을 틀기 위해 오디오 리모컨을 찾았다. 그때 문자 도착음이 울렸다. 이한재일까, 라는 생각에 서둘러 가방에서 핸드폰을 찾아 손에 쥐었다. 하지만 문자의 발신인은 이한재가 아니었다.
 ―선생님 특별회원으로 등업 됐어요. 근데 최근에 저희 병원에서 시술받고 갔다는 후기가 굉장히 많은걸요? 어쨌거나, 보세요. 윤지민 간호사.
 이한재가 오기 전까지 성형 후기 게시글들을 보면 되겠네, 라고 생각한 나는 한숨을 내쉬며 오디오 대신 노트북을 켰다. 시크릿 성형 카페에 들어가서 로그인을 한 후 성형 후기 게시판에 들어갔다. 그러자 전에는 보이지 않던 게시글들이 주르륵 떴다. 나는 최근 것부터 천천히 하나하나 읽어내려갔다. 이상하게도 최근 일주일간 업데이트된 후기 게시글 중 30퍼센트 정도가 우리 병원에 대한 것이었다. 가슴, 보톡스, 필러 등등.

하지만 의심스러운 것은 내 기억 속에는 존재하지 않는 수술이나 시술들이 몇 개나 있었다. 어느 게시글은 며칠 전 고보경 같은 피부를 만들어달라던 환자가 말했듯, 우리 병원에 다니는 연예인들을 언급하고 있었다. 게다가 '원장 선생님이 요즘 연애를 하는 것 같아요'라는 내용을 담은 게시글노 있었다. 내가 연애를 한다는 것은 병원의 간호사들도 모르는 사실이었다. '어쩌면 윤 간호사가 눈치챈 후 환자의 피부 관리를 하면서 중얼거렸을 수도 있어'라고 생각하며 일단 그 글은 넘겼지만 병원 내부에서 일어나는 소소한 일들이 게시글 곳곳에서 보이고 있었다.

어쨌거나 우리 병원에 대해 게시된 글의 대부분이 노골적으로 병원 홍보성의 성격을 띠고 있다는 것과 병원 내부의 정보들이 소개돼 있다는 사실은 나를 한층 더 꺼림칙하게 만들었다. 비약일지도 모르지만 누군가 어떤 목적을 품고 우리 병원에 대한 성형 후기를 남긴 건 아닐까 하는 의혹마저 들었다.

한숨과 함께 노트북을 덮는데 옆에 있던 핸드폰 벨이 울렸다. 이번에도 이한재는 아니었다. 이세영 선생님이었다. 누군가의 전화를 받을 기분은 아니었지만, 이세영 선생님의 전화를 무시할 만큼 절박한 정도는 아니었다.

"네, 선생님."

"어이, 지은 샘, 잘 지냈어?"

이세영 선생님의 굵직한 하이톤이 우스꽝스럽게 귓가에 꽂혔다.

"네, 그럭저럭요. 선생님은요?"

"나야 당근 잘 지냈지! 어이, 긴장해. 나 조금만 더 쉬고 병원 개업할 거니까!"

"하하. 네, 긴장하고 있을게요."

"한재는?"

달갑지 않은 질문이 기습 공격을 하듯 날아왔다.

"…… 이한재 씨를 왜 저한테 물어요?"

"어라랏? 둘이 잘되고 있는 거 아니었어?"

나는 대답 대신 한숨을 내쉬었다.

"왜? 무슨 일 있었어? 뭐, 그래 그래. 답하지 않아도 돼. 연애란 워낙 두 사람만의 비밀이 많은 법! 근데, 나 쬐―끔 궁금하긴 한데 물론 안 알려줄 거지? 흐흐, 부럽당! 자네나 자네 엄마나 청춘이구만!"

"네, 그런 것 같네요."

더 이상 이한재의 이야기를 원치 않는 나는 '별일 없으면 이만 끊어요'라는 투로 말했다.

"아, 내가 다시 한 번 사랑의 큐피드 역할을 하려고 전화했지―."

"네?"

"짜잔, 다음 주 일요일이 한재 생일이야."

"한재 씨…… 생일이요?"

"몰랐지? 하하. 내가 다음 주에 새로운 시작을 위한 여행을 떠날지도 모르거든. 그래서 미리 알려주는 거야. 후후. 아! 한 가지 더 알려줄까?"

"뭘요?"

나는 다시 오디오 리모컨을 주워 들며 건성으로 답했다. 순간 내 귀를 의심할 만한 말이 들렸다.

"토마스는 토마스 기차 장난감을 좋아하지롱."

"네? 토마스요?"

왼손에 쥐고 있던 리모컨이 카펫 위로 떨어졌다.

"응. 몰라? 토마스 장난감 기차. 왜, 회색 얼굴은 땡그래 가지고 꼭…… 아! 호빵맨처럼 생겨서 칙칙폭폭, 칙칙훅훅 가는 기차!"

"아, 네. 그 기차는 알 것 같아요. 근데, 토마스가 토마스 기차를 좋아한다는 건 대체 무슨……."

"아, 지은인 몰랐나? 한재 독일에 있을 때 이름이 토마스였어. 토마스 리ㅡ. 가끔 그 이름으로 부르기도 하는데."

그 순간 서늘한 기운이 온몸을 스쳐 지나가면서 소름이 끼쳤다.

"암튼, 난 말해줬다. 내 용건은 그거였어. 그럼 우린 서로 바쁘니 이만!"

일방적으로 전화가 끊어진 후에도 나는 핸드폰을 든 채 멍하니 서 있었다. 한참 후에야 핸드폰을 내려놓으며 털썩 소파에 주저앉았.

윤주희가 말한 대로라면 시크릿 성형 카페의 주인 이름은 토마스였다. 그런데 이한재의 독일 이름이 토마스라니. 머릿속의 회로가 순식간에 엉켜버렸다. 하지만 곧 토마스라는 이름이 다니엘이나 제

임스처럼 흔하디흔한 외국어 이름이라는 단순한 사실을 떠올렸다. 그러니 이한재와 그 토마스가 동일 인물이 아닌 것은 틀림없었다. 게다가 이한재는 나와 함께 윤태영 원장을 염탐하러 가기도 했다. 그러니 윤주희에게 그 병원을 소개시켜줬을 리도 없다. 비약이다. 말도 안 된다.

하지만 계속해서 가슴 한 켠에서 스멀거리며 올라오는 불안의 기운은 쉽게 사그라들지 않았다. 나는 내려놓은 핸드폰을 집어 들고는 이한재의 번호를 눌렀다. 지금 고보경과 한자리에 있을 이한재에게 전화를 건다는 것이 썩 내키지 않았지만, 거의 본능적으로 일어난 일이었다.

"어? 지은 씨네?"

평소와 변함없는 이한재의 목소리에 일단 마음이 놓였다.

"네……. 한재 씨 지금 어디예요?"

"아, 나 지금 친구 만나고 있는데. 오래 걸리지는 않을 것 같아."

오래 걸리지는 않을 것 같아, 라는 말이 묵직하게 들렸다. 나는 거짓말, 이라는 말이 흘러나올 뻔한 걸 가까스로 참고는 "네, 그럼 끊을게요" 하고 말함과 동시에 핸드폰을 닫아버렸다.

언제부터 이한재와 고보경이 친구였다는 말인가.

그의 거짓말을 접한 순간부터 내 마음에는 먹구름이 잔뜩 낀 날씨에 소나기가 내리는 것마냥 검은 휘장이 드리워져버렸다. 그래서 전화를 끊자마자 도착한 '왜? 무슨 일 있어? 나 금방 갈 거야'라는 이한재의 문자에 '별일 없어요. 갑자기 몸이 피곤해져서 자야 할 것 같아요. 식사는 미뤄요'라고, 하필 이런 상황에서 지금까지 보낸 문자

중 가장 긴 답장을 보냈다. 그리고 핸드폰은 배터리를 뽑아 잠재워 버렸다. 핸드폰과 달리 도수 높은 와인을 두 잔이나 몸에 흡수시켰음에도 불구하고 쉽사리 잠이 들지 않았다.

소파에 누워 멀뚱히 천장을 보며 생각했다.

'그때 기분과 비슷하네. 선배의 청첩장을 발견했을 때.'

분명 그때의 나는 그 어떤 행동도 하지 못했다. 아니 아무것도 하지 않았다.

식은땀을 흘리는 것을 느끼며 잠에서 깨 무심코 벽에 걸린 시계를 보니 밤 열한시가 훌쩍 넘어 있었다. 무거운 몸을 애써 일으켜 지끈거리는 관자놀이를 꾸욱 눌렀다.

시계, 와인 잔 다음으로 눈에 띈 건 노트북이었다. 수면 상태에서도 나를 괴롭혔던 시크릿 성형 카페와 토마스라는 이름. 그에 관한 것들을 조금이라도 더 알아볼 생각으로 노트북을 집어 들어 허벅지 위에 올려놓았다. 인터넷 익스플로러 창을 띄우는 순간 메인 화면 뉴스 가장 윗자리를 차지하고 있는 기사 몇 개가 한눈에 들어왔다.

"배우 이해정, 수면제 과다 복용으로 응급실행. 현재 혼수상태!"
"스트레스로 인한 약물 과다 복용. 이해정, 그녀는 요즘?"
"수면제 과다 복용. 자살을 위한 도구였을까?"

침이 꼴깍 넘어갔다. 의사라는 직업을 가졌으므로, 수면제 과다 복용이 사망으로 이어지기 힘들다는 사실은 물론 알고 있었다. 하지만 미세하게 빨라지는 심박수는 이성이나 의지 따위와는 상관없었다.

핸드폰을 집어 들어 전원을 켰다. 이한재의 번호와 낯선 번호가 경쟁하듯 번갈아가며 문자로 들어왔다. 그 둘을 무시한 채 서둘러 이해정의 번호를 찾았다. 하지만 그녀의 핸드폰은 꺼져 있는 상태였다. 매니저 번호 따위는 당연히 몰랐다. 코디 번호도 로드매니저 번호도. 문득 이해정과 결혼할 사이라던 그 남자가 떠올랐다. 혹시나 하는 마음에 낯선 번호로 온 문자메시지를 확인했다.

―연락 바랍니다. ***-****-****

통화 버튼을 누르자 몇 번의 신호음 후 대뜸 "해정 씨 따님이시죠?"라는 낯선 남자의 음성이 들렸다. 그 남자라는 것을 어렴풋이 짐작할 수 있었다. 그날 그렇게 헤어진 다음, 그와 다시 대화를 나눈다는 게 불쾌했지만 지금 이해정의 소식을 묻고 들을 수 있는 건 불행히도 그밖에 없었다.

"…… 네. 이해정 씨 상태는 어떻죠?"

태연한 척 애를 썼지만 목소리는 미세하게 떨리고 있었다. 핸드폰 너머로 먼저 들려온 한숨 소리 후 그 남자는 이미 포기한 듯한 목소리로 말했다.

"그게, 좀 위급해요."

그리고 아무 대답 없는 내게 병원 위치를 설명해주었다.

전화를 끊고 잠시 넋을 놓고 있던 나는, 정신을 차리자마자 손에 집히는 카디건 하나만을 손에 들고 밖으로 튀어 나갔다. 그리고 신호 따위는 모조리 무시한 채 내가 낼 수 있는 최고의 속력으로 달렸다.

'…… 날 미워해도, 원망해도 상관없어. 나 때문에 사라진 아름다움 따위 내 손으로 다시 다 돌려줄 수 있어. 그깟 가슴 성형 천 번이라도 해줄 수 있어. …… 그러니까…… 죽지만 말아요.'

*

아무렇게나 주차를 한 후, 한걸음에 달려간 병실 앞에서 이상한 점 하나를 발견했다. 진을 치고 있어야 할 기자들이 없다는 것이었다.

마침 병실에서 나온 그 남자와 눈이 마주쳤다. 그는 나를 향해 꾸벅 인사를 한 후, 엄지손가락으로 병실에 들어가보라는 시늉을 했다.

얼떨떨한 걸음으로 병실에 들어가니 침대에 누워 오른팔에 링거를 맞고 있는 이해정이 평소 애용하던 거울을 보고 있었다. 그러다 인기척에 나를 발견하고서는 짐짓 놀란 기색으로 거울을 내려놓으며 짜증스럽다는 듯 중얼거렸다.

"잠이 안 와서 몇 알 먹은 것뿐인데. 별일도 아닌 걸로 왜 다들 호들갑이야."

그제야 그 남자가 나를 속였다는 사실을 깨달으며, 안도감과 불쾌감을 동시에 느꼈다. 그리고 문득 오늘 내게 거짓말을 한 또 한 명의 남자가 떠올랐다.

이, 한, 재.

"지은이, 넌 또 웬일이야?"

이해정이 나를 향해 번거롭다는 말투로 물었다. 나는 아무런 대답도 하지 않은 채 평소에는 보기 드문 화장기 하나 없는 초췌한 그녀의 얼굴을 물끄러미 바라봤다.

피주사, 비타민주사 등을 밥 먹듯 맞고, 정기적으로 필러와 보톡스 주입, 해마다 한 번씩은 꼭 리프팅 수술을 하며 세월을 비켜가려 온갖 애를 써도 완벽하게 나이를 숨기는 것은 불가능한 걸까. 그녀의 아름다움의 유통기한은 이미 소멸되어가고 있었다.

초라해 보이는 그녀의 모습에 내 감정이라 인정하고 싶지 않지만, 안쓰러움이 느껴졌다. 하지만 그녀의 앞에서 마치 목각인형처럼 감정 없이 서 있던 내 입에서 흘러나온 말은 심술궂기 그지없었다.

"사람 놀라게 하는 게 취미예요? 괜찮은 것 같으니 이만 갈게요."

그러고는 빠르게 몸을 돌려 문을 향해 저벅저벅 걸어갔다. 문을 열고 밖으로 나가는 순간까지 그녀는 나를 붙잡는 말 한마디 꺼내지 않았다. 아니, 나 또한 그녀가 붙잡는다 한들 이곳에 더 머물고 싶은 생각 따위는 없었다.

병실에서 나와 문을 닫는 순간, 문밖에서 불량한 포즈로 벽에 기대선 채 담배를 피우고 있는 그 남자의 모습이 눈에 들어왔다. 나를 발견한 그가 가볍게 어깨를 으쓱하더니 옆에 있던 쓰레기통에 담배를 비벼 껐다. 여전히 무례한 행동에 화가 머리끝까지 차오른 나는 차갑게 그를 한 번 쏘아본 후 걸음을 옮겼다. 하지만 그가 바지 주머니에서 꺼낸 하얀 봉투가 내 시야에 꽂히자마자 우뚝 발걸음이 멈춰졌다. 그건 분명 이해정이 놓고 갔던, 하지만 다시 들고 갔던 편지였다. 그가 씁쓸한 표정으로 편지를 달랑거리며 내게 물었다.

"커피 한잔 안 할래요?"

어디선가 뽑아 온 달달한 자판기 커피를 내게 건넨 후 벤치 끄트

머리에 털썩 주저앉은 그는 한동안 말없이 커피를 홀짝거렸다. 그리고 그건 나도 마찬가지였다. 어색한 기류가 흐르는 위에 펼쳐진 어두컴컴한 하늘에는 마치 카스타드 같은 모양과 색의 달이 떠 있었고, 그 밑으로 촘촘한 아파트들 사이에서 불빛들이 쏟아져 나오고 있었다. 나는 그 불빛들을 물끄러미 응시했다.

내 기억이 맞는다면 저기 어딘가 내가 대학에 입학하기 전까지 함께 살았던 이해정의 집이 있다. 물론, 집에 머물러 있는 시간이 드물었던 이해정 덕분에 단지 거주지라는 공간적인 의미와 기억밖에 없지만. 저 화려한 불빛 안에 있는 사람들은 지금 행복할까, 라고 생각하며 예전에 살았던 집을 찾기 위해 어림짐작으로 하나하나 훑어봤지만 불가능한 일이었다. 커피를 다 마셨는지 종이컵을 꾸깃거리던 그 남자가 가까운 쓰레기통에 종이컵을 던져 명중시켰다. 그러고는 한숨과 함께 적막을 깼다.

"따님, 이라고 해야 하나. 뭐 호칭은 차차 생각하고. 일단 속여서 미안해요. 그러지 않으면 안 올 것 같아서."

"잘 아시네요."

내가 빈정거리듯 되받아쳤다.

"따님이 해정 씨를 이해해줄 순 없을까요?"

"…… 대체 뭘요?"

나는 여전히 아파트에 시선을 둔 채 되물었다.

"해정 씨는 언제나 외로워해요."

"…… 어째서요? 그녀 주위에는 언제나 사람들로 가득한데."

'외로운 건, 이해정이 아니라 저라고요'라는 정작 내뱉고 싶은 말은 가슴속에 담아두었다.

"지금 따님이 보고 있는 화려한 아파트 불빛처럼 뭐든 보이는 게 다는 아니잖아요."

예상치 못한 그의 비유에 슬쩍 고개를 돌려 아파트에서 그에게로 시선을 이동했다. 그날은 당황해서 제대로 보지 못했던 그의 얼굴이 달빛 아래에서 섬세하게 보였다. 갸름한 턱선, 외까풀을 가진 눈, 오뚝한 콧날, 장난스러워 보이는 입술. 짙은 눈썹 아래 보이는 새카만 눈동자는 진심을 담고 있었다.

본인이 했던 행동들과는 어울리지 않는 말을 내뱉으며 내가 원치도 않는 진심을 어필하려 하는 그의 모습에, 불현듯 이한재를 떠오르게 하는 외모에 화가 치밀어 올랐다. 그래서 나도 모르게 심술궂은 말들이 흘러나왔다.

"결혼과 이혼을 이미 경험한 이해정 같은, 나이도 당신보다 열 살이나 많고 더군다나 나 같은 자식까지 있는, 그런 여자와 결혼까지 하려는 진짜 이유가 뭐죠? 만약 이해정 힘을 빌려 배역이라도 따낼 생각이면 그건 완벽한 오산인데. 아실지 모르겠지만 이해정 파워가 예전만 하진 않거든요. 돈도 생각보다 많지 않아요. 모르시진 않겠죠? 그녀의 낭비벽. 대체 이유가 뭐예요?"

내 말에 발끈할 것 같았던 그가 나를 바라보며 이해가 가지 않는다는 듯 미간을 찌푸리더니 끝내 피식 웃음을 지었다. 그리고 당연한 듯 강단 있는 목소리로 "사랑하니까요"라고 말했다. 순간 당황스러움을 감추지 못한 내게 그는 생각할 시간도 주지 않고 마치 자신에게 고백하듯 천천히 말을 이었다.

"알다시피 해정 씨는 아름다움에 대한 욕구가 강한 여자예요. 그만큼 사랑하고, 사랑받기를 열정적으로 원하는 여자고요. 나이가 들어도 항상 아름다운 여자이기를 원하며, 사랑받기 위해 노력하는 여자. 근사하지 않나요?"

아름다움을 원하는 욕구. 물론 그것이 성형외과가 흥하고 내가 돈을 버는 가장 중요한 이유 중 하나다. 그러니 성형외과 의사인 내가 아름다움의 유지로 사랑과 행복을 원하는 그녀를 추궁한다는 건 아이러니하다. 하지만 그녀의 아름다움에 대한 욕구는 나를 그녀의 아름다움을 빼앗은 죄인으로 만들어버렸다. 엄마의 아름다움을 빼앗은 딸, 이라는 생각을 하며 자란 아이가 아름다워질 리, 행복해질 리 만무하지 않은가.

"주제넘은 말일 수도 있겠지만 축하해줄 순 없을까요?"

"......"

"저와 그녀의 결혼. 아마도 해정 씨가 가장 축하해주길 바라는 사람은 바로 당신일 거예요. 제가 느끼는 그녀의 가장 큰 문제는 이상하게 따님에게만큼은 솔직하지 못하다는 거예요. 그날 제가 그 집에 가서 실례를 했을 때, 그리고 두 분이 다퉜을 때 적잖이 충격을 받은 것 같더라고요. 아, 이제 와서 사과드리는 것도 이상하지만 그날은 죄송했어요. 와인을 쏟는 바람에······."

나는 끝내 그의 질문에 대답하지 않았다. 그렇게 그와의 어색한 대화가 끝나갈 무렵 그는 계속해서 손에 들고 있던 편지를 내게 건네며 조심스레 말했다.

"그거 알아요? 해정 씨 배에 수술 자국이 있는 거."

모르는 일이다. 그녀가 내게 배 부분의 시술이나 수술을 부탁한 적은 한 번도 없다.

"당신을 낳았을 때 생긴 제왕절개 자국이에요. 검붉은 색의 그건 마치 지렁이가 기어가듯 꿈틀거리죠. 따님, 혹시 그건 아니요? 결혼 당시 해정 씨의 직업은 배우가 아니라 모델이었던 거……?"

전혀 모르는 일이었다. 어느 순간부터 그녀는 배우로 이름을 알렸고, 나는 그녀의 과거를 뒤질 만큼 그녀에게 궁금한 것이 없었다.

"모델이 배에 흉터가 생기는 것까지 감수하고 아이 낳기를 결심했다는 건 그만큼 소중했다는 이야기 아닐까요? 뭐, 아닐지도 모르지만. 전 그렇게 생각해요."

"……."

"아, 이것도 당신은 모르겠지만…… 가정을 배신한 건 해정 씨가 아니라 당신 아버지였어요."

순간 나는 발끈했다. '당신이 뭔데, 아빠에 대해 함부로 이야기하는 거예요? 알지도 못하면서!'라고 말을 하려던 찰나, 나조차 아빠에 대한 기억이 얼마 되지 않는다는 것을 깨달았다.

그는 결국 내게 편지를 건넨 후 사라졌다. 비현실과 마주한 듯한 기분에 한참을 그대로 자리에 앉아 아파트들 사이에서 쏟아져 나오는 불빛들만을 멍하니 바라보았다. 불빛이 하나둘씩 꺼지고 마침내 남은 하나의 불빛마저 어둠 속으로 사라졌을 때 비로소 나는 자리에서 일어났다.

집에 들어가자마자 욕실로 향한 나는 욕조에 물을 받았다. 콸콸

콸, 활기차게 물이 쏟아져 나오는 소리를 들으며 욕조 난간에 걸터앉아 그 남자가 건네준 그녀의 편지를 조심스럽게 뜯었다. 이해정의 글씨로 추정되는 낯선 글자들이 하얀 편지지 안을 가득 메우고 있었다. 크게 심호흡을 하자 후텁지근한 기온이 온몸으로 느껴졌다. 그새 발목 정도의 높이까지 차오른 물에 두 발을 넣었다. 그 온기에 다소 긴장감이 풀린 나는 천천히 편지를 읽어내려갔다.

딸.

갑작스러운 결혼 소식과 더불어 생뚱맞은 편지에 놀라지는 않았나 모르겠다. 사실 나조차도 이 편지를 왜 시작했는지, 어떤 식으로 시작해서 어떤 식으로 끝내야 할지, 전혀 모르겠으니.

아마도, 아니 내 기억으로는 그날이 처음이었어. 네가 나한테 날 세운 감정을 드러낸 것은. 순간적으로 얘가 미친 게 아닐까, 화가 나고 어이도 없었지만 날 향한 너의 원망 어린 눈빛과 거칠게 쏟아져 나오던 한마디 한마디를 곱씹다 보니 문득 이런 생각이 들더라. 그동안 내가 너에게 상처만 주고 있었던 걸까…….

그래. 단 한 번도 너에게 이 이야기를 한 적이 없었지. 인정하긴 싫지만 넌 네 아빠를 많이 닮았어. 날 닮았으면 더 예뻤을 텐데 아쉬운 일이기도 하지.

어쨌거나 바로 그게 이유야. 내가 너에게 솔직하지 못했던 것, 살갑게 대하지 못했던 것.

지금도 그래. 네 아빠에게 버림받았던 이야기를 아빠 닮은 너에게 한다는 게 한편으로는 자존심이 상하네. 하지만 이제 내겐 네 아빠에게서 받은 상처를 지울 수 있는 사람이 생겼으니 더는 과거에 얽매이지 않아도 되지 않을까…….

　네 아빠는 내가 모델로 있던 잡지사 대표였어. 네 아빠의 끈질긴 구애 끝에 결혼을 하게 됐지. 당연히 아빠의 바람대로 모델 일은 그만두었고. 처음엔 아니었지만 대부분의 여자들이 그렇듯 나에게 헌신하던 그를 결국은 사랑하게 됐지.

　너를 낳고 알게 됐어. 그에게 또 다른 여자가 생겼다는 걸. 그 사실을 알게 된 나는 세상의 모든 게 다 무너져버렸어. 그녀 또한 모델이었어. 아이를 낳은 나와는 다르게 늘씬하고 예쁜. 그가 나 대신 다른 여자를 택한 이유는 그것뿐이라고 생각했어. 내가 더 이상 아름답지 않아서. 그래서 처음엔 그 모든 원망을 너에게 돌렸어. 내 아름다움을 빼앗아간 건 너라고 생각했으니까. 그와의 이혼 후 배우로 일에 복귀한 나는 그에게 보여주기 위해 더욱 아름다워지려 노력했고, 더 많은 남자의 사랑을 갈구했고, 더욱 열정적으로 누군가와 사랑하는 척했지.

　'봐라, 네가 시들었다고 버린 꽃이 얼마나 더 화려하게 다시 필 수 있는지. 나중에 후회해봤자 소용없다. 그때는, 네게만큼은 가시 돋친 장미 행세를 할 테니.'

　하지만 그는 사고로 세상을 떴고, 그와 동시에 내가 그토록 원했던 아름다움의 이유도 사라져버렸어. 하지만 어느 순간부터 그런 내 모습이 나 자신으로 굳어져 더 이상 다른 모습으로 변하기도 힘들었어. 그리고 그렇게 살지 않으면 어떤 의미로 세상을 살아가야 할지도 몰랐지.

그래, 지금 와서 생각해보니, 난 항상 내 입장만 생각했던 것 같아. 어리석은 엄마였어. 내 상처를 치유하기 위해 네가 받았을 상처는 생각하지 않았으니. 근데 거기엔 네가 그만큼 손이 안 가게 똑 부러지는 딸이었다는 이유가 포함되어 있어. 넌 나에게 그 어떤 원망도 내비친 적이 없으니. 궁색한 변명인가? 어쨌든 미안하게 생각해. 하지만 넌 분명히 내가 한때, 열정적으로 사랑했던 남자와의 사이에서 태어난 사랑스러운 내 아이인 건 변함없는 사실이야…….

이제 와서 이런 말들이 무슨 소용인가 싶지만, 이번 결혼을 지은이 네가 축하해줬음 좋겠어. 네 아빠가 준 상처를 치유해주고 잊고 싶던 기억에서 벗어나게 해준 사람이거든. 그러니까, 나도 이제 조금은 새롭게 살 수 있지 않을까 싶어. 그렇다면 이미 어긋날 대로 어긋나버린 너와의 관계도 새롭게 시작할 수 있지 않을까…….

여전히 제멋대로이고 이기적인 엄마라 미안해……. 하지만 사람은 변하면 죽는다잖니. 나까지 죽으면 넌 고아가 되는데…… 그게 더 슬프지 않을까.

하지만, 언젠간 너도 날 이해할 거라 믿어. 그리고 이런 말은 하고 싶지 않지만, 너와 난 달라. 넌 나처럼 남에게 상처 주기 위해 자신을 망가뜨리는 어리석은 사람이 아니니까. 그러니깐 넌 나와는 달리 조금 더 빠르게 행복해질 수 있어.

아, 가슴 수술은 정 네가 내키지 않는다면 거절해도 좋아. 아, 이미 거절한 건가? 하하. 어쨌거나, 그럼.

널 사랑하는 엄마가

내 기억과는 너무 다른 이야기가 담긴 그녀의 편지를 물기 없는 욕조 한 켠에 내려놓은 후 어릴 적 기억을 더듬어봤다.

언제나 말이 없던 아빠, 그런 아빠에게 화를 내던 엄마. 아빠에 대한 화풀이를 나에게 하던 엄마, 그럴 때면 으레 인형을 안겨주던 아빠. 이혼 후 집에서 모습을 보기 힘들었던 엄마, 그래서 외로웠던 나를 가끔 밖으로 불러 맛있는 것을 사주던 아빠. 아빠가 사고로 돌아가시던 날, 엄마는 장례식에 가지 않았다. 물론 나 또한 가지 못하게 했다. 그녀는 밤새 하루하루 늙어가는 자신의 얼굴을 도려내고 싶다며 오열했다.

짧은 기억들. 나는 그런 불완전한 기억만으로 히스테리컬한 엄마와 다정한 아빠라는 이미지를 만들어낸 것일까. 원래 기억이라는 것은 스스로 기억하고 싶은 대로 기억하고 그것들로 자신만의 이미지를 만들어내는 못된 속성이 있다. 그러니까 만약, 이해정의 편지가 사실에 기초한 것이라면 내게 존재하는 아빠, 엄마의 이미지는 단지 나만의 이미지일지도 모른다. 하지만 그렇게 인정해버리고 싶지만은 않았다. 그렇게 된다면 그녀와 함께 나 역시 틀린 게 되니까. 게다가 사실이 뭐든 간에 그녀가 나에게 상처를 줬다는 사실에는 변함이 없다.

다만 후회되는 것이 한 가지 있다. 그녀에게 단 한 번도 '왜 그렇게 아빠를 미워해요?', '뭐가 그렇게 힘들죠?'라고 질문하지 않았다는 것. 만약 그때의 내가 이해정에게 그런 질문을 했다면 그녀와 나 사이가 조금은 달라졌을까?

문득, 지금의 나도 마찬가지라는 생각이 들었다. 나는 '당신 이름이 토마스예요? 혹시, 시크릿 성형 카페를 아나요?', '왜 고보경과 만났죠?', '거짓말을 한 이유는 뭐죠?'라고 이한재에게 묻지 않는다.

많은 사람들이 타인과 소통하기 위해 끊임없이 노력한다. 하지만 나는 말하지 않고 그저 알아봐주기를 바란다. 모르면 그만이라는 핑계를 대며. 어찌 보면 '알아서 예쁘게 해주세요'라는 말로 나를 괴롭히던 환자와 다를 바 없지 않을까? 그런 내게는 이해정을 비난할 자격도 이해할 자격도, 이한재를 의심할 자격도 사랑할 자격도 없는 게 아닐까, 라는 생각이 밀려들었다.

하지만 지금 내 안에 부인할 수 없는 몇 가지 생각이 있다. 이해정이 위급하다는 이야기를 들었을 때 심장이 멎을 것 같았다는 것. 지금 이 상태 그대로 이한재와 멀어지고 싶지 않다는 것.

다시 편지를 집어 든 나는 "널 사랑하는 엄마가"라는 마지막 문장을 조그맣게 따라 읊조렸다. 그러자 그 소리가 울리며 욕실 안을 가득 메웠다.

그러고 보니 그 누구에게 단 한 번도 사랑한다는 표현을 한 적이 없는 나였다. 어찌 보면 책 한 권, 드라마 한 편 속에 몇 번씩은 꼭 등장하는, 흔하디흔한 단어인데.

천장에 맺힌 차가운 물방울이 똑 하고 이마 위로 떨어지는 순간, 조금 변한다고 해서 사람이 죽지는 않겠지, 라는 생각이 어렴풋이 들었다.

Chapter 6

시크릿 성형 :

쉿! 아름다워지고 싶기 이전,
행복해지고 싶은 욕망!

◆남자 성형수술 베스트 5위 :
1. 코 성형. 2. 눈 성형. 3. 지방 흡입. 4. 안면 윤곽. 5. 보톡스

월요일, 커피 한 잔과 함께 병원으로 올라가는 엘리베이터에 올라탔다. 오층, 문이 열리고 발을 내딛는 순간 엘리베이터 좌측 벽에 기대선 채 팔짱을 끼고 졸고 있는 이한재의 모습이 눈에 들어왔다. 그 앞에 서서 잠시 그의 얼굴을 물끄러미 바라봤다. 오늘 그와 마주치게 된다면 용기를 내 미심쩍은 부분들을 물어볼 생각이었지만 어찌 된 영문인지 한숨만 흘러나왔다. '그래, 오늘은 아직 많이 남았어'라고 생각하며 몸을 돌리려는 순간 익숙한 느낌의 손이 내 손목을 잡아챘다. 그와 동시에 짓궂은 목소리도 흘러나왔다.

"어이, 실컷 훔쳐보고 그냥 가려고?"

고개를 돌려보니 반쯤 눈을 뜬 이한재가 짓궂은 표정으로 미소 짓고 있었다.

"…… 자고 있는 거 아니었어요?"

"응……. 엄밀히 말하면 자고 있는 척? 언제 키스로 깨워주나 한참 기다렸는데 그냥 가더라고. 혹시 '잠자는 숲 속의 이한재'라는 동화 못 봤어?"

그의 너스레에 피식 헛웃음이 흘러나오는데 그가 나지막이 물었다.

"그쪽한테 할 말이 있어서 계속 전화했는데 연락이 안 되더라."

"……."

"이미 손에 들고 있는 커피는 내게 넘기고 새롭게 한 잔 어때?"

"…… 그래요. 나도 이한재 씨한테 물어볼 말이 있어요"라는 말이 힘겹지만 다행히도 흘러나왔다.

우리는 병원 건물 아래 위치한 커피숍으로 갔다. 햇살을 받을 수 있는 곳에 자리를 잡은 후 이한재는 내가 가지고 있던 커피와 똑같은 것으로 주문해왔다. 그리고 새 커피를 내게, 내가 가지고 있던 커피를 자신이 가져갔다.

"저……."

우리는 동시에 말을 꺼냈고 또 동시에 "먼저"라고 말했다. 잠시간의 침묵 중 그의 눈을 슬쩍 바라본 나는 입술을 지그시 깨문 후 입을 열었다.

"그럼 먼저 물을게요."

"응."

"토요일…… 고보경 씨 만났죠?"

커피를 마시던 그가 짐짓 당황한 표정을 지었다.
"집에 가는 길에 봤어요."
"아……. 그럼 오히려 잘됐어. 내가 하려던 말도 고보경과 관련된 이야기니까."

살며시 미간이 찌푸려졌다. 그리고 그의 입에서 흘러나올 말이 두려워졌다. 하지만 이미 어쩔 수 없는 상황과 직면해 있다. 두렵다는 이유로 그의 이야기를 듣지 않고 이 자리에서 일어난다면 그간의 나와 별반 다를 게 없을뿐더러, 모양새 또한 꼴사나울 것이다.

"해보세요."
"…… 그간 말할 기회가 없어서, 아니 말할 필요가 없다고 생각해서 하지 않았는데 숨기는 게 있다는 게 영 꺼림칙해서."
"……."
"고보경과 난 한때 아는 사이, 아니 한때 짧게나마 만남을 가졌던 사이야."
"…… 네?"

그는 놀란 내 반응을 이해한다는 듯 몇 번 고개를 끄덕인 후 말을 이었다.

"오 년 전쯤인가. 난 소아과 레지던트를 시작할 때고 그녀는 당시 톱스타였어. 〈종합병원에서 생긴 일〉이던가, 어쨌든 그녀가 그런 제목의 드라마 촬영차 병원에 와서 우연히 알게 됐고, 그녀의 대시로 시작된 만남이었어. 처음엔 별 관심 없었지만 얼마 지나지 않아 아름답고 당당한 그녀와 사랑에 빠졌지."

사랑에 빠졌지, 상당히 거슬렸지만 그의 말을 끊지 않았다.

"하지만 그 사랑의 지속 시간은 고작 한 달뿐이었어. 그 드라마가 별다른 반응을 얻지 못해서 흥행에 실패했고, 마침 생긴 또 다른 일들로 인해 고보경의 주가가 한참 떨어졌어. 때문에 몇 개씩이나 찍던 광고들의 연장 계약은 성사되지 못했지. 하지만 얼마 후 고보경은 다른 광고 계약들을 따냈어. 알고 봤더니 그 제품이 생산된 기업의 후계자와 스캔들이 났더라고. 고보경은 여배우의 삶을 유지하기란 남들이 생각하는 것보다 훨씬 많은 비용이 요구된다고, 그래서 어쩔 수 없다고 이해를 구했어. 하지만 난 그런 고보경을 절대 이해할 수 없었어. 그렇게 우리 사이는 끝났어. 그렇게 잊고 지냈는데 몇 년 후, 이곳에서 소아과를 개업하기 전에 날 찾아왔더라고. 다시 시작하고 싶다는 이유로."

꿀깍, 나도 모르게 침이 넘어가는 소리가 적나라하게 울려 퍼졌다.

"거절했어, 단호하게. 다시는 찾아오고 싶다는 생각이 들지 않을 정도로. 난 지나간 사랑 따위엔 관심 없거든. 특히나 그런 식으로 상대를 배신한 누군가와는 더더욱. …… 그런데 얼마 전 엘리베이터 앞에서 셋이 우연히 마주쳤을 때 고보경이 나를 모른 척했었잖아? 난 그 이유가 당신에게 나와의 과거를 알리고 싶지 않은 거라고 그렇게 생각했어. 그런데 고보경이 나와 만날 자리를 만들어달라고 했다는 말을 당신에게 들은 후 의아한 생각이 들었어. 그리고 마침 고보경에게 연락이 온 거고. 그래서 만난 거야. 당신이 본 그날."

"…… 그래서요?"

"묻더라, 당신과 만나는 사이가 맞느냐고. 그렇다고 대답하면서, 더 이상 당신에게도 내게도 귀찮게 굴지 말라고 말했어. 당신에게 속을 보였는지 모르겠지만 고보경 그녀, 보기보다 집요하고 무서운 구석이 있거든. 갖고 싶은 건 어떻게든 가지기 위해 상황을 만들어 내. 어쨌거나 빨리 말하지 못해서 미안해."

옛일들을 정확하게 기억해 반듯하게 정리하며 이야기하던 그는 꾸벅 고개를 숙이며 사과했다.

단연 충격적인 이야기였다. 하지만 과거가 존재하지 않는 사람은 없다. 방금 태어난 아이도 모태에서의 과거를 가지고 있다. 심지어 지금 이 순간도 곧, 과거가 되어버린다. 그리고 그런 과거는 얼굴마저 바꾸는 현대 기술로도 지울 수 없다. 다만 잊을 수 있을 뿐이다. 나는 이한재로 인해 아픈 기억을 조금이나마 덜어낼 수 있었다.

누군가가 말했다. 인간이란 원래 과거라는 산물을 만들며 살아가는 동물이라고. 그러므로 과거가 있다는 건, 시간이 흐르는 지금을 살아가고 있다는 증거다. 그렇게 살아 있는 이한재는 지금 내 앞에 있다. 고보경이 아니라. 나는 깊은 한숨과 함께 그를 이해한다는 의미로 고개를 끄덕였다. 하지만 이미 사귀었던 남자를 마치 처음 보고 반한 사람인 양 내게 소개시켜달라고 했던 고보경의 저의는 해석도, 이해도 불가능했다.

도무지 쉽게 답이 나오지 않을 것 같은 그 일에 대한 생각은 잠시 미루기로 결정한 나는, 고보경과의 일 다음으로 묻고 싶었던 이야기를 조심스레 꺼냈다.

"토마스……가 당신 이름이에요?"

"토마스? 응. 내가 독일에 있을 때 쓴 이름이야. 요즘도 가끔 쓰긴 하지만. 그건 왜?"

"…… 그럼 혹시 시크릿 성형 카페에 대해 알아요?"

"시크릿 성형 카페? 어디선가 들어본 것 같긴 한데……!"

기억을 끄집어내려는 듯 고개를 옆으로 갸웃거리는 그의 미간에 살짝 주름이 졌다.

"아! 예전에 세영 형님이 언급한 적 있던 그 성형에 관한 카페?"

"네."

"그때 들은 게 단데? 왜……? 그게 내 이름과 관련이 있어?"

"모르면 됐어요. 요즘 그 카페가 심히 수상쩍은데 그 카페 주인이 토마스라는 이름을 쓴다고 해서……. 그래서 확인차 물어본 거예요."

내 말이 끝나기가 무섭게 고개를 뒤로 젖힌 후 한참을 호탕하게 웃던 이한재가 "그래서? 그게 나라고 생각했단 말이야? 어이 상실. 대략 난감. 딱 지금 내 심정이야"라고 말했다. 물끄러미 바라본 그의 눈빛은 여전히 정직했고 그가 취하는 작은 제스처 역시 거짓말의 냄새 따위는 전혀 풍기지 않았다. 내 머릿속에 기분 나쁘고 불안하게 똬리를 틀고 있었던 이한재에 대한 의혹이 공식적으로 사라지는 순간이었다. 그에게 직접 묻기 잘했다는 생각과 함께 마음속 깊은 곳에서 안도의 한숨이 흘러나왔다. 그때 가방 안에 있던 핸드폰에서 문자 알림음이 울렸다.

─선생님 어디세요? 예약 환자분 도착했어요. 윤지민 간호사.

시계를 보니 아홉시가 넘어 있었다. 나는 가방을 들며 "그러게요. 이만 일어나요. 진료시간 다 됐어요"라고 이한재에게 말했다.

"아, 끝나고 저녁 약속 있어?"

"…… 아니요."

"그럼 저녁 같이 먹을까? 내가 퇴근시간에 갈게."
"그래요."
그를 향해 작은 미소를 보냈고, 그는 내 대답에 만족스럽다는 듯 역시 미소로 답했다. 우리는 자리에서 일어나 각자 병원으로 향했다.

상담을 하고, 견적을 뽑고, 시술과 수술을 하는 중간 중간 고보경에 대한 의구심이 솟구쳐 올라 정신을 흩뜨렸다.
고보경이 우리 병원에 오게 된 이유는 단지 성형 부작용과 오삼준의 소개 때문일까? 이한재의 병원과 맞닿아 있어서, 라는 이유가 더 크게 작용하지는 않았을까? 그렇다 쳐도 내게 이미 알고 있는 사람을 소개시켜달라고 한 이유는 뭘까? 이한재가 다시는 안 볼 듯 차갑고 냉정하게 굴어서? 그런 소심한 성격은 아닌 것 같은데…….
오삼준이 시크릿 성형 카페의 주인이 아닐까, 라는 의심을 한 적이 있다. 게다가 고보경이 병원에 다니게 된 이후로 우리 병원에 관한 글들이 자주 올라왔다. 하지만……. 생각하면 생각할수록 마치 쉽게 풀리지 않는 큐브같이 모든 게 더욱더 엉클어져만 갔다.
샌드위치로 때운 점심시간이 끝나갈 무렵 시크릿 성형 카페에 들어갔다. 예상했던 대로 메인페이지에는 이해정 수면제 과다 복용 사건과 관련된 글이 게시돼 있었다. 여배우의 얼굴에 세월의 주름이 생겨남과 비례해 커지는 불안감. 그리고 그 불안감 해소로 투여하게 되는 약물. 그것이 결국 약물중독으로까지 이르게 되는 과정. 허울 좋게 짜여 있는 이 내용의 오점은 역시나 넌지시 성형을 유도하는 마지막 문장이었다.

성형 후기 게시판에 들어가자 새로 업데이트된 후기들이 떴다. 우리 병원에 대한 후기들을 하나하나 살펴보는 도중 문득 몇몇 작성자 아이디가 겹친다는 생각이 들었다. 게다가 그 아이디들은 익숙하기까지 했다. 눈을 찡그린 채 자세히 살펴보니, 바로 방금 접속한 내 아이디였다. 나는 게시글을 올린 적이 없다. 그렇다면 잠결에 접속해서 글을 썼나? 하지만 나는 몽유병을 앓지도 않는다. 서둘러 내선 전화로 프런트 번호를 눌렀지만 윤 간호사는 아직 들어오지 않았는지 연결되지 않았다. 잠시 후 요란스럽게 병원 문이 열리는 소리가 들리자마자 다시 한 번 전화를 걸었다.

"네, 선생님!"

"윤 간호사, 혹시 내 아이디로 시크릿 성형 카페에 글 올렸어?"

"아…… 네. 그럼 환자분들이 더 늘 것 같아서요"라고 대꾸하는 윤 간호사의 목소리는 마치 칭찬을 요구하는 듯 둥실거렸다. '정말 뇌에 보톡스라도 맞은 거야?'라는 질문을 가까스로 참아내고 "당장 지워"라고 말했다.

"네?"

"아니, 내가 지울게. 근데 대체 몇 개나 올린 거야?"

현재 열려 있는 게시글 삭제 버튼을 누르며 짜증스럽게 묻는데 "어머 일찍 오셨네요?"라는 윤 간호사의 인사 소리가 수화기와 문틈에서 각각 울려 퍼졌다.

"저, 선생님 환자분 오셨어요. 게시글은 제가 바로 지울게요. 근데 꼭 지워야 하나요? 제 생각엔 손님이 더……."

속삭이듯 말하는 윤 간호사에게 "당장 지워"라고 단호하게 말한 후 서둘러 수화기를 내려놓고 문을 열고 들어오는 남자 환자를 향해 가볍게 인사했다.

곧 오인조 아이돌 그룹으로 데뷔할 거라는 그는 자리에 앉자마자 거울을 들고 이제 거의 아문 쌍꺼풀 수술 부위를 만지작거리며 내게 물었다.

"꽤 괜찮게 됐죠? 매니저에게는 아직 말 안 했지만……. 쌍꺼풀을 하니 코도 하고 싶어지더라고요. 여기서 코까지 하면 연예인 한휘를 닮을 것 같지 않나요? 요즘은 남자도 비주얼 시대잖아요. 그에 맞춰 남자 연예인들도 방송에 나와 떳떳하게 성형 고백을 많이 하고! 뭐, 저도 고백해서 이슈 좀 끌까 해서요."

그렇게 말하는 그의 콧등에는 곱게 펴 바른 것 같은 비비크림이 살짝 뭉쳐 있었다.

"…… 네."

그의 말대로 남자 연예인들의 시술, 수술이 늘어나고 있는 추세다. 그들은 대개 강한 인상을 부드럽게 보이고 싶어 하거나, 존재감이 부족한 얼굴을 또렷하게 만들고 싶어 한다. 특히나 홍수처럼 쏟아져 나오고 있는 남성 아이돌의 경우 멤버 대부분이 데뷔를 하기 전에 코 성형을 위주로 전체적인 손을 본다. 물론 연예인이 아닌 일반 남자들의 성형 빈도도 늘고 있다. 신기한 것은 여성들에 비해 남성들의 성형 중독증은 극히 드물게 일어난다는 점이다.

상담 내내 계속해서 코 성형을 하고 싶다는 그의 콧대에 살짝 필러를 넣어주었다. 그리고 이 모양을 계속 유지하고 싶다면 매니저와 상의하고 다시 오라고 권했다. 몇 번이나 거울을 살펴본 그는 일단은 만족스럽다는 표정으로 돌아갔다.

정말 시크릿 성형 카페의 후기들이 홍보 효과를 만들어낸 걸까? 퇴근시간이 지날 때까지 단 일 분도 쉴 틈 없이 시간이 흘러갔다.

보톡스 시술 환자가 나가자마자 더 이상 환자를 받지 말라고 전화를 한 후 머리띠를 풀고 힘껏 기지개를 폈다. 하지만 목과 어깨의 뻐근함은 전혀 풀리지 않았다. 게시글 삭제를 확인할 겸 시크릿 성형 카페에 들어가려는 찰나 똑똑, 노크 소리가 들리더니 이한재의 모습이 보였다. 그의 양손에는 대형 슈퍼용 비닐봉투가 달랑거리고 있었다.

"한 시간이나 기다렸더니 배고파 죽겠네!"

투정 부리듯 말하는 그를 보자 갑작스럽게 내 배도 배고픔을 호소하기 시작했다. 컴퓨터를 끄고 자리에서 일어났다.

그와 함께 병원에서 나오는 길에 의심쩍은 눈초리로 나와 이한재를 번갈아 바라보는 윤 간호사에게 "지웠어?"라고 묻자 그녀는 여전히 미간을 찡그린 채 이한재를 흘깃거리며 건성으로 "…… 네"라고 답했다. 내일 출근하자마자 득달같이 달려들어 '선생님 어떻게 된 거예요?'부터 시작해 질문 공세를 퍼부을 윤 간호사를 떠올리니 벌써부터 머리가 지끈거리기 시작했다.

냉장고를 가득 채운 이한재는 소파에 나를 앉혀두고 서둘러 요리를 시작했다. 부엌에는 얼씬도 못 하게 한 지 한 시간 후, 그가 나를 부엌으로 초대하듯 불렀다. 식탁 위 낯익은 큰 접시 안에 새빨간 색의, 코끝이 찡할 정도의 매콤한 향을 자랑하는 낙지볶음이 둘둘 말려진 주먹만 한 소면과 함께 소담스럽게 담겨 있었다.

그는 먹는 내내 '맛있어 죽겠지?'라고 묻는 듯한 부담스러운 시선으로 나를 바라봤다. 나는 맛있게 먹어주었다. 아니, 정말 맛있었다.

깨끗하게 접시를 비운 우리는 간단히 뒷정리를 했다. 그리고 얼얼한 혀를 달래기 위해 계핏가루 뿌려진 뜨거운 우유가 담긴 머그컵을 각자의 손에 하나씩 들고는 나란히 거실 소파에 앉았다.

우유를 홀짝거리며 "이제 한결 낫네"라고 만족스럽게 중얼거리던 이한재가 갑작스럽게 허리를 틀어 앉으며 나를 바라봤다. 그러고는 생뚱맞은 질문을 던졌다.

"저기, 그때 말이야. 궁금한 거 말고는 아무렇지 않았어?"

"…… 네? 뭐가요?"

"나 지은 씨한테 두 가지만 질문해도 돼?"

"…… 네."

"첫째! 혹시, 지은 씨 보톡스 자주 맞아?"

이한재가 두 눈을 가느다랗게 뜨더니 의심스럽다는 눈빛으로 나를 훑으며 물었다.

"네? 뭐라고요?"

"어이, 화내지 마. 지은 씨 얼굴에 성형의 흔적이 안 보인다는 것쯤은 아는데……."

"아는데요?"

"아니, 워낙 지은 씨가 감정 표현을 안 해서. 보톡스를 맞으면 감정이 둔해진다는 그런 이야기가 있잖아."

그런 기사를 본 적은 있다. 미국 모 대학의 한 박사 팀이 연구를 통해 표정이라는 것은 단순히 자신의 감정을 표현하는 것에 그치지 않고, 그로 인해 또 다른 감정이 생겨나고 또 표현하는 데 큰 역할을 한다는 것을 밝혀냈다. 그러나 보톡스를 맞으면 얼굴근육이 약간씩 마비되면서 뇌로 전해지는 감각 반응이 떨어지므로 주기적으로 보톡스를 맞게 될 경우 표정을 짓기 힘들어지고, 점점 자신의 감정 표출이 힘들어져 결국 감수성이 둔해진다는 얘기다. 하긴, 자꾸 웃다 보면 기쁜 마음이 생기고, 자꾸 찡그리다 보면 화가 나는 것과 비슷한 맥락일 수도 있으니 신빙성이 아예 없는 이야기는 아니다.

"빙빙 돌리지 말고 포인트만 짚어서 말해요."

"어라? 응용도 하네? 하하, 그래. 첫째, 지은 씨는 질투를 안 하는 것 같아."

"질투요?"

"응. 결과적으로 고보경과의 일을 당신에게 숨긴 내가 할 말은 아니라고 생각되지만…… 지은 씨가 고보경과 나 사이에 있었던 일을 아예 질투 안 하니까 좀 서운하기도 하더라고."

"했어요."

나는 그에게서 시선을 돌려 머그컵을 바라보며 말했다. 사실이다. 충분히 질투했다. 단지 그것을 드러내지 않도록 노력한 것뿐이다.

"정말?"

"나도 믿기 싫지만 믿어도 돼요. 두번째 질문은 뭐예요?"

천진한 표정을 짓던 그의 표정이 금세 진지하게 바뀌었다. 그는 곧 나지막한 목소리와 걱정스러운 눈빛으로 "어머니는 괜찮으셔?"라고 내게 물었다. 나는 작게 한숨을 내쉬고는 고개를 끄덕였다. 그는 마치 자신의 일인 것처럼 "다행이다"라고 기쁜 듯 말했다. 그런 그를 물끄러미 바라보던 나는 머그컵을 테이블 위에 내려놓은 후 그를 향해 말했다.

"…… 이번엔 내가 질문 두 가지를 해도 될까요?"

"응, 얼마든지."

"…… 언제부터 나한테 반말을 쓴 거죠? 또 왜 반말을 쓰는 거죠?"

내 질문에 피식 웃음을 흘린 그가 좀 과장되게 고개를 갸웃거린 후 "경계가 좀 애매하지? 근데 그게 중요한가? 굳이 이유를 설명하자면 내가 지은 씨보다 약간 나이가 많은 것 같아서"라고 대답했다.

"한재 씨 나이가 몇인데요?"

"만 서른다섯. 뭐 나보다 많아도 상관없어. 할머니만 아니면. 근데…… 설마 나보다 나이가 많아?"

"당신보단 안 많거든요?"

순간적으로 나도 모르게 발끈해버렸다. 그런 내 반응을 보고 장난스럽게 웃던 그가 "그럼 됐고. 두번째 질문은?" 하고 궁금증 가득한 표정으로 물었다. 고보경에 관해 물을 생각이던 나는 잠시 뜸을 들였다. 고보경이 내게 자신을 모르는 척 소개시켜달라고 한 의도를, 우리 병원을 찾은 진짜 이유를 이한재라고 해서 알 수 있을까. 게다가 이한재와 함께 고보경에 관해 대화를 나눈다는 것 자체가 썩 내키지 않았다. 나는 질문을 재촉하는 눈빛으로 바라보는 그를 향해 급하게 바꾼 질문을 내뱉었다.

"근데 정말 토마스 기차 좋아해요?"

"…… 응. 뭐야 어떻게 알았어? 세영 형님이지? 참나, 별 이야기를 다 해. 그것보다 두번째 질문이 그거야? 싱겁게?"

이한재가 눈을 동그랗게 뜨고서는 투덜거렸고, 그 모습을 보고 있자니 작은 미소가 지어졌다.

"뭐야, 완전 애야"라고 중얼거리는 내 입술로 그의 입술이 다가왔다. 나는 그의 부드러운 감촉을 온몸으로 느끼며 이한재의 생일 선물로 토마스 기차 장난감 세트를, 이해정의 결혼 선물로 정말⋯⋯ 가슴 성형을 해줄까, 생각했다. 그러자 살짝 설레는 마음이 일었다. 하지만 고보경과 시크릿 성형 카페는 여전히 어두운 그늘처럼 마음 한구석에 자리하고 있었다.

그날 밤, 그는 삼 일 동안 세미나를 가야 해 병원을 휴진한다는 이유를 들며 기어코 우리 집에서 자고 갔다.

*

"저⋯⋯ 선생님! 언제 다시 조선시대 신윤복의 그림에 등장하는 전통적인 한국형 미인이 세계형 미인이 될까요? 아니, 그런 날이 오기나 할까요?"

친구의 턱에 보톡스를 주입하고 있는 상황을 미간을 살짝 찌푸린 채 신기한 듯 바라보며 조심스럽게 묻는 그녀는 태어나 처음으로 성형외과라는 곳에 발을 디뎠다고 했다. 아마도 점점 예뻐지는 친구의 모습에 부러움과 질투가 한데 어우러져 '나도 한번⋯⋯?'이라는 생각을 품고서 따라왔을 것이다. 그런 그녀의 동그란 얼굴은 턱과 광대뼈가 약간 도드라져 있었고, 자그마한 눈은 아래로 살짝 처져 있었으며, 입은 작고 가느다랬다. 신윤복의 미인도에 나오는 미인은 자신을 지칭하고 있는 것이 분명했다.

"글쎄요. 확실히 미인의 기준은 시대와 문화적 배경에 따라 변할 수밖에, 또 보는 사람에 따라 다를 수밖에 없지 않을까요? 사람은 모두 자신만의 문화를 가지고 있으니까요."

"그렇긴 하지만 너도 나도 바비인형을 선호하는 시대니까요."

조그마한 입으로 웅얼거리듯 말하는 그녀의 양 볼에는 불만이 그득했다.

문득 고등학교 시절이 떠올랐다. 국사시간, 장희빈에 관한 이야기가 나왔을 때 평소에 질문이라고는 전혀 하지 않던 친구가 "선생님! 질문 있는데요"라고 말하며 번쩍 손을 들었고 당연히 모두의 시선이 그녀에게로 향했다. 심지어 나조차. 선생님이 뭐냐고 묻자, 그녀는 "장희빈은 김희선보다 훨씬 더 예뻤겠죠?"라고 물었다. 어찌 보면 황당한 질문이었지만 반 전체가 술렁거리기 시작했다. "당연한 거 아니야?", "에이 그래도 김희선인데?" 등등. 선생님은 고개를 갸웃거리며 "글쎄, 그 시절 미인의 기준은 달랐으니까. 김희선이 미인이 아니었을 수도 있어"라고 말하더니 반 전체 학생들의 얼굴을 쭈욱 훑었다. 그러고는 진심으로 안타까운 듯 말을 덧붙였다.

"그나저나 너네도 참 아쉽다. 조선시대에 태어났더라면 한두 번쯤은 미인이라는 소리를 들었을 수도 있었을 텐데……, 쩝."

그때를 떠올리다 보니 피식 웃음이 흘러나왔다. 친구의 시술을 마치자 그녀는 내 옆에 붙어 무언가를 결심한 듯한 비장한 얼굴로 "뭐, 로마에 가면 로마법을 따라야 하듯, 이십일 세기에 태어났으니 그

시대의 기준이 되는 미인형을 따라야겠죠?"라는 코믹하면서도 어딘가 서글픈 발언을 했다. 그리고 원장실로 향하는 나를 따라오며 조심스럽게 물었다.

"왜 얼마 전에 어떤 남자 개그맨이 드라마틱한 효과를 봐서 이슈가 된 수술 있잖아요. 연예인도 많이 하는 양악……."

"양악 수술이요?"

"네. 요즘 나이를 먹다 보니 볼살도 빠지고 해서 안 그래도 튀어나온 광대뼈가 더 튀어나와 보이거든요. 마치 해골바가지처럼……. 이러다 별명이 '직쏘'가 될지도 몰라요. 양악 수술 하면 괜찮아지지 않을까요?"

자리에 앉은 나는 속상한 듯 말하는 그녀의 얼굴을 바라보며 찬찬히 설명했다.

"요즘 들어 양악 수술을 묻는 분들이 꽤 많아요. 아마 언론의 영향이겠죠? 근데 왜 양악 수술이라고 불리는지 알고 있나요?"

"아니요."

"사람의 턱은 아래턱과 위턱으로 구성되죠. 턱에 관련한 부조화, 예를 들어 주걱턱, 무턱, 안면비대칭 등을 개선하기 위한 수술을 악교정 수술이라고 하는데, 아래턱만 하는 경우 한쪽만 한다고 해서 편악 수술, 위턱 아래턱 모두 하는 경우 양쪽을 한다고 해서 양악 수술이라고 해요."

"아……."

"환자분의 경우 광대뼈와 턱이 살짝 도드라진 것뿐이지 안면비대칭, 주걱턱, 돌출 입은 전혀 아니에요. 대부분 양악 수술을 묻는 분들이 양악 수술의 뛰어난 외모 개선 효과 때문에 그것을 성형수술의 하나로 쉽게 생각하고 접근하지만 양악 수술은 기능을 최우선으로 생각해야 하는 수술이에요. 게다가 양악 수술은 수술 후 턱의 기능 회복을 위한 처치와 물리치료를 받아야 하고 턱의 위치 변화로 인해 치아의 위치도 달라지므로 수술 전후 치아 교정 치료도 필요해요. 그러니까 저희 병원에서 취급하는 수술이 아니고요."

어느새 내 맞은편 환자용 의자에 앉은 그녀가 심각한 표정으로 고개를 끄덕였다. 결국 그녀는 사각턱에 보톡스를 맞고, 얇은 아랫입술에 필러를 주입한 후 친구와 사이좋게 나란히 누워 레이저를 쐈다.

시계를 보니 벌써 점심시간이었다. 가운을 벗고 자리에서 일어나는데 핸드폰 벨이 울렸다. 이세영 선생님이었다. 여행을 간다고 하지 않았나, 라고 생각하며 폴더를 열어 전화를 받았다,

"어이, 지은. 얼렁 네이버 들어가서 실시간 기사 봐봐—"

"…… 네? 근데 선생님 여행 간다고 하지 않았어요?"라고 질문하며 컴퓨터 모니터를 켜고 인터넷 익스플로러 창을 띄웠다.

"엉. 일정이 좀 늦어져서 모레 출발하게 됐엉. 근데 여행지 날씨 알아보려고 인터넷 들어갔다가 좀 이상한 기사를 봤어."

'혹시 이해정에 대해서예요? 그거라면 이미……'라고 말하려는 순간, 좌우로 시시각각 바뀌는 메인 기사 제목 중 하나가 눈에 들어왔다.

"회원 수 300만 넘는 성형 카페 주인. 알고 보니, 강남 일대 성형 외과 브로커!"

마우스를 잡고 있는 오른손이 무의식적으로 그 기사를 더블클릭
했다.

"찾았엉?"

"아…… 네."

"읽어봐. 아무래도 시크릿 성형 카페를 겨냥한 이야기 같은데 내
촉으론 뭔가 이상 기운이 느껴져. 일단 난 다시 짐 싸러 간당."

전화가 툭 끊기기도 전에, 내 눈은 재빠르게 기사를 읽고 있었다.

한 유명 포털사이트에 개설된 S 카페는 카페 운영자가 하루에 한
두 개씩, 성형에 관한 '핫'한 글을 올리며 점차 유명세를 타 최근에
는 회원 수가 300만을 육박했다. 회원들은 자신의 성형 후기나 성형
외과 정보 등을 함께 공유하며 바람직하게, 그리고 안전하게 서로
에게 성형을 권장했다. 하지만 카페의 운영자가 카페 활동이 활발
한 회원 한 명에게 사실 자신이 압구정, 청담동, 강남역 성형외과들
의 브로커 역할을 한다며 함께 일을 하지 않겠느냐고 제안한 사실
이 밝혀지면서 파문이 일고 있다.

현재 그 카페 운영자가 카페에서 생긴 이윤으로 억대의 돈을 챙
겼다는 소문이 돌고 있으며 카페에는 자신들이 사기, 농락 당했다는
회원들의 비난의 글이 속속 올라오고 있다. 믿고 수술했다가 결국
얻은 건 아름다움이 아니라 부작용이라고 주장하는 회원들은 일제
히 고소하자는 의견을 강력하게 내고 있다. 성형을 권하는 한국 사
회에서 처음으로 일어난 이 웃지 못할 사건이 어떤 방향으로 어떻
게 흘러갈지 귀추가 주목된다.

S 카페. 이세영 선생님이 말한 대로 시크릿 성형 카페일까? 눈은 기사의 마지막 문장을 읽는 동시 마우스를 쥔 내 손은 주소 검색창으로 향했다. 타닥타닥. 정적 속에서 시크릿 성형 카페의 주소를 빠르게 치는 소리는 정체 모를 불안감을 야기했고, 엔터키를 누르고 카페 화면이 로딩되는 그 짧은 순간이 천년만년 길게만 느껴졌다.

어제까지만 해도 활발하게 활동 중이던 카페는 '공지사항', '성형 후기 게시판', 'where 정보' 등의 게시판을 닫아놓은 상태였다. 나는 열려 있는 게시판에 서둘러 들어갔다.

'이건 사기다', '철석같이 믿었는데 농락당했다', '철저히 조사 후 소송까지 불사하겠다'라는 종류의 게시글들이 수두룩했다. 기사에서 S라고 지칭하던 카페가 바로 시크릿 성형 카페라는 것이 확인되는 순간이었다. 나는 그중 조회 수가 가장 높은 "제가 바로 카페 운영을 함께하자는 제의를 받은 사람입니다"라는 제목의 게시글을 클릭했다.

우리는 피부에 바를 화장품 하나를 고를 때도 전문가의 의견, 사용자들의 평가와 후기, 기사, 광고, 브랜드의 신뢰도 등을 꼼꼼하게 따지죠. 그렇게 신중을 기해도, 자신의 피부 타입에 꼭 맞는 화장품을 발견하는 것은 어렵다고 봐요.

화장품도 그러한데, 하물며 성형은 어떨까요? 이제 성형은 이 시대 여성의 삶에서 절대 빼놓을 수 없는 중요한 존재로 자리매김하며 대중화되었어요. 자신에게 꼭 필요한 성형수술, 또 그것을 안전하게 해줄 적합한 의사를 찾는 건 화장품을 찾는 일보다 몇 곱절은 더 어렵죠. 그래서 성형 실패로 인해 찾고 싶던 자신감은 더욱 추락하고, 심지어 재수술을 하기 위해 스트레스를 받는 분들도 많아요. 아무리 성형이 대중화되었어도, 신뢰가 갈 만한 정확한 정보들은 턱없이 부족하다는 거죠.

고백하자면, 전 코에 커다란 콤플렉스가 있었습니다. 그 이유로 사람들을 만나는 것도 꺼렸고, 누군가가 주위에서 소곤거리면 제 이야기를 하는 것 같아 슬그머니 자리를 피하기도 했습니다. 용기를 내어 고백하는 족족 차였고, 당연히 취업 면접도 실패했죠. 외모로 차별받는 현실 속에서 이십오 년을 살아왔어요. 하지만 주위에서 성형 실패로 인한 좌절로 자살을 시도한 사람을 봐왔기에, 섣불리 수술을 감행할 수 없었습니다.

그래서 전 저의 콤플렉스 부위의 성형수술에 필요한 성형 정보와 적합한 의사를 찾기 위해 많은 노력을 했습니다. 그때, 이 카페를 알게 되었죠. 아마도 이 년 전쯤이었을 거예요. 이 카페 성형 후기란에서 본 정보들을 참고로 충분히 고민한 후, 성형을 시도했습니다. 그리고 결과는 너무나도 만족스러웠습니다. 원하던 곳에 취직도 하고, 멋진 남자를 만나 사랑에 빠지기도 했습니다.

성형의 결과로 전 단순히 아름다움만을 얻은 것이 아니라, 콤플렉스를 극복하고 당당함과 자신감도 얻게 되었습니다. '행복해지는 성형수술'을 하게 된 것이지요. 전 다른 여성분들도 저와 같은 성과를 얻기 바라는 마음으로 열심히 이 카페에서 활동했습니다. 물론 전 시크릿 성형 카페의 운영자분도 저와 같은 마음이라고 생각했습니다.

하지만 그의 제의를 받은 후 이 카페가 단순히 영리를 목적으로 아름다워지고 싶은 여성분들을 모독했다는 사실을 알게 되었습니다. 전 카페 주인에게 이런 목적으로 운영하는 카페는 원치 않는다며 폐쇄를 요구했고, 카페 주인은 성형도 쇼핑이므로 판매자와 소비자 사이 중간 단계가 있을 수밖에 없다며 계속해서 절 설득했습니다. 그게 벌써 한 달 전이네요. 사실 저도 갈팡질팡 고민 많이 했습니다. 하지만 결국 이건 정의롭지 못한 일이라 판단해 이렇게 알리게 되었습니다.

네. 성형도 쇼핑이라는 말 맞아요. 하지만 영리를 목적으로, 단지 이윤만을 위해 정확하지 않은 정보를 올려 아름다워지고 싶은 여성들을 이용했다는 건 절대로 용서할 수 없는 일이라고 생각합니다. 왜냐하면 성형은, 여성을 행복한 천국으로 안내하기도 하고 불행한 지옥으로 안내하기도 하기 때문입니다.

운영자님은 이윤에 눈이 멀어 몇몇 여성들을 지옥으로 안내했습니다. 그에 대한 책임을 지시기 바랍니다.

그녀의 말은 구구절절 옳았다. 성형은 여성들을 천국으로 안내하기도, 지옥으로 안내하기도 한다. 그러니 운명을 좌우한다고 해도 과언이 아니다.

주예나의 일이 있기 전까지만 해도 나는 '여자에게 외모는 생명이다'라고 말하며, 내가 마치 새로운 생명과 자신감을 불어넣어주기만 하는 사람이라고 생각했지, 이 일이 생명을 앗아갈 수도 있다는 사실은 무의식적인 곳에서부터 차단해버렸다.

지끈거리는 머리를 무시한 채, 그 글에 달린 무수한 댓글들을 하나하나 빠르게 읽어나갔다. 최근 시크릿 성형 카페에서 추천한 병원에 갔는데 실패했다는 글이 대다수였다. 그중 '성형 중독'이 닉네임인 누군가가 단 댓글에서 손과 눈이 멈췄다.

"란 성형외과 다녀왔다는 게시글들 몇 개가 같은 아이디던데요? 혹시, 이 성형외과도 가담한 게 아닐까 심히 의심스러움."

그 댓글 밑에는 그 내용을 적극 동의하는 다른 댓글들이 달려 있었다. 후기 게시판은 이미 닫혀 있는 상태였다.
급하게 수화기를 든 나는 아예 자리에서 일어나 방문을 여는 동시에 윤 간호사를 불렀다. 그리고 점심식사를 하기 위해 나갈 준비를 하며 나를 바라보는 그녀에게 다급하게 물었다.
"시크릿 성형 게시글 삭제한 거 확실하지?"
윤 간호사는 잠시 멈칫하더니 오른손을 입에 가져다 대며 "아, 그 날 삭제한다는 게 깜박……. 지금 할게요!"라고 말했다. 그러고는 과장된 동작으로 컴퓨터 쪽으로 몸을 움직였다.
"그때 했다고 했잖아!"
격앙된 목소리가 흘러나왔다.
"아, 하려던 찰나 선생님께서 옆집 소아과 선생님이랑 함께 나오시는 바람에……. 그러고는 까먹어버려서……. 죄송해요. 지금 당장……"이라고 변명하며 컴퓨터를 만지작거리던 윤 간호사의 눈이 갑자기 휘둥그레졌다. 그리고 모니터에서 시선을 떼고는 당황스러운 눈빛으로 나를 바라보며 물었다.

"이게 무슨 일이에요? …… 혹시, 제가 쓴 글이 문제가 될까요? 어쩌죠?"

"…… 그건 나도 몰라."

이제 와서 윤 간호사를 나무라봤자 아무 소용 없다고 생각한 나는 바싹 타들어간 입술로 한숨을 내쉬며 방으로 다시 들어가기 위해 몸을 돌렸다. 그때 윤 간호사가 기어들어가는 목소리로 나를 불렀다. "왜?"라고 짜증스럽게 되묻자, 지그시 입술을 깨물더니 "아, 아니에요"라고 미세하게 떨리는 목소리로 답했다.

당연한 현상일까, 하루 종일 일이 손에 잡히지 않았다. 시간이 빌 때마다 시크릿 성형 카페에 들어가 사건의 진행 과정을 살펴봤고, 급기야 불안감에서 야기된 두통 때문에 진통제를 몇 알씩이나 먹으며 진료와 상담을 했다.

시간이 지날수록 네티즌들은 시크릿 성형 카페의 소개로 윤태영 미(美) 클리닉을 찾게 된 환자들이 많다는 점에 착안, 이 둘 사이에도 모종의 거래가 있을 거라고 추측했다. 그런 글들이 올라옴과 동시에 윤태영 미(美) 클리닉에서 수술 및 시술을 받았는데 부작용을 얻었다는 글들이 하나둘씩 늘어났다.

리프팅 주사를 맞았는데 다음 날 턱이 돌아가 제 시간에 회사에 출근하지 못했다, 앞트임을 했는데 너무 심하게 찢은 바람에 미간이 너무 좁아져 '모여라 눈, 코, 입' 일족이 되었다, 한가인 코를 원해 갔는데 점만 똑같이 만들어놨다 등 콤플렉스를 없애기 위한 수술이 오히려 새로운 콤플렉스를 만들어냈다는 종류의 불만을 토로했다.

그러고 보니 윤주희도 윤태영 미(美) 클리닉에서 가슴 성형을 한 후 부작용을 얻어 심한 고초를 겪었다.

　윤태영 미(美) 클리닉의 원장 윤태영의 신상 등이 빠르고 자세하게 털렸으며, 불매운동이 시작되었다. 하지만 카페 주인의 신상은 토마스라는 가명을 쓴다는 것 외에는 깜깜했다. 그럴수록 네티즌들은 토마스 찾기에 열을 올렸다.

　　　나 토마스와 문자 주고받은 적 있는데 이미 오래전이라 번호가 지워짐.
　　　ㄴ 통신사에 방문해 통화 내역 조회하면 알아낼 수 있음.
　　　ㄴ 아, 난 알고 있음. ***-****-****
　　　ㄴ 젠장. 이미 결번임.
　　　ㄴ 니글니글했던 목소리는 기억함.
　　　ㄴ 배신감 작렬. 꼭 잡고 싶음. 네티즌들의 힘을 보여줍시다!

　혹시나 싶어 나도 그 번호로 전화를 걸어봤지만 결번을 알리는 여자의 목소리만 들려왔다.
　필요 이상으로 불안감에 사로잡히는 건 단지 과거의 기억 때문일까. 아니면 고보경과 오삼준이 시크릿 성형 카페와 은밀히 연관되어 있을지도 모른다는 막연한 의심 때문일까.
　괜찮아, 괜찮을 거야, 하면서도 좀처럼 잠을 이루지 못했다.

*

다음 날 오후, 염려했던 일이 수면 위로 올라왔다. 시크릿 성형 카페의 메인페이지에 토마스, 그러니까 문제의 카페 주인이 자신의 의견이 담긴 짧은 글을 올렸다.

"물의를 일으켜 죄송합니다"라는 사과의 머리말로 시작된 그 글은 자신이 처음 카페를 개설했던 시작 단계에서는 정말 아무런 사심 없이 취미 생활로 카페를 운영했지만, 점차 카페를 찾는 방문자 수가 늘어나 그 규모가 커지면서 자신의 성형외과를 홍보해주는 대신 그에 상응하는 홍보비를 지불하겠다는 제의가 들어오기 시작했다고 했다. 물론 처음에는 거절했지만, 계속되는 유혹에 "성형외과도 이익, 본인도 이익, 또한 성형의 정보를 얻기 위해 카페를 찾아주시는 분들도 할인을 받을 수 있는 일석삼조의 기회가 아닐까"라는 짧은 생각이 들었다고 했다. 사태가 터진 후에야, 카페에 방문해주시는 여러분들의 소중한 의견들을 읽으며 자신의 생각이 경솔했다는 것을 절실히 깨닫고 진심으로 반성하고 있으며 자신이 이 일로 벌어들였던 수익은 성형 부작용과 안면 장애가 있는 사람들을 위해 기부하겠다, 라는 말과 함께 문제가 잠잠해질 때까지 자숙하는 마음으로 카페를 폐쇄하겠다고 했다.

문제는 그가 마지막 문단에 남긴 의미심장한 글이었다.

윤태영 미(美) 클리닉의 윤태영 원장은 저와 예전부터 친하게 지냈던 지인으로, 그가 성형외과를 개업하자 제가 도움을 주고 싶어

자의적으로 홍보에 나선 것입니다. 윤태영 원장은 이번 사건과 관련이 없음을 알아주셨으면 좋겠습니다. 사실 본인에게 홍보를 부탁한 성형외과는 몇몇 따로 있습니다. 그중 한 곳은 원장 본인의 아이디까지 이용해 후기 게시판에 자작으로 거짓 후기들을 올리는 행동까지 보였습니다. 연예인들이 자주 찾는 곳으로 유명한 이 성형외과의 원장은 연예인들까지 홍보 대상으로 이용해 최근 드라마를 끝낸 톱스타 K, J 등의 심기를 불편하게 만든 적도 있습니다…….

몇 번을 반복해서 읽어봐도 카페 주인이 지칭하는 성형외과의 원장이 나인 것처럼 느껴져 의아해하고 있는데, 네티즌들 역시 나처럼 시크릿 성형 카페 앞에서 눈을 떼고 있지 않는 건지 그에 관한 댓글이 우후죽순 실시간으로 올라왔다.

　　혹시 여의사가 운영하는 '란 성형외과'를 말하는 건가?
　　└ 하기야 최근 들어 그 성형외과에 대한 후기들이 갑작스레 많이 올라왔음.
　　└ 고보경, 주예나, 오유리 등을 그 병원에서 마주쳤다고 누군가 썼는데, 그럼 그 글들도 본인이 직접 쓴 건가?
　　└ 헐, 바보 아닌가. 자신의 아이디로 자신이 여러 글들을! 그 머리로 성형외과 의사는 어떻게 된 거지? 내 카페에 그 게시물들 닫기 전에 캡처한 거 있으니 볼 사람들은 와서 보고 퍼가셈. 스크랩 풀겠음.
　　└ 아직도 그 병원과 의사에 속고 있는 환자들을 위해서라도 우리

는 그것을 퍼뜨릴 의무가 있다고 생각함.
ㄴ 란, 그곳도 가지 말아야 할 듯. 물론 성형외과라는 곳이 원초적으로 여성의 심리를 이용한다고 하지만, 자작극까지 벌여가며 하는 건 아닌 듯함. 불매운동 벌입시다.
ㄴ 나 저님 카페 다녀왔음. 보고 나니 할 말이 없음. 아이피도 그 병원 아이피라고 함. 이래 놓고 괜히 윤태영만 몰아가고 있었어. 완전 소름 돋는다. 진짜!

악성 댓글의 수는 빠르게 늘어갔다. 실명을 인증하고 억울함을 토로하는 반바의 글을 써볼까 하는 생각으로 로그인을 했다. 하지만 내 아이디는 댓글을 달 수 있는 권한이 제한되어 있었다.

이쯤 되면 토마스라는 인물이 의도적으로 자신과 윤태영 원장을 향한 화살의 과녁을 나로 돌렸다는 생각이 들 수밖에 없었다. 그리고 그게 맞는다면 그건 완벽히 대성공이었다. 하지만 대체⋯⋯ 왜? 어째서 카페와 전혀 상관도 없는 나를 타깃으로 모는 거지? 윤 간호사가 내 아이디로 올린 게시글 때문에 옳다구나 하고 나를 타깃으로 정한 건가? 하지만 단순히 아이디만으로 내가 누구인지 알 수 있을까? 그러고 보니, 카페에 가입할 때 간단한 신상 정보를 입력하기는 했다.

당장이라도 토마스라는 작자를 만나 따져 묻고 싶었다. 하지만 네티즌들도 알아내지 못하는 토마스라는 인물의 정체를 알아낼 작은 실마리조차 떠오르지 않았다. 내가 할 수 있는 일은 만일을 대비해, 나를 겨냥해 쓴 것으로 추측되는 토마스의 글과 댓글들이 있는 페이지를 프린트 스크랩해놓는 것뿐이었다. 다음으로 해야 할 일은 도무지 떠오르지 않았다. 머릿속이 아득하니 멍하기만 했다.

상황은 생각보다 심각하게 빠른 속도로 흘러갔다. 정확히 이틀 후, 시크릿 성형 카페는 폐쇄됐지만 그 일에 분개한 몇몇이 '안티 시크릿 성형 카페'를 개설했다. 그리고 그 안에서 누군가의 시작으로 나를 겨냥한 마녀사냥이 시작되었다.

윤태영 미(美) 클리닉 가서 들은 건데, 란에서 윤태영 선생님 병원의 가슴 성형 환자를 가로채기까지 했대!
ㄴ 그 여의사가 고보경이 블러드 쇼퍼라고 소문났을 때도 그 소문의 핵이었다던데. 그때 아니라고 밝혀지긴 했지만, 진짜 이 여자 피 사고파는 거 아니야? 으윽, 끔찍해!
ㄴ 내 친구의 친구가 그 병원 간호사인데, 그 여자 만날 거울 보면서 혼자 보톡스 맞고 필러 넣고 그런대. 완전 독한 여자! 윽, 정말 마녀 아니야?
ㄴ 인터넷 검색해보니 그 여자, 옛날에 소아과 의사였는데 실수로 아이를 죽였대. 죽은 아이 아빠가 그 여자 찾아가 죽이려고까지 했다던데, 어쨌든 그때 소아과 관두고, 성형외과로 업종 변경한 거래-.- 나 참, 어이가 없어서.
ㄴ 뭐야. 사람 목숨이 그렇게 우스워? 아니면, 성형외과를 우습게 보는 건가? 나 같으면 의사 관둔다.

잊고 싶던, 아니 조금이나마 잊을 뻔했던 과거의 상처를 건드리는 댓글을 보는 순간 숨이 턱 막혔다. 몇 년이나 지났지만, 그래서 나, 그리고 그 아이와 관련된 이들을 제외하고는 모두는 그 일을 잊었다고 믿었지만 그것은 슬픈 착각인 듯했다.

옛 기억이 되살아날수록 내 정신은 피폐해져갔다. 카페 주인의 정체를 알 수 없다는 이유로 그에게 따져보지고 못하고 윤호 때와 같이 누군가의 비판의 대상이 되어 무기력하게 비난받을 수밖에 없는 걸까.

결국 도무지 진료를 할 수 없는 정신 상태에까지 이르렀고, 학력, 주소, 핸드폰 번호, 병원 번호, 사진 등 내 신상명세서가 털린 후로 핸드폰과 프런트에 전화벨이 시도 때도 없이 울리기 시작했다.

시크릿 성형 카페의 폐쇄에 이어 우리 병원 또한 폐쇄될지도 모른다는 막연한 생각마저 들었다. 그때 노크 소리와 함께 새파랗게 질린 얼굴을 한 윤 간호사가 들어왔다. 겁에 질린 그녀는 울먹이는 목소리로 물었다.

"저…… 원장님! 계속해서…… 이상한 전화가 걸려오는데…… 어쩌죠?"

자세히 듣지 않아도 어떤 내용의 전화인지 충분히 예상할 수 있었다. 나는 애써 차분한 목소리로 윤 간호사를 향해 물었다.

"오늘 예약 환자…… 몇 명 남았지?"

"이윤해 씨랑 미라 씨 그리고…… 한 명 더…… 해서 세 명이요."

"다들 수술이 아니라 시술 환자지?"

"…… 네. 그런 것 같아요."

"…… 그런 것 같아요, 가 아니라 확실히! 아, 아니 내가 볼게."

서둘러 예약 차트를 확인한 나는 윤 간호사에게 "환자들에게 갑작스레 일이 생겼다고 양해 구하고, 다음으로 미뤄. 그리고 전화 내려놓고 다들 먼저 퇴근해."

"저 때문에 괜히……."

채 말을 잇지 못하는 윤 간호사의 얼굴에는 걱정, 두려움, 죄책감이 가득했다. 물론 그녀가 올린 글이 화근이 되긴 했지만, 그건 말 그대로 화근일 뿐이었다. 게다가 지금 그녀에게 잘잘못을 따져봤자 아무것도 변하지 않는다. 이미 충분히 겁에 질려 있는 그녀에게 죄책감과 불안감을 더해줄 필요는 없었다.

"아니야. 나가봐."

내 대답을 들은 윤 간호사가 그래도 찝찝하다는 표정으로 고개를 꾸벅거린 후 문 쪽으로 몸을 돌렸다. 하지만 이내 다시 방향을 틀어 의미심장한 눈빛으로 나를 바라보았다.

"…… 왜?"

"저…… 드릴 말씀이 있어요. 어쩜 별일 아닐지도 모르는데…… 그래도 뭔가 계속 찝찝해서……."

"…… 말해봐."

"언제더라, 원장님이 잠시 자리를 비워서 안 계실 때 고보경 씨가 약 처방받으러 다녀간 적이 있거든요?"

"…… 고보……경? 내가 자리에…… 없을 때?"

"네."

"…… 그런데?"

"그때 제가 마침 선생님 아이디 등업 시키려고 게시글을 올리고 있던 중이었어요. 근데 결제를 하면서 흘깃 컴퓨터를 보더니 뭘 하고 있느냐고 묻더라고요. 그래서 제가 원장 선생님께서 후기를 보고 싶어 하셔서 등업을 위한 작업 중이라고 말했어요. 그랬더니 환자인 척 후기를 올리는 것도 요즘 하나의 홍보 방법이라고 흘리듯 말하더라고요……. 어찌 보면 별일 아닌데…….."

"…… 그래, 알았어. 이만 나가서 퇴근해."

힘겹게 고개를 끄덕이던 윤 간호사의 모습이 사라지기 직전, 번뜩 무언가를 떠올린 나는 그녀를 다시 불러 세웠다. 그리고 물었다.

"윤 간호사, 혹시 그날이 언제인지 알아?"

"그날이…… 보조개 수술을 한 제 친구가 온 날이니까…… 아! 잠시만요."

재빠르게 밖으로 나간 그녀는 몇 초 만에 다시 방으로 들어오더니 "7일 점심시간쯤이에요. 제가 그때 친구 기다리느라고 점심을 늦게 먹었거든요. 정확해요!"라고 확신에 찬 목소리로 말했다.

7일? 7일. 무심코 예약 차트를 뒤적이던 손이 순간적으로 멈췄다. 시크릿 성형 카페의 후기를 본 후 병원에 왔던 환자가 유독 많았던 날이다. 고보경 같은 피부를 만들어달라던 환자는 "시크릿 성형 카페가 뽑은 강남 성형외과 베스트5"에 우리 병원이 들었다고 했었고, 카페에 간 나는 불쾌한 마음으로 그것을 확인했었다. 그리고…… 오삼준을 만나 성형외과 홍보 제의를 받았다.

서둘러 윤 간호사를 내보내고는 캘린더를 집어 들었다. 그리고 이한재를 포함해 고보경과 관련돼 있었던 모든 일들을 상담 차트, 다

이어리, 인터넷 등의 도움을 받아 순차적으로 떠올려가며 캘린더 날짜 칸에 하나하나 적어내려가기 시작했다.

>1월 7일: 주예나에게 고보경과 드라마를 같이 찍을 것이라는 소식 들음.
>1월 11일: 이한재의 소아과 개업.
>1월 17일: 오삼준을 통해 고보경을 소개받음.
>1월 20일: 고보경의 시술 시작. 주예나와 마주침.
>2월 1일: 드라마 시작.
>2월 7일: 피 루머 사건 터짐.
>2월 15일: 주예나가 루머를 퍼뜨린 용의자로 밝혀지면서 일단락.
>3월 27일: 드라마 종영.
>4월 5일: 고보경의 집에서 식사를 한 후 이한재를 소개시켜달라는 부탁을 받음.
>4월 20일: 이한재에게 고백받음.
>4월 27일: 고보경 시술 후 이한재와 마주침. 결국 고보경이 그와 나 사이를 알게 됨.
>그 후, 한동안 모습을 보이지 않던 고보경.
>시크릿 성형 카페에 자주 등장하게 된 우리 병원.
>5월 7일: 카페에 있던 찰나 병원에 잠시 들른 고보경.

만약 오삼준이 시크릿 성형 카페의 주인이고 고보경 또한 그것과 관련돼 있다 치더라도 맞춰지지 않는 부분들이 너무 많이 존재했다.

시크릿 카페 개설은 이 년 전. 그러니 당연히 나 하나를 죽이기 위해 시크릿 성형 카페를 만든 것은 절대 아닐 것이다. 게다가 윤 간호사의 말대로 고보경이 의도적으로 내 아이디로 후기를 올리라고 말을 했다 해도 그건 시크릿 성형 카페의 주인이 브로커였다는 사건이 터지기 이전이다.

혹시나 하는 마음에 스크랩해두었던 토마스의 글과, 공동 브로커로 제의받았다는 여자의 글을 찾아 찬찬히 읽어봤다. "카페 주인은 성형도 쇼핑이므로 판매자와 소비자 사이 중간 단계가 있을 수밖에 없다고 계속해서 절 설득했습니다. 그게 벌써 한 달 전이네요. 사실 저도 갈팡질팡 고민했습니다"라는 부분에서 시선이 멈췄다.

한 달 전이라. 고보경과 오삼준이 시크릿 성형 카페와 관련이 있다는 전제하에 만약 한 달 전부터 시크릿 성형 카페에 불화가 생겼다면. 그래서 만약을 위한 타깃으로 우리 병원에 대한 홍보성 짙은 글들을 올리라고 윤 간호사를 조종했다면? 오삼준이 그날 나에게 했던 제안이 최후통첩과 비슷한 종류의 것이었다면?

하지만 아무리 생각해도 이건 비약이 심했다. 이한재의 일 때문에 고보경에 관해 미심쩍은 부분들이 생겨나기는 했지만 고보경이 오삼준과 손을 잡고 나를 공격할 리는 없었다. 게다가 시크릿 성형 블로그는 피 루머 사건 당시 고보경을 마녀로 몰아가며 공격한 적도 있다.

나는 고개를 절레절레 흔들었다. 그래도 혹시나 하는 마음에 네티즌들이 올린 토마스의 핸드폰 번호와 어딘가 두었던 오삼준의 명함을 찾아 두 사람의 핸드폰 번호를 비교해봤다. 그러나 일말의 공통

점도 존재하지 않았다.

잠시 망설인 후 오삼준에게 전화를 걸었다. 신호음이 채 울리기도 전에 "어라? 정 선생님이 웬일이세요?"라는 설레발 가득한 오삼준의 목소리가 들렸다. "허허, 이제 홍보에 대해 관심이 좀 생기셨나요?"라고, 능글맞게 묻는 그의 목소리는 평소와 다름없었다.

"아, 별일 아니에요. 다음에 다시 전화할게요."

그가 "어? 왜 싱겁게……"라며 붙잡았지만 나는 툭, 전화를 끊어버렸다. 만약 그가 토마스라면 내 전화를 받지도, 이렇게 당당할 수도 없다는 생각이 들어서였다. 하지만 한편으로는 강남 일대 성형외과 브로커인 그가 현재 일어나고 있는 상황을 모를 리 없다는 생각 또한 들었다. 그렇다면 내 전화를 받자마자 홍보에 관해 물을 게 아니라, 어떻게 된 일이냐고 묻는 게 더 어울리지 않았을까? 핸드폰으로 고보경의 핸드폰 번호도 찾았지만, 그녀에게 전화를 걸어 딱히 할 말이 떠오르지 않았다.

결국 해답을 찾지 못한 채, 더욱 부풀려진 불안감과 의혹만 갖게 된 나는 일단 집으로 갈 생각으로 자리에서 일어났다. 어지러움증으로 인해 휘청거리는 몸을 힘겹게 일으켜 세우고 가운을 벗는데 노크 소리와 함께 문이 열렸다.

반쯤 열린 문틈 사이로 고보경 루머 사건 이후 발길을 끊었던 주예나의 모습이 보였다. 주예나의 갑작스러운 등장에 당황한 내가 아무 말도 꺼내지 못하고 있는 사이 그녀는 "오랜만이에요, 선생님"이라는 말과 함께 나에게 꼭 해주고 싶은 말이 있다며 잠시 시간을 내달라고 했다.

커피숍에 도착하자 주예나는 나에게 먼저 앉아 있으라고 한 후 손수 커피를 주문해 왔다. 우리는 한동안 뜨거운 커피를 홀짝거리며 침묵했다. 먼저 말을 꺼낸 건 주예나였다.

"잘 지내셨어요? 라고 묻고 싶은데……. 시크릿 성형 카페 사건을 알기에 그런 인사는 못 하겠네요."

"…… 예나 씨도 아는군요."

씁쓸한 웃음이 흘러나오며 문득, 주예나도 아는 정보를 오삼준이 모를 리 없다는 생각이 스쳐 지나갔다.

"네. 사실 전 고보경과 함께 선생님도 얄미웠어요. 어쨌거나, 선생님도 전 믿지 않았으니 저와 같은 꼴을 당해도 싸다고 생각했어요……."

"…… 네?"

"…… 놀라실 것 없어요. 혹시 기억나세요? 제가 선생님 병원에 마지막으로 갔을 때 했던 말."

"……?"

"고보경과 매니저가 대화하는 걸 들었다는 거요. '피 가격이 또 올랐어? 얼만데?' 뭐 그런 거."

"네, 기억해요. 근데 그게 왜……."

"선생님! 제 귀 이상하지 않아요. 정확히, 확실히 들은 내용이에요."

주예나가 눈을 부릅뜨며 힘주어 말했다.

"물론 그 말도 안 되는 이야길 일부러 제게 흘렸다는 것도 모르고 신나서 이야기를 퍼뜨린 제가 가장 바보였지만."

"대체 그게 무슨 소리에요?"

내 목소리 톤이 한층 높아졌다.

"휴……, 피 루머 사건은 고보경이 일부러 절 무너뜨리려고 계획한 거였어요."

"그러니까…… 대체 왜……. 방송이 시작되고 오히려 좋은 반응을 얻은 건 고보경 씨였는데……."

"글쎄요. 그러긴 했죠. 하지만 드라마를 찍으면서 소소한 문제는 많았어요. 그러다 보니 본인한테 껌뻑 죽지 않고 당당히 구는 제가 눈엣가시로 여겨지지 않았을까요? 아니면 애송이인 저와 비교당하는 것 자체가 싫었다든가."

"만약에 그렇다 하더라도 고보경 씨는 예나 씨가 루머 최초 유포자라는 걸 알게 된 후에 일을 키우지 않았……잖아요."

"당연하잖아요. 그렇게 되면 자기 또한 갈 때까지 갈 거라고 예상했을 테고, 그렇다면 일이 어떻게 될지 모르니까. 그냥 '너 함부로 기어오르지 마!' 이런 경고로 끝낸 거죠. 저 또한 더 이상 가봤자 힘만 들고 드라마에 피해만 갈 거라 판단했고요. 고보경은 그것까지 예상했을 거예요. 이해 안 가죠? 누군가를 누르기 위해 본인을 위험에 빠뜨린다는 것 자체가. 근데, 그 일로 고보경이 얻은 건 많잖아요. 악플러들을 오히려 자기 편으로 회유하고, 죄 없이 오해를 받았다는 이유로 당분간의 '까임 방지권' 획득. 제 기도 누르고 제가 다니던 성형외과까지 마음대로 주무를 수 있게 됐고. 여자는 무섭지만, 여배우는 더 무서워요. 성형으로 지옥의 문턱까지 다녀온 톱스타 여자는 더욱더 상상을 초월하죠. 전, 아직 그 경지까진 못 갔지만."

"……."

"모르세요? 신경전을 벌이는 여배우들 사이에 일부러 서로를 죽이게끔 만드는 일이 빈번하다는 거. 치명타가 될 수 있는 비밀들을 터뜨리는 거죠. 전 그걸 역이용당한 거고요……. 생각해봐요. 선생님 혹시 고보경에게 밉보이거나 기분 상하게 하거나 그런 적 없나요?"

"…… 네?"

불현듯 세미나에 가 있는 이한재가 떠올랐다.

"만약 그런 게 있다면 시크릿 성형 카페 사건에 고보경이 연관됐을지도 모른다는 의심을 해보는 것도 나쁘지 않아요. 피 사건 바로 직후였나? 급하게 필요한 옷이 있는데 코디가 보이지 않아 대기실 옷 더미에서 온갖 짜증을 내며 찾고 있었어요. 그런데 고보경이 대기실로 들어오더니 아무도 없나 확인 후, 누군가와 통화를 했어요. 마치 드라마나 영화의 한 장면처럼. 그때 하던 이야기가……, '거봐. 내가 하라는 대로 했더니 카페 회원 수가 훌쩍 늘었지?' 네, 확실히 그랬어요. 당연히 전 그 사건 이후라 그녀의 그 어떤 일과 발언에도 신경 쓰지 않으려 했지만 지금 와서 보니 그 카페가 시크릿 성형 카페인 것 같아요……. 물론 처음부터 선생님을 겨냥하기 위해 만들어진 카페는 아니겠지만, 고보경이라면 나쁘게 흘러간 상황도 자신 쪽으로 유리하게 만들 수 있는 여자니까."

주예나의 말대로라면 고보경은 자신의 루머를 이용해가면서까지 카페를 대중에게 알린 것이었다. 그건, 풀리지 않던 마지막 퍼즐이었다. 하지만 주예나의 말을 곧이곧대로 믿을 수도 없었다. 고보경이 또 한 번 같은 수를 쓰는 거라면······. 주예나의 눈을 물끄러미 응시하던 나는 일단 그녀에게 직접 물어보는 방법밖에 없다는 결론을 내렸다.

"······ 왜 이런 이야기를 해주는 거죠? 제가 예나 씨를 믿어도 되나요?"

예상했던 질문이라는 듯 주예나는 씁쓸한 미소와 함께 말했다.

"알거든요. 선생님께서 제게 수술이나 시술을 할 때만큼은 항상 진심으로 최선을 다했다는 것. 또, 고보경이 더 이상 사람 가지고 장난치는 꼴 보기도 싫고. 그리고 하나 더! 그 이후로 다른 병원에 갔는데 썩 마음에 들지 않아요. 이번 일 마무리하고 나면 저, 다시 선생님 손에 제 얼굴 맡겨도 되는 거죠?"

"······ 네. 그리고 예나 씨의 말이 모두 사실이라면······ 미안해요."

"됐어요. 이미 지난 일인 데다 저도 어리석었고, 또 우리 둘 다 피해자라고 할 수 있잖아요. 제가 도움을 줄 수 있을지 모르겠지만, 필요하면 연락 주세요."

주예나는 자리에서 일어났고, 나는 몇 달 새 한층 성숙해진 듯한 주예나의 뒷모습을 물끄러미 바라보다 병원으로 올라갔다. 그리고 달력을 다시 한 번 살펴봤다.

주예나의 말을 전적으로 신뢰한다는 가정하에 고보경은 확실히 시크릿 성형 카페와 연관 있었고, 또 그렇게 치면 그녀의 성격으로 미루어봤을 때 이한재 때문에 심기를 상하게 한 나를 만일을 위한 방패로 삼았을 것이다.

그렇다면······ 토마스는 정말 오삼준일까? 아니면, 또 다른 인물이 존재하기라도 하는 걸까?

 다음 날, 시도 때도 없이 걸려오는 비난, 항의 전화와 심지어 찾아와 욕지거리를 퍼붓는 사람들 때문에 병원은 잠시 휴업을 해야 하는 상황에까지 이르렀다. 우려했던 일이 현실로 다가온 것이다.
 윤호 때도 그랬듯, 소문이란 무정히 흘러가는 시간 속에서 점차 사라지기 마련이라는 것을 알고 있는 나였다. 하지만 시간은 분명 어떤 곳에서는 더없이 빠르게, 어떤 곳에서 한없이 느리게 흘러간다. 그리고 분명, 나를 괴롭히는 혼란의 시간은 마치 멈춘 것처럼 더디게 흘러갈 것이다.
 선택은 내 몫이었다. 예전처럼 시간이 흘러 소문이 사라지기만을 무력하게 기다리든지, 아니면 내가 알고 있는 것들을 활용해 물러서지 않고 대응을 하든지.
 두려움 때문일까, 선뜻 결정이 서지 않았다. 마음을 정리하기 위해 오랜만에 윤호가 잠들어 있는 곳을 찾았다. 그리고 그곳에서 그 어떤 사람보다 만나기를 두려워했던 사람과 마주쳤다. 몇 년이 지났지만 한눈에 알아볼 수 있었다.
 윤호의 아버지.
 그를 보자마자 불가항력적으로 몸이 굳어졌다. 그 또한 나를 발견하자 들고 있던 소주잔을 털썩 떨어뜨렸다. 일순간 나를 향한 그의 표정에는 분노, 원망, 그리움, 아련함, 안타까움 등이 두서없이 서렸고, 우리는 한동안 돌부처처럼 꿈쩍 않고 있었다. 얼마의 시간이 흘렀을까, 그가 내 손에 들린 새우깡으로 시선을 옮겼다. 많은 감정이 뒤섞인 그의 얼굴에 서글픈 미소가 희미하게 번졌다. 그가 힘겹게 손을 들어 내게 이리 오라는 손짓을 했다. 그는 떨어진 종이컵을 들어 툭툭 털고는 소주를 따라 내게 건넸다. 그리고 고백하듯 말했다.

"선생님 잘못이 아닌 걸 알면서도 그때는 누구에게라도 윤호가 죽은 탓을 돌려야만 제가 살 수 있을 것 같았습니다. 윤호가 선생님을 잘 따랐었는데……. 윤호에게도 선생님에게도 씻지 못할 죄를 지었습니다. 아마 우리 윤호도 이런 아버지가 많이 부끄러웠을 거예요. 꼭 한번 만나서 말씀드리고 싶었는데 용기가 안 났습니다. 이제야, 그때는 정말…… 죄송했다고 말씀드리네요. 이제 우리 아가도 한결 마음이 편해졌을까요……."

그의 말을 듣자마자 그간 참아왔던 눈물이 내 의지와 상관없이 주르륵 흘러내렸다. 어쩌면 나는 그의 용서와 이해가 담긴 이 한마디를 듣고 싶었던 게 아닐까, 싶을 정도로. 그런 내 앞으로 불쑥 내민 그의 손에는 빛바랜 하얀색 가제 손수건이 들려 있었다.

그날 그와 나는 내가 사온 새우깡을 안주 삼아 소주를 주거니 받거니 하며 각자 말없이 윤호를 기억했다. 윤호의 아버지와 함께여서일까, 잠들어 있는 윤호를 바라보는 마음이 한결 가벼워진 듯했다.

*

집에 도착하자마자 현관문 앞에서 캐리어와 함께 쪼그려 앉아 있는 이한재가 눈에 띄었다. 가까이 다가가 일부러 인기척을 흘려봐도 그는 꿈쩍하지 않았다. 이번만큼은 잠든 척이 아닌 듯했다. 작은 한숨 후, 무릎을 구부리고 앉아 그의 어깨를 툭툭 쳤다. 몇 번의 반복 후에야 눈을 뜬 이한재는 바로 앞에 내가 있다는 사실을 인지하자마자 한껏 미간을 찌푸리며 물었다.

"연락 두절이 취미지? 무슨 일이 생기면 일단 도망부터 치는 게 습관이고?"

그러고 보니 네티즌들에게 내 핸드폰 번호가 알려진 후, 내내 핸드폰 전원을 꺼놨었다.

"미안해요. 사정이 있었어요."

"이미 윤 간호사에게 다 들었어. 왜 나한테 연락하지 않은 거지?"

나무리는 이한재에게 "들어가서 얘기해요"라고 말하고는 현관문을 열었다.

잠시 기다리라는 말과 함께 그를 소파에 앉힌 후, 부엌으로 가서 따뜻한 녹차 두 잔을 타서 한 잔을 그에게 건넸다. 그리고 재촉하는 그의 눈빛을 무시한 채 녹차를 마시며 한참 후에야 입을 열었다. 시크릿 성형 카페와 고보경에 관련된 일들을 세세히 말했고, 그는 내 이야기가 끝날 때까지 한마디도 하지 않았다.

"고보경이 그렇게까지 멍청할 줄은 몰랐는데……."

"멍청한 게 아니잖아요."

"남에게 상처 주는 일을 하는 건 나쁠 뿐 아니라 멍청하기도 한 거야. 자! 그래서 어떻게 할 거야? …… 설마 또 창문 하나 없는 새장 안에 갇혀 시간이 흐르기만을 기다리는 바보 같은 행동을 할 건 아니지?"

"글쎄요."

"억울한 일을 당한 채 가만히 있는 것도 멍청하고 나쁜 일이지. 게다가 심증이 가는 인물은…… 확실히 있잖아."

"심증일 뿐이에요."

"모든 건 심증에서 시작돼. 아!"

그가 깜빡 잊은 무언가를 깨닫기라도 한 듯 서둘러 캐리어에서 노트북을 꺼내 만지작거리더니 "그쪽 기다리면서 찾은 거야. 봐봐"라며 내게 노트북을 건넸다.

흘깃 바라본 노트북 모니터 상단에 안티 시크릿 성형 카페라는 문구가 눈에 띄었다. 내가 멈칫하자 그가 직접 내 무릎 위에 노트북을 올려놓았다. 나는 썩 내키지 않는다는 표정을 지으며 떠 있는 글을 읽기 시작했다. 첫 문장을 읽은 나는 살짝 이마를 살짝 찡그린 채 그를 바라봤고 그는 계속해서 읽으라는 듯 고갯짓을 했다.

그가 띄워놓은 페이지에는 나를 옹호하는 글들이 있었다. 다른 병원에서 얻어온 어색한 쌍꺼풀을 란 성형외과 선생님이 고쳐줬어요, 필러를 그렇게 예술로 놓는 선생님은 그분밖에 없을걸요, 그럴 사람으론 안 보이던데…… 오히려 너무 정직해서 매정하고 차갑게 보이던 분인걸요? 등등.

그중 가장 눈에 띄는 건, 선생님 아이디로 올라온 후기는 무지한 자신이 저지른 실수라며, 선생님의 잘못은 전혀 없다는 윤 간호사의 고백성 짙은 글과 "가슴 축소 수술을 하러 간 제게 저의 문제점은 큰 가슴이 아니라 밋밋한 얼굴이라며 가슴 축소술 대신 쌍꺼풀 수술을 권한 분이에요. 여기 계신 분들이라면 다들 가슴 성형과 쌍꺼풀 수술 가격 차이가 얼마인지 아시죠? 그런 분이 이런 카페 주인장과 손잡고 이익을 챙겼을 것 같지는 않네요. 똑똑해 보이는 선생님이 같은 아이디로 자신의 병원 후기를 몇 개씩이나 올렸을 것 같지도 않고. 암튼 좀 수상쩍네요. 게다가 소아과 사건 자세히 찾아보니 그 선생님 잘못이 아니더만요. 암튼 우리나라 사람들 뭐 하나 터지면 우르르 몰려가서 비난하고, 또 금세 잊고, 또 다른 데 달려가서 비난하고. 맘에 안 듭니다. 드립친다고(별 생각 없이 하는 말이나 행동을 일컫는 인터넷 속어) 할까 봐, 실명 인증 하고 갑니다"라는 서유경이라는 본명으로 단 글이었다.

"그냥 도망치는 건 당신 편에 서준 그녀들마저 무시하는 행위라는 서 알아?"

"……"

"사실 윤주희마저 글을 단다는 걸 잠시 기다리라고 했어. 그땐 자세한 내막은 몰랐지만 중요한 증거가 될 것도 같아서. 당신이 지휘만 한다면 움직여줄 사람은 충분하다고. 하지만 알지? …… 선택은 당신 몫이란 걸."

이미 식어버린 녹차를 묵묵히 홀짝대는 내게 생각할 시간이라도 주려는 듯 자리에서 일어난 그가 "근데…… 내가 누군가에게 어라, 나랑 이름이 같네요? 라고 말한 적이 있는 것 같은데 *그게* 누군지 생각이 안 나"라고 중얼거렸다. 그리고 한참 후, "아!"라는 짧은 감탄사와 함께 날카로운 눈빛으로 나를 바라보며 말했다.

"고보경!"

"…… 네?"

"그때 고보경이 매니저를 토마스라고 불렀어."

"…… 확실……해요? 그게 몇 년 전이었죠?"

"삼 년 전쯤?"

엔터테인먼트 사장 겸 고보경의 매니저를 마지막으로 그 바닥에서 은퇴한 오삼준이 브로커로 전향해 조금씩 이름을 알린 것도 그쯤이었다. 정말 토마스는 오삼준이고 고보경은 그런 그와 손을 잡고 시크릿 성형 카페를 운영해나간 것일까?

불현듯 여배우는 생각 외로 비용이 많이 든다고 했던 누군가의 말이 떠올랐다. 품위를 유지하기 위한 비용, 아름다움을 유지하기 위한 비용 등. 그렇다면 고보경은 자신의 품위와 아름다움의 유지를 위해 타인의 아름다워지고 싶은 욕망과 성형외과를 이용한 것일까? 그리고 그것이 어긋나자 또 다른 타인에게 본인의 죄를 뒤집어씌우려는 것일까? 거짓을 진실로 위장해 남들을 구렁텅이에 빠뜨려놓은 후 본인은 또 다른 목표물을 찾아 가식적인 미소를 지으며 누군가의 마음을 흔들고 있을지도 모른다. 문득 또 다른 피해자가 생기지 않았으면 좋겠다는 생각이 조심스레 들었다.

마지막 남은 녹차 한 모금을 목구멍으로 넘긴 나는, 크게 한숨을 토해냈다. 그리고 조심스럽게 말을 꺼냈다.

"나…… 일을 크게 만들면서까지 해결하고 싶은 생각은 없어요."

"…… 예를 들어?"

"경찰에 알린다든가, 사이버 수사대를 이용한다든가. 수사 과정을 밝히지 않는다는 경찰 쪽의 원칙이 표면적으로는 존재하지만, 경찰로부터 기자에게 새어나가는 사건들이 비일비재해요. 그러니 우리 병원에 다니는 연예인들의 신상이 밝혀질 수도 있고, 이와 관련된 일들이 기사화될 가능성이 높아요. 그건 또 다른 루머를 만들어낼 소지가 충분하고요."

이한재가 인정한다는 듯 고개를 끄덕거리며 "그럼 어떻게 하고 싶어? 아니, 결심은 한 거야?"라고 물었다.

"일단은, 방법을 좀더 생각해볼게요. 근데 괜찮아요? 그래도 고보경은 당신이 한때 만났던……."

그러자 그가 다정한 눈빛으로 나를 물끄러미 바라보더니 기특하다는 듯 내 머리를 쓱쓱 문지르며 "그건 당신이 걱정할 일이 아니야. 일단 한숨 자는 건 어떨까? 피곤해서 다크서클 내려왔다"라고 장난스럽게 말했다.

이한재의 권유로 침대로 가서 한숨 자고 난 후 거실로 나오자 믿기 힘든 광경이 눈앞에 펼쳐져 있었다. 이세영 선생님과 윤주희, 그리고 이해정과 그녀의 약혼자가 거실 이곳저곳에 자리하고 있었다.

할 말을 잃은 채 넋을 놓고 서 있는 나를 제일 먼저 발견한 이한재가 "깼어?"라고 미소를 지으며 물었다. 콜라 캔을 따고 있던 이세영 선생님은 그제야 "어이, 지은 잘 잤어? 윤태영 그 자식 일 한번 크게 때릴 줄 알았어! 아, 나 여행지에서 돌아오자마자 여기 왔당!" 하고 어리광 부리듯 말했고, 거실 벽에 걸린 액자를 물끄러미 바라보고 있던 윤주희는 "잘 주무셨어요? 선생님! 이거 〈키스〉라는 작품 맞죠? 당연히 진품은 아니겠죠?"라고 물었다. 이해정의 약혼자는 나를 보더니 꾸벅 인사를 했고, 그와 나란히 소파에 앉아 커피를 마시던 이해정은 "딸, 너 아닌 것 같다? 이런 상황에 잠까지 자고"라며 신기한 듯 나를 바라봤다.

내게 가까이 온 이한재에게 어떻게 된 거냐고 미간을 잔뜩 찌푸린 채 묻자 그는 "어떻게 된 거긴, 다들 당신을 돕기 위해 왔지. 윤 간호사는 길이 막혀 조금 늦는데. 자, 이제 마음껏 지휘해봐"라고 어깨를 으쓱하며 답했다. 여전히 이해되지 않는 상황에 멍하니 서 있는 내게 이세영 선생님이 말했다.

"지은 샘! 그거 알아? 성형은 콤플렉스를 고쳐줌으로 인해 수동적인 자세를 능동적으로 바꿔준다는 거. 다른 사람을 그렇게 만드는 사람이 자신은 능동적이지 못한 건 좀 아이러니하지 않아? 얘기 들어보니까 고보경? 그 여자, 자신의 행복을 위해서는 타인을 이용해도 된다고 착각하는 것 같은데. 게다가 성형을, 성형을 원하는 여성들을 자신의 이익을 위해 멋대로 이용했어. 그건 혼나 마땅한, 정의롭지 못한 행동이지!"

이세영 선생님의 말이 끝나자마자 모두의 시선이 내게로 향했다. 나는 침을 꿀꺽 삼키고는 차분하게 내 의견을 말했다.

"…… 한재 씨에게 다들 들으셨는지 모르겠지만 전 일을 크게 벌이고 싶진 않아요. 고보경과 직접 담판을 짓고 싶어요. 그래서 그녀 스스로 상황을 정리하게 만들고 싶어요. 언론에 알리는 건 그다음 생각할 문제고요. …… 하지만 아직 심증뿐이니, 확실한 증거가 필요하겠죠?"

내 말이 끝나자마자 모두들 기다렸다는 듯 하나같이 고개를 끄덕거렸다. 어쩜 우스꽝스러울 수도 있는 이 상황이 부담스럽기도 했지만, 마음 한구석에서 고마움이라는 감정이 아련하게 피어났다.

이해정의 정보로 인해, 몇 년 전 고보경의 매니저 이름이 토마스라는 것이 명확해졌지만 곧바로 오삼준을 찾아가는 것은 무리였다. 이런 일에 잔뼈가 굵은 그가 섣불리 진실을 토로해낼 리 없고, 그렇게 우왕좌왕하다 보면 그들이 또 다른 일을 벌이거나 제 삼의 타깃을 고를 시간을 주는 것과 다를 바 없다. 그래서 일단 윤태영 원장을 이용해 확실한 증거를 얻어낸 후 오삼준을 옴짝달싹하지 못하게 만들고는, 또다시 오삼준이란 미끼를 들이밀어 고보경과 직접 담판을 지을 작전……을 세웠다.
　작전. 작당 모의. 스파이. 처음에는 유치하면서도 거창한 이 단어들에 몸 둘 바 모를 정도로 낯간지러웠지만 어젯밤 이세영 선생님, 이한재, 윤주희, 이해정, 그리고 그녀의 약혼자로 조합된 어색한 집단 속에서 수백 번을 듣다 보니 익숙해져버렸다. 아니, 그들의 유난스러움과 유치함에 나도 모르게 동화돼버렸다는 표현이 더 맞을까.
　어쨌거나 일차 작전은 간단명료했다. 그리고 그들의 표현대로 일차 작전의 적임자는 모든 면에서 윤주희였다. 윤주희의 거센 항의에도 불구하고 환자의 부주의라며 수술비의 반값만 환불해줬던 윤태영 원장은 최근 시크릿 성형 카페 사건이 터지자 그녀에게 직접 전화해 병원에서 착오가 있었다며 나머지 금액의 환불은 물론 보상까지 하겠다고 입장을 바꿨다고 한다. 따라서 그녀가 윤태영 원장을 찾아가 약간의 협박을 가미한 대화로 그를 유인해 토마스란 작자의 정체에 대한 답을 받아오는 것이다. 윤주희는 대화 내내 나와 연결돼 있는 핸드폰을 켜놓을 것이고, 나는 송화음 차단 설정 후 그 대화를 녹취하면 된다. 만약 성공한다면 그건 오삼준의 입에서 진실을 끌어낼 좋은 미끼가 될 것이다. 이세영 선생님은 윤주희에게 윤태영 원장의 소소한 버릇 등을 일러줬고, 윤주희는 자신의 직업이 한때 상품 애프터서비스 전화 상담사였다며 자신만만해 했다.

*

"원하신다면 저희가 가슴 성형 재수술을 해드릴 수도 있어요."
 윤태영 미(美) 클리닉 근처 카페에 자리한 이세영 선생님과 나는 테이블에 올려놓은 핸드폰에서 흘러나오는, 당연한 것을 선심 쓰듯 말하는 윤태영 원장의 굵직한 목소리에 귀를 쫑긋 세웠다.
 "아, 전 재수술을 원하지 않아요."
 "전 재수술을 원해서 오셨다고 생각했는데. 그렇다면…… 다른 부위를?"
 "하하, 마치 고기 부위 말하듯 말씀하시네요. 아저씨, 여기 안창살 한 근이요, 갈비살 추가요. 선생님, 여기 가슴 성형 한 번에 눈밑 지방 제거술 추가요. 어라? 좀 비슷하긴 하네요."
 "아이고, 그렇게 들리셨다면 죄송해요. 주희 씨께 미안한 마음에 뭐든 해드리려고 생각했거든요."
 "뭐든, 이요?"
 "네, 물론. 제가 실수를 했으니 그에 상응한 보상을 해드려야죠."
 "선생님…… 처음엔 저의 부주의라고 하시지 않으셨어요?"
 "아, 제가 착오를 했었어요, 다른 환자분과."
 "어머! 그럼, 가슴 성형 부작용이 저 말고 다른 분한테도 있었나요?"

"아, 그런 건 아니고. 간호사가 착각을. 어쨌든 주희 씨게 꼭 보상을 해드리고 싶습니다."

"그럼 제게 토마스와 연락 가능한 번호 좀 알려주실 수 있으세요?"

"...... 네?"

이전까지만 해도 차분함을 유지하던 윤태영 원장의 목소리에서 당황스러움이 묻어났다.

"제가 시크릿 성형 카페 주인 토마스의 중개로 이 병원에 오게 된 건 아시죠?"

"아, 네."

"토마스와 통화하고 싶은데 알고 있는 번호가 착발신 정지됐더라고요. 선생님은 아실 것 같아서."

"...... 아, 저도 모르는데요? 토마스라는 사람과 전 아무런 연관이 없어요. 아니, 어찌 보면 모르는 사람이라고도 할 수 있죠."

"...... 흐음, 그래요? 그렇다면 경찰에 수사를 의뢰하는 수밖에 없겠네요."

"네?"

"선생님은 하루에 몇 명씩 아무런 생각 없이 기계적으로 성형수술을 하실지 모르지만, 대부분의 성형을 결심한 여자들이 그렇듯 저 또한 몇 날 며칠을 심각하게 고민했어요. 그리고 결국 토마스라는 사람의 조언에 따라 선생님 병원에 간 거고요. 그런데 시크릿 성형 카페 사건을 보니 그가 그런 소개를 통해 엄청난 이윤을 얻었다고 하더라고요. 아! 시크릿 성형 카페 사건을 모른다고 하시진 않겠죠?"

"……."

"그러니까 조언이 아니라 갖다 판 거였죠. 자신과 거래를 한 선생님에게!"

"글쎄, 전 토마스와 거래를 한 적이 없다니까요."

"토마스의 소개로 선생님께 간 환자들이 많던데요?"

"그건 토마스도 밝혔을 텐데요! 저와는 거래가 아니라 친구 입장에서 도와준 거라고……."

"아까는 모르는 사람이라면서요?"

윤주희가 그의 말이 떨어지기가 무섭게 되받아쳤다. "오호, 주희 양 제법인데?"라고 이세영 선생님이 콜라에 꽂힌 빨대를 요란스럽게 빨며 중얼거렸다.

"아, 그건…… 그만큼 가깝지는 않다는……."

그의 말이 꼬이기 시작했다. 이세영 선생님이 윤태영은 당황하거나 거짓말을 할 때 눈을 깜박거리는 버릇이 있다며 만약 그런 행동을 보인다면 때를 놓치지 말고 더욱 몰아붙이라고 일러줬다. 핸드폰 너머로 윤주희의 당찬 목소리가 이어졌다.

"가슴 성형 부작용이 요즘 가장 이슈인 의료 기삿거리 중 하나라죠?"

"그, 그래서, 제가 다시 공짜로 재수술을……."

"재수술은 필요 없다고 했잖아요."

"……."

"다행히 예전에 토마스와 주고받은 문자가 핸드폰 안에 있어요. 이미 없어진 번호지만 경찰들은 의료법을 위반한 토마스의 신상을 밝혀낼 수 있겠죠? 그렇다면 일이 커지지 않을까요?"

"저……."

"다행히 전 지금 무사하고, 이 일로 깨달은 바도 있으니 일을 크게 만들고 싶진 않아요. 제가 원하는 건 토마스라는 사람의 사과예요. 그걸 선생님께서 도와주신다면 선생님께도 사과를 받은 걸로 할게요. 끝내 연락할 방법이 없다면 저도 어쩔 수 없어요. 일이 커진다면 저 또한 진술을 해야 할 테고, 물론 선생님도 무사히 넘어가진 못하겠죠?"

윤주희가 마지막 일격을 가했다. 강한 자에게 약하고, 약한 자에게 강한, 본인의 신념 없이 이윤에 따라 움직이는 케이스의 인간에게는 협박이 가장 큰 무기라며 이한재가 일러준 방법이었다.

윤태영은 커다란 한숨을 마지막으로 토마스의 핸드폰 번호라고 추정되는 숫자를 읊었다. 전화를 끊은 나는 자판에 그 번호의 마지막 네 자리를 눌렀다. 핸드폰 화면 위로 열한 자리 번호 하나가 떴고, 그 앞에는 오삼준이라고 적혀 있었다. 토마스가 오삼준이라는 것이 명확해지는 순간이었다. 예상은 했었지만, 막상 확인을 하니 착잡한 기분에 사로잡혔다

"짐작했던 대로네요"라고 이세영 선생님을 향해 중얼거리듯 말했다. 그러자 선생님은 빨대를 빼내더니 콜라를 한 번에 다 마신 후 "어이쿠, 그럼 이제 내 차례네?"라며 터프하게 입가를 쓰윽 닦고는 힘차게 일어났다.

선생님이 맡은 일은 윤태영을 상대하던 윤주희의 역할을 일초의 시간 차 없이 대신해 윤태영이 오삼준에게 연락을 취하지 못하게

하는 것이었다. 선생님의 말대로 유혈 사태를 벌이든, 윤태영의 핸드폰을 변기에 빠뜨려버리든, 사우나에 끌고 가 기절시키든, 방법은 선생님의 자유였고 우리는 그 누구도 그의 성공을 의심하지 않았다.

전쟁터에라도 나가는 듯 위풍당당하게 한참을 걷던 그가 벌떡 멈춰 서더니 오른손을 하늘 위로 쭉 뻗어 들고는 브이 자를 그렸다. 선생님의 그런 우스꽝스러운 행동은 언제나 나를 긴장감에서 다소 해방시켜준다. 피식 웃음을 흘린 나는 커다란 한숨을 내쉰 후 오삼준에게 전화를 걸었다.

언제나처럼 능글맞게 전화를 받은 그는, 시크릿 성형 카페 사건 때문에 병원을 아예 폐쇄해야 할 지경이다, 내키지는 않지만 당신의 도움을 받아야겠다, 가능하다면 만나서 얘기하자며 여느 때와 같이 차갑고 도도하게 말하는 내 제의에 흔쾌히 응했다. 그의 의심을 사지 않기 위해 약속 장소는 항상 그가 나를 찾아오던 우리 병원 건물 카페로 정했다.

내가 먼저 도착했고, 약 십 분 후 등장한 오삼준이 기세등등한 표정으로 내 맞은편 자리에 앉으며 말했다.

"이제야 정 선생님과 이야기가 통하겠네요."

"…… 네. 저 또한 말이 통하길 바라요. 오삼준 씨, 아니 토마스 씨."

"…… 네?"

"당신이 시크릿 성형 카페의 주인 토마스라는 사실, 제가 잘못 안 건가요?"

"하, 무슨 말씀이신지 전 전혀 모르겠는데요."

오삼준은 짐작했던 대로 전혀 동요하지 않은 채 능글거리는 표정을 유지하며 시치미를 뗐다. "…… 그런가요?"라고 혼잣말하듯 말한 나는 핸드폰을 꺼내 윤주희와 윤태영의 대화 내용을 재생했다. 처음에는 '이게 뭐야?' 하는 표정을 짓던 그의 낯빛은 핸드폰 안에서 흘러나오는 이야기가 진행될수록 점차 새파래졌다.

"…… 전 당신 머리가 정직하지 않다고 생각하지만, 이미 빠진 늪에서 아등바등거려 스스로 더 깊게 들어갈 정도로 나쁘다고 생각하지는 않아요."

그는 입을 꾹 다물고 침묵으로 일관했다. 아마도 이리저리 머리를 굴리고 있을 것이다.

"인정해요, 제가 그쪽 싫어했고, 그 감정을 고스란히 드러냈던 거. 그렇다고 이런 식으로 괴롭히는 건 비겁하지 않나요? 하긴 비겁한 일 투성이네요. 아이들을 스타로 만들어준다는 명목하에 부모님들에게 돈 뜯어내기. 연예인들 이용해 브로커 하기. 그리고 시크릿 성형 카페."

그가 인정한다는 듯 고개를 끄덕이며 물 한 모금을 마신 후 평정을 되찾은 듯 느긋하게 입을 열었다.

"그래요. 시크릿 성형 카페, 인정해요. 하지만 선생님! 시간이 흘러가고 사회가 변할수록 새로운 직업은 점점 생겨날 수밖에 없어요. 성형외과 의사? 과연 그 직업이 언제부터 생긴 걸까요? 성형외과 브로커는 성형외과가 생기고, 성형을 원하는 사람이 점점 늘어나면서 자연스럽게 생긴 직업이에요. '최고로 수술을 잘하는 의사'가 존재하는 다른 수술과는 달리 성형수술은 아름다움에 관한 의사 개인적인 생각이 개입되기 때문에 어떤 의사에게 수술을 받느냐에 따라 만족도가 크게 다르죠. 게다가 다른 수술과 달리 개인의 프라이버시가 중요한 수술이어서 의사의 평판을 알아보기도 어렵고 전에 수술한 환자들을 만나보는 것도 쉽지 않아요. 즉, 다른 수술과는 완전히 다르단 말이죠. 그러니 눈 성형, 안면 윤곽, 필러를 원하는 누군가에게 적합한 전문가를 소개해주고 커미션을 떼는 일을 과연 나쁘다고 말할 수 있을까요? …… 그리고 스타를 만들기 위해선 당연히 비용과 노력이 필요하죠. 그러니까 돈과 노력의 대가를 조금 받는 건 당연한 거 아닌가요?"

"그런가요? 톱 여배우로 살아가기 위해서도 돈이 필요하고요? 고보경 씨처럼?"

나는 그의 궤변에 일일이 대꾸하고 싶지 않아서 그녀의 이름을 거론했다. 순간 물 잔을 집는 그의 손이 멈칫했다.

"당신 둘, 처음부터 의도적으로 제게 접근한 건가요?"

"그게 무슨 말인지 전……."

그는 여전히 부정했지만 더 이상 당황한 표정을 감추지 못했다. 슬슬 짜증이 밀려와 절로 눈살이 찌푸려지는데 누군가 내 양 어깨 위로 손을 올렸다. 고개를 돌려보니 이한재가 서 있었다.

"이렇게 보니 낯이 익네. 한두 번 오가다 본 사이니 반갑게 인사는 안 해도 되겠죠?"

오삼준에게 짧게 인사말을 건넨 그는, 빈자리에 앉았다. 그리고 오삼준을 향해 나지막이 말했다.

"오삼준 씨, 당신도 이용당한 거야, 고보경에게."

"······ 네?"

오삼준보다 내가 먼저 반응했다.

"그거 알아? 공동 브로커 제의를 받고 그 사실에 분개한 척 카페에 글을 올린 여자. 그것조차 고보경이 사주한 거더라고. 뭔가 의심쩍어서 공개돼 있는 메일 주소를 확인해보니 허술하게도 회사 메일이었어. 마침 그 회사에 다니는 친구가 있어서 그에게 부탁해 연락처를 알아냈지. 약간 겁을 줬더니 술술 불던데?"

"······ 그······ 그게 무슨 말씀이시죠?"

오삼준이 마른침을 삼키며 물었다.

"고보경은 당신을 앞세워 카페를 운영하고, 꽤 많은 이윤을 챙겼겠지. 지은 선생님까지 끌어들일 생각이었겠지만 일이 점차 커지자 불안했을 거야. 만약에라도 자신이 성형 카페를 이용해 이윤을 남겼다는 게 알려지면 치명적이니까. 뛰어난 촉으로 위험을 감지한 그녀는 카페를 그만두려 했겠지. 근데 그냥 폐쇄하기에는 아까웠던 거지. 때마침 나와 얽힌 지은 선생님을 망가뜨리고 싶어졌고, 그 카페가 그 일을 해주기에 안성맞춤이었지. 당신도 고보경의 성격을 알고 있다면 이 이야기가 허무맹랑하지만은 않다고 생각하겠지? 잘못하면 당신만 독박 쓸 수 있다고. 잘 판단해봐."

마치 목구멍에 커다란 알사탕이라도 걸린 것처럼 새하얀 얼굴로 입을 벌린 채 침묵하던 그는 한참 후에야 이야기를 털어놓았다.

성형외과 브로커로 활동하던 오삼준에게 성형 카페를 만들자고 제안한 건 돈을 벌지만 항상 모자란 고보경이었다. 겉으로는 아파트다 뭐다 넉넉해 보이지만 아직 제작으로 진 빚을 완벽히 갚지 못한 오삼준에게는 괜찮은 제안이었다. 고보경은 조금씩 카페가 알려질 무렵 더 크게 알릴 큰 한 건이 필요했고, 웬만하면 그건 눈엣가시인 주예나를 이용하고 싶었다. 그 당시 예전에 헤어진 이한재와도 다시 만나고 싶었다. 그 모든 상황에 이용하기 적절했던 게 란 성형외과 의사, 바로 나였다. 고보경은 내 병원에 이용하고 싶은 주예나도 다니고, 부작용으로 어긋난 얼굴도 되돌리기 위해 오가다 보면 이한재와도 마주칠 수 있다고 판단했다. 또 나를 유혹해 카페에 가담시키면 카페는 더욱 커질 수 있을 것이라고도. 주예나를 이용한 카페 알리기 작전은 성공했다. 그렇게 점차 이윤이 늘어가는데 브로커 사건이 터진 것이다. 그 사건으로 어쩔 줄 몰라 하고 있을 때, 이왕 이렇게 된 거 타깃을 나로 돌리자고 고보경이 다시 제안했다고 한다.

고보경은 마음만 먹으면 누구든 마음대로 주무를 수 있다고 생각하는 여자고 지금껏 그렇게 해왔는데, 이한재와 나만은 마음대로 되지 않았기에 타깃을 나로 정했을 거라는 것까지는 예상했었다. 하지만 고보경이 카페를 폐쇄할 생각으로 꾸민 일인지는 오삼준의 이야기를 듣기 전까지는 꿈에도 몰랐다. 오삼준의 이야기는 대부분 짐작했던 대로였지만, 오삼준마저 고보경에게 이용당했다는 사실은 적잖이 놀라웠다.

고보경은 내 전화를 받지 않았고, 나는 이해정의 도움을 얻어 그녀가 촬영 중인 현장에 직접 찾아가 대면하기로 마음먹었다. 하지만 다음 날 아침, 기사가 터졌다.

"고보경, 시크릿 성형 카페 브로커 의혹?"

"카페 주인이 밝히길, 모든 것은 고보경의 사주에 의해 시작된 일!"

"아름다움의 대명사 고보경, 그녀는 단지 아름다움을 이용한 거짓말쟁이일 뿐?"

기사 내용으로 미루어봤을 때, 나로 인해 일이 터질까 두려웠던 오삼준과 윤태영이 손을 맞잡고 고보경을 몰아세운 것이었다. 내용 중에는 시크릿 성형 카페를 통해 홍보 의혹을 받고 있는 모 병원에 관한 내용도 사실 고보경에 의해 조작된 것이라고 나와 있었다.

몇몇 기자들이 전화해 진상을 물었지만 내가 해줄 수 있는 말은 "전 시크릿 성형 카페와 아무 연관이 없어요"라는 말뿐이었다. 내가 본 고보경의 모습은 온통 거짓으로만 점철되어 있었을까, 무엇이 그녀를 그렇게까지 몰고 갔을까, 그런 삶에 그녀는 만족하는 걸까? 하는 생각들이 고보경에 대한 언급을 피하게 만들었다.

기사가 일파만파 퍼지면서 네티즌들의 맹비난으로 인해 고보경 주연의 영화는 일시 중단됐으며, 그녀가 등장하는 시에프들은 일제히 내려갔다. 반대로 나를 향한 비난과 의혹은 허탈하다 싶을 정도로 급격히 사라졌고 다행히 병원과 내 삶은 일상으로 돌아올 수 있었다.

고보경은 반박 기사와 기자회견으로 악화된 여론을 잠재우려 했지만, 평소 그녀와 원한을 진 사람들로 인해 그녀가 저지른 일들이 속속 들춰지며 더욱 깊은 나락으로 떨어져버렸다. 결국 과도한 욕망이 그녀를 바닥까지 몰고 간 것이다. 마치 과도한 성형 중독이 돌이킬 수 없는 부작용을 낳는 것처럼.

본인이 저지른 일에 대한 당연한 대가를 받는 것뿐이라는 생각이 들면서도, 그런 그녀의 상황을 지켜보는 것이 한편으로 씁쓸했다. 어떤 중독이든 스스로 쉽게 끊을 수 없다는 것을 잘 알기에. 고보경의 옆에는 그녀를 욕망의 중독에서 끌어내줄 사람이 없었던 것이다. 트라우마 속에 갇혀 수동적인 행동으로 일관했던 나를 끌어내줬던 그 사람들과 같은.

*

"선생님 말씀이 딱 맞았던 거 있죠! 제 문제는 큰 가슴이 아니라 얼굴과 가슴이 조화롭지 못하다는 거였어요. 지금은 딱 조화롭고 굉장히 만족스러워요. 가슴 성형했으면 큰일 날 뻔했어요. 남들은 돈 주고 키우는데, 하하."

가슴 축소술 대신 쌍꺼풀 수술을 한 서유경 환자가 경과를 살피기 위해 나를 찾아왔다.

"네. 깨끗하게 자리 잡혔네요"라고 말하던 나는 잠시 머뭇거리다가 "고마워요"라고 말했다.

"네?"

"시크릿 성형 카페 사건에 대해, 저를 옹호하는 글 써주신 거요."

"아! 뭘요. 제가 느낀 사실을 썼을 뿐이에요. 공식적으로 진실이 밝혀져 다행이에요. 고보경 일은 꽤나 충격이긴 하지만……. 근데, 선생님!"

"네?"

"코를 하면 더 예뻐지지 않을까요?"

"유경 씨, 성형의 가장 큰 부작용이 뭔지 알아요?"

"글쎄요, 부작용?"

그녀가 고개를 갸웃거리며 물었다.

"아니요. 중독이에요. 코를 고치면 입술도 고치고 싶어질 거고, 입술을 고치면 얼굴 윤곽을 또 손보고 싶어질 거예요. 그러다 보면, 아마 지금의 유경 씨는 잃어버리고 말 거예요. 뭐 굳이 하겠다면 말리지는 않아요. 하지만 충분히 고민해보고, 그래도 정 하고 싶다면 그때 다시 찾아와주세요. 그때 우리, 진지하게 같이 고민해봐요"라고 말하는데 문득 서유경이 언급한 조화라는 단어가 떠올랐다.

"…… 아까 유경 씨 가슴과 얼굴이 조화로워졌다고 했죠?"

"네."

"지금 유경 씨 얼굴에 그 코와 입이 잘 어울려요. 눈, 코, 입이 조화롭다는 이야기예요."

"음…… 그런가요? 아! 저 꽤 괜찮은 남자친구 생겼어요. 비밀인데요! 제가 대시했어요. 가슴이 너무 크다는 이유로 항상 수동적이었는데 쌍꺼풀 수술 이후 자신감이 생겨서인지 능동적으로 변한 것 같아요. 제 스스로가 그걸 느끼는 거 있죠."

그녀가 나간 후 시계를 본 나는 서둘러 가운을 벗었다. 그리고 준비해온 화장품으로 엷게 화장을 하고 병원 문을 나섰다. 엘리베이터 앞에서 만난 말끔한 정장 차림의 이한재가 나를 위아래로 쓰윽 훑어보더니 중얼거리듯 말했다.

"명견은 태어나는 게 아니라 만들어진다던데, 여자도 그런가 봐?"

내가 "칭찬으로 들을게요"라고 답하자 그는 내 차림 때문인지, 내 반응 때문인지는 모르겠으나 대견스럽다는 듯한 미소를 지었다.

차 앞에 도착하자 그가 내 앞으로 손을 내밀었다.

"줘봐."

"뭘요?"

"키."

"네?"

"거참, 자동차 키 달라고."

"운전…… 못 하잖아요."

"아직 응용력까지 바라는 건 무린가? 명견은 태어나는 게 아니라 만들어지는 거다. 여자도 태어나는 게 아니라 만들어지는 거다. 또한! 명드라이버도 태어나는 게 아니라 만들어지는 거다! 아니, 노력하는 거다. …… 나도 이제 극복해야지."

이번에는 내가 그를 향해 대견스럽다는 듯 웃음을 흘렸다. 나는 그가 운전하는 차를 타고 호텔 야외에서 몇몇 지인들만 초대해 식을 올릴 결혼식장으로 향했다.

신부 대기실에서조차 다소곳하기보다는 요염하게 앉아 있는 그녀의 웨딩드레스는 얼마 전, 내가 만들어준 봉곳 솟은 가슴과 완벽하게 어울렸다. 그녀와 눈이 마주치자 나는 "나 축의금은 안 들고 왔어요. 가슴 성형 결제 안 하고 갔더라고요. 그거면 충분하죠? 아무튼 결혼은 축하해요"라고 딱딱하게 말했다.

여전히 그녀는 내게 엄마라기보다는 '여배우' 이해정이었다. 하지만 노력한다면, 평범한 모녀만큼은 아닐지라도 그 비슷한 흉내는 낼 수 있지 않을까? 완벽한 모녀도, 날 때부터 있는 것이 아니라 만들어지는 걸지도 모른다.

이한재가 자리한 동그란 테이블에는 "스테이크, 스테이크"를 연신 외치는 이세영 선생님과 주훈이에게 떡, 콜라 등을 챙겨주는 윤주희, 휴가 중인 윤 간호사가 있었다. 이세영 선생님은 나를 보자마자 "어이, 지은! 그날 내가 윤태영한테, 미안하다면 당장 사우나에 가서 등을 빡빡빡 밀어줘, 라고 말하면서 끌고 갔었어. 덕분에 아직도 등껍질이 흐물거려. ㅎㅎㅎ"라고 자랑스레 말했다.

그 모습을 상상하며 피식 웃는데 사회자석에 서 있는, 티브이에서 곧잘 보이던 아나운서의 "곧, 예식이 시작될 예정이니 참석해주신 귀빈 여러분은 자리에 앉아주시기 바랍니다"라는 멘트가 장내를 부드럽게 감쌌다.

식이 진행되고 약혼자가 이해정에게 반지를 끼워주는 순간, 이한재가 내 귀에 대고 속삭였다.

"엄마가 먼저 하게 해서 미안. 대신, 더 행복한 결혼식 치르게 해줄게."

석양이 지는 가운데 부드럽게 부는 바람. 식장을 둘러싼 꽃들과 어울리는 화려한 이해정. 그녀를 축복해주는 사람들. 그 모든 것들이 완벽한 조화를 이룬 결혼식에서 이해정은 연신 행복한 미소를 지었다.

그런 이해정을 보며 문득 따라 미소 짓는 나, 마주 잡은 이한재의 따뜻한 손길에 작은 행복을 느끼는 나, 주훈이의 비워진 잔에 사이다를 따르는 나를 발견하며 내가 변했다는 걸 느꼈다. 어쩌면, 그간 혼자뿐이라고 생각하며 살아가던 내가 여기 있는 이들과 맞춰가며 조화를 이루고 함께하게 되었기 때문은 아닐까 하는 생각이 들었다.

그리고 성형 역시 아름다움의 욕망을 채우기 위한 행위에서 진일보해 한 인간의 조화로움을 찾아가는 과정이라고 말할 수 있지 않을까, 하는 생각이 들었다. 서유경 환자처럼 가슴이 큰 여성에게는 그 가슴에 어울리는 얼굴을 만들어주고, 도드라진 광대뼈 때문에 눈, 코, 입이 작아 보이는 여성에게는 그에 걸맞은 얼굴형을 만들어주고. 그런 식으로 조화롭게 만들어나가 조화로운 인생을 사는 데 조금이나마 도움을 주는 것이 미용 성형의 올바른 목적이 아닐까.

그렇게…… 의사도 환자도, 조화를 추구하는 성형을 지향하다 보면 분명 성형 중독 또한 줄어들 것이다. 물론 조화를 추구하는 것 자체도 조금 더 행복해지고 싶은 마음에 기반한 것일 테고.

나는 이한재를 향해 슬며시 미소 지으며 그처럼 조그마한 목소리로 속삭였다.

"응, 행복한 결혼식 기대할게요. 그리고…… 나도 당신을 행복하게 해줄게요. 우리 둘 다 행복해질 수 있도록……."

Epilogue

어느 성형외과 어의사의
'솔직 담백한' 인터뷰

네, 기자님, 오랜만이에요.

…………

시크릿 성형 카페 사건 이후 그 어떤 매체의 인터뷰도 응하지 않은 제가 기자님의 인터뷰에 응한 이유요? 음……, 저번 인터뷰 때에는 몰랐던 것들을 말하고 싶어서일 거예요. 아마.

…………

물론 여전히 여자에게 외모는 생명과도 같다고 생각해요. 그래서

요즘 들어 제 직업에 더 큰 책임감을 느끼고 있어요. 신중히 고민하고 또 고민한 그녀들이, 자신의 생명을 저에게 맡기는 거나 다름없잖아요. …… 예전에는 더 아름다워져야만 성공한 성형수술이라고 생각했었어요. 하지만 지금은 달라요. 아시죠? 예쁜 색들을 다 섞어 놓으면 결국 진흙색이 되는 것처럼, 각각 완벽한 눈, 코, 입을 조합해 새로운 얼굴을 만들었는데 예상치 못한 결과가 나온다는 사실. 가장 중요한 건 조화라고 생각해요. 성형이란 자신의 몸과 마음, 그리고 얼굴에 조화를 찾는 과정이에요.

…………

몸과 얼굴의 조화는 이해하겠는데, 마음은 왜 포함돼 있냐고요? 음, '얼굴은 마음의 창이다'라는 말 아시죠? 그래서 이마가 좁으면 마음까지 좁은 사람으로, 눈이 자그마하면 시야마저 좁은 사람으로, 튀어나온 볼 때문에 욕심 많은 사람으로, 지나친 크기의 가슴으로 인해 가벼워 보이는 사람으로 오해를 사고는 하죠.

그런데 타인에게 받는 그런 오해들 때문에 수술을 한 후, 눈이 커졌으니 더욱 시야를 넓게, 이마가 넓어졌으니 마음 또한 넓게 가지려 노력하는 경우가 꽤 있거든요. 저는 이 경우를 능동적인 성형이라고 부르고 싶네요. 마음과 얼굴, 모두를 긍정적인 방향으로 이끄니까요. 반대로 자신의 얼굴과 마음의 조화로움을 찾지 않고 오로지 얼굴만 아름다워지고 싶은 욕망에 갇혀 타인의 시선에 종속된 수동적인 성형은 결국 중독과 부작용이라는 결과를 낳아요.

…………

　그러니까 행복한 성형이란…… 네, 저는 이렇게 생각해요. 부족한 어느 부분을 메움으로써 조화를 얻고, 그에 따라 능동적인 태도와 자신감을 얻게 도와주는 것. 그러니까 어찌 보면 성형은 21세기 과학이 여성들에게 선물한 일종의 무기라고 볼 수도 있어요. 무기의 남용이 끔찍한 결과를 부르듯 성형의 남용 또한 같고요. 남용과 중독은 행복과 반비례하죠.

…………

　저 이제 점심시간이 끝나서 들어가봐야 할 것 같아요. 근데, 아직 복근 성형 안 하셨네요? 하하. 수술이 꺼려지신다면 캐러멜 라테같이 단 종류의 커피는 줄이고, 채소 위주의 식단, 그리고 꾸준히 운동하는 노력을 하는 건 어떨까요?

…………

　사실 자신의 콤플렉스를 고칠 수 있는 가장 최고의 명의는 의사가 아닌 바로 본인이 아닐까 해요. 결국 성형을 결심하는 것도 본인이니까. 그러니까 뭘 하든 자신을 가장 행복하게 만들 수 있는 건 본인의 의지와 노력, 마음 아닐까요?
　…… 행복해지기 바랄게요.

작가의 말

'한국은 성형 왕국', '21세기는 튜닝 시대'라는 말이 무색하지 않게, 요즘 압구정동이나 청담동 근처를 걷다 보면 10미터 간격으로 성형외과가 눈에 띕니다. 그리고 그렇게 즐비하게 늘어선 성형외과들은 보톡스나 칵테일 주사 그리고 필러를 맞으려는 환자들로 정신없는 하루를 보내고 있죠.

물론 아주 약간의 고통으로 빠른 시간 내에 미모가 업그레이드된다면, 그것도 한가인처럼 오똑한 코, 손예진처럼 도톰한 눈 밑 애교살을 가질 수 있다면 무시무시한 주사 공포증이나 성형 공포증을 지닌 누구라도 순간적으로 혹하지 않을까요? 이러니 미의식이 투철한 여성들이 그 유혹을 뿌리친다는 건 생각보다 더 힘든 일일지도 몰라요.

고대 가야인의 편두(원하는 머리 형태를 만들기 위한 일종의 성형수술) 풍속이나 이집트 여자들이 통통한 얼굴을 만들기 위해 얼굴에 송진을 집어넣었다는 이야기에서 알 수 있듯이, 아름다움을 위한 시술은 오래전부터 시작된 것이 아닐까, 하는 생각을 해봅니다. 게다가 자신을 피아르(PR)해야 살아남는, 충분히 어필하고 드러내는 것이 미학이 되어버린 오늘날의 경우, 여성들의 미(美)에 대한 욕망은 어찌 보면 당연하고 또 그만큼 절실한 것일지도 모르죠.

누군가는 겉모습만이 아닌 내 내면을 들여봐주겠지, 시간이 지나면 좋은 사람이나 기회가 생기겠지, 하고 있다가는 어느새 저만치 밀려나버리기 십상입니다. 이러한 씁쓸한 현실이 여성들을 점점 더 성형외과의 문턱으로 밀어 넣고 있다는 생각도 들어요.

이번 소설 『페이스 쇼퍼』는 아름다움에 대한 욕망으로 가득한 여자들과 남자들, 그리고 그들의 그러한 욕망을 충족시켜주는 '성형'을 소재로 이야기를 만들어봤습니다.

성형을 경시하고 비판하거나 무조건 성형수술을 찬양하는 식의 이야기가 아니라, 성형 왕국, 튜닝 시대를 살고 있는 이 시대 모든 사람들의 솔직한 모습과 그들이 마치 신처럼 떠받드는 성형외과 의사들의 거침없는 뒷이야기, 성형수술에 제기될 수 있는 의혹과 문제점, 그리고 간단한 성형수술에 대한 팁까지. 그 모든 것들을 가감 없이 보여주고, 그 사이에서 제가 본질적으로 하고 싶은 이야기들을 저답게 제 식으로 풀어보려고 노력했습니다.

제게 이 소설에 대한 영감을 주고, 귀찮을 정도로 잦은 인터뷰에서 싫은 기색 하나 없이 하나부터 열까지 세세히 일러준, 『페이스 쇼퍼』의 주인공 정지은 선생님의 모델인 이안 클리닉의 (정말 나이를 가늠할 수 없는 미모의) 김지은 선생님, 이세영 선생님의 모델인 형(形) 미용외과의 (유쾌하고 따뜻한 마음의 소유자) 이해영 원장님, 그리고 소아과 의사가 아니라 성형외과 의사이지만 이한재 선생님의 모델이 되어 모든 이야기에 도움을 주신 (능력 좋은 미남) MJ 성형외과 박민재 선생님께 감사의 말씀을 올립니다.

물론 일일이 언급하지 않아도 제가 마음 깊이 고마워하고 있다는 것을, 제가 사랑하는, 절 사랑해주는 많은 분들이 알고 계실 거라 믿어 의심치 않습니다.

"남용하지만 않는다면 성형은,
21세기가 여성들에게 준 일종의 무기다."

모두가 아름다운 행복을 가지기 바라며
2010년 11월, 정수현

페이스 쇼퍼

ⓒ 정수현, 2010

초판 1쇄 인쇄일 | 2010년 11월 2일
초판 1쇄 발행일 | 2010년 11월 8일

지은이 | 정수현
펴낸이 | 강병철
주　간 | 정은영
편　집 | 박소이
디자인 | 송민재
제　작 | 시명국, 구본성
영　업 | 조광진, 배병철, 임종현
마케팅 | 박현경, 김정혜, 유혜영

펴낸곳 | 자음과모음
출판등록 | 2001년 5월 8일 제20-222호
주　소 | 121-753 서울시 마포구 동교동 165-1 미래프라자빌딩 7층
전　화 | 편집부 02) 324-2347, 총무부 02) 325-6047
팩　스 | 편집부 02) 324-2348, 총무부 02) 2648-1311
E-mail | munhak@jamobook.com
홈페이지 | www.jamo21.net

ISBN 978-89-5707-531-9(03810)

잘못된 책은 교환해드립니다.
저자와의 협의하에 인지는 붙이지 않습니다.